戲非戲244

雪中悍刀行

第一部

（二）

白馬出涼州

烽火戲諸侯 作

高寶書版集團

道門真人飛天入地，千里取人首級；佛家菩薩低眉怒目，抬手可撼崑崙。
誰又言書生無意氣，一怒敢叫天子露戚容。
踏江踏湖踏歌，我有一劍仙人跪；提刀提劍提酒，三十萬鐵騎征天。

◆目錄◆

第一章　青龍王一竿挑江　老劍神感懷生平

出青城山，徐鳳年僱用了四條大船，沿燕子江而下。

這一灘水勢極為湍急，兩岸高山對峙，懸崖峭壁，水面最窄處不過五十丈，凶險僅次於那相傳有道教聖人倒騎青牛而過的夔門關。這一段水路峽中有峽，大峽套小峽；灘中有灘，大灘吞小灘。

徐鳳年一身白袍站於船頭，對一旁抱著武媚娘的魚幼薇笑道：「我們方才經過的是書灘和劍灘，是武當祖師爺呂洞玄藏天書與古劍的地方，別以為那就是險峻了，接下來的峒嶺峽才是險地。我們的四艘大船已是極致，再大些，別管是有多熟悉水勢的船夫，都會觸礁沉船。當年我和老黃嚇得半死，我還暈船，吐了老黃一身。所以這邊漁民都說書灘、劍灘不算灘，峒嶺才是鬼門關，等下船身搖晃得厲害，妳就別站在這裡了。」

魚幼薇望著前方景象，有些臉色發白，剛想轉身，卻瞪大眼睛，只見一葉扁舟似乎在逆流而行，直衝為首那艘有大戟寧峨眉坐鎮的大船！

一位青衫文士模樣的年輕男子手持竹竿。

青衫青年雙手持竿，插入水面，腳下小舟後端翹起。

與此同時，插入大船底下的竹竿被這名俊雅男子挑起。

一根烏青竹竿彎曲出一條半月弧度。

那一端，小舟屹立不倒。

這一端，大船竟然被竹竿給掀翻成底朝天！

這位青衫客是龍王老爺不成？

其餘三艘船上的船夫們嚇得膽魄都碎了。

江上一竿驚天地、泣鬼神。

那青衫男子腳下小舟重新砸回水面，順流直下，飄然而逝。

徐鳳年瞪大眼睛，自言自語道：「這技術活兒忒霸道了。」

青衫龍王一竿攔江，使得船仰馬翻人墜水，一時間江面喧鬧非凡。許多鳳字營兵卒不諳水性，加上礁石突兀，幾個浮沉就要溺水身亡。寧峨眉一手提起一名甲士，另一手竟然拖起了他的坐騎。那頭通體烏黑的高頭駿馬，被這位耍大戟的武將硬生生托到船板上。

救了人馬，寧峨眉立即躍入水中。他的卜字鐵戟是義父遺物，便是溺死都要撈出來。

當時青衫青年浮舟而至，以竹竿掀起波瀾，只因他當時手中沒有大戟，否則那名古怪刺客也不會輕易得逞。

徐鳳年在寧峨眉破水而出時便抽出繡冬刀，劈開大船欄杆作十數截，紛紛踢入燕子江水，身形飄下，踩著一截木欄，彎腰抓起一名北涼甲士，丟回大船。與此同時，呂、楊、舒三人以及青鳥都飛鴻踏雪一般刺入江水，各自救人救馬。

剩餘三船的船夫夥計只看到江面上一個個身影蜻蜓點水，看得目瞪口呆。船夫們本以為這幫渡江武卒只是精悍，不承想竟然還隱藏眾多神仙高手。尤其是那位身穿白袍玉帶的英俊公子哥，腰挎雙刀，卻不是做花哨樣子，若說那乘一葉扁舟飄然來至、瀟灑而去的青衫客是化為人形的燕子江龍王爺，那這位公子哥就是一條過江白龍了，說不盡的飄渺風采。

徐鳳年四、五個來回，吐一納六，氣息綿長，並不疲倦，腳踏被他用繡冬砍斷的一段欄杆，望向即將到來的峒嶺鬼門關，有些頭疼。

落江人馬已經被救得十之八九，只是仍有兩人就要撞上鬼門關礁石，來不及出手相救。行船操舟，素來不憚風濤，而畏礁石。兩匹北涼戰馬撞上暗礁，砰然作響，砸出一攤血跡，瞬間捲蕩一空。徐鳳年腳尖一點欄杆，飄向一座礁石，再掠出，只是一人即將撞上礁石，徐鳳年回頭一望，船頭寧峨眉剛救回一名袍澤，手持大戟，滿眼憂愁。

徐鳳年靈光乍現，大聲喊道：「寧峨眉，丟出大戟，助我一臂！」

寧峨眉右腳後撤一步，怒喝一聲，擲出重達八十斤的大鐵戟，直刺最前方即將觸礁的一名兵士。徐鳳年握住大戟，趁勢而飛，於千鈞一髮之際接連抓起水中那名鳳字營輕騎，大戟轟然釘入礁石。徐鳳年將手中輕騎放在礁石上，一掠再掠，終於救下最後一名溺水輕騎，一同坐在出水礁石上。

江水轟鳴濺射，徐鳳年一身華貴衣襟濕透，眉心紅棗印記熠熠煌煌。那名死裡逃生的鳳字營輕騎拚命咳嗽，抬頭望著面無表情的世子殿下，有些茫然——被這位在北涼傳言草菅人命的世子殿下給救了命？

大船飄下，寧峨眉依次拔出礁石大戟，拉上北涼袍澤，徐鳳年扶著失魂落魄的輕騎甲士躍上船頭。鳳字營正尉袁猛神情複雜，不僅是他，許多輕騎都是呆若木雞。

徐鳳年不理會他們，只是吩咐道：「寧將軍，清點人馬數目。誰失了戰馬，記罪在身，以後將功補過。」

寧峨眉抱拳沉聲道：「遵命！」

連袁猛都不由自主低頭諾聲道：「末將聽令！」

濕漉漉的徐鳳年入了船艙屋內，青鳥服侍他換上一身衣衫。徐鳳年皺眉道：「所幸書劍灘還好，大多是明礁，若是再到了下邊鬼門關，枯水時暗礁如石林，航道更是狹窄，恐怕就要墜水幾人便傷亡幾人。那青衫男子是何方神聖，一竿便能掀翻大船，已經不是膂力如虎可以形容，巧勁更是駭人，分明是暗藏了上乘劍術。姑姑在青城山上給了我一本專門講述如何破解吳家枯劍的劍法心得，我瞅著那手持竹竿的傢伙這一式，有點像吳家劍塚裡的『挑山』，難不成是這一代劍冠吳六鼎？」

青鳥一手握髮，一手持象牙梳，細心梳理著徐鳳年頭髮，柔聲道：「且不說那人是不是吳六鼎，公子救人的手法，很是賞心悅目。船上連同寧峨眉、袁猛在內，方才都在為公子大聲喝彩，尤其是那一趟握戟而飛，連奴婢都要讚嘆。」

徐鳳年低頭看了看通紅的手心，自嘲道：「比起一竿掀船，我的道行差遠了。除非老劍神李淳罡肯出手，否則誰都攔不下那可能是吳六鼎的傢伙，我只能眼睜睜看他乘舟而去，惱火。不過說實話，這一招不管是不是劍塚的挑山，因為有姑姑的四十年習劍心得感悟珠玉在前，再加上武當山騎牛的傳授了一套拳法，裡頭有一句『山重隨它重，我以一兩撥萬斤』的口訣，我剛才看著都有些觸類旁通，所以這倒是好事。不過我也得抓緊時間讓呂錢塘陪我練刀了。」

經此一劫，峒嶺峽更顯奇峰突兀、怪石嶙峋，江面狹小，迂迴曲折，氣勢崢嶸。僅剩三船身處其中，一次次與礁石擦身而過，驚心動魄。

徐鳳年重新站到船頭，兩頭幼夔就在他腳邊追趕玩耍。羊皮裘老頭兒不知何時來到徐鳳年身後，嘻笑道：「小子，拿捏人心有些火候啊。若非老夫知道那青衫劍士不是你的人，說不定要懷疑這是你的刻意安排了。」

徐鳳年沒好氣道：「我可沒那麼大手筆。」

徐鳳年追問道：「他果然用劍？」

老一輩劍神點頭道：「用不用劍，老夫豈會不知。吳家劍塚出來的，身上有著一股枯劍獨有的迂腐味道。只不過這名年輕劍士，走了條吳家劍塚不樂意走的劍道，將來成就要比前幾代劍魁更高，前提是他過得了東越劍池和鄧太阿那兩關。過去了，由指玄入天象便不難了，過不去，枯劍就是真的枯劍了。那一招挑山如何？被嚇到了嗎？要不老夫教你一手倒海？你兩柄刀挎著不累啊，借老夫一把如何？借了，老夫立馬讓你見識見識一劍大江逆流的景象。」

徐鳳年冷笑道：「休想。」

老頭兒掏了掏耳屎，撇嘴道：「這般膽小，如何成大事。」

徐鳳年自顧自說道：「吳六鼎這一竿，圖什麼？」

李淳罡不耐煩道：「小子你是笨還是蠢啊，行走江湖，不就圖掙個名頭？要不然王仙芝會自稱天下第二？鄧太阿會拎桃花枝作妖作怪？有了名頭，再與人對戰，便名正言順了。否則誰願意答理一個無名小卒？老夫年輕的時候，不管對上誰都來一通砍瓜切菜，不也就是意氣用事，要爭口氣？後來年紀大了，才少了爭強鬥勝的心思。齊玄幀這個牛鼻子老道著實可惡，因為與他論劍說道，害得老夫心境大亂，不僅沒能一腳踏入陸地神仙境界，連天象境都懸了。後來我被人斷去一臂，又鎮壓在聽潮亭下二十年，才因禍得福，重返天象。小子，以後對老夫客氣些，天象境的高人，數來數去，才就十來個，一雙手而已。」

徐鳳年伸出手臂，由雪白矛隼落在臂上，拿下小竹筒，抽出密信，一臉愕然。

李老頭兒才說自己是屈指可數的天象高手，這會兒便沒啥風範地歪頭偷窺，徐鳳年倒不計較。李淳罡跟著一愣，隨即嘖嘖道：「王重樓丟給你大黃庭，是損命勾當賠本買賣，這個老夫早有預料。只是那叫洪洗象的新任掌教，連金剛、指玄兩境四重都瞧不上眼，一步便是天象啦？小子，你別跟老夫打馬虎眼，透個底，這事兒可信？」

徐鳳年感慨道：「換作別人，打死不信。可是騎牛的，我卻相信。」

李淳罡望向江面，神情恍惚道：「這可不就是齊玄幀當年做的事情嗎？二十年修為寸步不進，一悟便天象，再十年，就是陸地神仙了。」

徐鳳年將密信丟入江水，笑道：「不管什麼天象、什麼陸地神仙，我練我的刀。」

老頭兒揉著耳垂，嘲諷道：「練刀？不說那位武當小掌教一步入天象，就說眼前吳六鼎的一竿挑山，也是你能比的？還有心思練刀？練個屁，就這樣的修行速度，你一輩子都只能在這些天縱之才的屁股後頭吃灰，身為人屠與王妃的兒子，不嫌丟人？」

徐鳳年平靜笑道：「有什麼丟人的，刀是自己手中刀，便是一塌糊塗，只要出力了，都沒什麼好抱怨的。徐驍何嘗是頂尖的武道高手，不也一樣攢下了這份家業。我二姐惱我練刀，那是怕我走火入魔，怕我為了練刀連家都不要了。只是有些事情，不是紙上談兵就能談下江山的，上陰學宮就是最好的例子，逞口舌之快，那只能是智者與智者的角力，一旦碰上匹夫莽漢，還得靠拳頭和刀劍說道理。天下有學問的人少，有大學問的就更少了。」

老劍神笑咪咪道：「有些道理，老夫也不喜歡儒士動嘴。當年齊玄幀就有這個臭脾氣，只不過他是常理之外的怪胎，既能說理說得天花亂墜，也能斬妖除魔做衛道真人。若他沒些手段，誰樂意聽他去講大道理。」

腳背上趴著兩隻跑累了在打盹的頑劣小虎夔，徐鳳年彎腰蹲下，伸手撫摸兩頭幼崽。

老劍神突然不說話了。

徐鳳年站起身，連帶著幼夔都被驚醒，繼續在船頭歡快蹦跳，好奇問道：「老前輩，你當真能飛劍？」

老頭兒依舊只是抬頭望向崖壁，沒有回答。

◆

峒嶺盡頭，兩崖壁齊如刀削，相距不足十丈，形如門戶，只許一船通行。那便是最後一道鬼門關了，山岩上刻有「鬼哭雄關」四個大字，是武當山乘鶴飛升的大真人呂洞玄以仙劍刻出。

說來有趣，呂洞玄並稱丹、劍、詩三仙，詩詞歌賦多有流傳，墨寶卻只留有八字，除了「鬼哭雄關」，再有就是「玄武當興」，皆是以劍做筆。

出了鬼門關，視野豁然開朗，燕子江、蜀江、滄瀾江三江匯流，這裡曾是春秋三國戰場，自古以來更是有無數英雄豪傑在此大動兵戈。江水由急變緩，江面由窄變寬，由陰間跌入陽間，恍若隔世，讓人心曠神怡。

徐鳳年看到常年穿一件熏臭羊皮裘的李老頭出了鬼門關，依舊轉頭在看崖壁上「鬼哭雄關」四字，有些黯然。這位江湖上的老一輩劍神，不摳腳丫、挖鼻孔、掏耳屎的時候，才讓徐鳳年清晰記得他是李淳罡，尤其是此刻駐足凝神的模樣，哪怕佩劍被折，手臂被斷，也依然是曾經獨占劍道鼇頭的仙人。

只聽老人喃喃道：「老夫年輕時做過許多荒唐事，十六歲入金剛，十九歲入指玄，二十四歲便達天象，被譽為五百年一遇的劍仙大材。初出江湖，便在千萬觀潮人的注視下，踩踏廣陵潮頭過江，二十四歲去東越劍池挑戰梅花劍宗吳瑋，對那位前輩羞辱至極，害其引頸自盡。三十六歲時自稱天下無敵，揚言四大宗師除我之外都是沽名釣譽之輩，便是王繡、酆都綠袍與符將紅甲三人聯手，也是我一劍的事情。後來我沒輸給他們，卻敗給了後輩王仙芝。

她離開酆都找到我，這個傻女人，故意讓我一劍洞穿胸膛，我自詡『天下敵手一劍敗之，天下女子一指勾之』，到頭來才知道什麼叫心疼。所謂心疼，便是你傷了別人，受傷的卻是自己。為了救她，我去龍虎山向齊玄幀討要續命金丹，只是還沒到斬魔臺，她便死了。

她臨終時說她不要活，就是要死在我懷裡，若是活了，便又成了陌路，她不願意。哪怕是那時候，我依然沒有膽量說出口，沒了她，一劍兩劍，百劍千萬劍，又如何？這鬼門關，是我與她初遇的地方，那時候我已能飛劍，她卻只是個還未習武的笨丫頭。

後來她如何成了酆都綠袍，又是為何成了酆都綠袍，我都不知，只知道此生再不能相見了。榮辱種種，浮沉事事，一舟而下，過眼雲煙。我喜歡姜丫頭，便是心疼當年的那個她，上蓮花頂，下斬魔臺，我從齊玄幀那裡得知她是我仇人之女，既然不幸遇見了我，殺不了我，便想著死於我手才好。最苦是相思，最遠是陰陽。」

徐鳳年無言以對，以往劍神李淳罡的種種事蹟，都在四十年中模糊不堪。齊玄幀早已白日飛升，王仙芝在武帝城從不出東海，酆都綠袍已死，符將紅甲人似乎成了傀儡，有幸親眼見過老一輩劍神的人即便活著，大多也已是花甲老人。正應了劍仙呂祖那句古話，睡到二三更時凡榮華皆成幻境，想到一百年後無少長俱是古人。

李淳罡自嘲道：「老夫年少時一心想做呂祖，這倒是跟齊玄幀一般無二，只不過老夫看中的是呂祖的劍，齊玄幀看中的卻是呂祖的道，所以老夫喜歡呂祖的飛劍取人頭，卻被齊玄幀大罵了一通。這牛鼻子老道坐在斬魔臺上說什麼兩人相擊，上斬頸項、下決肝肺，擊劍殺人，飛劍千里又怎樣？此庶人下乘劍，末節小技，無異於鬥雞，勝人者有力，自勝者才是得道。你聽聽，這口氣是不是很大？老夫當時心灰意冷，心甘情願認輸，加上親眼看到這個亦敵亦友的傢伙白虹飛升，真正是無話可說，當時覺得莫不是自己真的錯了？齊玄幀悟了長生理，步步生蓮花，老夫當時原本一腳在天象，一腳已經踏入陸地神仙境的修為卻是一退千里，下山後被人斬去一臂，落入指玄境，再不敢說什麼有蛟龍處斬蛟龍的狂言屁話。只是這些年在聽潮亭下，才想明白了一個淺顯道理，嘿，齊玄幀這老頑童是在故意誤我啊！」

徐鳳年輕輕嘆息。

大船入大江，不再跌撞搖晃，當年乘船至此，和老黃主僕二人都是大開眼界。

許久，老劍神終於回過神，準備轉身回去，卻看到一路都在暈船嘔吐的姜泥走出了船艙，扶著欄杆，臉色依然蒼白，只是比起在書劍灘和峒嶺關的時候要好很多。比起徐鳳年初次乘船的半死不活，兩人差不多狼狽。

青鳥從二樓船頂輕盈躍下，輕聲道：「殿下，掀翻大船的那人就在江心等著我們。」

果然，大船漸行，再度看到一舟一竿的青衫客。

這吳六鼎當真是吃了無數的熊心豹子膽啊！一竿挑釁還不夠，難道還要再來三竿全部挑翻才肯甘休？徐鳳年睜大眼睛，望著越來越形象清晰的吳家劍冠。

這年輕劍士相貌並不出奇，面容古板，一看就是不近人情的孤僻性子，劍塚枯劍，歷來如此。後輩劍士若要出山歷練，必須要先勝了家族內的一位老祖宗，不論生死。吳六鼎身材修長，今日不曾帶劍，那根烏青竹竿扛在肩上，雙手搭著，姿態委實倨傲到了極點。

姜泥忍著難受，連她都能看到那浮舟江上的大膽刺客，船夫都說這人是龍王爺，她卻不信，扭頭皺眉，看著徐鳳年，虛弱問道：「你打不過這人？」

徐鳳年啞然失笑，搖頭道：「當然打不過。」

姜泥冷笑道：「那你練刀練出了什麼？」

徐鳳年哈哈笑道：「我也不知道，不過妳可以問問李老前輩，他是否練劍第一天就知道自己會成為劍神？」

殊不知李老頭兒拆臺道：「老夫知道。」

徐鳳年翻了個白眼，姜泥心情大好，微笑著，臉頰便悄然浮現出兩個酒窩。

徐鳳年笑道：「好看。」

姜泥立即板起臉。

徐鳳年嬉皮笑臉道：「小泥人，來、再笑個唄。妳笑了，我就明知打不過那當世一等一的劍士也要提刀殺去。這筆買賣多划算，說不定本世子就一去不返了，如果老劍神出手救我，妳就一把鼻涕、一把眼淚地拉著，如此一來可以保證有十成把握讓我戰死在江上，咋樣？笑一個？」

姜泥的小腦袋暈暈乎乎，暈船讓她幾乎恨不得跳江，因此恨死了一意孤行要乘船而下的世子殿下。她很費神、費力地去思考這筆買賣，耐不住徐鳳年的蠱惑催促，終於千辛萬苦擠出一個自認為最無懈可擊的僵硬笑臉，徐鳳年立即笑罵道：「太難看了，沒誠意，本世子不幹虧到姥姥家的生意。」

姜泥無奈換了幾次笑臉，都不盡如人意，徐鳳年故意嘆氣說：「看來買賣是做不成了，反正船上有大把高手，就不信打不趴那個孤身前來求死的王八蛋，便是龍王爺，也要剝皮抽筋。」

笑了半天，姜泥小臉蛋都僵硬了，結果看到怕死而且奸猾的世子殿下在偷著樂，氣得跑上前就要跟徐鳳年拚命。

徐鳳年威脅道：「咬我？小心我讓金剛、菩薩咬妳啊！」

膽子其實一直不大的小泥人馬上不敢上前了，瞪大眼睛希冀著用眼神剮死徐鳳年。

徐鳳年捧腹大笑，只是笑完便肅容轉身，破天荒雙手持刀，準備飄出大船，真要與那持竿的吳六鼎戰上一戰。

徐鳳年腳尖剛要一點衝出船頭，一直旁觀兩個年輕傢伙打鬧的老劍神便袖口一揮，把徐鳳年給扯了回來，害得世子殿下一屁股跌坐在船板上，樣子滑稽。

姜泥終於會心一笑。

老劍神眼神恍惚，望著一臉懊惱的徐小子，再看向嫣然一笑的姜丫頭。

當年江上偶遇，他飛劍橫江，吟詩而渡，她便趴在船欄上，如此一模一樣的笑臉。

那年，正是最年輕耀眼的劍道天才李淳罡最意氣風發的時分，也是那位癡情女子最天真無邪的年紀。

擦肩而過，他只求仙劍大道，並不掛念，她卻傻傻地掛念了一生一世。

老劍神默念當年那首詩。

「我當鍛就三千鋒，一日開匣玉龍嗥。手中氣概冰三尺，石上神意蛇一條。」

伸出獨臂，老劍神輕聲道：「徐鳳年，借老夫一劍，一劍而已。」

徐鳳年愕然。

李淳罡呢喃道：「欠了一劍。」

徐鳳年一咬牙，抽出繡冬，丟向江面上方，像是要拋給那百丈外的小舟青衫。

面朝姜泥的老劍神望了她一眼，當日說這個徐小子嘴裡的小泥人神似北涼王妃，其實不盡然，她更像是那個喜穿綠衫的丫頭。

李淳罡笑了一笑，只有滄桑，倒著飄出船頭，仰首豪邁大笑道：「小綠袍兒，且看李淳罡這一劍。橫眉豎立語如雷，燕子江中惡蛟肥。仗劍當空一劍去，一更別我二更回！」

背對扁舟青衫劍冠以及那柄繡冬刀，沒了神兵木馬牛，更沒了年輕時的玉樹臨風，只剩一臂的老人握住了不是劍的繡冬，轉身僅是輕描淡寫的一招一劍。

齊玄幀說我以劍力證道，不如天道，走錯了大道，妳卻說受了一劍便夠了。

我李淳罡要甚天道？

一劍足矣！

江面寂靜，初始無人看見這一劍的風采，只覺得索然無味。

可那青衫龍王卻顧不上小舟，激射遠遁。

瞬間，大江被轟隆隆劈開，直達兩百丈。

這般傳說中的陸地劍仙一劍，世間真有蛟龍，也要被當場斬殺！

說是一更別離二更回，勢可劈江斬龍的一劍去返，其實哪裡需要一更時間？

李老頭沒來由一劍破天象，似乎有重返武道最高境界的跡象，並無任何驚喜，飄搖回到船頭，將繡冬丟回給徐鳳年，遙望了一眼大江與石崖，似乎解開心結，苦澀地笑了笑，然後默默走入船艙。

觀潮習重劍的呂錢塘被這一劍嚇傻，終於記起了很久以前曾在廣陵江頭踩踏潮頭而行的逍遙前輩。別說呂錢塘這等壯年劍客，便是棄劍修道已是一把年紀的魏叔陽都忍不住鬚髮張揚，哪有不想學當初李劍神瀟灑仗劍走江湖的年輕人？

鄧太阿是新一代劍神不假，可遠不如李淳罡來得震懾人心讓人服氣，過於半仙半妖，如同離地百萬里的天上人物，出道以後出手寥寥，只是與王仙芝和曹官子幾人過招，事後才傳出一些支離破碎的風聲，讓人咂摸咀嚼。

可老一輩李劍神卻是一劍一劍在江湖上斬出了滔天聲望，尤其是與一位位女子的愛恨糾葛，更是讓無數後輩浮想聯翩、心生嚮往。像九斗米老道士魏叔陽便牢記李淳罡武道巔峰時，有一位愛慕他出塵風采的女詩人癡戀作詩無數，誇讚李淳罡飛劍摧破終南第一峰，說他袖中青蛇膽氣粗，更說他三尺氣概如呂祖，為天且示不平人。這一切，都過去了，她早已人老珠黃，早已紅顏白髮，早已葬身孤墳，死前不忘讓後人焚盡詩稿。

那個李劍神還在的江湖，有無數的她，成了弱水三千，獨獨不見他取了哪一瓢。當年江湖的許多人、許多事，都跟她們一樣，風華不再。

一直天不怕、地不怕的舒羞鼻尖滲出汗水，望著江面重新合攏，船身逐漸不再左搖右擺，轉望向身邊的呂錢塘，顫聲問道：「這老頭原來真是能與齊仙人一較高下的前輩？」

哪怕齊玄幀登仙數十年，哪怕他不是龍虎山道士，所有後人提起，都不敢直呼他的姓名，一概尊稱為齊仙人，這便是天象以上的實力。

被那一劍幾乎震散魂魄的呂錢塘沉聲道：「妳還不知道他是誰？」

舒羞雖說年近三十，但不知是精研媚術的緣故，還是天性使然，總有些天真爛漫的少女細節，習慣性嬌氣嘟嘴道：「我哪裡知道，老前輩總不會是鄧太阿啊。」

呂錢塘正在懊惱那一劍太過玄妙，竟沒有瞧出半點端倪，加上這位東越劍客一直不喜舒羞的做作姿態，於是說話的語氣便重了一些：「一介南蠻，不過是井底之蛙！」

舒羞伸手撥了撥耳鬢青絲，側頭嬌媚笑道：「喲，東越便不是蠻夷之地了？那老前輩這般了不起，能讓咱們的呂劍神如此高看？」

呂錢塘陰沉轉頭，自己算哪門子劍神？這個從蠻夷南疆跑出來的娘們真想嘗嘗赤霞劍的鋒芒？

恰巧在兩人身邊的魏叔陽搖了搖頭，並未出聲勸解，徑直走向世子殿下。

徐鳳年坐在船頭，解開雙刀擱在一旁，伸手逗弄著金剛和菩薩。兩個小傢伙的舌頭天生帶有鉤刺，輕輕一舔，便會在手上帶出一陣密密麻麻的劃痕。徐鳳年熬不住這對姐弟沒個盡頭的折騰，受輕傷不說，象牙白的綢緞袖口早已變成破條，於是拿起春雷刀，讓幼夔金剛四爪抱住，懸空晃悠，看得出來這隻雄夔更活潑。

魏叔陽總不能站著與坐著的世子殿下說話，盤膝坐定，感慨萬分道：「殿下，老道年老有幸閱讀武當《參同契》，今天又遇見李老劍神那斬江兩百丈的通天本事，此生死而無憾了。」

徐鳳年笑道：「魏爺爺，你給說說，李老頭這一劍是指玄還是天象？」

魏叔陽搖頭道：「約莫有陸地神仙的意味了，老道實在不敢妄言李老劍神。」

徐鳳年靠著木牆，玩笑道：「這一劍豈不是就能破甲數百？若是兩軍對壘，有三、四名李老頭，率先陷陣砍殺，這仗還怎麼打？」

魏叔陽微笑道：「殿下，試問百年江湖，出了幾個李劍神，又有幾名指玄、天象境的高手願意被軍法約束？身陷軍伍，可不適合修行。」

徐鳳年點點頭，「確實，誰能勞駕王仙芝、鄧太阿去衝鋒陷陣。春秋國戰，只聽說西蜀那位劍法超群的皇叔不惜一死拒敵，硬生生斬殺了六百名鐵騎，卻再難抗衡接下來的驍騎鐵甲，死於弓弩戰陣。武夫的江湖，便像是先前那燕子江，水底是暗礁牙突，水上是群峰競秀，誰都不耽誤誰冒頭，至於誰能如呂洞玄一般高不可攀，更是本事。而一切都是為了戰爭考慮的軍伍就成了我們所處的寬廣水域，百江千溪萬流彙聚，除非是如徐驍這般國戰名將成為那孤懸的島嶼，否則任你萬般能耐，都要倒在千軍萬馬之下。

在徐驍率軍踐踏江湖之前，武夫、軍人兩相輕，倒也算是分不出高下，如今的江湖確是再沒有底氣與軍隊叫板了。龍虎山被加封為整個天下道門的掌教，兩禪寺出了個與皇帝陛下以朋友相交的黑衣僧人，才得以挽回釋門的頹勢。儒釋道三教繼續三足鼎立，這三教裡的高人都力求出世，偶爾入世，力挽狂瀾，驚起漫天風雷，也都速速退隱。徐驍軍中，少有附和北涼的江湖人士手執兵符。」

魏叔陽似乎沉浸在老劍神與那一劍的波瀾餘韻中，有些失神，但看得出來老道士滿臉都是開懷，如同稚童得了一串糖葫蘆，很簡單，沒有大道理可言。很難想像以魏叔陽在九斗米道的地位，古稀年紀，還會有這般童心，不管李淳罡形象如何落魄邋遢，魏叔陽只惦念著那三劍——水珠呈線破水甲，小傘作劍仙人跪，再到今日的仙劍，在老道士看來，真真正正當得上「袖有青蛇膽氣粗」的詩句評語。難怪世道一日不曾平，江湖便不平，因為誰都想著去如呂洞玄、李淳罡這般遇不平而自太平。

姜泥沒把握打贏兩頭幼年異獸，便覺得原先瞧著癡迷的江景都不太好看了。洩氣地回到船艙，看到李老頭兒坐在椅子上一言不發，在半睡半醒之間。姜泥拿起一本祕笈，心不在焉地看了會兒，輕聲問道：「你是不是打算教他練刀了？」

李淳罡抬起眼皮，笑呵呵道：「教他幾招雕蟲小技也無妨，老夫給他好臉色，還不是為了妳能少受點欺負？還是那句話，只要妳肯隨老夫練劍，徐小子就是練刀練出花來，妳都能殺他。」

姜泥猶豫了一下，岔開話題說道：「你的劍術好像真的很嚇人。」

李老頭兒哈哈大笑，「姜丫頭，以後不說老夫吹牛皮了吧？不過老夫實話實說，方才那一劍，是偶爾得之，天時地利人和都全了，才有這等威力。世上不如意事如牛毛，能與人言的有幾句？所以世人出劍百千萬，劍仙的仙劍也應當是少到可憐，而且老夫這一劍被江湖上稱作劍仙境界不能長存。老夫現在看得很開，不奢望做那陸地神仙了，只想著對妳傾囊相授，教妳練劍的話，有望教出一名女子劍仙，對老夫的名聲也有好處嘛。」

姜泥平淡道：「那你還是教他練刀好了。」

老頭兒不以為意，自言自語道：「呂祖有一句詩作警言傳與後來學劍人：『匣中三尺不常鳴，不遇同人誓不傳。』老夫深以為然，這一生，遇到的習劍後輩不計其數，不乏悟性、根骨都奇絕的練劍天才，可對不上老夫的脾氣，妳便是鄧太阿，都別想學到老夫的兩袖青蛇。吳家劍塚捨劍意而求天工劍招，相當瞧不起天下劍招，唯獨老夫的絕學，且不說劍意何等冠絕天下，在劍招上同樣妙至巔峰，當年可是讓吳家那幫半死人都自嘆不如……」

姜泥緊皺眉頭，重重嘆氣了一下，放下書瞪眼道：「又來？」

李淳罡撓了撓別在髮髻上的神符匕首，神情略微尷尬。換作艙外任何人，聽到他的這番話，還不得當作聖旨來聽，可眼前這鑽牛角尖的倔丫頭，實在是不買老劍神的賬啊。李淳罡也不懊惱，拿起桌上的一捧山核桃，走出船艙，對於將他奉為龍王差點就要跪拜的船夫以及呂錢塘等武夫的崇敬，還有一些北涼輕騎的畏懼，一概視而不見。

他走到徐鳳年和魏叔陽跟前，大大咧咧一屁股坐下，伸腳將剛從春雷刀掉落的幼夔從腳邊踹遠，姐姐菩薩要替弟弟報仇，鋒利四爪著地，立即抓出四個小窟窿，屈身吼叫。徐鳳年伸手按住這個護短的小傢伙，幼年雌夔扭頭，很人性化地一臉委屈，徐鳳年笑著搖搖頭，幼夔靈性十足，小跑去安撫弟弟。

李老劍神納悶道：「小子踩到狗屎了？哪找來的畜生，不輸齊玄幀的黑虎。再過幾年，兩頭就能頂一個一品高手了，可惜你沒法子跟牠們一樣活個兩、三百年。」

徐鳳年更納悶，問道：「找我有事？」

老頭兒將手中山核桃隨手丟在船板上，古板說道：「小子，那日清晨在青羊宮看你那三腳貓的刀法，實在是礙眼。你抽出刀身更薄的繡冬刀，照老夫的說法去做。」

徐鳳年沒有猶豫，坐直身體。寫出《千劍草綱》的劍道高人杜思聰當年為求李淳罡指點，冒雪站了三天，徐鳳年本就不是端架子的矯情人，立即抽出繡冬刀。

繡冬比春雷要更修長、更纖薄，以它練刀，很考驗刀勁的掌握，差之毫釐刀勢便會謬以千里，白狐兒臉後來借他春雷，想必一半是看透了徐鳳年故意隱藏的左手刀，還有一半則是春雷更適合霸道重刀。

徐鳳年有大黃庭的深厚底子，況且練刀一年也不是白練的，遍覽武學祕笈更不是白讀的，差不多算是在武道上登堂入室，再來使喚春雷，相得益彰。白狐兒臉用心良苦，等於默認徐草包是他的朋友知己，徐鳳年自然倍加珍惜這份難得的友誼。

徐鳳年抽出繡冬，見老劍神默不作聲，有些茫然，小聲問道：「然後呢？」

魏叔陽更是小心翼翼，身邊這位可是李老劍神哪。雖說當初李淳罡敗給王仙芝，魏叔陽一氣之下棄劍入山修道，但在他這一輩人眼中不管現在鄧太阿如何厲害、如何風光，都不如老一輩李劍神讓他們心服口服。你鄧太阿打贏了李劍神？打都沒打過，何來劍神一說？

李淳罡打了個哈欠，讓徐鳳年將刀身懸在一個固定高度上，沒耐心道：「小子，你以手指彈刀身，試試看能否彈碎地板上的山核桃。」

徐鳳年調整呼吸，眯眼伸指，清脆的叮一聲，凝神旁觀的魏叔陽便看到繡冬刀身彎出了一個弧度，可惜還與地面上的山核桃差了一指距離。徐鳳年並不氣餒，手指在刀身上輕輕一掠，找準一點，一指彈去，繡冬瞬間彎弧如滿月，叮一聲，接著砰一下，將一顆山核桃瞬間砸碎，連同船板都敲出了一個印痕。

魏叔陽下意識想要撫鬚，猛然意識到有李老劍神在場，不敢造次，不過老道士對世子殿下這一手彈刀十分讚賞，別看繡冬刀身單薄，卻不是誰都能隨意彈出這韌勁的。

李老頭兒單手托著腮幫，繼續說道：「接下來爭取壓碎山核桃，但不能在地板上留下痕跡。」

徐鳳年微微皺眉，沒有急於彈指，而是在繡冬刀身上摩挲。在武當山上為了參悟《綠水亭甲子習劍錄》的劍術精髓而去雕刻棋子，徐鳳年受益匪淺，讓他極早便有意識去掌控刀勁最根源的體內氣機流轉。

擊碎山核桃而不對船板造成影響，已經不是簡單的在力道上增減的事情，這與劍道高人看似輕鬆刺出一劍卻蘊藏無數煩瑣劍招殊途同歸。掠刀蓄勁，講究何時何地炸裂，還要具體到炸開多少，是幾斤幾兩，還是千鈞萬鈞，都是頭疼的深奧學問。

徐鳳年沒有彈指，老頭兒便始終托著腮幫，好整以暇，兩指捏了一顆核桃丟到眼前，輕輕一吸，吸入嘴中，含混不清道：「小子，趕緊的，老夫沒時間看你發呆。」

徐鳳年泛起苦笑，收斂心神，屈指一彈，弧度依舊飽滿，有一種玄妙的美感，核桃碎裂，但地板留下了細微的痕跡。

彈刀數次，皆是如此。

老劍神一臉不屑道：「《千劍草綱》白看了，你就這般聽書的？浪費姜丫頭的口水。」

徐鳳年閉上眼睛，回想當初水珠成劍的一幕。

老頭兒起身，拍拍屁股冷笑道：「哪天成了，再疊起兩枚核桃，記得是去擊碎下邊的核桃，船板與上邊的核桃都要完好無損。不過老夫估計以你小子的糟糕悟性，別說後者，就是現在這種小事，都懸。做不到，就甭去跟呂錢塘練刀了。」

徐鳳年默不作聲，苦思冥想，大概是老劍神覺得這傢伙的樣子實在太像吳家坐劍，越發沒有好心情，頭也不回地走入船艙。

魏叔陽輕輕離開船頭，不讓人打擾世子殿下。

枯坐至黃昏，再至月夜。

魚幼薇深夜去給徐鳳年披了一件衣衫。

徐鳳年只是指了指滿地碎裂的核桃，魚幼薇立即再拿來一捧，堆放在他眼前。

◆

清晨時分，老頭兒睡眼惺忪地來到船頭，瞧見徐鳳年在學他托著腮幫發呆，走近一瞧，咦？這小子將繡冬換成了春雷？而他眼前的地板上，疊放著足足三顆核桃？

江上有數尾紅色大鯉躍出水面，這是大江大河裡頭常有的景象。

老劍神轉身離開，走遠了才喃喃自語道：「好小子，鯉魚跳龍門了，這回走眼了。不過老夫倒要看你接下來十年能跳幾次！」

兩頭幼夔蜷縮酣睡在徐鳳年的腳下，憨態可掬。小傢伙很好養活，隨手丟進江中，牠們自己就可以捕食江中鯉鯽，吃飽玩夠，再伸出船槳，四爪如鉤，很容易就能上船。

正準備起身的徐鳳年抬頭看到老劍神轉身走回。

徐鳳年的記性好，好到徐渭熊說他唯一的優點就是記得住東西，一目十行，幾乎過目不忘。武當上任掌教王重樓的大黃庭口訣、騎牛的撰寫出來的《參同契》、《綠水亭甲子習劍錄》、玉柱心法七八本、杜思聰的《千劍草綱》、紫禁山莊的《殺鯨劍》、青羊宮的三本祕笈，聽潮亭內這麼多年爬上爬下，早就看得多了，可惜大多屬於馬虎掃過不上心。

那些姜泥一字一字讀過去的，徐鳳年邊聽邊悟，記憶尤其深刻。只是他練刀，白髮老魁只將這位世子殿下領進門檻就仰天大笑出王府，後來姑姑在青羊宮裡提議徐鳳年先將先手五十招練至登峰造極，算是指出了一條登山小徑。

可問題又來了，徐鳳年未到二品實力，做不到高屋建瓴評點世上百千武學，讀書太過駁雜，反而成了修為上的羈絆，一團糨糊，故步自封。直到李淳罡給出彈刀碎核桃的難題，好似迷霧中撕開了一條細縫，徐鳳年對此並不陌生，國士李義山當年傳授他縱橫十五道，就喜歡拿他新琢磨出的圍棋定式讓徐鳳年去破解。

徐鳳年枯坐到清晨，其間成功用繡冬將核桃彈成齏粉，船板依然絲毫不損，甚至順勢一鼓作氣疊放核桃，都難不住繡冬刀。

李淳罡坐在徐鳳年面前，問道：「知道劍招和劍意的區別嗎？」

徐鳳年茫然搖頭。

老頭兒面無表情道：「抽刀。」

徐鳳年平放繡冬。

老劍神伸出一指隨手彈在刀身上，不見繡冬如何彎曲，徐鳳年身前的三顆核桃便同時炸開。

老頭輕輕拂袖，又疊起三顆核桃，再彈繡冬，依舊是核桃盡碎，兩次動作結果都如出一轍，讓徐鳳年不知道老劍神葫蘆裡賣的是什麼藥。

李淳罡見徐鳳年一臉的費解神情，嗤笑道：「你試著將春雷放在繡冬之下。」

徐鳳年變成雙手持刀。

李老頭兒再敲繡冬，徐鳳年虎口一震，拿不穩春雷，因為春雷刀上有一點如同炸雷，然後蔓延到徐鳳年的手上，導致整隻手臂都刺痛發麻。

徐鳳年懂了，這便是劍罡，市井巷陌裡的說書先生通常喜歡稱作劍氣，其實略有不同。李老頭兒不給徐鳳年緩口氣的時間，再敲繡冬，一瞬間春雷幾乎脫手，右側刀鋒猛然滑向徐鳳年胸膛，只差毫釐，卻是老劍神兩指捏住了春雷，而繡冬刀始終紋絲不動。

徐鳳年駭然，這下子算是想破腦袋都想不通了。

李老劍神似乎覺得這小子悟性太差，不罵不舒坦，瞪眼道：「你彈繡冬，誰都看得出彎出了一道弧度，外行看著帶勁，卻是華而不實。老夫來彈，以你的微末道行，看得出繡冬彈了幾個來回？看似繡冬不動，就真是不動了？老夫兩指，一指劍罡透繡冬，擊在春雷上，第二指卻是捨罡氣求劍招。繡冬刀身其實早已彎曲六次，側擊在春雷刀鋒上，這才使得春雷劈向你。上乘劍招，無外乎求快、求穩，快如奔雷，穩如五嶽，小子，你還嫩得很哪。」

徐鳳年疑惑道：「那劍罡與劍招，孰強孰弱？」

李老劍神冷笑道：「老夫想要以劍罡破敵，那便是劍罡厲害，老夫若是願意用劍招殺人，自然就是劍招強過天下所有劍罡。」

得，白問了。

徐鳳年有些無奈。

李老頭兒買賣挺公平，起身道：「這兩指夠不夠買你全部的宣紙？」

徐鳳年點頭道：「很夠。」

李劍神在船上晃蕩了一圈才走回船艙，徐鳳年望著老人的背影，忍不住百感交集。有蛟龍處殺蛟龍，非是胡亂吹捧，老人雙袖藏青龍，至剛至陽，霸道無匹，飛劍摧塌太華山，更是號稱盡得呂洞玄仙劍精髓，這壓箱的雙袖劍，自然而然比起那一劍仙人跪要威猛百倍，徐鳳年原先覺得李淳罡斷臂後何來雙袖一說，只是現在澈底不敢小覷了。

兩指彈繡冬，一指示劍罡，一指示劍術，言語可謂深入淺出，為正在武道岔口上犯迷糊的徐鳳年指明了一條羊腸小徑，加上覆甲女婢趙玉台的一番話，徐鳳年好似頓時出了鬼門關，眼前豁然開朗了。至於何時能至一品境界，甚至摸著金剛境的邊緣，徐鳳年的確不急，這歸功於老黃的潛移默化，言傳身教。言語傳授往往無益，不如身教。老黃的劍，當然離老劍神李淳罡還有一段距離，可在徐鳳年心中，老黃的劍匣與老劍神的木馬牛，誰重誰輕，顯而易見。

騎馬出北涼，徐鳳年終於從徐驍嘴裡得知了當年老黃臨死面北而坐，對王仙芝到底說了一句什麼話。

徐鳳年按刀而立，望向浩淼江面，閉眼不斷吐納，氣機引導綿綿如江水，配合默念大黃庭口訣：「氣回丹方結，壺中生坎離。陰陽生反復，普化一聲雷。卦中演妙理，誰道不長生，白虹乘龍直上大羅天……」

一般而言，道教長生修道箴言往往都流於刻意追求玄言妙語，凡夫俗子初讀，只覺得妙妙妙中妙，玄玄玄更玄，其實若無得道的真人親自帶路，傳授具體的吐納引氣口訣，到頭來只是入山不見仙，空手而返，正所謂神仙不肯分明說，迷了千千萬萬人，便是此理。

徐鳳年神游萬里時，感應到有人走到身後，這會兒敢上前打擾世子殿下清修的，唯有魚幼薇了。她捧著武媚娘，柔聲道：「不吃點東西？」

徐鳳年睜開眼睛「嗯」了一聲。他瞥了魚幼薇一眼，真是尤物，可惜呂祖早早留詩警戒後人：「二八佳人體似酥，腰肢如劍斬凡夫。雖然不見人頭落，暗裡教君精神枯。」徐鳳年對此十分無奈，他可不是花叢雛兒，從上山練刀到下山，始終能夠坐懷不亂，這份定力，可見一斑。

◆

吃飯時，坐在桌上的只有徐鳳年、老劍神和魏叔陽。

李淳罡啃了一塊面餅，記起什麼，隨口說道：「老夫雖然逼退了那名吳家劍士，可以後再來，他的境界極有可能會更高一層。那一劍，你們這幫笨蛋只是看著熱鬧，可那傢伙卻能悟出一些門道，對他劍道的修行大有裨益。」

徐鳳年面部僵硬，狠狠咬了一口饅頭。

早餐結束，李老劍神在船艙內鋪開宣紙，對躲著看書的姜泥笑道：「來，姜丫頭，妳不學劍便不學，但老夫可以教妳練字。」

練字？

姜泥喜歡，否則在北涼王府便不會偷偷拿樹枝在地面上鬼畫符了。

只是老頭兒單手執筆，氣韻渾然一變，仍是笑咪咪道：「但記住了，我教妳練字，妳可以看，卻不許學！」

姜泥沒上心，只是輕淡「哦」了一聲。

徐鳳年讓青鳥溫了一壺黃酒，獨坐一處。

那年武帝城頭，老黃臨終死而不倒，身邊便是天下第二的王仙芝，老黃只是面北說了一句：「來，給少爺上酒哪。」

◆

三艘大船由江入湖，八百里春神湖，煙波浩渺，此湖容納六水，吞吐大江，歷來不僅是兵家必爭之地，還是騷客遊覽的勝地。

徐鳳年站在船頭給魚幼薇講解春神湖的地理地形，附帶了許多當年李義山灌輸給他的兵法見解：「春秋以前，南北對峙，無不是爭此地作為據點，控春神便可揚帆東下，居高臨下，以獅子搏兔之姿搶奪天下。早先北方想要飲馬東南，或者南方想要舉兵北伐，都要經過八百里春神湖，三城三關三山，素來被兵家矚目。又以三城為重，襄樊、荊陽、武陵，以天下而言重在襄樊，以東南而言重在荊陽，以本州而言重在武陵。

襄樊一直被說作天下腰膂，當初三國亂戰於此，西楚舊臣王明陽臨危受命，成為襄樊郡守，拒徐驍十萬兵甲，死守三年，到後來西楚滅了，西蜀亡了，這個上陰學宮出來的稷下學士依然誓死不降。城中食人，王明陽更是親手烹殺妻兒，三年後破城，二十萬襄樊人只剩下不到一萬，成為一座鬼城。

據說破城十年後，仍有十數萬孤魂野鬼不肯離城，夜夜哀號，王朝不得不讓龍虎山掌教天師親赴襄樊，設周天大醮，醮位達到駭人聽聞的三萬六千五百個，算是前無古人、後無來者的壯舉。這場攻守戰，讓王明陽贏得了『春秋第一守將』的名頭，連徐驍都佩服，只是一人功成名就，卻拉上了二十萬人陪葬，王明陽再過一千年都是個富有爭議的人物。」

魚幼薇膽戰心驚道：「我們不會去襄樊吧？」

徐鳳年最近一直習慣性用手指虛彈，一天到晚，不知虛彈了幾千次，大概是練刀練到走火入魔了，他邊彈指邊輕聲笑道：「本來想去，妳若不敢，那我們就直奔武陵。」

魚幼薇搖了搖頭。徐鳳年突然聽到船尾傳來一陣哭爹喊娘的聲音，魚幼薇不湊巧剛聽到襄樊十萬怨靈的傳說，心肝一顫，好不容易意識到這會兒還是身處春神湖船頭，一臉自嘲。

徐鳳年沒有理會魚幼薇，趕到船頭，看到一名船夫捧著鮮血淋漓的手臂在地上打滾，兩頭幼夔通體猩紅，對其低沉嘶吼，呂錢塘上前與世子殿下說了一遍經過。

原來是雞毛蒜皮的小事，幼夔嬉鬧奔跑，約莫是撞上了船夫，幼夔脾氣暴躁，就咬了一口。虎夔是上古凶獸，饑則食人，徐鳳年皺了皺眉頭，蹲下身，咬人的幼夔金剛似乎感受到了主人的怒意，低頭嗚咽，膚色立即由紅轉黑。

徐鳳年卻沒有對其嬌縱，屈指一彈，將傷人的金剛在船壁上彈出一個窟窿，墜入湖中。姐姐菩薩在窟窿處望著弟弟，可憐兮兮地回頭望向徐鳳年，貌似在求情，徐鳳年冷哼一聲，起身道：「賠些銀兩給傷者。對了，讓鳳字營幫忙補牢船板。」

暮色中，春神湖上百舸爭流，千帆競發，一副熱鬧繁華的景象。越是臨近江南魚米之鄉，就越發感受不到故鄉北涼的千里曠野寂寥。

今晚一行人會夜宿春神湖心的一座島嶼，名姥山。臨近湖中島嶼，徐鳳年看到姜泥難得走出船艙站在身邊，就解釋道：「這山原本不叫姥山，叫監牢山，是西王母禁錮玉帝女兒春神的地方。監牢山四周也不是湖水，只是一座盆地。後來有一名陸地仙人氣不過，沿著監牢山一劍畫圓，塌陷八百里，這才湧出湖水，久而久之，湖成了春神湖，山成了姥山。至於仙人造湖的說法，自然是一番神怪妄談。如今姥山上布滿庭院樓閣，三教九流齊聚，不僅有權貴宅院，僧道結廬，還有幾個亡國遺老在島上畫地為牢，商鋪也多，上了島，妳可以挑些入眼的東西。」

姜泥伸出手，徐鳳年愣了一下，問道：「什麼？」

姜泥生硬道：「銀子。」

徐鳳年哈哈笑道：「行，這會兒妳已經賺了好幾百兩銀子了，妳想要拿走多少？不過我好心提醒一聲，妳報我的名號，誰敢跟妳要錢，何苦浪費妳辛苦讀書掙到手的祕笈。」

姜泥冷笑道：「你當我是你這種巧取豪奪的人嗎？」

徐鳳年被逗樂，笑咪咪道：「那妳到底要多少銀子？幾百兩都取出？或者我乾脆賒帳給妳幾千兩黃金，如此一來，妳讀書可以讀幾輩子。」

姜泥憤憤道：「我只取一兩銀子！」

徐鳳年無奈道：「需要這麼小家子氣嗎？」

姜泥板著臉道：「拿來！」

徐鳳年白眼道：「等下跟青鳥要去，本世子從不帶這點小錢。」

姜泥徑直回到船艙，做賊一般從書箱中小心翼翼拿出一個小帳本，上面清楚地記載了讀《太玄經》掙了多少文，《千劍草綱》、《殺鯨劍》掙了多少等等，每一本書何時讀、何地讀，每本讀了多少字，都有詳細記錄。至今她掙了可不止徐鳳年所說的幾百兩，而是一千零七兩三十四文錢。

整天就是吃喝睡的老劍神踱步進了船艙，正要在積蓄中劃去一兩銀子的姜泥一手提筆，一手遮住帳簿，李淳罡對此無可奈何，站遠了任由姜泥做完手頭上的活兒，這才拎著酒壺坐上桌。

他倒了酒水在桌上，用手指蘸了蘸，等姜泥將帳本放回書箱底層，坐於對面，才以指做筆，以酒做墨，在桌面上揮灑開來，一筆一畫，精神氣意充沛盎然。

姜泥正襟危坐，看老頭兒寫字，一氣呵成，貫穿首尾，半張桌面，密密麻麻，如鬼門關那亂礁嶙峋。李老頭兒寫完後望向姜泥，後者一臉平靜，老人似乎果真如起始所說不求小丫頭學到什麼，袖口一抹，重新來過，這回李淳罡有說話：「老夫的狂草，要點有三。首先連綿一貫，再力求千層萬樓，最後才是一個無字，無畏、無情、無求，如這酒水，抹去便抹去了，不沾絲毫痕跡。第一點是偷懶不得的功夫，即便是醉時潦倒的草書，細看卻無一處一點失筆，皆有規矩，為何？平日功夫做足做細了，一字落筆如揮出一劍一刀，馬虎不來，老夫的字素來被譽為奔蛇走虺，觀者看字如看劍，利劍鋒芒，巍然可畏……」

李淳罡正說到興起，卻瞥見姜丫頭在打哈欠，大船一頓，似乎要上岸。一肚子挫敗感的老頭兒低頭一吸，嘆息一聲，念叨著莫浪費、莫浪費，將桌面那些酒水吸入嘴中。

姜泥對老頭兒這類荒誕行徑習以為常，一同走出船艙，看到徐鳳年正在與大戟寧峨眉商量事情，好像大半鳳字營不會上山。

這也在情理之中，且不說一百輕甲士卒住得下與否，這些北涼悍卒本身就過於惹眼。在姜泥思量的時候，李老頭兒還在那裡自顧自地吹噓一手字如何出神入化，姜泥左耳進、右耳出，雙手提起裙擺走下木板，瞥見一頭幼夔躥上岸，嘴中叼著一條肥鯉魚，似乎在向徐鳳年邀功，可徐鳳年只是呵斥一聲，那小傢伙立馬趴在地上一動不動，約莫是裝死？

徐鳳年剛要抬腳踢小傢伙，袍子被另外一隻幼夔輕輕咬住，這才甘休，懲戒算是告一段落。姐弟幼夔可不記仇，歡快地跟在世子殿下身後，看得姜泥一陣心疼——兩個小笨蛋，為啥對徐鳳年那般溫馴。

徐鳳年回望春神湖，眼神恍惚，喃喃道：「到了？」

第二章　春神湖有女負才　徐鳳年攜美坐鼋

在姥山上盡地主之誼的是一位北涼軍舊部，在軍中戰功不顯，不承想從商之後就開始飛黃騰達，富甲一州，連那類十世門閥都難以望其項背。其曾與州內一位有著皇商背景的人物比拚財力，招來無數罵聲，口水堪比半個春神湖。

這位當年給徐驍牽馬的老卒初看並不顯眼，穿著打扮都像是尋常市井人家，更無氣焰可言，見到世子殿下後熱淚盈眶，跪在渡口平地上，不管徐鳳年如何攙扶，都只是伏地泣不成聲，讓身後妻兒及一干家族成員都看傻了眼。

徐鳳年卻是知道內幕，這姓王的花甲老人，對徐驍佩服萬分不說，對王妃更是打心眼裡崇敬，還是北涼軍中少數親眼見過世子殿下年幼拔刀的幸運老卒。說是牽馬小卒，徐家對其並不視作下人僕役。

北涼軍出來的人，下場走兩個極端。要麼在底層掙扎，連那點柴米油鹽都頭疼；要麼青雲富貴，真正是高不可攀。這與王朝對北涼軍的複雜心理有關，夾雜著畏懼嫉妒，諸多排斥，讓貼上北涼軍標籤的人在失去鐵騎庇護後都憋著口惡氣，好不容易付出更多血汗終於功成名就之後，往往治家、經商、從政都尤為陰鷙酷烈。

跪在徐鳳年跟前的王林泉便是個例子，在王家，家法遠重於國法，治家如治軍。曾有一名兒媳只因出言不慎，便被王林泉不顧兒媳背後的豪門氏族，直接給轟出家門，連帶兒子都被拖到宗祠鞭笞。所以王氏成員見到喜怒無常、城府深沉的家主對著一位年輕公子哥下跪，當場老淚縱橫，都被嚇得不輕，各自揣測這名白袍公子的身分。

北涼王世子殿下出行遊歷，中途會在姥山歇息，自然只有姥山地頭蛇王林泉一人獲知，這些都由祿球兒祕密安排，不可有絲毫紕漏。徐鳳年仰頭望著姥山山巔上一尊巨大的持瓶玉觀音，據說是由王林泉耗資百萬銀兩，用去十年時間才得以建成。這位淨瓶觀音腳踏黃龍，態兼金剛怒目和菩薩低眉，右手拈印，直指春神湖。

王林泉總算站起身，抹去滿臉淚水，躬身為世子殿下領路，姿態一如當年為徐驍牽馬。今日王林泉富貴滔天又如何，終究不能忘本。王林泉見世子殿下一直望向山頂的觀音像，輕聲道：「啟稟殿下，春神湖說來奇怪，千年以來每到二月二，必然會有一綹綹的水柱直衝雲霄，那一日絕對無人敢泛舟遊湖。說是湖底困有一頭私自為江南布雨而受天罰的燭龍，當受人間千秋罪。這條龍不服天庭的禁錮，專門在那一日興風作浪，所以我們都稱那天叫龍抬頭，只是小人斗膽請來觀音娘娘後，春神湖便再無古怪風浪。」

甭管精通與否，好歹學識算是駁雜的徐鳳年輕笑道：「二月二，角宿始現，東方蒼龍初露崢嶸，即龍抬頭，故而古書上有龍類春分而登天的說法。」

「殿下博學。」富甲一方的王林泉由衷讚嘆道，發自肺腑，並非吹捧馬屁。王朝內商賈地位不高，可到了王林泉這個層次，即便與州牧同坐宴席，也無須卑躬屈膝。王林泉以不苟言笑和睚眥必報著稱，要他歌功頌德與要他慈悲心腸一樣困難。所以一旦被他稱讚，不管是寫出錦繡文章的士子，還是心繫百姓的官員，都欣喜萬分，十分有底氣。

「真像啊。」徐鳳年柔聲道，「你就不怕朝廷有流言蜚語誤了你的生意？」

「掙一百萬和一千萬，對小的來說並無區別。兒孫自有兒孫福，能讓他們衣食無憂，小的便無愧祖宗了。」王林泉笑道。

「你倒是豁達。」徐鳳年收回視線調侃道。

「都是跟大將軍與王妃學來的皮毛，當不得殿下的豁達二字。」王林泉一臉慚愧。

王家的住所庭院深深，亭臺樓榭，小橋流水，一派江南煙雨風情。大宅離山頂還有一段距離，步行需一炷香時間。安排魚幼薇等人住下後，徐鳳年和青鳥前往白玉觀音座，王林泉特地讓小女兒王初冬帶路。

這位生於江南的二八女子身穿半露酥胸的襦裙，上胸及後背袒露，外披透明羅紗，內衣若隱若現，綾錦質地極為考究，章彩華麗。這種裝束本來只流行於東越，如今被王朝貴婦名媛接納，加上詩詞名家貢獻了諸如「長留白雪占胸前」的旖旎詞句，風氣愈演愈烈，女子著衣姿態逐漸豪放。

王初冬這位待字閨中的富家千金在渡口碼頭上便睜大眼睛猛瞧徐鳳年，一點都不忌諱，此時更是叨嘮不停，像隻嘰嘰喳喳的小黃鶯。王林泉並未與任何人說起過徐鳳年的身分，所以她只知道眼前的俊逸公子姓徐，一口一個徐公子，說到後來，乾脆就喊徐哥哥了。徐鳳年也不介意，笑而不語，聽著小丫頭的清脆嗓音，心境祥和。

終於來到矗立有那一尊淨瓶觀音像的廣場，只見那白玉觀音怒目低眉，維妙維肖，右手曲肘朝向春神湖，舒展五指，手掌向前，彷若在布施無怖畏給予眾生。

徐鳳年盤膝坐下，兩隻幼蘡趴在他的膝蓋上。

被本州文豪譽為王家有女初長成的小妮子跟著蹲在一旁，一臉虔誠道：「徐哥哥，觀音娘娘可厲害了，站在那裡指向春神湖，春分時節就再沒有水柱騰空了。我小時候特別怕二月二，總是打雷下雨，有了娘娘以後，就可以隨便溜到湖上釣魚、烹茶、賞雪啊。徐哥哥，考考你，知道觀世音娘娘的手勢有什麼講究嗎？」

精於佛門典故的徐鳳年抬頭笑道：「施無畏印。」

王初冬嘻嘻道：「答對了。」

她見徐公子說完後便怔怔出神，百無聊賴，轉頭無意間瞥見徐公子家的青衫婢女眼眶濕潤，驚訝道：「徐哥哥，這位姐姐怎麼哭了？」

徐鳳年回神，輕聲道：「因為這位觀音菩薩像一個人。」

王初冬「哦」了一聲，善解人意地不再念叨。

不知何時，姜泥和老劍神李淳罡也到了廣場。

李老頭兒深深看了幾眼，喃喃道：「這菩薩無畏手印，可視作一劍，劍意浩然無匹。」

姜泥平淡道：「看不懂。」

李老頭兒意態闌珊，斜瞥了神情奇怪的徐鳳年一眼，疑惑道：「那小子怎麼了？」

姜泥猶豫了一下，低頭道：「這觀音娘娘很像北涼王妃。」

老劍神沉默許久，默念道：「獨走獨停獨自坐，手上青蛇掠白線。獨人獨衫獨持劍，劍尖鋒芒生三千。世間無人能識我，只是冷眼笑瘋癲。唯有山鬼與龍王，知是神仙在眼前。」

姜泥皺眉道：「你作的詩？」

老頭兒笑道：「當年別人誇老夫的〈青龍劍神歌〉，這才一小段，妳要聽，容老夫再想想。」

姜泥沒好氣道：「別想了，我不想聽。」

王林泉興師動眾備好豐盛宴席，親自來請世子殿下回去宅院，連三條大船上的北涼輕騎都沒落下，捧餐盒的婢女絡繹不絕，行雲流水一般送去。

徐鳳年離開山頂，在餐桌上尤其對春神湖特產的烏雞燉甲魚讚不絕口。這姥山烏雞放養於山林，姥山多草藥，因此肉質帶著一股藥香，皮肉骨嘴均為黑色。甲魚更是春神湖一絕，必須挑選百年以上的老鱉，鱉甲因常年潛伏湖底，生出一寸綠鬚者方算是存活百年，與烏雞文火慢燉，直到鱉甲軟透為止。難怪文人雅士倍加推崇，大快朵頤後紛紛讚譽「未能拋得春神去，一半勾留是此湯」。

擦去滿嘴油膩，吃到了離開北涼後最舒坦的一頓飯，徐鳳年總算是酒足飯飽，私下跟王林泉要了本青州的歷代地理志。

黃昏時在院中乘涼，姜泥在讀一本從未在世間露面的《敦煌飛劍》。說來有趣，這名北莽王朝的劍士剛在極北之地的敦煌劍窟裡悟劍大成，正要仗劍行走江湖，便碰上了北行練槍的王繡，乾淨俐落地死於一槍之下。倒不是說那位劍士實力如此不濟，而是閉門造車，劍術過於空中樓閣，少了與人對戰的磨礪，槍仙王繡又最重殺伐，如此一來生死勝負立判。

所幸無名劍士一邊練劍一邊撰寫心得，才有了這本仙氣昂然的《敦煌飛劍》。起先選它，徐鳳年是覺得名字霸氣，隨手拿上，不承想書箱裡一大堆祕笈，老劍神挑三揀四，只說這本還湊合，李淳罡說湊合，徐鳳年當然不敢馬虎對待。

姜泥張嘴讀書，徐鳳年閉眼聽書。

徐鳳年記得李淳罡說過要他與呂錢塘對戰，是該試一試了。他可不想學寫出《敦煌飛劍》的劍士，才出江湖就夭折。在武當山練刀，徐鳳年為何會拚著受傷也要去劍癡王小屏的紫竹林裡討打？老老實實待在瀑布下練刀豈不輕鬆愜意？

武夫境界多達九品，最高一品看似高在雲端，不去說之上的金剛、指玄、天象、神仙四重妙境，尋常九品境界在三品以下的劃分十分淺顯簡單，破甲多少，便有幾品實力。傷甲而不破，是下三品，破甲與否是第一道門檻。這甲冑是指王朝的制式鐵板甲，前後兩層。中三品可破甲，但都在六甲以內，所以六甲是江湖武夫的第二道大坎，上三品中的第三品一般都可破甲八九。一、二兩品則就說不準了，像那京城內的龍虎山趙天師便傳言可一記拂塵破百甲，不好定論，以徐鳳年來看，那位天師府中功名心最重的大天師約莫該有指玄境。

徐鳳年讓姜泥等一會兒，去拿那格劍匣。

匣藏大涼龍雀劍。

這劍的主人曾經一劍破去一百六十甲。

◆

徐鳳年手中的劍匣由千年雞血紫檀製成，本身已是價值連城。紫檀一直是由海運而來，巨宦韓貂寺數次出海，很大程度上都是去為皇室裝載上乘檀木，即便如此，大內造作處依然不惜與南國私商購買檀木。

當年西楚採購紫檀最是瘋狂，號稱無官不帶檀。像徐鳳年眼前這位昔年太平公主的皇叔，更是其中的佼佼者，文雅無雙，創建了一座舉世皆知的檀樓，可惜到頭來幾乎整座紫檀樓房都被搬到了太安城。

徐鳳年拿起一塊絲綢輕輕擦拭著劍匣。都說養玉如養人，那麼珍品紫檀就是一位小家碧玉，需要時常拂拭，使其莫惹塵埃。

這塊雞血檀木一經擦拭，光澤圓潤，隱約有絲絲紫氣縈繞。

徐鳳年正靜心凝神聽著《敦煌飛劍》，冷不丁聽到姜泥打了個飽嗝，小泥人停頓了一下，似乎有些赧顏，徐鳳年調侃道：「扣十文。」

姜泥大怒，正要說話，卻見一個繡花竹球高高拋來，青鳥掠到牆頭接住，不讓竹球落入院中。徐鳳年早前就聽到了遠處的歡聲笑語，想必是王家人在嬉戲蹴鞠。

離陽王朝如今國力鼎盛，自然而然有了海納百川的胸襟，蹴鞠本是北莽那邊的遊戲，傳入離陽後並未被禁止，很快就成了女子們的喜好。

本朝女子約束不多，踏青郊遊、宴集結社、騎馬射箭、蕩秋千、打馬球、穿北莽服，樣樣可行，這才有王初冬今日敢於豪放裝扮的大環境。若在二十年前，根本就是無法想像的事情，大勢所趨，古板大儒也無可奈何，何況大文豪、理學家們自身都有家室，乾脆就睜一隻眼閉一隻眼，與世人說大道理不難，難的是與家眷妻女們講小道理。

徐鳳年接過青鳥遞來的竹球，讓她先將劍匣放回屋內。果不其然，很快就有人敲門，徐鳳年看到意料之中的少女，遞還竹球，笑問道：「剛才那一腳是誰踢的？好大的力道。」

王初冬伸出青蔥玉指點了點自己的鼻子，揚揚得意。

她性子活潑，不擅女紅琴畫，秋千、蹴鞠、馬球卻是十分拿手，不過宴席上王林泉似乎對這位小女兒的詩文頗為自豪。徐鳳年倒是真看不出這位自來熟的小丫頭能有什麼大墨水，況且有二姐徐渭熊以及女學士嚴東吳珠玉在前，連小泥人都寫出了氣勢磅礴的〈大庚角誓殺帖〉，徐鳳年就更不覺得有女子在詩詞字畫方面能入他的法眼。

此時王初冬換了衣衫，窄袖長袍，黑靴馬褲，腰間束帶，徐鳳年看著舒服許多。少女學婦人半露酥胸，本是本末倒置，哪裡來的風情手韻可言，那糯裙換由舒羞來穿還差不多。

王初冬試探性問道：「一起蹴鞠？」

徐鳳年搖頭道：「不了，要去一趟集市。」

王初冬一聽就雀躍起來，信誓旦旦道：「一起去，我會砍價！」

徐鳳年一笑置之，讓青鳥去喊魚幼薇等人，再丟給姜泥一個眼神。後者猶豫了一下，還是打算跟上。她人生地不熟，主要是對銀錢沒有什麼概念，實在不知道一兩銀子能做什麼。

一行人，除了徐鳳年以及作為他影子一般的青鳥，還有姜泥和李淳罡這一老一小，呂、楊、舒三名扈從，以及脫下重甲穿上便服的寧峨眉。

王初冬一路上都在踢著竹球，動作嫻熟靈巧，身形如燕，煞是好看。到了略顯冷清的集市，徐鳳年沒料到這姥山島都有青蚨綢緞莊，剛好給魚幼薇購置了幾身衣裳，還有一些可有可無的胭脂水粉。徐鳳年出手闊綽，都沒給王初冬殺價的機會，讓小妮子悶悶不樂。

集市有一棟臨湖茶樓，視野極佳，春神湖水氣升騰，霧氣靄靄，本就是出好茶的絕佳地點，可直到近幾年春神茶才成為貢品。徐鳳年與王初冬登上頂樓，姜泥和李老頭兒還在集市上閒逛，魚幼薇和舒羞結伴在購置物品，結果落座的只有他和王家千金，寧峨眉和呂錢塘、楊青風呈掎角之勢站在一旁。

樓上並無茶客，異常清淨。

茶樓老闆顯然認得王初冬，直接拿出最好的上品春神茶，王初冬毛遂自薦，為徐鳳年沖茶，手法玄妙，舉手投足盡顯大家風範，讓徐鳳年好生刮目相看。

採摘於清明前的茶葉蜷曲似青螺，如雀舌，邊沿上有一層均勻的細白絨毛，綠茶輕緩入水，如春染湖底一般。

徐鳳年耐心等候，小丫頭煮茶堪稱賞心悅目。王初冬雙手奉上一杯茶後，一本正經地說道：「一般茶葉頭酌、次酌、三酌，香味逐漸淡去，春神茶卻是漸入佳境。而咱們姥山的春神茶比起周邊要更好，茶園只許種植竹梅、蘭桂、蒼松，不雜以一株惡木，所以姥山春神茶清香悠長，但沒有沃土氣和青葉氣。」

徐鳳年喝了一口，喝不出個所以然來。他對喝茶一直興致不高，只是到了春神湖卻不喝春神茶實在說不過去。他突然想起來一首詩，正是這首詩硬生生將養在深閨人未識的春神茶變成了貢品，這一點像極了二姐當初無意間烘熱了只在北涼出名的綠蟻酒的〈弟賞雪〉，下意識給念了出來：「此茶自古知者稀，精神氣意我自足。蛾眉十五採摘時，一抹雪胸蒸綠玉。」

王初冬眨眨眼，一臉期待地問道：「這首詩好不好？」

徐鳳年隨口說道：「挺好啊，我對能作詩寫賦的好漢一向都很佩服，不過要是能親眼看到少女摘茶就更好了，雪胸蒸綠玉，妳聽聽，多有詩情畫意。」

王初冬俏臉微紅。

徐鳳年一頭霧水，問道：「咋了？」

王初冬耳根紅透，不言不語，只顧著低頭喝茶。

頂樓來了幾對年輕的公子和女子，俱是錦緞華服，神態一個比一個倨傲，其中為首的一位官宦子弟，年紀不大官氣卻十足。他瞧見了王初冬，眼神一變，徑直走來，剛要搭訕，就被呂錢塘擋住。

王初冬皺眉小聲道：「這人是趙都統的兒子，遊手好閒，胸無點墨，可跋扈了，討厭得緊。」

徐鳳年沒有壓低嗓音，瞇眼笑道：「都統？多大的官，三品有沒有？」

王初冬忍俊不禁，眉眼靈氣，那點兒鬱悶煩躁一掃而空，配合道：「不大不大，才從四品。」

不過她終歸是富貴人家裡耳濡目染官場險惡長大的子孫，並非不諳世情，悄悄提醒道：「這傢伙的姐姐嫁給了州牧做小妾，他身邊那幾位都是青州大家族的膏粱子弟，我們別理他們就是。」

那從四品武將的兒子對王家小女一直愛慕，她爹王林泉是青州首富，被譽為金玉滿堂，半座姥山差不多都是王家的私產，更插手了最是財源滾滾的鹽鐵生意，本事與靠山都硬得扎手。王林泉對這個女兒尤其寵溺，恨不得為其摘星捧月。

當年與人鬥富比拚，王林泉便在姥山宅院的池水上鋪滿了一片值十金的琉璃鏡，邀請青州達官顯貴一同賞月，他與父親當時也在場，目瞪口呆。再者王初冬這小可人兒也不簡單，年幼時便接連有數位高僧真人為其算命，都說此女榮貴不可言，那首膾炙人口的〈春神茶〉就出自她口，據說連宮裡的娘娘都讚不絕口，親自說與皇帝陛下，春神茶這才成了貢品。

仗著姐姐登入龍門得以在青州橫著走的趙姓紈褲看到呂錢塘惡狗擋道，這位鮮衣怒馬慣了的公子哥雖然腰間挎劍，可一來佩劍只是做擺設，二則能與王初冬品茶的傢伙，多半身世不差，他還沒傻到一言不合就拔劍相向。若紈褲之間都是如此胡亂砍殺，這天下豈不是亂得不能再亂了？於是他擠出笑臉，準備先探個底，故作熟絡地溫言笑道：「初冬，這位朋友是？」

哪知王初冬不客氣地說道：「初冬也是你喊的？我跟你不熟。」

唯恐天下不亂的徐鳳年點頭道：「對，初冬只跟我熟。」

兩人相視一笑，這般靈犀默契，實在是太打臉了。

那幫公子、千金們一時間群情激憤，姓趙的陰沉道：「王初冬，別以為我動不了你爹。」

王初冬咬牙，正要刺一刺這個狐假虎威的渾蛋，皺了皺眉頭的徐鳳年已經開口：「你是靖安王趙衡的兒子？」

全場傻眼。

這哪跟哪啊，扯到靖安王做什麼？那幫青州權貴子弟都忍不住面面相覷。

與六大藩王同姓卻沒有半點關係的趙姓紈褲沉聲笑道：「你竟敢直呼靖安王的名字！」

徐鳳年本就對喝茶沒興趣，只是想坐在這裡觀景而已，結果碰上了這麼些個煞風景的白癡，他平淡地望了呂錢塘一眼，後者二話不說便一腳將姓趙的踹到了牆壁上。

雞飛狗跳，那些只欺負過別人還不曾被欺負過的傢伙趕忙扶著同黨撤離茶樓。還能做什麼？要麼喊僕役群毆，再打不過，就只能搬出各自的父母家族了，被罵作北涼首惡的徐鳳年對此還會陌生？

王初冬微微張開嘴巴，依稀可見嘴中雀舌更比杯中雀舌嬌。

徐鳳年笑道：「喝茶喝茶。」

王初冬反而過來安慰徐鳳年，揚起一張燦爛無憂的笑臉，柔聲道：「沒事，天塌下來有我爹頂著。」

小丫頭似乎忘了她老爹曾在眼前的公子哥面前長跪不起。

徐鳳年喝了口茶水，王初冬湊過小腦袋，神祕兮兮道：「我帶你去湖邊，但你不許回去跟我爹說！」

徐鳳年說了一聲「好」，就被王初冬拉著跑下樓，到了湖邊一處僻靜地方，小丫頭站到石頭上，吹了一連串口哨。

結果徐鳳年等啊等，等了半盞茶工夫還沒瞧見任何動靜。

王初冬有些尷尬，臉紅道：「可能還在打盹兒，牠跟我一樣，最貪睡了。」

徐鳳年看到王初冬吹得腮幫鼓脹通紅，仍不甘休，模樣可愛。他站在湖畔石崖上，清風拂面，有飄忽登仙的感覺，本就穿了一件寬博長袖的白袍，髮髻別有一枚紫檀簪，按刀而立，更顯玉樹臨風。

王初冬小心翼翼地偷看了幾眼，總覺得看不夠，這姑娘大抵是要情竇初開了。她生於珍珠如土、金如鐵的豪貴家族，從小被眾星捧月，而且高人讖語皆說小丫頭榮貴至極，治家嚴苛的王林泉唯獨對這個女兒百依百順，其餘兄長、姐姐也都對她疼愛有加。如此萬千寵愛集於一身，王初冬才能無憂無慮地寫出〈春神茶〉，當時年僅六歲。十四歲時她寫出了讓無數大家閨秀、侯門千金潸然淚下的《東廂頭場雪》，士子推崇這本淒美小說是「東廂頭場雪，天下奪魁」，尤其是結尾處借女子說出「願天下有情人終成眷屬」，僅此一語勝過千本書。

雖說被江南大儒大肆抨擊不合禮教，誤人子弟，也有人懷疑這本奪魁的情愛小說是王林泉請人捉刀代筆，但那位足不出春神湖的十六歲姑娘，始終是那般特立獨行，總是貪睡又貪玩，蹴鞠、秋千玩累了，心情好便寫幾百字《東廂》後記，一字千金。

傳言只要王初冬動筆，不管寫出幾個字，都要快馬加鞭送往皇宮大內，交到幾位癡迷《東廂》的娘娘手中，更有祕聞說這位王東廂寫死了說出那句傳世名言的佳人後，宮裡一位娘娘含淚寫信於她，求王東廂筆下留情，莫要如此絕情，可小王東廂並未心軟，堅決一字不改。

《東廂》末尾出版時正是喜慶的春節，以至於青州那一年，小姐、夫人們無一有笑顏，被許多幾十年寒窗苦讀聖賢書卻不得名聲的眼紅士子稱作文壇百年難遇的一樁咄咄怪事。一位精於閨閣豔詞的文人甚至不惜以王東廂半個子孫自居，對《東廂》一書推崇至極，說此書道盡了男女情事，再不給後人留半點餘地。那詞人半百的年歲，竟然對一名不到十八的女子如此卑躬屈膝，自然毀譽參半，不過這麼一鬧，他本來平平的名氣藉著王東廂的東風的確是越來越大。

也就是徐鳳年對這個不瞭解，要不然以他重金買詩的脾性，哪裡還會如此小覷身邊這個誤以為只是天真爛漫的小丫頭。要知道身邊站著的可是一位當世女文豪啊，說不定世子殿下就要覥著臉求幾首好詩了，既然相熟，也能要個友情價嘛。

徐鳳年見王初冬總算是沒氣力再吹口哨了，在那裡輕拍胸脯，似乎還要再接再厲，忍不住玩笑道：「妳朋友住在水裡？」

王初冬點了點頭，正色道：「我出生那天牠從湖底醒了，爬到我家門口，爹說牠是我的長命物，等我長大以後，每到清明左右，我就找牠玩。」

徐鳳年好奇道：「龜鱉？或是蛟龍不成？」

王初冬臉紅道：「蛟龍哪裡會爬到我家，牠是隻馱了塊無字碑的大黿，長得像隻大烏龜，很笨的，高人說牠是大禹治水時的鎮海神獸。小時候我坐在牠背上游春神湖，牠一高興就潛入水底，差點淹死我，後來爹就不許我偷偷出來找牠了。」

徐鳳年震驚道：「王初冬，可以啊，看不出來妳還是天賦異稟。我以前在武當山上認識個騎青牛的道士，妳更厲害，都騎上大黿了。」

王初冬笑起來會露出一對小虎牙，明顯很得意，卻假裝謙虛道：「一般一般啦。」

水浪驀然間嘩啦作響，湖面上浮出一個龐然大物，龜甲闊達兩丈，負大碑。

《說文解字》中記載甲蟲唯黿最大，黿諧音元，元者大也。徐鳳年因為雪白矛隼的關係，當年仔細讀過《神州景物略》以及《天祿識餘》，後者「龍種篇」便有黿的詳細文字著述。黿嗜睡，尤以魁黿為最，不逢亂世、盛世不出水。目前加上眼前斬波劈浪的魁黿，徐鳳年自己就有的一頭六年鳳，一對幼夔，至於聽說過的神物，排在首位的則是劍仙呂祖留在武當山上的丹頂鶴，以及龍虎山在齊玄幀座下聽經十數年的黑虎。

徐鳳年摟住王初冬的纖細蠻腰，飄下石崖，來到黿背上。小丫頭蕩秋千能蕩到三樓高，旁觀者無不悚然動容，自然不怕。徐鳳年站在黿背上，覺得荒唐，定睛一看，石碑果真無字。這隻黿類的老祖宗過於巨大，簡直如同一葉扁舟，徐鳳年估計十幾個壯漢站在上邊都沒關係。《天祿識餘》隱晦提及乘坐負碑魁黿可以找到海上仙山，歷朝各代皇帝都不遺餘力在大江大湖中找尋牠的蹤跡，巨宦韓貂寺出海買檀，未必就沒有尋訪仙山神人的意圖。

王初冬蹲在黿背前端，親暱地拍了拍大黿腦袋，說道：「大黑，咱們去湖心玩，記得別被人看到。」

大黿緩緩游湖，安穩如泰山。

徐鳳年輕聲道：「初冬，妳能招來馱碑大黿，不應該讓外人知道，否則會惹來橫禍。」

正在敲打大黿腦袋的王初冬轉頭道：「你也不是外人哪。」

徐鳳年笑道：「我們認識才第一天，還不是外人？真懷疑妳怎麼到今天還沒被人拐走。」

王初冬做了個鬼臉，「我知道你就是世子殿下徐鳳年，能讓我爹下跪的，除了天地祖宗，就只有大柱國，最後一個就是你嘛，我可不笨。」

徐鳳年釋然，有人無事獻殷勤總歸不心安，自己再皮囊出眾，多半不至於讓一位妙齡少女一見鍾情，若是王林泉十幾年旁敲側擊的緣故，就說得通了。要知道以徐鳳年的性子，與王初冬坐黿離岸，將寧峨眉等人撇開，是下了不小決心的。徐鳳年頭疼道：「那妳白天在渡口穿得那個樣子，是想證實那個聲名狼藉的世子殿下是否真的貪戀婦人豐腴？」

王初冬也不掩飾，嘿嘿笑著點頭道：「還好，你的眼神只是有些怪，不像許多來姥山遊玩的紈褲草包。那些襦裙薄衫、錦綾內衣，都是跟我大姐借的，本來還以為我穿上會挺好看的，唉。」

徐鳳年彎腰揉了揉小妮子的腦袋，安慰道：「難看是難看，不過等妳再大些，去穿就好看了。」

正蹲著的王初冬苦著臉道：「會長不高的。」

徐鳳年哈哈大笑，後撤兩步，靠坐著石碑，後背一陣濕涼。他將繡冬、春雷擱在膝上，遙望湖中夜景。

八百里春神湖，如今看似祥和安寧，無法想像當年卻是處處硝煙，檣櫓熊熊燃燒，有幾人是羽扇綸巾、雄姿英發，有幾人是灰頭土臉、喪家之犬？湖上乘船可至鬼城襄樊，三萬六千五百周天大醮，又為誰而立？廟堂從來只聽成王笑，不見敗寇哭。像身邊姑娘的爹王林泉，若非手持聚寶盆，有誰會花心思去順藤摸瓜刨出王林泉當年為徐驍牽馬的事蹟。說來有趣，北涼軍中扛纛人少有好下場，為人屠牽馬者卻大多非權即貴。

徐鳳年正遐想聯翩，王初冬跟大黿打鬧盡興了，就面朝世子殿下坐著發呆。她與他相對而坐，他膝上有雙刀，才二八年紀的她手中筆刀寫出了《東廂頭場雪》，身在北涼從未聽說過東廂與小王東廂的徐鳳年自然不知書中身世淒涼的女子原型就是眼前這丫頭。

徐鳳年突然問道：「王初冬，妳既然跟大黿是朋友，怎麼今天晚飯沒見妳在吃烏雞燉甲魚的時候嘴下含蓄啊，我看桌上就妳吃得最歡快。」

王初冬故作迷茫「啊」了一聲，眼睛側望向一旁，紅著臉不敢正視徐鳳年，嬌憨無比。一般來說，甲鱉大則老，小則腥，冬季最佳，春秋兩季次之，最下是夏鱉，被老饕們貶為蚊子瘦鱉。可春神湖的鱉卻是特例，愈老愈成精，兩百年老鱉的鱉裙更是至味。王初冬這貪嘴妮子當時可是一點都不含糊，動筷如飛，王林泉幾次眼神示意，都得不到回應，徐鳳年看得好笑。本來對她的裝束十分反感，一頓飯下來，反而好感增加許多，女子率性天真才美，再漂亮的女子，若矯揉造作起來，在徐鳳年看來簡直就是死罪。

王初冬似乎有心要轉移話題，不惜拿出撒手鐧，小聲說道：「大黑背著的碑石其實有許多古體小篆，只是我看不太懂，查了許多古書，才勉強認得幾句，似乎是在說東海再東有仙山，有人學得這般術，便是長生不死人。還有算是甚命，問什麼卜，背負天書，神欽鬼伏。其餘的，我就兩眼一抹黑啦。」

徐鳳年「嗯」了一聲。

王初冬湊近了問道：「你不想看？」

沒有按照她的預想去追問的徐鳳年忍住笑意道：「我先擺架子，假裝不想看。」

王初冬莞爾一笑，轉身拍了一下大奮的碩大腦袋，大奮似乎不太情願，她便賭氣接著拍。估計牠實在拗不過小妮子一拍接一拍要拍到天荒地老的蠻不講理，嘶吼一聲，身形一晃，那塊無字碑吱吱響起，陽面凹陷下去，露出一牆面的陰書。

徐鳳年站起身，瞇起丹鳳眸子，飛快瞄了幾眼，迅速記下。古篆一個都不認得，但字形都牢記於心。怪不得徐鳳年如此勢利，保不齊哪天這部天書就是一塊免死金牌。只是全部記下後，徐鳳年指了指自己額頭，坦白道：「我已經都看清楚了，都藏在這裡。」

小姑娘真是一點不懂人心險惡，一臉不以為意，只是佩服說道：「你真的能過目不忘呀？我爹沒騙我。」

徐鳳年笑咪咪道：「要不咱們也在石碑上寫點東西留給後人去猜？」

王初冬愣了一下，拍手道：「好！」

徐鳳年抽出春雷刀，和王初冬走到石碑背面，問道：「寫什麼？」

這對活寶，一個膽大包天，一個大逆不道，湊在一起才敢有這樣荒誕不經的行為。

王初冬思索片刻，笑道：「要不就寫徐鳳年與王初冬到此一遊？」

徐鳳年伸出大拇指，讚賞地點頭道：「乾脆再加上年月日。」

王初冬開心地笑了，又可見她的小虎牙。

徐鳳年寫得一手好字，即便以刀刻字，一樣刀走龍蛇，尤其是練刀以後更是氣勢驚人，小妮子看得心神搖曳。

徐鳳年望著石碑上的傑作，哈哈大笑，這大概是千年以來無人能做的壯舉了吧？

徐鳳年重新背靠石碑坐下，對王初冬招招手，示意她坐近了，兩人幾乎肩並肩依偎。

小妮子呢喃道：「你要是能帶刀孤身入北莽就好了。」

徐鳳年疑惑問道：「為什麼？」

王初冬嬌羞道：「有部小說裡一名男子便是這般做的，他用北莽皇帝的頭顱做聘禮。」

徐鳳年想了想，「倒是可行。」

王初冬低頭輕聲道：「若是這樣，我就給你寫詩三百篇。」

徐鳳年沒有深思，只是笑道：「那我還是虧了，得是一顆北莽蠻子的頭顱換取詩一篇。」

王初冬依然低著小腦袋，側臉婉約，月光下，依稀可見她精緻耳朵上的稚嫩絨毛。

徐鳳年伸出一根手指，抬起她的柔美下巴，看到她兩頰的紅暈，睫毛輕輕顫動。

徐鳳年的手指抹過她的嘴唇，輕佻笑道：「快快長大些，我再採擷。」

她被徐鳳年順勢摟入懷中。

徐鳳年輕聲道：「怎麼就看上我了呢？丫頭，妳真不走運。」

王初冬掰著手指頭，眼神恍惚道：「打我記事起，就知道你了啊。爹說你以後肯定會是世間最奇偉的男子，我就在姥山一直聽著，看著，以後也一樣。等我長大了，你真的會回來看我嗎？長大是多大呀？我今年十六，那十七歲夠了沒？」

徐鳳年拿下巴鬍茬摩娑著她的粉嫩臉龐，笑而不語。

她說話的時候吐氣如蘭，比春神茶還要清香。

徐鳳年想起了她的雀舌，心中一陣燥熱。

老子忍了！

能忍常人所不能忍方是大丈夫。

王初冬壯著膽子伸手去摸徐鳳年眉心的棗紅印記，手指肚輕微摩擦。

徐鳳年笑著解釋道：「我這可不是學你們女子化妝，是接納武當上任掌教大黃庭修為後的痕跡。我現在才勉強修到二重樓，最高六層，不得不去苦讀道門經典，日夜吐納導氣。道教講究龜息，就像這大黿閉氣於湖底，所以我連睡覺都得運功修行，生怕揮霍了這一身大黃庭。」

王初冬仰頭問道：「累不累？」

徐鳳年笑道：「沒什麼累不累的，習慣成自然。這不心底希望著以後再出行遊歷，可以不帶一大幫扈從保命嗎？至於要做到妳說的孤身去北莽，就更要勤快練刀了。」

王初冬搖頭道：「別去別去，我說笑的，多危險。」

徐鳳年雙手捧住王初冬的臉龐，低頭吻住她的嘴，貪婪而放肆。

雀舌柔弱甘甜。

王初冬瞪大眼睛，分明一點都不懂男女情事，哪裡是那位能夠寫出才子佳人第一書的王東廂？

徐鳳年重新抬頭後，她才後知後覺地閉上了眼睛。

徐鳳年微笑道：「從今天起，妳就是我的女人了。以後與任何士子俊彥多說一句話，都要打妳屁股。」

王初冬在他懷中紋絲不動，只是輕聲道：「再親一下。」

徐鳳年搖頭道：「不能再親了，要不然妳就澈底變成女人了。」

王初冬睜開秋水眼眸，似懂非懂。

◆

燕子江畔，一隻體型誇張的黑白大貓從山林中奔騰而出，直衝江水，只是到了江畔只差最後一躍，牠卻猛然停下，一位騎在大貓身上的少女差點被丟到江中。

騎貓少女扛著一杆金燦燦的碩大花朵，此花本名一丈菊，向日而開，又被稱為向日葵。大貓急停後，少女手中的向日葵劇烈搖晃，她似乎不滿意屁股下那隻千百年來前無古人、後無來者的奇葩坐騎如此膽小怕水，也不出聲責罵，直接一拳頭砸在大貓腦袋上。

委實怕水怕到一種境界的大貓搖頭晃腦，轉頭可憐巴巴望著將自己從西蜀帶到北涼再從小貓養成大貓的主人。少女又是一拳，別看她身體瘦弱，揮拳卻勢大力沉，擊在大貓頭上，砰然轟鳴。

她跳下大貓後背，來到牠屁股後頭，似乎要一腳將其踹進燕子江。

大貓嗚咽著跑開，也不跑遠，跑出一小段距離就蹲坐在地上，憨態可掬。

少女拿下巴指了指燕子江，示意這頭寵物自覺跳下。

大貓拚命搖頭。

她再搖動了一下下巴。

大貓再搖頭。

扛著那株向日葵的少女面無表情，呵呵一笑。

心知不妙的大貓於是滿地打滾耍賴求饒。

少女走近了，將向日葵放在地上，雙手抓起大貓一腳，不見她如何發力便把牠扛在了肩上，一記過肩摔砸到江水中心，這才拍拍手，拿起地上的向日葵。

大貓在燕子江中砸出一道沖天水柱。

過了會兒，原本怕水的大貓似乎開竅了，四爪撲騰，在燕子江中暢遊開來，換了各種姿勢，好不痛快。

少女掠到大貓背上，坐下後，指揮這頭曾在青城山打贏了成年虎夔的蠻橫寵物游向春神湖。

她心情不錯，因此笑了，「呵呵呵。」

◆

賞月賞湖，順帶輕薄了小佳人，還在那塊石碑上刻下了一串荒誕文字，徐鳳年心滿意足，與王初冬一同坐黿回姥山，寧峨眉等人如釋重負。

回到王家宅院，先送小妮子到小院門口，四下無人，徐鳳年又親了一口。

少女回到院中，坐在秋千上，一踮腳尖，輕輕搖晃起來，手指貼著嘴唇，嘴角噙笑。想到許多他說過的話，「如果僅憑英俊相貌就能行走江湖，本世子早就天下無敵了啊」，諸如此類，厚顏無恥，王初冬想了笑，笑了想，沒個停歇。

徐鳳年誇她天賦異稟真沒說錯，這妮子自小博覽群書，看四書五經，更看閒書雜書，故而王初冬筆下寫出來的東西總是渾然天成。青州有二月二童子開筆的風俗，她便寫了「蛙聲小透綠窗紗，樓外大江浪淘沙」，前一半是閨閣閒情，後一半卻急轉直下，氣象迥異。因此世人評點《東廂頭場雪》，都說王東廂以淡墨寫濃情，往往柔腸百轉，一字一詞一語穿人心，深得聖人「樂而不淫，哀而不傷」此語的個中三昧，再由書尾「願天下有情人終成眷屬」點睛，水到渠成，境界超拔。

王林泉走入小院，為女兒搖起秋千，笑道：「爹沒說錯吧，世子殿下分明是個玲瓏剔透的聰明人。就說嘛，大將軍與王妃教出來的兒子，差不到哪裡去。嘿，當年殿下早早握刀，今日再見雙刀在手，很是欣慰。爹最煩看到青州那幫自詡溫良恭儉讓的儒學士子，遠不如殿下做事來得爽利痛快。聽說你們在茶樓動手打了趙都統的兒子？打得好！不打不長記性，我正好想拿錢砸出個道理給這幫傢伙看看，是女子枕頭風厲害，還是真金白銀能讓鬼推磨。」

王初冬「嗯」了一聲，轉頭說道：「爹，我不寫《東廂》的後記了。」

王林泉坐在秋千一側，慈祥道：「不寫就不寫，省得宮裡娘娘們入了魔障一般掛念。」

小妮子俏皮道：「肯定有人要說我江郎才盡啦。」

王林泉開懷大笑道：「那幫吃飽了撐的窮酸書生，文不能握筆寫佳篇，武不能提刀上馬殺敵，理他們作甚。我女兒罵他們都是打賞天大的面子了。」

王林泉離開之前語重心長道：「女兒啊，現在私定終身還是早了點，再等兩年。」

面紅耳赤的王初冬揚起小拳頭揮了揮。

王林泉來到世子殿下的小院，敲門而入，看到殿下坐在院中，桌上放有一格紫檀劍匣，只有婢女青鳥站在一旁。

徐鳳年剛要起身，王林泉慌張道：「殿下無須起身，老奴不敢當的。」

徐鳳年沒有多說，尊卑之分，森嚴禮數，不是三言兩語就可打消。王林泉坐下後，小心看了這麼多年一直不敢忘懷的劍匣一眼。所有老卒離開北涼軍後，有幾樣東西是都不會忘記的——當年身處何營，那一杆所向披靡的徐字王旗。

王林泉是真正的徐驍馬前卒，有幸見到更多、記住更多的東西。其中一件，便是桌上這劍匣，匣中所藏名劍，在王妃手中可謂是「萬里悲風一劍寒」，是當之無愧的入世第一劍。上代武評有詩云「一劍光耀三十州，罡氣沖霄射斗牛」，足見王妃的絕代風華。王林泉看著看著便熱淚盈眶，這些年沾染了滿身銅臭，可夜深人靜，每每思及當初大將軍厲兵秣馬，投十萬馬鞭入河，都會激動不已，正是這股氣，支撐著王林泉走到了今天。

徐鳳年緩緩閉目，兩指抹過劍匣，劍匣刻有十八字，是他娘親親手寫就。娘親是上一任吳家劍冠，雖然為了徐驍背離家族，但許多規矩還是照搬。她去世後便由覆甲劍侍趙玉台守墓葬劍，說是衣冠塚不準確，吳家劍塚，便是當之無愧的一座劍塚。

修道人不敬天道，修到白髮蒼蒼都是不得門而入，以此類推，劍士若對佩劍都不親不敬，多半境界也高不到哪裡去。別看替李淳罡扛起劍道大鼎的鄧太阿隨手拎桃花枝，看似放浪形骸沒個高手的正形，可鄧太阿早就明言，不是他不屑佩劍，只是天下少有值得他使劍的對手，唯有王仙芝是一個，曹官子之流只算半個。

徐鳳年此次遊歷，除了親手祕密繪製幾千里地理走勢，再就是與王林泉這些北涼舊部牽上線。這些不是徐驍傳授，這個王朝內公認的敗兒慈父的確從不去嘮叨徐鳳年該如何行事、如何為人，人屠只是任由世子殿下去闖禍，然後欣然為兒子收拾爛攤子。

世子殿下坐擁扈從死士一撥接一撥，為何要獨力練刀？總不是真的要單純去做衝鋒陷陣的猛將，這種事情，家裡就有個天生神力的弟弟黃蠻兒，日後由徐龍象扛纛，誰與爭鋒？怎麼都輪不到徐鳳年。是為了老黃，想要替缺門牙老僕拿回豎立在武帝城頭的劍匣？有一部分原因，但最隱蔽的，卻是對徐家來說最難以釋懷的難言之隱。

徐家趕赴北涼前，王妃曾獨身赴皇宮，當時在場的有一品高手十數人，大內與江湖各占一半。這是一個知情者個個噤若寒蟬不敢言說的禁忌，是一件短短二十年便被鋪滿歷史塵埃的祕聞。徐鳳年知道老皇帝的打算，徐驍若膝下無子，便是身兼大柱國的北涼王又如何？三十萬鐵騎將來終歸穩穩妥妥是皇家的囊中物，這等拙劣的帝王心術，徐鳳年都不需要別人提點就能知道。至於那些江湖隱士高人，大多在徐家鐵騎馬踏江湖中家破人亡，或者是十大門閥豢養供奉的老祖宗，要報國仇家恨，在徐驍最登峰之時給予致命一擊，還有比這更解恨的手法嗎？

只是他們都沒有想到懷有身孕的王妃竟然在那一夜由入世劍轉出世劍，當武夫境界超出天象，成為陸地劍仙，便不再能以常理揣度衡量。

那一戰，長遠來看，兩敗俱傷，沒有贏家。

原先對王朝忠心耿耿的北涼鐵騎與朝廷澈底生出不可彌補的隔閡，而王妃落下了沉重病根，紅顏早逝。

徐鳳年有一本生死簿，上面記載了那十幾個當日出現在皇宮的人名，三分之一已經陸續暴斃，無一是老死。徐鳳年已然及冠，以後對上這些活著的人，總是希望能親自斬殺，即便終生都做不到，也比什麼事情都不做要好。

徐驍當年為了朝廷百年盛世大計不惜與整個江湖為敵，那麼徐鳳年比徐驍更想要把這個江湖給踏平一空，總有一些事連道理都不用講。徐驍能為自己帶來二十年安穩，出門鐵騎護駕，更有明暗死士，可徐驍總會有年老的一天，十年後，二十年後？徐驍的人心是打江山打下來的，徐鳳年要為徐家博一個大樹不倒，務必要接手北涼鐵騎，這可不是動動嘴皮的小事。北涼重軍功，崇武好戰，若真順從二姐徐渭熊的話，一心一意馬下帷幕治軍，徐鳳年沒這個信心。

徐鳳年這些年一直捫心自問：沒有徐驍，你算個什麼東西？

徐鳳年下意識握緊雙刀，長呼出一口濁氣。

王林泉追憶往昔，感慨萬千道：「當初大將軍平定西蜀，趙軍師只差十里路便可親眼見到西蜀皇城，遺憾病逝，大將軍便率軍投鞭斷江，告慰趙軍師在天之靈。西蜀誰人不膽寒？」

徐鳳年沉聲道：「北涼鐵騎唯有死戰。」

王林泉重重點頭，「唯有死戰！」

兵法詭道，徐驍卻反其道行之，任你千軍萬馬氣勢洶洶，我北涼軍只有死戰。

徐鳳年微笑道：「徐驍這趟進京面聖，八成又要攪得京城一團烏煙瘴氣。」

王林泉噤聲不敢妄言。

徐鳳年卻不介意與這位老卒說些說出去就要掀起軒然大波的家事，王林泉都敢當著無數眼線在碼頭長跪飲泣，徐鳳年如果連這點心胸氣度都無，別說日後接過徐驍手中的馬鞭，便是這個江湖都不用閒逛了，早點回去躲在北涼王府才省事省心。

他示意青鳥去拿些酒來，說道：「王叔，都是自家人，咱們不說兩家話。這次我到姥山，你這般正大光明擺出北涼舊部的姿態，接下來註定要被青州甚至是朝廷許多人下黑手，我會叮囑褚祿山幫你看著點，真要鬧大，大不了讓徐驍出來說話，我就不信當年被徐驍拿馬鞭敲腫腦門的靖安王趙衡敢撕破臉皮。至於徐驍入京，嘿，我猜是去給我討一個世襲罔替的明確結果，確保將來我能穿一件不輸給他那身朝服的大黃緞蟒袍。」

世襲罔替！

平時看似老眼昏花的王林泉一聽到這個說法，雙眼立即綻出光彩。北涼三十萬鐵騎以及所有分散在王朝各地的舊部老卒，誰不惦念、擔憂這個？世襲兩字，含義淺顯，就是承襲父輩爵位、封號、俸祿以及封地，罔替就大有學問了，不更替、不廢除。即便是宗室藩王，除了戰功實在顯赫的燕剌王與廣陵王以特例對待，按照《宗藩法例》都要按輩遞降承襲，如靖安王趙衡，兒子無殊功就只能襲封下一級的郡王。

徐鳳年一旦被朝廷承認世襲罔替，就依舊是北涼王！這才有大黃緞蟒袍一說。

九五之尊，九龍五爪，才算是帝王黃袍。

徐鳳年不介意他年身穿蟒袍去踏平江湖，他就是要活活氣死、嚇死、打死那些王八蛋。

王林泉只覺得大快人心，剛好青鳥端來好酒，老人痛飲一杯，抹嘴笑道：「如此一來，北涼誰敢不服！」

徐鳳年一飲而盡杯中酒，略微自嘲道：「不過我這會兒才一刀破六甲的本事，實在是拿不出手。」

王林泉不以為然道：「世子殿下天縱英才，真要練刀，還不是隨便練出個一品高手！」

徐鳳年打趣道：「王叔，這話你說著輕鬆，可我練刀真心不輕鬆。」

王林泉只顧著笑，心中默念了幾句，王叔比下肚的酒更暖心哪。

王林泉突然一臉遺憾地說道：「我那兩個兒子不成氣候，只會讀死書，沒辦法給殿下牽馬了。」

徐鳳年搖頭道：「沒有這個道理。」

王林泉第一次反駁世子殿下，肅穆說道：「殿下，只要王林泉在世一天，王家便任由大將軍驅使，世上沒有比這更大的道理了！」

徐鳳年不知如何勸解，舉杯仰頭，再次飲光了琉璃夜光杯中酒，輕聲說道：「就是不知朝廷會不會摘掉徐驍大柱國的頭銜。」

王林泉默然。

兩人喝光一壺酒，王林泉畢恭畢敬伏地再跪，這才起身離開。

徐鳳年轉頭望向劍匣，望向那十八個字：此劍撫平天下不平事，此劍無愧世間有愧人。

徐鳳年一壺接一壺，連喝了三壺酒，喝醉後就直接趴在石桌上酣睡，青鳥替世子殿下蓋上了一件貂裘大衣，靜坐在一旁。

徐鳳年清晨時分醒來，看到一板一眼正襟危坐的青鳥，歉然苦笑了一下，青鳥則是展顏一笑。

◆

徐鳳年拔出繡冬在院中練刀，開始試圖將《千劍本草綱》、《殺鯨劍》、《敦煌飛劍》、《綠水亭甲子習劍錄》等一大堆劍道祕笈中最精妙的劍招揀選出來，融入刀法，再以騎牛的那套心法做底子，力求一氣呵成。

只不過趙姑姑建議的先手五十將招式臻於巔峰談何容易，徐鳳年這會兒的練刀難免有些畫虎不成反類犬，走刀相當凝滯，如此練刀只能事倍功半。不過徐鳳年有一個不被注意的優點，就是從小養出了不俗的定力。

童年抄書，少年下棋，三年六千里遊歷更是砥礪乾淨了當世子殿下當出來的浮躁心性，否則以家中鷹犬無數並且擁有武庫的身世，真能腳踏實地，靜下心來練刀？至今才一刀破六甲，換作其他眼高於頂的世家子弟，早就跳腳罵娘了吧？

出了一身汗，徐鳳年回房換上青鳥昨日在青蚨綢緞莊購置的嶄新衣衫，通體舒泰。剛要吃早飯，就看到天大地大睡覺最大的王初冬破天荒起了個早，站在院門口捏著衣角。

徐鳳年招了招手，一同進餐。

王初冬吃相嬌憨隨性，徐鳳年數次抹去她嘴角殘留的食物。

徐鳳年今日就要離開姥山前往被說成第二座豐都的襄樊，早餐臨近末尾，王初冬便越是神色淒淒慘慘戚戚，以她的城府，怎麼都遮掩不住，徐鳳年也不曾勸說什麼。只是吃完後帶上小丫頭最後一次前往白玉觀音像，當徐鳳年說了一句等下就別送行了，王初冬澈底傷心，一邊抽泣一邊如小貓般胡亂擦臉，含糊不清地哽咽道：「等我長大了，記得回來看我。」

徐鳳年用手指彈了一下王初冬的鼻子，調侃道：「瞧瞧，都哭花臉了，難怪說女大不中留，妳爹白心疼妳了。」

天下奪魁的王東廂在書中寫死了那名至情的女子，當時她也有躲起來偷偷哭過，但貪睡貪吃貪玩過後，就淡了。只是她不知道當王東廂不再是王東廂，只是少女王初冬時，莫說死別，便是有緣再相會的輕輕生離，也是如此的揪心。她很想告訴徐鳳年以後她可能都不愛睡覺了，想問以後想他了卻見不到該怎麼辦，可她不爭氣地只是哭，什麼都說不出口。

徐鳳年很見不得女子流淚，聽不得哭腔，提高了嗓門說不許哭，她乖巧溫順地立即閉上了嘴巴。徐鳳年哭笑不得，伸出雙手捏著她紅撲撲的臉蛋，低頭用鼻尖碰鼻尖，柔聲道：「放心，這一路向東南而去，總會有很多有關我的小道消息傳到青州，妳等著，會有驚喜。」

王初冬點頭擠出笑臉道：「我會給你寫詩的！」

徐鳳年沒有當真跟小丫頭約定的一顆北莽頭顱詩一篇，萬一真有那一天，她豈不是要忙死？

徐鳳年突然有些懊惱自己過於草率地在她心中留下烙印，記得魚幼薇以前有唱詞一首，「懵懂時候不相思，才會相思，便害相思。」可不就是在說眼前的少女嗎？世子殿下哪怕在王府梧桐苑，除了青鳥、紅薯，對其餘丫鬟都不敢如何用情，點到即止，十數年如一日。怕的正是那些無法揣測的天災人禍，相親相近的女子一旦凋零，徐鳳年不願去承擔這份痛苦。

徐鳳年不知這相思詞恰巧出自青州王東廂的《頭場雪》，算是被王初冬給一語成讖了。

一行人浩浩蕩蕩，走到碼頭。徐鳳年登上船，離姥山愈行愈遠，魚幼薇走上前，輕聲道：「你不知道王東廂？」

徐鳳年一陣莫名其妙，反問道：「什麼人？」

魚幼薇玩味笑道：「你竟然沒讀過《東廂頭場雪》？」

徐鳳年皺眉道：「聽李翰林說結尾死得一乾二淨，我就不樂意去翻了。上次我大姐回涼州，身上便帶了本《東廂》，硬逼著我讀給她聽，好不容易才逃掉。」

魚幼薇低頭撫摸白貓武媚娘，柔柔說道：「那王家幼女便是王東廂啊，出自《頭場雪》的『願天下有情人終成眷屬』，連北莽那邊都朗朗上口。」

徐鳳年輕聲道：「難怪。」

魚幼薇抬頭說道：「王東廂可不只會寫婉約詞曲，雖說從未遠赴邊境，可連邊塞詩都寫得別有生趣，『我到涼州不吟詩，原來涼州即雄文』這句詩可是連大柱國都稱讚過的。」

徐鳳年笑罵道：「徐驍懂個屁的詩詞曲賦。」但世子殿下輕聲補充了一句：「不過小丫頭這句詩的確有那麼點意思。」

魚幼薇笑了笑，越發肥胖的武媚娘在她懷中慵懶地伸了個懶腰。

第三章 春神湖世子相煎 襄樊城萬鬼出城

鬼城襄樊，由六大藩王之一的靖安王坐鎮。

趙衡在宗室親王中算是難得的文武兼備，只是高不成、低不就，文采不如弟弟淮南王，武力輸給燕剌、廣陵兩位王兄。興許是心灰意冷，耳順之年開始崇信黃老學說，一度曾有去龍虎山做道士的念頭，最近兩年又棄道學佛，興師動眾，特地向皇帝陛下求了特旨前往兩禪寺燒香，甚至主動要給黑衣僧人楊太歲當菩薩戒弟子，可惜病虎老僧置若罔聞，始終不加理會。趙衡如今長習佛教，手中常年纏繞佛珠一百零八顆，多愁善變如女子。

徐驍說過，這個趙衡陰沉如妒婦，求佛問道都是早年造孽太多，求個心安的幌子，六大藩王中數他最不是個爺們。

三條大船才離開姥山沒多遠，兩條春神湖水師樓船便靠了上來，徐鳳年所站船隻與之相比，小巫見大巫。

徐鳳年瞇眼望去。北涼鐵騎在春秋國戰中摧城滅國勢如破竹，可謂無敵，唯獨不善水戰，所以徐鳳年對春秋各國水師極有研究。本朝湖上戰艦大小四十餘種，都有不淺的涉獵，眼前樓船稱作黃龍，在青州水師中只比青龍樓船和六牙巨艦略遜一籌。

江海通行，已是氣勢凌人的巍然大物，設三樓，高六丈，飾丹漆，裹鐵甲，置走馬棚，上下語音不相聞，女牆上的箭孔密密麻麻，觸目驚心，更有巨型拍竿，一竿拍下，尋常大船都要被拍得支離破碎。

很不幸，徐鳳年這幾條船就經不起幾竿怒拍，但青州水師更不幸，因為此時船頭站著的是北涼王世子殿下。

徐鳳年平靜道：「寧將軍，去拿大戟。」

性格溫良的大戟寧峨眉難得露出一臉獰笑，轉身去船艙取出那一杆卜字鐵戟，連短戟行囊都背上了。

呂、楊、舒三人自然而然做好了躍船廝殺的準備。尋常武卒，實在是經不起他們三個二品高手折騰，只不過民不與官鬥，俠不可犯禁，多少有些先天的忌諱，但一想到到底是誰教會了江湖這個血淋淋的道理，三人立即輕鬆無比。

徐鳳年讓魚幼薇先回內艙，抬頭看到昨日挨了呂錢塘一腳的趙姓紈褲與一幫狐朋狗友站在黃龍大船三樓指指點點，敢情是在裝模作樣指點江山？

黃龍樓船逐漸靠近，清晰可見巨型拍竿已經準備就緒。

拍竿張牙舞爪前，那位給青州州牧做小舅子的趙姓公子哥雙指捏著一只白瓷酒杯，看上去挺瀟灑不羈，他朝徐鳳年喊道：「外地佬，你還敢造次嗎！」

徐鳳年笑著回應道：「行啊，我倒很想掂量一下青州樓船的斤兩，就怕你們中看不中用。」

姓趙的下意識用眼角餘光瞥了一行人中的同姓公子一眼，這同齡人容貌風雅，行事卻低調內斂，哪怕與他們相處，也毫無架子，在青州境內口碑極佳。都統之子居高臨下，問道：

「你敢再重複一遍昨日的言語嗎？」

徐鳳年明知這是個一眼就能看破的陷阱，卻依然淡笑道：「靖安王的姓名說了又何妨？藩王趙衡的兒子站在這裡，一樣打得他回家以後連趙衡都認不出來。」

姓趙的心中大喜，瞥見身側那位青州境內無人敢在他面前自稱豪族公子的斯文青年，露出一抹不易見到的陰森。

那面如冠玉的白淨公子上前一步，他一上前，趙姓紈褲當下便後退。

公子哥直視徐鳳年，平靜道：「你別後悔。」

徐鳳年一抬手，三艘船內一百鳳字營兵士盡數出艙，持弩而立，腰挎一出鞘便是清亮如雪的制式北涼刀。

如此一來，反倒是青州水師騎虎難下了。

今日，難不成真要水戰一場？

鳳字營都尉袁猛怡然不懼，頻頻用手勢督戰，井然有序。鳳字營本就是北涼輕騎中的翹楚，馬戰、步戰、夜戰都名列前茅。掌舵船夫早已被控制，三條船瞬間拉出一條圓弧，互成犄角。北涼軍雖不善水戰，但那只是跟馬戰相比。青州水師？

當初北涼鐵騎圍困襄樊，這兩艘樓船上的水師士卒都還在吃奶吧？西蜀曾鑿開石壁掛了三條鐵索攔江，試圖阻攔北涼臨時拚湊出來的水師，不承想那場水戰尚未開啟便已落幕，大江沿岸天險被北涼軍悉數摧破，真要嚴格來說，北涼軍還是青州水師的半個老祖宗。

徐鳳年放聲譏笑道：「可敢一戰？」

春神湖自春秋國戰以後再無硝煙，難不成今日三條商船要讓青州水師開葷？

黃龍樓船上一班紈褲中隱隱領頭的世家子皺緊眉頭，一場實力懸殊的水戰勝負在他看來不須想，只是一旦輕啟戰事，以他的敏感身分，後遺症太大，哪怕是他父親都不敢承擔。

這三艘黃龍戰艦藉著水上演練航行到姥山附近，更多是耀武揚威，若對方是尋常勳貴子弟，且不說樓船前後左右設置有四杆巨型拍竿，鉤距和犁頭鏢就已經夠他吃一壺了。拍碎或者掀翻對方大船後，就丟一個走私鹽鐵的罪名，便可成為一樁無法深究的官司。青州本就對姥山王林泉插手鹽鐵生意多有不滿，一來替趙都統的兒子出口惡氣，二來也可以給姥山一個警告，一石二鳥，何樂不為？

只是他看到三條船上百餘人攜帶制式軍刀不說，更是手持弓弩，佩刀還好，王朝雖不鼓勵遊俠莽漢帶刀遊歷，但並不嚴令禁止，可弓弩卻是非軍伍不得私自配置。他可不是睜眼瞎，對面那個登姥山遊玩的子弟身後可是站著一位披重甲、持大戟的魁梧武將。

王朝甲士百萬，能用鐵戟的勇夫屈指可數，這次要教訓的人身分自然水落石出，有誰能讓北涼大戟寧峨眉親自護衛？他早就聽說北涼王世子殿下二度出門遊歷，不承想今日便不巧撞上了。

世子殿下可不是誰都敢假冒，藩王子孫出境需要朝廷欽准，出行陣仗更有明文規格。何況顯而易見，自稱任何一位藩王世子都要比假冒那北涼王世子要安全得多，人屠的兒子，隨便站在春秋八國中，喊一聲我是北涼王世子殿下，看會不會被多如過江之鯽的刺客死士蜂擁而上。

同是王朝最頂尖世家子的年輕男人眼神複雜，喃喃自語：「這傢伙帶了一百北涼輕騎，與我父王幾乎等同，好大的排場，不愧是異姓藩王的兒子。」

屁股下的位置不同，腦袋裡生出來的想法便截然相反。與為首世家子的謹慎不同，包括趙姓紈褲在內的青州子弟聽到徐鳳年叫囂後，火冒三丈。要知道水戰有兩大依仗：一個是占據上游，順勢而下，敵師難以爭鋒；再就是以大船碾壓小船，王朝水師這些年耗費鉅資打造了三艘與城牆等高的巨艦，舊東越境內的餘皇、舊西楚的神凰，再就是青州水師旗艦。莫說黃龍樓船，便是已算大物的青龍大艦，都要被船頭冒鐵撞竿一撞立碎。黃龍與三大巨艦的差距，無疑正是眼下商船與黃龍的差距，那廝何來的勇氣說出「可敢一戰」四字？這得吃了多少顆熊心豹子膽才成？

這批穿錦衣、騎壯馬的豪門子弟中除去為首的世家子，有兩人性格最為激進毛躁，除了父親是都統的趙姓紈褲，再就是家裡老爹身為青州水師一把手的韋瑋。韋瑋一直被青州百姓私底下罵作惡蛟，仗著父親權勢，最喜歡強行擄掠姑娘到湖上肆意妄為，事後要麼沉屍，要麼剝光衣服逼迫她們下船，後者大半不堪受辱，投水欲自盡。韋瑋最令人髮指的地方在於他能力挽三石弓，女子一旦落水，便被他持弓射殺。

他父親堪稱青州龍王爺，韋瑋這鳥人斗大的字不識幾個，尋常在街上架鷹走狗，見著士子裝扮的讀書人就要去痛毆一頓，從老子那裡學來了七八分的凌厲狠辣，生平最佩服涼州四惡中家設獸籠的李翰林，經常說有機會定要與李大公子結拜兄弟才痛快。

韋瑋當下暴跳如雷，他此生最見不慣兩樣東西，一是氣度儒雅的讀書人，再就是比他更跋扈的公子哥。那站在船頭的傢伙都齊全了，如何都瞧不順眼，竟敢在他的地盤上大放厥詞，活得不耐煩了，他轉頭朝遠處一位府上僕役怒喝道：「去給爺取弓來！」

奴僕趕緊跑去拿那張染血無數的大弓。

兩艘黃龍樓船上共計有樓船士四百人，五行中土勝水，其色黃，故而船上士卒身穿黃裳、頭戴黃帽，名黃頭郎。每艘黃龍船按照水戰兵書《水上制敵太白陰經》配備長矛鉤斧各十，弩三十二，箭矢三千三百，甲冑四十。黃頭郎中善戰者被授予「楫濯士」稱號，黃龍有楫濯士十數人，何況兩艘樓船順風而戰，不管如何看，都遠勝敵人僅有的一百把弓弩，勝券在握。

黃龍船上幾位女子皆是穿著貴族女子特有的大袖長裙，「大袖」首創於皇宮內的趙雉趙皇后，與鳳冠禕衣都是娘娘嬪妃的常服。近年來朝廷執政寬鬆，上行下效，「大袖」開始在民間的高門大族中流傳開來。

樓船上的女子們身著丹紫粉綠鴨黃大袖，宛如一群彩蝶鶯燕，煞是好看。服飾豪奢的她們與同船的公子哥們心態略有不同，她們本就對那佩雙刀的傢伙無甚濃烈敵意，看在眼中，只覺得風流倜儻。雙刀一長一短，長刀漂亮，短刀古樸，風格迥異，站在船頭面對青州四百樓船士竟能絲毫不懼，更顯男子玉樹臨風的大將風度。先不說是不是繡花枕頭，僅憑這份膽大作態，便讓她們怦然心動了，情郎可不得就找這般瀟灑無畏的公子哥？她們才不管什麼兩軍對峙劍拔弩張，兩個膽大些的青州豪閥千金已經悄悄丟去了媚眼。

徐鳳年對於青州水師能否迎戰其實並不上心，更多是在觀察黃龍樓船的一些細節：戰艦調動是否有條不紊，鉤距拍竿是否擦拭清亮，樓船船板上篷帆裹有的牛革鐵甲是否完備。一葉可知秋，青州水師戰力有多少，大抵能看出十之八九。

老道士魏叔陽站在世子殿下身側以防偷襲，徐鳳年轉頭與寧峨眉隨口說些水戰要事，對青州水師簡明扼要做了一番評點。這名北涼四牙之一的武典將軍不諳水戰，但聽著世子殿下口中所講，神情凝重中帶著幾分驚訝。殿下分明是精通水上兵法戰略的行家，闡述利弊，娓娓道來，可不是看幾眼《太白陰經》就能紙上談兵的。

大戟將軍微微一笑，躬身請命道：「只要敵軍敢戰，末將一戟便可挑斷樓船拍竿，讓其近不了身。至於比拚箭術，黃頭郎比我北涼健卒更是差了十萬八千里。懇請殿下准許末將率兵先聲奪人！定要讓青州水師見識一下何謂戰陣悍勇！」

徐鳳年搖了搖頭，打趣道：「寧將軍，我們約戰，打不打最後還得由對面那些人來決定，若是你先出手，事後追究，我這個一向名聲糟糕的世子殿下倒是不怕，最多就是徐驍在朝堂上與張首輔等一幫殿閣大學士破口對罵，但是小心你連武典將軍都做不成。你瞧瞧那邊與你同階的樓船將軍，志得意滿，估計想著辦妥這事兒就得升官發財了。寧將軍跟在我身邊本就遭罪，沒法子升官也就罷了，若再被降階，傳出去我的名聲就真要爛遍三十州了，以後誰還敢給我這個無良世子鞍前馬後？」

重甲威嚴的寧峨眉約莫是大致摸清了世子殿下的脾性，會心笑道：「是這個道理，看來趕明兒就得求殿下讓大將軍給末將一個千武牛將軍當當，這趟好不容易出門在外，總得給殿下長長臉面。」

徐鳳年哈哈笑道：「硬是要得。」

北涼輕騎凝神對敵時，偶爾會觀察世子殿下與寧將軍的神態，看到兩位主心骨如此輕鬆隨意，他們都跟著豪氣橫生。北涼軍舊部可謂是離陽王朝最不受待見的一批人，三十萬無敵鐵騎屯紮在離陽北莽兩國邊境，對這股足足蔓延十多年的風氣也無可奈何。

他們跟著世子殿下與寧將軍、袁都尉好不容易逮著機會走出北涼，雖說雨中小道一戰折損兄弟不少，可入了北涼軍，有誰怕過馬革裹屍？穎椽城門外寧將軍一戟將那不長眼的顧劍棠舊將挑翻下馬，後來聽寧將軍說世子殿下親口說若是他在場的話，定要把那東禁副都尉吊在城門上示眾。

如果那會兒鳳字營輕騎還在半信半疑，可經過了鬼門關世子殿下親自救人，再聽今日放話可敢一戰，他們是信多過疑了。先不管世子殿下是否魯莽，這一等一的跋扈做派，終歸是不愧北涼徐字王旗！世子殿下當日在激流中騰挪如猿，尤其是那握住卜字鐵戟提人的手法，鳳字營可都看在眼中、記在心裡，那幾個被殿下從水中救起的輕騎，最近與袍澤們插科打諢，言語中總有些自傲。

徐鳳年見到黃龍樓船上一個壯碩青年拿過牛角巨弓，拉弓如滿月，可見膂力不俗。

那一箭，直指自己。

右手握繡冬的徐鳳年瞇起一雙極好看的丹鳳眸子，默默說道：「就等你了。」

◆

姥山，王林泉來到小女兒王初冬的樓中書房一同觀戰。

王東廂的「頭場雪」書齋是姥山最高建築，書籍遍地，散亂無序，但她從不要丫鬟女婢整理。書房是禁地，尤其是她寫書、寫詩時，無人敢去打擾。每本書都被評作三六九等，分門別類，給予不同的暱稱，無聊時便趴在地上書堆裡，讓不同類別的書籍進行假想的角鬥，自言自語，自娛自樂，所以從不孤單。因此站在書齋外的貼身丫鬟總能聽到諸如「呀，經學勝了兵法，罰爾等兵書四十六部，半旬不被我閱讀」、「哦，西蜀詩集與南唐曲賦勢均力敵了，不錯不錯，獎賞你們各自領兵的大將軍《花間集校》與《菩薩蠻》各讀三日」。

丫鬟們對自家小姐一個個天馬行空的想法已經習以為常，覺得跟著這麼個喜慶逍遙的主子，真是幸運。小姐若是寫書、讀書悶了，便與她們一起蹴鞠、蕩秋千、打馬球。尤其是一些丫鬟都在《東廂頭場雪》裡露過面，這可太神奇了，天下士子都知道她們啦，以至於青州士族中許多俊彥都慕名而來，只求娶回一個「東廂丫頭」，與那老傢伙自稱東廂子孫並稱本州文壇兩大奇事。

王初冬踮起腳尖，望向湖面舟船對峙的景象，憂心忡忡地問道：「爹，打得過嗎？」

薑到底還是老的辣，王林泉胸有成竹道：「青州水師看似船大人多，其實中看不中用，青州十年無戰事，這幫黃頭郎也就做做樣子。殿下的親衛扈從卻不同，百裡挑一，精於騎射，一百矯健悍卒對上四百個不諳兵戰的廢物，真要對戰，幾盞茶工夫，黃頭郎就要丟盔棄甲。但殿下需要顧忌廟堂上的捭闔，不好先手破敵，青州水師也不敢說無法無天到殿下擺出身分後還敢水戰一場，這可不是官欺民的小事，說遮掩就遮掩。

兩派官軍相鬥，是朝廷大忌，現在就看青州水師那邊有沒有明眼人了，若是由韋瑋之流鼠輩來掌控局面，多半要輸了水戰再輸廟堂。青州水師一旦敗露出如此不濟的真相，這些年水師都統韋棟的貪墨枉法，就連州牧都要捂不住，到時候這支水師便要變天了。本來青州水師被顧劍棠舊部把持得滴水不漏，對爹的鹽鐵河運生意反覆詰難，哼，爹趁此機會剛好可以安插嫡系人手進去。」

王初冬呢喃道：「春神三萬六千頃，一百甲破四百甲。」

王林泉趕緊收斂心神，不去說那些官場上的勾心鬥角，笑咪咪地讚賞道：「好詩好詩，氣勢磅礴。」

王初冬瞪了他一眼，「這哪裡是詩！女兒隨口胡謅的呀。」

王林泉厚著臉皮吹噓道：「我的初冬倚馬萬言、出口成章，不是詩但勝過詩嘛。」

王初冬正要反駁，猛然瞅見湖上風雲突變，伸手指向江面，提高嗓音道：「快看！」是樓船三樓，韋瑋彎弓拉出一個大圓，然後電光石火間射出了一箭！

鋒利箭矢激射向徐鳳年。

早前大戟寧峨眉便看到有人拉弓，想要替世子殿下擋下這一箭，卻被九斗米老道士魏叔陽用眼神示意無須出手。

徐鳳年瞬間抽刀，樓船眾人以及四百黃頭郎只看到一抹耀眼白芒掄出一道弧線，定睛再看，便是那根破空而去、氣勢驚人的箭矢被斬成兩截，箭頭半截被握在了那人手中。不給坐等對手斃命的韋瑋回神，徐鳳年輕輕拋起半根箭矢，屈指一彈，只見箭矢去勢迅猛無比，這一擊卻不是回贈韋瑋，而是射向了那名為首的世家子。

這名年輕公子早已退居幕後位置，顯然想要坐山觀虎鬥，徐鳳年就是不讓他得逞，既然釣魚，不釣大鯨算是怎麼回事？這傢伙十有八九是靖安王趙衡的兒子，入襄樊城前，他就是要讓靖安王知道，當年你被徐驍拿馬鞭連敲幾十下都不敢聲張，今日本世子就親手揍一揍你的兒子，看誰家才是虎父犬子！

那名世家子身邊自有高手護衛，一人以袖擋去半截箭矢，但那名世家子顯然被嚇了一跳，後撤數步，不小心撞到了一名青州高門名媛的胸口上，惹來一聲此時此景中格外刺耳的嬌嗔。

徐鳳年緩緩收刀，依然是那副極其囂張欠打的表情，朗聲問道：「可敢一戰？」

寧峨眉將手中鐵戟往船板上一蹴，轟然作響，他的長相本就豹頭環眼、燕頷虎鬚，此時對著黃龍樓船怒目相向，無比猙獰雄武，喝聲道：「鳳字營！死戰！」

袁猛與一百鳳字營輕騎當下齊聲喊道：「死戰！」雷鳴沖霄。

對面兩船人不由心神一顫，面面相覷，都從對方眼神中看出了濃重的驚恐。

四百黃頭郎更是手腳顫抖，已然握不住手中兵器。

◆

官與官鬥，可曾見到大人物們撕破臉皮在官衙裡捲起袖管打架鬥毆的？不都講究個笑裡藏刀，暗箭傷人？這幫紈褲千金此行遊玩，更多是湊個熱鬧，給姓趙的撐個場面，想要親眼看到黃龍戰艦用拍竿砸爛大船的罕見畫面，哪裡料到這個與王林泉交好的外地佬卻是硬到不行的紮人點子。帶有一百扈從甲士不說，還敢主動約戰，乖乖，約戰的對象可不是一群家族僕役，而是青州水師的兩艘樓船啊。

黃龍在青州百姓眼中已是無敵巨艦，一直被誇成是青龍不出誰與抗衡的水師主力戰艦。這些年與王朝內其餘幾支水師一爭高下，排名都不低，因而韋棟官階雖不算太高，在青州境內卻敢與高他一階甚至數階的官員吹鬍子瞪眼，便是州牧郡守，都對韋龍王十分和顏悅色，爭著搶著極力拉攏。

若非挾青州水師，坐擁這等特殊權勢，韋棟也養不出韋瑋這麼個目無法紀的兒子。州內有個在京中台做諫言官的，愛女返鄉，不幸被韋惡蛟凌辱後逼死射殺，那品秩不高卻可左右言路糾察百司的諫官竟然臨死都無法為女兒求來該有的清白。韋龍王只是喪失了巨艦龍幡的指揮權而已，而闖下大禍的韋瑋只是禁足半年便再度出山橫行，足見盛產京官的青州與朝廷那邊自立門戶的青黨是何等共進退。

傳聞那個時運不濟的清流諫官臨終前寫下一首絕命泣血詩，譏諷當朝言官風骨盡失，其中一句更是誅心到了極點：「我道言官不如狗，犬吠尚有雞鳴和。」

徐鳳年重新將矛頭指向那名身分最為顯赫的世家子，為的就是要讓靖安王趙衡投鼠忌器，令其身陷局中，牽扯越大，徐鳳年渾水摸魚摸出來的魚就越大。

那部給藩王套上沉重枷鎖的《宗藩法例》，對異姓王徐驍來說卻是禁錮甚小。宗室親王強勢如廣陵王，也得十日三次去州牧府上畫卯，一期不到，按律當拘押至審理所，弱勢如淮南王趙英，許多青壯子女都未能請到名字，不得婚嫁。

可佩刀上朝的北涼王卻十數年不曾有一次去涼州州牧府，每逢徐驍回府，都是上任州牧嚴杰溪屁顛屁顛去王府請安稟事，想必「叛逃」出北涼的嚴杰溪也憋了口惡氣，難怪他到京城以後就成了時下抨擊北涼軍政最激烈的股肱忠臣。

女兒嫁給皇子趙篆，嚴杰溪披上外戚身分，外界猜測很快他就可以填上三殿三閣中排在第四的凌煙閣大學士的位置。殿閣榜首的保和殿大學士如同大柱國，是數百年來王朝兩大虛銜，不敢奢望。

張巨鹿百尺竿頭再進一步，倒是有望摘得此項殊榮桂冠，只是以張首輔能夠隱忍二十年的韜晦，多半不會讓自己如政敵徐驍一般置於火爐上蒸烤。

只不過徐鳳年貌似小覷了韋瑋這幫在青州心狠手辣慣了的紈褲擁有的膽識氣魄，韋瑋一箭無功，再聽徐鳳年質問可敢一戰，氣得一佛出世，二佛升天，轉頭對身後那位對他一直唯命是從的樓船將軍吩咐道：「用拍竿！」

拍竿是水戰利器，尤其是在大型戰艦間近身後的決鬥，註定無法以鉤距掀船，善戰水師往往在帆篷上塗抹厚實藥泥，以阻火攻，最終要靠的就是這拍竿轟砸。拍竿制如大桅，長十餘丈，上置巨石，下設機關貫顛迴旋，敵軍船近，便倒拍竿擊碎之。

徐鳳年轉頭對寧峨眉與魏叔陽輕笑道：「衡量一支水師戰力如何，可以看笨重拍竿能拍打幾次，我看這青州水師最多兩次，想要使用三次，得燒高香才行，比起廣陵水師可差遠了。」

這邊談笑自若，那邊青州黃龍已經開始準備拍竿。兩名樓船將軍一聲令下，舵頭和負責拍竿的黃頭郎在一旁楫濯士的指揮下開始忙碌，箭垛孔隙中箭矢密布。站在三樓看戲的男女都回到船艙，韋瑋和幾個手上沾惹命案的凶悍公子哥則坐在窗口觀戰。

被徐鳳年拐彎抹角連罵帶打的世家子舉起一杯酒，並不飲酒，只是不斷雙指旋轉瓷杯，面沉如水。他獨坐桌前，無人膽敢接近，這位平日裡在青州以雅致平易著稱的世家子如同一尾盤起來的毒蛇。

身著大袖的千金小姐們聚在一起竊竊私語，本來有一、兩個偏向青州死黨的女子，殊不料被含情脈脈的同伴好一陣嘰喳渲染，都在兩眼放光訴說那位外鄉公子的好話，說他風采如何英偉，說他長了一雙如何漂亮的眸子，說他耍刀如何聲勢浩大，立場不堅定的她們立馬臨陣倒戈，恨不得跑出去替那位不知名的白袍公子搖旗吶喊。

出身豪閥但生活總是平靜居多的女子聚在一起，談論最多的還不就是各自遇上的有趣男子？除去那名鶴立雞群的世家子，她們家世並不比韋瑋等人遜色，自然不必在乎他們的臉色好壞。利益盤根交錯的青州相當排外，故而韋瑋射殺言官女兒，朝中青黨捏著鼻子都得幫忙擦屁股，而且青州內耗很小，所以凶名在外的韋瑋無論如何蠻橫粗暴，對樓船上的女子卻也算和善，甚至不介意被她們嘲笑一些陳芝麻爛穀子的糗事。百姓說他是江上惡蛟，她們更樂意調侃他不是一條龍而是一條蟲，一口一個韋蟲子，韋瑋也不氣惱，欣然接受。

青黨能有今日地位，可與張首輔一脈、顧大將軍部以及各個亡國遺老新貴派分庭爭權，與青州豪門士族子弟的盲目抱團分不開。

這是治學不顯、治國更平平的青黨立身之本，韋棟深諳此道，州牧皇甫松是如此，朝中身居高位的老狐狸更是堅定不移，否則他們會試圖竭力促成隋珠公主與皇甫松長子皇甫頡的婚事？原先八字沒一撇的事，青黨大佬們卻要殫精竭慮硬生生去畫上一撇一捺！

「出行帶甲士，這人是誰啊？」一位穿雙尖藕弓鞋的小姐低聲問道，這話算是問到了關鍵。

「還能有誰，北涼王世子唄。」一身鴨黃的名媛輕笑道，瞥了那邊舉杯出神的同艙世家子一眼，放低嗓音，「以前只聽說世子殿下驕橫北涼，今日一見才真正相信了。若是換了我們這位殿下去北涼轄內，敢這麼跟徐大柱國的子孫叫囂嗎？」

「不能吧？咱們靖安王可比不得北涼王。眼下北涼王進京面聖，聽我爹說就是給世子殿下去要一身蟒袍的，其他藩王連入京的機會都沒，還是那位大柱國厲害。」長了一張鵝蛋美人臉的女子嬉笑道，「聽說北涼王世子對待看上眼的女子可是寵溺得很呢，一擲千金買一笑那都是說輕了。我二姐嫁去北涼，寄給我的書信裡可都說涼州女子莫不以被世子殿下帶回王府為榮，再瞧瞧咱們姐妹身邊只會辣手摧花的韋蟲子，真是沒法比。」

「北涼王真能世襲罔替？」菱藕小腳的小姐訝然問道。誰說女子無才便是德，若想嫁個門當戶對的好人家，沒點才華且不說如何去相夫教子，便是高門內的妻妾相鬥，就要吃虧、吃苦。曾有胭脂副評談及天下女子，說北涼女子可縱馬勒韁，東越女子多婉約才俊，西楚女子重情義，而青州女子則是勾心最多。這話並非無的放矢，青州女子出嫁外地後總能在夫家站穩腳跟，坐穩大婦的位置，讓侍妾苦不堪言，當然，這與青黨勢大難匹不可分。青州女子，對廟堂上的勾心鬥角和江湖上的爾虞我詐總有一種天然的敏銳嗅覺，別州對仕途有野心的門第士族自然喜歡迎娶一位青州兒媳在內庭持家。

「難說，按照常理，朝廷一百個不願意承認北涼有罔替一說，要不為何《宗藩法例》上只提到兩大藩王可罔替，獨獨對異姓的北涼王諱莫如深？還不是擔心北涼是大柱國的北涼，而非王朝的北涼。」

家中二姐遠嫁北涼的鵝蛋臉名媛對北涼軍政祕聞十分熱衷，此時算是閨閣密語，誰洩露出去便是壞了青州規矩，會被視作叛徒，連累整個家族都無法立足，她不擔心這個，可以十分言談無忌。她托著腮幫，望向窗外，靜等大戰酣熱，「朝中張首輔、顧劍棠大將軍，尤其是那幫恨大柱國恨到極點的春秋亡國遺老遺少，以西楚忠烈舊臣孫希濟為首。這位老太師本已一心求死，思及大柱國仍屹立不倒，才背負漫天罵名出仕做官，明言只求親眼看著北涼王下場淒涼。至於我們青州的老祖宗們與靖安王，嘻嘻，這就不需要我多說了，會眼睜睜由得北涼世襲罔替？」

「燕妮子，那妳說說看有關北涼王世子殿下的見聞，這事兒妳懂得多。」大袖丹紫的小姐好奇詢問鵝蛋臉閨中密友，一臉期待。一群鶯鶯燕燕當中就數她最雀躍，當時看到徐鳳年提刀斷箭，若非身邊同伴拉住，她都要大聲叫好了。

她以往因為家族以及青州風氣，對大柱國以及那位惡名遠播的北涼王世子嗤之以鼻，今兒親眼看到世子殿下傲立船頭的出塵風姿，不得了，澈底魔怔了，只覺得嫁人當嫁徐鳳年。青州子弟越是跋扈，越是見多了本州膏粱子弟的不可一世，她就越發覺得北涼王世子更勝一籌，連同為藩王世子的趙珣都敢挑釁，揚言要打得連靖安王都認不得，那姓徐名鳳年的傢伙還不夠英雄氣概？

「北涼男子無一不在罵，尤其是那幫擱在青州便是韋蟲子之流的公子哥，更是敬畏嫉妒得牙癢癢。在女子中倒是毀譽參半，我二姐曾經遠遠看過北涼王世子的行事，覺得頗有意思，二姐夫便沒少拿這事跟我姐吵架、鬧彆扭，說我姐鬼迷心竅啦。你們知道我二姐說了句什麼狠話堵住我姐夫的嘴嗎？」她賣了一個關子，笑容燦爛，她在青州女子中以精靈古怪出名，自小捉弄韋瑋等人便很是手腕厲害。

「說什麼了？」一幫千金小姐異口同聲地問道。

「我二姐說了，相公，你再拿這破事跟我吵，小心我下次行閨房事就喊那世子殿下的名字。」她率先捧腹大笑。

這話可真是狠。

其餘女子也都先是愕然，繼而個個笑出了眼淚。

她們可以有閒情逸致，同時說些閨房情話與官宦沉浮，可韋瑋那群串在一根線上的公子哥可就神情凝重了。

先前要動用拍竿砸船，那是覺得對手分量不夠，權且當作湖上相聚的助興勾當，如今只要在座的不是傻子都能猜出對手的身分，曾在王朝上下引領風潮的制式北涼刀！那一句震懾心魄的死戰！韋瑋以青州世族子弟自居且自傲，他一錯之下，孤注一擲，一錯再錯，下令黃龍樓船拍竿拒敵，他連京中清流言官的女兒都敢凌辱致死，不介意再荒唐一次，真當韋瑋是個官場白癡？

此戰不說結果如何，只要不殺那北涼王世子，韋瑋挫敗北涼軍的名聲就要廣布大江南北，甚至連皇宮大內都要聽聞一二，誰不豎起大拇指，稱讚韋瑋不讀書卻忠義當頭？父親當年被他連累無法指揮巨艦龍幡，這些年一直引以為憾，今日壯舉，說不定就可以順利將父親韋龍王推至青州真正的巔峰高位！那白袍佩刀的北涼王世子無疑是一塊最佳踏腳石！

舉杯不定的世家子不同於莽夫韋瑋，有著更深層的思慮，臉色陰沉。

皇宮裡頭的那位一直喜歡看到藩王明爭暗鬥，否則也不會有兩王不相見的宗室律法。這次與徐鳳年爭鋒，與其說是兩位世子之間的嘔氣，不妨看作父王與徐人屠兩個二十年老冤家的鬥爭延續。父王這麼多年求道向佛，他依稀記得當年父王求旨上龍虎，數次被拒，甚至被陛下不顧顏面大加苛責，一位弟弟更是藉故被革為庶人，送往鳳陽高牆內圈禁，附上六十餘人被發配到兩遼衛所充軍，若非宮中一位出自青州的娘娘美言，別說去龍虎山燒香，就連他將來本該板上釘釘的世襲郡王都成問題。

今日水戰，無論輸贏，父王與他會是什麼下場？皇帝陛下心思深重，登基以來最擅長藩王與地方、文臣與武將、黨派與黨派各種制衡術，他實在沒有把握去揣度那高在九天的帝王心術。

要不趁勢斬殺了徐鳳年？

這個驚人念頭一掠而過，靖安王世子終於低頭喝了口酒，去掩飾臉上的詭異神色。

因利而聚，容易同床共枕卻異夢，韋瑋正想著如何一戰成名，但底線不許黃頭郎擊斃那姓徐的，靖安王世子則開始思量是否可以痛下殺手，將包括韋瑋在內的一群青州子弟都當成棄子。

富貴險中求啊。旁人的死活，與爵位權柄比較輕重，對堂堂藩王世子來說根本無須思考。身為皇家宗室子弟，偌大一個天下都是我趙家囊中私物，看待任何人，你便是殿閣大學士或是三十位州牧，甭管表面如何客氣，不都是打心底裡在斜眼瞧你？

六大藩王的世子，除去得以在《宗藩法例》中許可世襲罔替親王爵位的兩位，其餘四個就當真一點不奢望那杏黃大緞的五爪蟒袍了？四爪與五爪，僅僅相差一爪，可真實地位相距何止千里？可怕之處在於九蟒五爪降爵變作九蟒四爪，再下一代該如何？如今天下盛世，到哪裡去討要軍功？北境有北涼王坐鎮，南國則有燕剌王，兩位藩王都是王朝公認心狠手辣數一數二的巨梟，誰肯與你分一杯羹？該死的是《宗藩法例》中寫有赤裸四字：仕途永絕，等於斷絕了宗室子弟為官的通道。

靖安王世子低著頭，輕輕皺眉，重重思量，戾氣濃如杯中酒氣，連窗外廝殺震天的嘶吼聲都不去聽。

「他娘的，拿大戟的那傢伙不是人，連拍竿都被他用百斤鐵戟給一下斬斷了！」一位青州公子哥倒抽了一口冷氣，情不自禁喊了出來。那身披黑甲的雄健武將真是萬人敵，手中長戟輕鬆挑開箭雨，更將黃龍挾巨石之力落下的拍竿給擊破。

「怎的黃頭郎幾百弓弩，還會被一百號北涼蠻子壓著射殺？躲在傍牌箭垛後邊，連頭都不抬了，全他媽變縮頭烏龜了！」另外一位小心翼翼探頭再縮頭的紈褲一臉震駭，豈不知他自己與黃頭郎一般無二，那批被他謾罵的黃頭郎好歹還算是直面北涼悍卒，他算什麼？

窗外，近距離的絞殺已經完全類似貼身肉搏，即便是精製北涼弓弩射程更遠，並無優勢可言，但這不妨礙樓船上庫藏箭矢六千的黃頭郎拋灑陣陣箭雨。只是一撥箭矢過後，對方北涼輕騎損傷無幾，這邊倒被精準射殺了數十人，樓船上所有人都可清楚感受到北涼弓弩射在船身帶來的通透撼動，這與樓船上眾人預料中的己方憑藉數量壓制對方到不敢喘氣的畫面截然相反。

「那傢伙倒是不怕死，只是提刀挑箭。」青州蜀間郡郡守的次子嘖嘖稱奇道。

物以類聚，能與韋瑋這條惡蛟稱兄道弟的傢伙都不是善茬，更不是一般富貴家族出身。在座任何一位隨手翻一翻族譜，誰找不出幾個名垂青史的老祖宗？千年以來，皇帝寶座輪流坐，長則四百年，短則數年，你方唱罷我登場。唯有一樣東西不變，那就是世族門閥，春秋國戰中立不世之功的徐驍最為人詬病的是屠兵百萬？錯了，能罵大柱國的人物都不會糾纏這個去罵人屠的不仁，而是痛心疾首於春秋國戰後無貴族，十個傳承數十世的豪閥毀去了大半，讀書種子沒了，道德禮儀斷了，這才是徐人屠的大不義。對那幫自以為擔當天下一個「禮」字重任的老夫子來說，這才是徐驍百死不抵的滔天大罪。

西壘壁後無士子，這一句話，惹了多少後輩讀書人戚戚然？又有多少亡國臣子掬了多少把辛酸淚，臨死都在大罵徐驍不義？

可惜罵人不能殺人。

所以世子殿下徐鳳年很難相信所謂的忠義，他知道這玩意兒肯定有，但盲信不得，真正可以依賴的，唯有手中刀。試想徐驍飽讀詩書，張口閉口仁義道德，還能有今日三十萬鐵騎的人心所向？趙長陵、李義山之流已是無雙國士，為何願意為一介匹夫、白丁出身的徐驍出謀劃策？上陰學宮皺著眉頭接納二姐做稷下學士，只是因為徐渭熊驚才絕豔？

徐鳳年立於船頭，有箭矢飛來便一刀挑去，無人暗箭便觀戰，這場敵我雙方總計才六百人的小規模水戰，算不得鏖戰，李義山一直不以常理教他學問，若是只許管中窺豹，為何不能舉一反三，見微知著？

青州四萬水師，朝中青黨極力吹捧的水上雄師，放話說可與廣陵水師一戰，不過一只繡花枕頭而已，這花繡偏偏還難看，委實無趣。徐鳳年心想經此一役，會不會替它提前敲響幾聲喪鐘？

韋瑋怒目望向徐鳳年，對父親治下的水師怒其不爭，更對徐鳳年生出無窮恨意，其間夾雜有一絲不敢承認的畏懼。這名北涼王世子若真的世襲罔替，穿上一身五爪蟒袍，身後就不只是一百北涼士卒，而是那三十萬鐵騎，父親這條一湖龍王該如何自處？不說以後，若這場陣仗敗了，整個青州定然民意沸騰，以及那些瞇眼細看各家密信的青黨大佬才可怕。青黨不內鬥，可處置無用棄子的手法，卻異常果決！

徐鳳年對寧峨眉笑言道：「寧將軍，借我一杆短戟。」

寧峨眉此時已然是無所事事，兩軍弓弩對射，黃頭郎竟然完敗，軟弱無力的一撥箭雨過後便膽怯退縮，虛張聲勢的孬種！寧峨眉的卜字鐵戟連折兩根拍竿，端的是戰場陷陣的萬人敵勇將，聽聞殿下要求，從背囊中恭敬抽出一杆短戟。

右手握繡冬的徐鳳年左手接過短戟，一擲而出，直衝樓船三樓窗口，去勢洶洶。韋瑋敢明目張膽射箭，徐鳳年便敢以箭矢射靖安王世子，更敢用短戟嚇得他們三條腿一起發抖。

短戟刺入視窗，偷看戰局的郡守次子躲得快，只是臉頰被劃出一道血槽，短戟釘入天花板。那幫本來拿著北涼王世子談天說地的青州千金終於開始切身體會到戰事近在咫尺，臉色蒼白，尤其聽那蜀門郡太守次子捂著臉哀號，簡直就是死了爹娘一般撕心裂肺，若沒有人攙扶，恐怕早就要滿地打滾了。

已到了絕境的韋瑋獰笑道：「去讓另外一艘樓船去撞，撞死這幫不長眼的北涼蠻子！」

這艘黃龍樓船的將軍正要領命離去，又聽韋瑋放低聲音道：「記住，先撞其餘兩船。」

樓船將軍愣了一下，猛然醒悟，鬆了口氣，心中直呼萬幸。若真撞死了那名氣焰囂張的北涼公子哥，以其身分，他這種小小樓船將軍能有好果子吃？自己這種不起眼的替罪羊，拎出去一百隻都不夠宰啊！

船艙被這麼一鬧，混亂至極，靖安王世子用手指敲了敲桌面，替他擋住半截箭矢的王府扈從躬身接近，世子殿下只說了一個字。

殺。

無須自小在襄樊城中長大的世子殿下如何叮囑，高手扈從就知道該如何把事情做得安逸穩妥了。

船艙中，惡蛟韋瑋與徐鳳年結仇最大，依舊是不敢以黃龍撞徐鳳年所在的船隻，而與徐鳳年頭回相見看似並無深仇大恨的世子卻要決然殺人。那些名媛小姐更有意思，被刺入船艙的短戟嚇得不輕，反而對指揮軍卒如同驅使家奴一般天經地義的北涼王世子更加心生愛慕，青州女子重功利心而輕仁義，可謂一語中的。如此人以群分的一艙人，表面和睦，如何成大事？青黨如今憑藉權術僥倖執政治國，能持久幾年？可有明眼人瞧出其中端倪？有利則聚，無利則散，與蛇鼠何異？朝中一言九鼎力壓文武的張首輔對青黨從來都是言語拉攏卻不肯真正分以大任，大概因此？

姜泥不知為何在船艙內看書總心不在焉，李老頭兒坐在一旁脫了靴子摳腳丫，手指在腳趾間來回摩娑，再放到鼻尖聞一聞，嘴饞了，還要丟顆花生米進嘴，這等高人風範實在是高到不能再高了。

老劍神看姜丫頭的眉頭時而緊皺時而舒展，想了想，笑道：「想看這水戰？想看的話，老夫可以護著妳出去，別說幾百支箭，便是上萬箭矢如雨潑來，老夫照樣保管妳安然無恙。」

姜泥一板一眼問道：「當真？」

李淳罡嘿嘿一笑，「稍稍說大了，萬箭齊發，除非是如齊玄幀巔峰時的那般神仙本事才能毫髮無損，以老夫目前天象境的雕蟲小技，還差了些火候。不過一切皆是因為老夫手中無劍，不怕妳這丫頭笑話。」

姜泥追問道：「你這樣的用劍高手，做不到手中無劍自有千萬劍？」

老劍神這回出奇沒有自吹自誇，只是輕聲道：「可以是可以，但真有一劍在手，心境終究大不同，哪天妳學劍大成，便會明白，否則老夫說破嘴皮，妳也不理解。」

姜泥「哦」了一聲，站起身。

她也不說為何要出去冒險觀戰，但手無縛雞之力的她就是去了。

李老頭兒扯了扯羊皮裘，緊隨其後，走到船艙門口時，已站在姜泥身前，零散箭矢飛來，不需老劍神如何動作，便偏出老遠。

李淳罡名中有劍罡，這話可不是白說的。

興許是這位斷臂劍神覺著箭矢礙眼，又或者是不忍姜泥擔驚受怕，當小妮子看到黃龍直直撞向身旁的一艘商船，瞬間抽刀的徐鳳年帶著寧峨眉與四名扈從狂奔而去，她下意識驚呼出聲。

李淳罡冷笑一聲。

一腳踏出。

掠過了所有人，踩在黃龍船身上。

身形飄蕩如青龍。

一腳便將那艘黃龍樓船給踩翻入水！

韋瑋命令樓船將軍撞船，是鐵了心要破釜沉舟，官宦子弟中確實少有他這般殺伐果決的猛人，生於高門望族，看見得多，得到得多，往往不會大方，反而心中計較更多。

韋瑋只是求名，希望為自己博一個好名聲，若是在仕途上助父親一臂之力，則是錦上添花，所以不會真與徐鳳年過不去。父親韋龍王只是大江大湖裡的小廟龍王爺，遠比不得徐驍這種翻轉天地的當世蛟龍。聽說這位大柱國此時正逗留京城，若徐鳳年遭遇叵測，這種僅次於天子之怒的雷霆震撼，韋瑋再不學無術，都知曉利害。靖安王世子卻是求一件五爪蟒袍，相差天壤，因而他在思量後願意鋌而走險，一擊不成便不成，春神湖上的戰事，誰去留心隱蔽的十步一殺，可若成了？

韋瑋站在視窗，本來期待著黃龍撞翻敵船，冷不丁看到一個穿羊皮裘的不起眼老頭掠出船板，只見老傢伙腳尖在黃龍船身上輕輕一點，在春神湖上足可橫行的大黃龍便翻了？

真翻了！

韋瑋目瞪口呆，雙手死死抓在窗沿上。

靖安王府豢養的龍爪手高手才出船艙便折回，對世子殿下沉著臉搖了搖頭。

湖水頃刻間洶湧蕩起，連累這艘黃龍樓船都開始劇烈搖晃不止。

「為何？」靖安王世子倒是相對鎮靜。

「有個獨臂老者一腳踏翻了黃龍樓船。」已是古稀之年的扈從苦笑道。

「一腳？」世子兩指握緊酒杯。

「一腳！」在靖安王府錦衣玉食的高手點頭，神情極其不自然。同樣是藩王府邸裡的走狗鷹犬，自問別說一腳翻黃龍，便是給他十腳、百腳都踏不翻一艘可以載物五千石的樓船。

「一品高手？」世子突然笑了笑。

扈從無奈地嘆氣道：「差不離。」

世子似乎輕鬆許多，並未因為獨臂高人的一腳踏黃龍而氣餒，好奇地問道：「獨臂？你可知北涼有獨臂高手？」

扈從搖了搖頭，「不曾聽說，大概是北涼王府祕密請出山的人物。」

靖安王世子起身，準備去另外的船艙。

眼不見心不煩。

這艘樓船的將軍已經趕忙讓麾下黃頭郎去救人，連他在內都被那老神仙的一腳踩得肝膽俱裂，只求神仙爺爺別跟他們這幫螻蟻斤斤計較，一腳踹翻就踹翻，小的們都知道你老人家的通天本事了，好好歇息著，千萬別來第二腳啊！

韋瑋知道大勢已去，完了。他面如死灰，這位從未在春神湖上失手的惡蛟轉身頹然坐回椅子，身邊還有臉上被短戟剮出血槽的死黨在痛哭流涕，在寂靜船艙中顯得格外聒噪。韋瑋怎麼都想不明白，一百北涼甲士怎就壓得四百黃頭郎大氣都不敢喘，更想不通怎就會有人能以腳力勝黃龍，堂堂青州水師的主力戰艦是一葉扁舟不成？

徐鳳年沒料到老劍神會來這麼一出，但既然已經營造出摧枯拉朽的派頭了，他便借勢躍上雞飛狗跳的黃龍樓船。正忙碌打撈落水人的黃頭郎都惶恐逃散，老道士魏叔陽、大戟寧峨眉、呂楊舒三名王府扈從，都追隨世子殿下掠上黃龍，登樓而上，直達三樓本做瞭望指揮的船艙。

湊巧遇到正要匆忙離開的靖安王世子，徐鳳年拿繡冬刀鞘抵住這名世家子的胸口，後者的貼身親衛試圖阻攔，瞬間被寧峨眉以大戟相指，更被呂、楊、舒三人圍困，靖安王府裡養尊處優的龍爪手高手當下便不敢動彈。

徐鳳年在繡冬刀上稍稍用力，將眼前隱約猜出身分的世家子逼回艙內，裡面一夥十來號青州首屈一指的公子、千金都望向這位白袍白馬出北涼的人屠之子。

那些青州名媛則瞪大眸子，訝異、驚豔、畏懼以及崇拜，光是她們的臉色與眼神便是一幅動人畫面。

朝中青黨勢大，外地人誰敢在青州境內與緊緊抱團的青州子弟叫板？更別說此時圈中還站著一位靖安王世子殿下。

徐鳳年笑咪咪問道：「小子，想溜？這黃龍樓船就這麼大，你能躲本世子躲到哪裡去？」

靖安王世子表面修養極佳，顯然得了靖安王趙衡的真傳，被徐鳳年以刀鞘抵住心口，仍是一臉不以為意，淡然道：「出去透透氣，順便好見識一下世子殿下的風采。」

徐鳳年稍微縮回繡冬，卻沒有回挎到腰間，而是提起輕拍眼前傢伙的臉龐，啪啪作響，這動作辱人至極，徐鳳年嘴上更是戲謔道：「別以為本世子不知道你是誰，姓趙名珣，靖安王趙衡的長子。你我同為世子，怎的差距就這般大？」

被拍紅臉頰的趙珣直視徐鳳年，平靜道：「北涼王功蓋千秋，我父王卻一心向佛，自然不能比。」

趙珣這話有玄機，卻不大，誰都聽出來靖安王世子無非是在說你徐鳳年能有今日風光，無非是仗著有個背負全天下罵名的人屠父親，與你這個世子殿下卻是無關。

「啪！」

繡冬刀這一記尤其用力，靖安王世子趙珣嘴角滲出血絲，徐鳳年微笑道：「說得好，該賞！本世子重重賞你一記繡冬！」

趙珣仍是在強撐著笑。靖安王府的扈從已經準備拚死救主，但徐鳳年已經與趙珣擦肩而過，輕輕說道：「黃龍樓船本世子收下了，麻煩你跳船遊回襄樊，與趙衡說好，到時候父子二人一起出城迎接本世子大駕。」

趙珣都不去擦拭嘴角猩紅血跡，徑直走出船艙，緩緩道：「襄樊城定會恭候大駕。」

徐鳳年沒有理睬馬上要成為一條落水狗的靖安王世子，先朝那幫瞠目結舌的小姐姑娘揚起一個溫煦笑臉，然後轉頭望向縮在角落的都統之子趙紈褲以及露怯的惡蛟韋瑋，拿繡冬點了點這兩位，微笑道：「一位是從四品大員的兒子，拉幫結派，讓趙珣送上門來，好樣的；一位是青州龍王爺的兒子，敢拉弓射箭，敢黃龍撞船，更是英雄好漢。」

隨著老劍神來到三樓艙外的姜泥見到這一幕，神情古怪。敢情徐鳳年對府外人都這般跋扈蠻橫？以前在北涼王府，只聽說他對府上丫鬟女婢動手動腳，出了北涼，在那縣城折騰晉蘭亭，到了青州，便拿青州水師肆意戲耍，她原本以為他只會欺負柔弱女子呢。

徐鳳年沒有急著去拾掇韋瑋和姓趙的，轉頭望向青州千金們，笑容燦爛道：「哪位姐姐妹妹會煮茶，咱們一起喝茶賞景，打打殺殺什麼的，本世子討厭得緊，驚嚇了姐姐妹妹，待會兒容我以茶代酒，自罰三杯、十杯的，如何？」

二姐遠嫁北涼的鵝蛋臉姑娘絲毫不怕北涼王世子，自告奮勇笑道：「我帶了些雨前春神茶與一整套茶具過來，還沒來得及煮茶哩。」

徐鳳年對待船上女子便判若兩人，好說話得一塌糊塗，笑呵呵道：「緣分哪。」

姜泥小臉蛋僵硬著，瞧瞧，這傢伙的狐狸尾巴一下子就露出來了。

可惡！

那被打腫臉的陰沉傢伙看著就可惡。

可這個一上船就跟一群姑娘眉來眼去的傢伙最可惡！

徐鳳年每走一步，韋瑋與姓趙的便後退兩步，直到無路可退，徐鳳年來到視窗，正巧看到靖安王世子與扈從跳入水中，徐鳳年瞇起眼，感觸頗深。

當年帝王心術登峰造極的老皇帝突然駕崩，皇宮內廷第一宮「正大光明」牌匾後頭的密詔不翼而飛，頓時出現八龍爭嫡的混亂場面，一波三折。先是被廢黜的太子在清流領袖老首輔的擁戴下幾乎一舉登頂，不料前太子遲於先皇三日暴斃，緊接著是六皇子趙衡聲勢最盛，太后對這個孝順兒子最是器重，外戚一派與群龍無首的文臣一拍即合，而趙衡便是在那時候寫下「提兵百萬驅莽奴，立馬立碑第一峰」的詩句，那時候可謂是如今的靖安王最風光無限的一段短暫歲月。

孰料螳螂捕蟬，黃雀在後，本來最不被看好的二皇子橫空出世，不知如何獲得了宦官內侍與軍部武將的鼎力支持，先是祕密拘禁太后，其後展開一系列暗殺，數位大權在握的外戚一夜之間死於非命，遺詔再度出現，清清楚楚寫道先皇屬意二皇子登基，二皇子名正言順地坐上皇帝寶座，便成了如今的皇帝陛下。

八龍爭嫡，禍起蕭牆，最終才死了先太子一龍。其實在明眼人看來已經算是皇帝陛下心慈手軟了，比起各朝歷代皇子皇孫死得一乾二淨要好太多。趙衡等皇子都陸續獲封藩王，各有封地軍權，雖說一部《宗藩法例》苛刻萬分，可靖安王趙衡、淮南王趙英等諸位弱勢藩王，也不曾有半句牢騷傳入天下人耳中。

至於主僕二人如何去襄樊，這就不是徐鳳年關心的了。他略加思索，轉頭對寧峨眉說道：「落水救起的黃頭郎都重新踹下去，一艘樓船承載不了這麼多人，讓那名樓船將軍帶著游到姥山，由王林泉負責接待，踢他們屁股的時候別忘了說姥山那邊有好吃好喝的，本世子算是仁至義盡。」

寧峨眉領命而去，青州士族官宦小姐們聽到北涼王世子的話都忍俊不禁，相視一笑。對她們而言，大柱國與北涼王世子都是遠在天邊的人物，廟堂爭鬥，如何都殃害不到她們。青黨從不直接參與到藩王間的鬥法，青黨審時度勢保身安命的權術號稱廟堂第一，若非如此，三十個州，獨獨出了個青黨？

眼前的北涼王世子頗為有趣，哪怕明面上是在打青州水師的臉，可暗中矛頭卻始終直指靖安王府，如此一來，與靖安王趙衡留有清晰距離的青黨便會寬心許多，猜到老祖宗們不上火，她們便心情輕鬆許多。青州家族抱團不假，可明擺著韋蟲子一家要被放棄，與其被拖累下水，還不如在一旁喝茶觀景，與北涼王世子殿下同船賞景，說出去得是一個多大的噱頭？

徐鳳年終於回神，走到角落，把姓趙的拎起來丟出窗外，看著他哀號著墜入水中，再對那個作勢要困獸死鬥的韋瑋說道：「樓船借本世子一用，帶到襄樊城外，恩怨一筆勾銷，如何？」

早就絕望甚至做好拚命打算的韋瑋先是愕然，隨即驚喜掛滿那張布滿痘印的坑窪臉龐，撲通一聲跪下，來了個結結實實的五體投地，顫聲道：「謝世子殿下！」

徐鳳年拿腳踩了一下韋惡蛟的腦袋，笑罵道：「不長眼的東西，聽說你這傢伙削尖了腦袋想要與李翰林結為兄弟，都不知道他這些年天天都在給誰背黑鍋嗎？」

韋瑋雖說跪著還被踩腦袋，心中卻是越發安定了，抬頭覥著臉諂媚笑道：「都怪小的有眼不識泰山。」

能屈能伸大丈夫，床上床下都如此。哪怕是如韋瑋之流只會做無良紈褲，可三百六十行行行出狀元，大抵都能做出自己的一些門道。

徐鳳年笑道：「起來吧，男兒膝下有黃金，跪我算怎麼回事。」

韋瑋小心翼翼站起身，剛鬆了口氣，但北涼王世子下一句話便再度將他打回原形：「你箭術不錯，據說是射殺女人練出來的。去，對那名都統之子射上一箭，射死了，我介紹李翰林給你認識，射不死嘛……」

韋瑋沉默不語。

徐鳳年裝模作樣給韋瑋拭去身上灰塵的時候，低聲說道：「王林泉的銀子便是本世子的銀子，王林泉的姥山便是本世子的姥山，你真當這青州都是青黨的？此行去襄樊，自會有人替你想好如何彈劾本世子在春神湖上驕縱行凶，如何辱罵靖安王，毆打世子趙珣。只是你出去射箭時，記得手腳乾淨些，本世子可以保證那桌姐姐妹妹們都不會亂嚼舌頭，如何？」

韋瑋躬身作揖後大踏步離開船艙。

徐鳳年坐到桌前，與抬起雪白手腕煮茶的鵝蛋臉美人肩並肩坐著，與其餘皆是兩兩相坐於一條長凳的青州千金湊成一桌。徐鳳年耐心等著春神頭酌茶，肆無忌憚地打量身邊諸位富貴小姐的臉蛋身段，大多是中人之姿，只有身邊這位烹茶的小娘能有將近八十文的風韻。

徐鳳年堂而皇之伸手摟過她的纖細小腰，這還不止，桌下伸腳輕踩著她的菱藕小腳，轉頭望著俏臉緋紅的青州美人，笑咪咪問道：「敢問姐姐芳名，本世子有一把桃花美人扇，回頭就將姐姐繪在扇面上，日日把玩。」

日日把玩？

一桌紅綠鶯燕們齊齊望向鵝蛋臉女子，她們眼神中夾雜著促狹嫉妒。

被徐鳳年摟腰的女子雖然家教不俗，一直以來行事說話氣概豪邁不輸男子，只是此時如此被公然調戲，仍是吃不消，那一肢小蠻腰不敢躲，也不想躲，低眉順眼假裝在關注火候。

她的家世可不簡單，離陽王朝四根頂梁柱，青黨這一根雖然最為細小，但說話聲音並不弱，王朝十二位柱國以及上柱國，青黨大佬分得四個席位，此女家族內的老祖宗便是其中一名上柱國。三十年間輾轉於兵部、戶部、吏部三大部，門生故吏不計其數，被譽為兩朝官場「不倒翁」，曾有人戲言這位不倒翁親眼見到的廷杖次數，僅比老首輔少些。

徐鳳年終於喝上了茶，痛飲如酒，沒什麼風雅可言，笑道：「晚上姐姐妹妹們若是覺得被褥不暖，吩咐一聲，本世子立即親手捧去厚實錦被。」

自然又是一陣只可意會的羞赧嬌嗔。

那名煮茶的鵝蛋臉美人悄悄望向徐鳳年側臉，似乎察覺到什麼蛛絲馬跡，怔怔出神。

徐鳳年轉頭問道：「何事？」

她溫婉一笑，搖了搖頭。

◆

喝了茶，贏來滿桌的歡聲笑語，徐鳳年告罪一聲離開船艙，來到船頭。魚幼薇並未登上黃龍樓船，姜泥與老劍神倒是站在一旁。

韋瑋已經一箭射死了前一日還在把臂言歡、稱兄道弟的趙姓紈褲，癱坐在船尾甲板上捧著大弓發呆。

徐鳳年開口笑問道：「不暈船了？」

姜泥冷笑道：「這茶是不是好喝極了？」

徐鳳年拔出一根射在船身上的北涼箭矢，握在手中，身體慵懶地靠在船欄上，望向浩淼湖面，輕輕說道：「沒什麼味道啊，遠比不上姥山喝到的春神茶。」

姜泥面無表情地問道：「真要去襄樊？」

徐鳳年點了點頭。

姜泥皺了皺眉頭，「你真不怕那靖安王趙衡搬出數千人馬把你給碾作齏粉？」

徐鳳年啞然失笑道：「北涼王世子殿下死在襄樊轄下，趙衡擔當不起這個罪名，他當年若是真的心狠手辣，不是那般優柔寡斷，這天下就是他的了。趙衡這位藩王運氣不算差，但總覺得做什麼都會功虧一簣。志向是有的，否則也說不出『大柄若在手，定要澤被滿天下』的話。能力也不差，襄樊當年破城，僅剩兩萬瀕死百姓，變換城頭旗幟後，這兩萬人都瘋了一般爬都要爬出襄樊，澈底成了一座空城、死城，但在趙衡治下，推行黃老學說無為而治，如今襄樊人口重新恢復到數十萬，天下腰膂重鎮的說法，名副其實。靖安王、靖安王，這個藩王封號給得好，趙衡在青州百姓中口碑極佳，可算是七個藩王中最好的一個，這種人，最是愛惜羽毛，我怕什麼？說不定趙衡還得擔心有人嫁禍於他，恨不得請出兵馬來給我護駕。小泥人，妳信不信？」

姜泥一臉匪夷所思道：「你瞎說的吧？」

老劍神淡然笑道：「徐小子沒有瞎說。」

徐鳳年雙手彎曲了一下那根北涼制式箭矢，突然笑道：「聽說襄樊仍有十萬孤魂野鬼不肯離城，小泥人，到時候妳小心點。」

唰地一下，姜泥臉色雪白，色厲內荏道：「要怕遭報應，也該是你，與我有什麼關係！當初襄樊若不是大柱國鐵了心要圍城，不肯招降，不肯留出一座生門，襄樊如何能變成酆都！」

十年困城，城中人如牲畜論斤賣。

慈母割肉餵子女，惡父丟兒入烹鍋，人間百態，善與惡都在那座鬼城中被極端擴大，一寸牆頭一寸血，一寸草木一寸悲，襄樊陰氣之重，無法想像。

十年攻守，在朝廷嚴令下不許任何士子史家付諸筆端。

真相何等慘烈？

徐鳳年打趣道：「有道理，到時候入了襄樊，妳記得離我遠點。本世子為何在晉蘭亭府上砍了那麼多上佳桃樹，還不是因為魏爺爺是九斗米道的高人，好隨身多帶幾柄斬妖除魔的桃木劍。妳這幾天趕緊跟他套近乎，否則到時候妳被無數孤魂野鬼纏上，女子本就是陰體，身上陽氣遠遜男子，便是李老劍神也救妳不得。」

姜泥臉色越發雪白，囁囁諾諾，想要反駁給自己鼓氣，卻不知道該說什麼。

小泥人的姿色一直可排在徐鳳年生平所見美人中的前三，第一當然是雌雄莫辨的白狐兒臉；榜眼是三年遊歷中在洛水河畔看到的女子，至今分不清是士族女子還是洛水河神，只是她美則美矣，二十幾歲的女子，容顏依然如十九道棋譜上的一個定式，再精巧，都變不到哪裡去。而小泥人不同，她這些年始終在成長，昔年胸脯符合太平公主封號的亡國公主早已不再「太平」，而是越發鼓起了，說不定將來某一天就能悄然與白狐兒臉媲美。

此時臉色奇差的小泥人，別有風情，徐鳳年喜歡逗弄、欺負、算計她，一部分原因是習慣成自然，再就是心底覺得板著臉死氣沉沉的小泥人好看是好看，可靈氣不多，不如她生氣懊惱時來得可愛。

老劍神不忍天真的姜泥被這個徐小渾蛋蒙蔽驚嚇，沒好氣地出聲道：「丫頭，這小王八蛋故意騙妳的，鬼魂一說就像神仙，信則有，不信則無。老夫行走江湖看遍天下奇景異士，說到神仙，卻也只有齊老道能算。若襄樊真有十萬不願投胎的孤魂野鬼，幾十萬活人這些年如何生存？」

徐鳳年嘿嘿一笑，對於李淳罡的譏諷稱呼不以為意。面子這玩意兒他看得挺淡，這不是世子殿下天生就有，而是被逼出來的本事。他繼續彎曲手中的箭矢鬧著玩，吹著口哨，優哉游哉。

讓老劍神挫敗的是，徐小子的滿口胡謅明顯比他語重心長的勸慰要有殺傷力，姜丫頭依然白著一張絕美小臉蛋，似乎下一步就要跑去桃木劍在手的魏叔陽身邊，這還沒到襄樊呢。對鬼神之說深入骨髓的姜泥戰戰兢兢地說道：「那到時候我不進城，就待在船上！」

無奈的老劍神只好翻白眼，唉聲嘆氣，心想那小王八蛋真是姜丫頭的命裡剋星。

徐鳳年笑道：「到了襄樊，我們便要棄船走陸路了，妳到時候怎麼辦？留在船上一輩子？我可跟妳說明白，湖裡可也有冤死水鬼無數，妳不會真以為襄樊十年攻守戰只是簡單的攻城戰吧？唯有襄樊水師先死絕了，才有圍城的說法。城中好歹還有龍虎山天師擺弄出來的周天大醮，城外有什麼？」

姜泥無言以對，欲哭無淚。

李老頭兒實在有些聽不下去，揉了揉褲襠位置，打算去黃龍樓船四處走走。這對冤家活寶兒想怎麼鬧騰就怎麼鬧騰去，他算是不樂意摻和了。

姜泥怯生生地問道：「龍虎山老神仙設下三萬六千五百周天大醮，很有用的吧？」

徐鳳年瞥了李淳罡的背影一眼，玩味道：「這個當然，這周天大醮是道門最高科儀，設一千二百位神壇，已是規模宏大，一般而言是只有天子家中或者道教祖庭出了大狀況才有的盛舉。醮這一字，字義是在講斟酒禮儀，說得簡單點，便是牛鼻子道士請天上神仙喝酒嘛。周天大醮在本朝以前的極致不過是為皇子設醮二千四百聖真下凡，為之祈福消災，以及為天子舉醮以求護國佑民的三千六百普天大醮。襄樊由天師府創立道統歷史上前無古人的三萬六千五百大醮，等於請遍了天上的鎮聖仙人，當初僅貢品一項花銷就耗去國庫九十萬銀兩，這若還沒用，天師府早就從龍虎山上搬出去了。」

姜泥重重點頭，握緊拳頭，臉色舒展許多。

不料徐鳳年話鋒一轉，陰陰笑道：「但是別忘了，就像妳剛才說靖安王想要對付我怎麼也得弄出個兩、三千兵馬，可見敵人本事越大，排場就得跟著上漲。鬼城襄樊如果沒有不易降伏的凶魂厲鬼，何須王朝如此砸錢？」

姜泥又被嚇傻了。

徐鳳年將弓箭隨手丟給樓下一名正在回收箭矢的北涼輕騎，走向姜泥，壓低聲音說道：「我呢，不僅有魏爺爺助陣，身上還帶了許多道門法器，等到了襄樊，妳乾脆就跟我睡在一起，同床是最好，不同床也要同屋。」

姜泥一腳踹在徐鳳年膝蓋上，帶著哭腔憤怒道：「我寧肯被野鬼害死，也不與你住在一起！」

徐鳳年彎腰拍了拍昂貴如名玉的白緞袍子，伸出大拇指誇讚笑道：「有骨氣！」

徐鳳年故作想起什麼，居心叵測地溫和笑道：「對啊，記起來了，襄樊十萬游魂與徐驍是死敵，等於是與本世子有不共戴天之仇的死敵，妳被野鬼們害死後，肯定特別有共同語言，祂們越喜歡妳，妳就越不能轉世投胎，你們可以日日夜夜一起說我的不是，一起說個十年、百年、千年……」

小泥人死死望著這個最卑鄙、最陰險、最無賴的世子殿下，細微哽咽起來，哭紅了眼睛。

徐鳳年悄悄嘆息，斂了斂神色，伸手去擦小妮子臉頰上的淚水，但不等姜泥轉頭，他的手便縮回，柔聲道：「小笨蛋，還真信我的胡言亂語啊。妳想啊，妳這丫頭那麼想著拿神符刺殺我，幽魂野鬼們怎麼捨得害死妳，巴不得妳長命百歲為祂們報仇雪恨呢，是不是？」

姜泥木然地點了點頭，抽泣著「嗯」了一聲。

徐鳳年轉身望向襄樊方向，雙手按刀，微風起，拂面拂袖，襯托得長了一雙丹鳳眸子、額心更有棗紅印記的世子殿下如神仙一般。

徐鳳年輕聲自言自語道：「所以說妳怕什麼，該我怕襄樊才對。妳知道我是真的信佛，信六道輪迴，信因果報應。」

姜泥抹了抹眼角，茫然問道：「那你還去襄樊？」

徐鳳年笑道：「去看個熱鬧啊，三萬六千五百的周天大醮，妳不想見識見識？」

姜泥搖頭道：「一點都不想！」

徐鳳年伸了個懶腰，「走，妳該讀書了。」

◆

書籍都在商船上，兩人一先一後走下黃龍樓船，徐鳳年說摟著她一躍而過，她不肯，徐鳳年只好停下兩艘船，船與船間架了一塊木板，徐鳳年讓姜泥先走。

她走得小心翼翼、如履薄冰，可天下事越是怕就越容易發生，走到一半，姜泥就一個搖晃差點墜入春神湖，所幸被徐鳳年雙手扶住肩頭，可暈船嚴重且不識水性的她穩住身形以後竟然不敢再動了。哭笑不得的徐鳳年只好一把抱起這個說膽小卻敢刺殺自己，說膽大卻不敢多走一步的奇葩丫頭，不顧她的掙扎，如履平地走到船板上，放下她，結果挨了她好一頓踢踹，在船艙內讀書的時候都在咬牙切齒。

徐鳳年一心兩用，一邊聽姜泥念書，一邊閱讀青州地理志，桌上攤有一張特地讓王林泉搜集到的襄樊圖稿。

僅看圖稿，就是一座雄城。

接下來數日，青州名媛千金們分三批離去，她們大多不願去襄樊，一來鬼城陰氣過重，二來不願被靖安王府見到自己與北涼王世子殿下一同臨城。

鵝蛋臉美人兒是最後離開的一位，這幾日大半時分都在與世子殿下品茶閒聊，她被摸過手，踩過玉足，摟過纖腰，捏過臉蛋，所幸留下了完璧之身，到底是萬幸還是不幸，看她離別之際的神情，似乎是後者居多。

青州女子重功名、輕生死，歷年入宮選秀，當數此州最上心，若北涼王世子能夠世襲罔替，按律可有王妃一名，側妃兩名，真要做了北涼王的王妃，天下女子除了包括皇后在內屈指可數的幾位娘娘，至多加上一個仍是空懸的太子妃，又有幾人能比？

別看徐鳳年終日遊手好閒，但不管是與青州士族小姐們調笑還是聽姜泥讀書，或是夜幕中在船頭發呆，其實都在絞盡腦汁琢磨著如何去鯨吞體內大黃庭，大黃庭至今約莫只吸納了兩成。

黃昏中，臨近襄樊城。

徐鳳年走到黃龍船板上，按捺住心中煩躁，這兩日有消息不斷從祿球兒那邊傳來，稱不上好壞。一個是久久不曾確立的太子終於要浮出水面了，京城那邊暗流湧動，再就是十年一度的文評、武評、胭脂評重見天日，江湖上仙魔亂舞。

武評開篇便說天下三教鼎立，佛道中唯觀自在，仙道中唯呂祖，神道中唯蕩魔天尊，三者最是雜處人間，與人最近，故評西域大觀音入一品，龍虎山小呂祖入一品，武當新掌教入一品。武評中有單獨的劍道評，武當劍癡王小屏與劍冠吳六鼎赫然在列。

祿球兒在密信上說那位大觀音已出西域，有「小呂祖」之稱的齊小天師也已下山。

顯然，多半是衝著徐鳳年而來。

京城風雨飄搖，各路仙魔紛至遝來，無意間立於大潮潮頭的徐鳳年當如何自處？

◆

到襄樊了，可以望見城牆埂上著名的城樓釣魚臺。

釣魚臺一柱撐起十年半壁，城樓匾額寫有「孤釣中原」四字。

徐鳳年沒有理睬韋瑋與黃頭郎，徑直下船，騎上駿馬，於暮色中向那座鬼城策馬奔去。

臨近城門再下馬，姜泥似乎真以為世子殿下身懷道教法器，跳下馬車就小跑到徐鳳年身邊。

徐鳳年忍住笑意，拿繡冬刀指了指城頭，瞇眼道：「瞧見沒，當年天下第一守將便在那兒坐鎮足足十年，才有現在『穩坐釣魚臺』的說法。能讓徐驍恨得咬牙的傢伙不多，那名讀書真正讀出春秋大義的西楚士子能排前三，哪怕西壘壁後你們西楚帝都被破，哪怕整個江南全部失陷，這座城與這個釣魚臺都屹立不倒，可惜不管襄樊如何固若金湯，卻影響不了天下大局。」

姜泥咬了咬嘴唇。

徐鳳年牽馬緩行道：「城中糧盡食馬，馬盡羅雀掘鼠，雀鼠盡再食人。」

姜泥默不作聲。

徐鳳年輕輕說道：「甲士知必死，守城士卒戰至最後一人，無人獨活，這便是春秋國戰，這些慘劇是上陰學宮唇槍舌劍之輩無法想像的。襄樊雄城，城高十八丈六尺，底寬九丈，城牆長達十一里，基座全由花崗岩和石灰岩條石砌成，牆面由三州特質的巨磚砌成，每一塊磚頭的磚側皆印有製造地、監造人和造磚人的姓名。砌磚時，縫隙中澆灌糯米汁與高粱汁以及石灰與桐油混合的夾漿，更有蒸土築城，負責襄樊造城工程的匠作大匠持有利錐，若錐入一寸，即殺造城人而並築之，故而堅密如鐵，當時史家莫不稱作殘忍苛暴。」

徐鳳年停下腳步，不去看姜泥的臉色，語調生冷道：「當年徐驍攻城，王明陽守城，各自備戰，這位稷下學士出身的讀書人堅壁清野，城外糧食物資盡運城內，連房屋都盡數拆去，木料磚瓦搬到城中。為防徐驍挖掘地道，事先沿城腳挖井一百口，井內放置蒙覆皮革的大陶罐，使耳聰者伏罐而聽。不說五萬守兵，更將十五萬襄樊百姓列成三六九等，僧侶、工匠、遊俠各司其職，守城必備物資分作官備、民備兩大類。再揀選江湖善戰人士日夜巡城，以防城中有奸細內應縱火開城。機關算盡，王明陽在上陰學宮一身兵家所學，在十年中展現得淋漓盡致。徐驍曾親口說過，上陰學宮若人人如此，便是要他去當個稷下學士都無妨。」

徐鳳年繼續前行，「攻城先要跨河越壕，繼而接城，接下來才是最慘烈的攀城。攀城別名『蟻附』，妳望一望那城頭，可以想像千百人於雲梯上頂著箭矢、巨石、滾木、火油攀附而上的場景。城內僧人便是在這場戰役中發明了降魔杵，牛鼻子老道則創造出一觸肌膚則潰爛的行爐金液。攀城之後是巷戰，襄樊當時彙聚了大批江湖草莽與綠林好漢，誓死要替中原三國守下這腰膂重鎮，可謂同仇敵愾，巷戰之前便在城頭短兵相接中無數次擊退北涼軍，若非他們，襄樊無須十年破城，三年便足夠。

世人只知北涼軍馬戰冠絕天下，卻不知步戰攻城並不差，春秋國戰中一直摧枯拉朽，唯獨到了襄樊，精銳折損大半，其中就有三百名精於鑽地的穴師，死亡殆盡。這場耗時十年的攻守，至於誰對誰錯，天曉得。但正是在這十年中，一生睚眥必報的徐驍與江湖的仇算是真正結下了。」

那條護城河異常寬闊，河上吊橋並未收起，襄樊夜禁森嚴，但這些年吊橋一直平鋪，甚至連正門也不曾關閉過。似乎按照龍虎山天師的授意，設三萬多用作超度九幽拔罪好事的周天大醮後，不閉鬼門，任由冤魂離開酆都襄樊。

傳說龍虎山黃紫天師離城前，親手繞城畫符篆書，最後更在釣魚臺內頂樓懸有一張道教天符，上書「天罡盡已歸天罡，地煞還應入地中」，說等到何時襄樊遊魂散盡，此符便會燃燒精光。

但天符書成多年，始終不見消失，無疑成為襄樊城數十萬人心頭一道揮之不去的陰霾。

徐鳳年牽馬而行，腳下是兩頭幼夔，身旁是神情複雜的姜泥。徐鳳年下意識看了城頭上的釣魚臺一眼，月明星稀，這座城樓蔚為壯觀。

徐鳳年轉頭對小泥人溫柔說道：「別怕啊。」

手心是汗的姜泥低頭「嗯」了一聲。

世子殿下抬頭看不到樓中人，樓中人卻可低頭看見徐鳳年。

樓中人身材修長，身穿普通道袍，腳踏麻鞋，道髻別木簪，手挽拂塵。釣魚臺頂樓是禁地，有數位龍虎山德高望重的老道士駐守，便是靖安王都不得入內，當年大天師離城時明言非天師府真人不可踏足。

若是去天師府砸過場子的東西小姑娘與南北小和尚在，便會認出這位道士，是領著他們走入天師府內院的那位，正是他用白尾拂塵擋下了天師府那位倨傲黃紫道士的一招，還親自引見了白蓮先生。

這位龍虎山上的外姓小天師姓齊，與大真人齊玄幀同姓，與龍虎山一位先代祖師爺同貌，手持拂塵，被掌天下道教的國師稱讚「太公坐崑崙」。

他下龍虎山後，種種傳說如滾雪球一般，彷彿全天下都在讚譽，但他無動於衷，因為這些都不是他在意的。對他而言，那些大道理，連大多數人聽都聽不懂的東西，都不是道理。世間兄弟相親，子女孝順，夫妻恩愛，便是道理。那些大學問，只是在書堆典籍裡較勁的學問，都不是學問。老農辛勤耕種，小販討價還價，商賈日夜逐利，便是學問。

他自認道根淺陋，故而不求天道，只想以武道入世濟世。他下山只為了兩件事：一件是入襄樊，師父閉關前說天符會燒，他想親眼確認；再就是去一趟武當，去確定那位年輕掌教能否真的肩扛天道，至於如何判定，很簡單，手中拂塵可作劍，殺得掉，便是假的，殺不了，便是真的。

他轉身望著那張以一根朱繩接天地的天符，皺了皺眉頭。

天符在搖晃。

徐鳳年眯起眼睛，望見城門中走出一位奇怪女子。

她頭頂剃盡三萬三千煩惱絲，穿著一襲雪白僧衣，手腕上以一條白蛇當繩咬住一枚白壺，赤腳，一雙玉足卻不惹纖毫塵埃。

她輕靈地走上吊橋。

襄樊城門外鬼氣重，如大雪鋪天蓋地，唯獨她好似一尊觀自在菩薩，超度眾生。

釣魚臺中，天符燃燒成灰。

「萬鬼出城。」

天師府道士嘆息一聲：「龍虎山輸了，爛陀山贏了。」

白衫、白蛇、白壺的女子肌膚勝雪，這樣一位仙佛般的女子從襄樊鬼門走出，徐鳳年韁繩所牽駿馬不自禁地低頭長嘶，馬蹄使勁捶打地面，不僅是這頭牲口，馬隊皆是如此；腳下那對幼夔也都鱗甲豎起，通體猩紅，面孔猙獰，似乎遇上了什麼不乾淨的濁物。

徐鳳年張目望去，不知是神仙還是凡人的女子走上吊橋，護城河中不見有人踩踏，卻頃刻間水波洶湧，翻滾如沸，好似千軍萬馬而過。

老劍神李淳罡出涼州以後，頭回露出凝重神情，腳步輕點，掠至徐鳳年與姜泥身前，站在吊橋這一端，與那女子針鋒相對，遙遙相望。

白衣觀音依然前行，行至吊橋中間，老劍神獨臂伸手，摘下匕首神符，兩兩對峙，不見吊橋上她如何動作，只看到護城河猛然炸鍋，眾人所見景象的鏡像扭曲起來，只剩下白衣觀音清晰獨立。

徐鳳年終於看清那女子彷若籠罩於千重雪山後的絕美面孔，愕然驚呆，女子如畫，他知道她是誰了。

當初自稱從爛陀山而來的龍守僧人說要帶他去西域，這紅衣袈裟大和尚伸手是禪，很是出塵，所以徐鳳年特意上了聽潮亭，翻閱祕典。眼前女菩薩便是佛門人物譜高居探花的密宗紅教上師，她有一大串頭銜——大慈法王、補處菩薩、六珠上師……四十幾歲的老女人了，徐鳳年本以為早已人老珠黃，即便駐顏有術，也不會青春純澈到哪裡去。可眼前女子除去身高過於高了點，容顏卻與二十歲女子無異，眉目慈悲，額心天生一點紅痣。

徐鳳年心想早知這位爛陀山女法王如此明豔動人，大可以討價還價一番。雙修？沒問題啊，只要上師肯出西域，涼州風土總比貧寒西域強些，擁有金山銀山的世子殿下還缺一張錦被大床？

這個俗不可耐的遐想念頭一閃而逝，徐鳳年正了正心神，與李淳罡並肩而立，輕聲道：「此人是爛陀山女法王，被稱作六珠菩薩，據說身具觀自在上師、憤花王上師、忿怒金剛上師等變身法相，打得過？」

老劍神獨臂拿神符，一臉笑咪咪，若非知道羊皮裘老頭的身分，否則真要誤以為是為老不尊的老傢伙在攔路劫色。李淳罡低頭一吐，是凝意成神的通玄本事，竟吐出一口徐鳳年肉眼可見的青色罡氣，包裹住那把價值連城的神符，在夜幕中光彩流溢。

老頭兒輕聲道：「爛陀山的和尚號稱『打不死』，當初符將紅甲人與一個持杵的老傢伙鬥了三天三夜，都沒能敲死對方。一品中的金剛境，便出自釋門，老夫倒要看看是否真的是金剛不敗之體，不過跟一個後輩女娃娃鬥劍，勝之不武。」

唯恐天下不亂的徐鳳年一肚子壞水道：「老劍神只是拎了一把匕首，已經算是保留實力，不算欺負後輩。」

老頭兒用鬥雞眼斜瞥了一下不求息事寧人只求旁觀酣戰的世子殿下，嘴角扯了扯，並不介意。世人練劍練不出個名堂，便是由於做不到一劍破萬法，與人對劍，怕這怕那，怕得最終丟了劍道本心。沒有「雖千萬人吾往矣」的心無旁騖，如何使得出一手好劍？李淳罡對於徐鳳年那些小肚雞腸，一直不樂意上心，出北涼到青州再到襄樊，這一路他何嘗不是在觀察這位金玉其外的北涼王世子？得出的結論竟是這小子武道天賦頗為不俗，心性堅毅近無情，可惜習武終究是遲了些，否則在而立之年前未必成為不了曹官子之流。

那尊白衣觀音向前再走一步，李淳罡便要一袖青龍而出了。可就是只差一步，她停在吊橋上，不是與潛在的敵人老劍神對視，而是望向正慢慢後退的徐鳳年。

她抬手，名中有劍罡的老劍神手上神符如青蛇，罡氣如青蛇吐芯，一股青氣噴薄而出，整隻獨臂被青氣縈繞。可這位生自天竺帝王家、長自爛陀山的女性法王只是抬手提壺，揭開壺塞，喝了口酒，酒氣不輸老劍神的罡氣，以至於整座吊橋上都芬芳彌漫，那條小白蛇纏住她的白玉手臂，這一幕詭譎至極。

這位六珠菩薩輕輕望了徐鳳年一眼。

只是一眼，徐鳳年體內一身大黃庭便翻湧如潮水，沒來由噴出一口鮮血，看得身後幾位扈從觸目驚心，正要上前護駕，卻被徐鳳年搖手阻止。

一口血吐出後，徐鳳年胸內不悶反清，二重上三重？

再看幾眼豈不是就要大黃庭盡在我身？

她果真再度看來，正當徐鳳年目瞪口呆時，老劍神皺眉一下，輕喝一聲，一抹青罡現橋上，似乎斬斷了無形的絲縷氣機，他繼而對徐鳳年怒目道：「小子不知死活，給了點甜頭就真以為她是大慈大悲的菩薩了？小心怎麼死都不知道！」

白衣觀音微微搖了搖頭，收起酒壺，默默前行。

「小子，你與姜丫頭後撤。」老劍神說完一跺腳，以腳掌為中心塵土泛起，波紋跌宕，震耳欲聾，徐鳳年拉住姜泥飄向後方。

白衫無垢的女法王無視老劍神一腳踏出的無形劍氣，赤腳前行。

就在劍氣即將抵身時，橋上老劍神與白衣觀音之間出現一位穿紅袈裟的大和尚，神情木訥，堪堪擋下這一圈圈沛然劍氣，只見他身上袈裟飄蕩，身形屹立不倒。

徐鳳年悄悄嘆氣一聲，這個曾說過可等三十年的龍守僧人都出現了。若只是六珠法王一尊菩薩，徐鳳年相信以李淳罡的實力，加上身後實力都在二品上下的扈從，不說殺敵，困住這位爛陀山觀音不是沒有可能。別看紅衣大和尚沒到一品，可在眼前微妙的態勢下，他便是最大的變數。再者徐鳳年對眼前大和尚沒有惡感，對於得道高僧，他一直心懷頗多敬意，真要生死相搏，不說後果成敗，終歸不是一件賞心悅目的好事。

紅衣大和尚雙手合十低頭道：「我師此次入世，並無鬥勇心，請世子殿下不要怪罪。我師這趟出襄樊，超渡鬼十萬，是為殿下攢無量功德。」

徐鳳年覺得這話說得荒誕不經，偏偏深信不疑。佛道兩門都隱晦記載襄樊城中有十萬被親人烹食的惡鬼，怨氣沖霄，便是三萬六千五百周天大醮都消弭不去，於是當年兩教便立下一個不著文字的賭約，誰勝誰入襄樊，誰輸誰出襄樊，百年不變。若是龍虎山贏，兩禪寺與以爛陀山為首的僧侶便要在百年中不得踏足襄樊，反之，則龍虎山要撤去周天大醮，搬離大小道觀，不得在城中傳經布道。

三教紛爭，門派爭名利，其實很多都如同孩子嘔氣，不可理喻。

姜泥喃喃道：「她真好看，像觀世音娘娘。」

徐鳳年苦笑道：「觀世音，觀察世間牛馬眾生聲音。凡夫俗子觀其音聲，可得解脫。」

那位小泥人眼中的觀音娘娘先與橋頭李淳罡擦肩而過。

再與世子殿下擦肩，輕啟梵音：「我觀世音，你不自在，不配雙修。」

徐鳳年不知為何，嬉笑道：「既然我不自在，那求菩薩給個自在？」

徐鳳年說完話，才留心到身側的觀音菩薩身高竟比自己還要略勝一籌。徐鳳年的身高本就十分出眾，涼地漢子大多魁梧健壯，徐鳳年絲毫不顯矮，到了江南這邊更顯身材修長。身邊女子中姜泥還在成長中不去說，像魚幼薇和舒羞這樣高挑的女子都要比他矮半個腦袋，女法王卻愣是比世子殿下還要高，且不說她衣著氣質如何另類，光是這份鶴立雞群的高度，就相當惹眼。

兩人擦肩而過後，徐鳳年很沒有風度地轉頭盯著爛陀山紅教法王，神情木訥的龍守僧人經過一旁再度雙手合十，與世子殿下算是單獨打過招呼。兩人在北涼城中有兩面之緣，加上徐鳳年名聲雖惡，對釋門佛法卻親近，這一點北涼盡知，因此出世人龍守和尚對徐鳳年並無反感。

紅衣袈裟大和尚投之以桃，徐鳳年報之以李，微微點頭。因為王妃崇佛的關係，徐鳳年愛屋及烏，對佛法宗門頗多精通，倒不是對道教義理有所貶低。中原根柢在道教的說法，他還是認同的，只不過從小耳濡目染徐驍與道門的仇怨，一經對比，難免對某些道門人物有些看法。

其實佛教一直被中原士子稱作西方教，帶有濃重色彩的貶義。春秋國戰以後，初期名利心不重的亡國遺老紛紛避世、遁世，一旦選擇釋門，便廣受世人詬病，冠以「畏死逃禪」四字，罵之「老僧本色是優伶」。隨著現在的皇帝陛下開始崇佛，才有改觀，僅京師便有遊僧不下萬人，但釋門素無領袖一說，遠不如道統以龍虎山為尊這般明明白白。

黑衣老僧楊太歲是兩朝帝師，手腕資歷都夠，本是釋門執牛耳者的最佳人選。可惜病虎老僧卻是一株無根浮萍，甚至早早與家族斷絕了關係，便是傳授龍子龍孫們駁雜學問，都會板著臉，傳聞大內的雞毛撣子都不知道被他打碎了幾根，皇子公主們都怕這個老和尚怕得厲害。皇宮裡以隋珠公主行事最為跋扈，可連天不怕地不怕的她都說只怕黑鍋巴，加上黑衣老僧十幾年如一日拒絕訪客登門，因此楊和尚何來結黨一說？若無結黨，單槍匹馬，又何來的勢力？

白衣觀音翩然遠去，對徐鳳年厚顏無恥求個自在的說法置若罔聞。她一走，本來樂意等個三十年的龍守僧人便再無理由「畫地為牢」，跟著返回爛陀山。除去兩禪寺，和尚們都恨不得說一句貧僧自爛陀山而來，可百中無一能真正往爛陀山而去。

徐鳳年瞥見一旁姜泥癡癡望著女法王的背影，一臉呆相，忍俊不禁地打趣道：「想跟著去爛陀山？妳要做明妃或者尼姑？我跟妳事先說明，吃齋念佛可比讀書掙錢吃苦多了。」

輕輕將神符別回髮髻的李淳罡玩味道：「這個爛陀山婆娘存了與你雙修的心思？」

徐鳳年一臉遺憾道：「以前我怕她老牛吃嫩草，死活不肯，現在竟然輪到她嫌棄起本世子了，這世道啊。」

老劍神好不容易逮著一個機會挖苦徐鳳年，自然不會錯過，陰陽怪氣道：「徐小子，她當著一大幫人的面說你不配雙修呢。你堂堂北涼王世子殿下能忍？這話傳出去豈不是被天下人笑破肚子？」

徐鳳年嗯嗯道：「笑死最好，都不用我學刀了，見到不順眼的，就跟他們說這個笑話，聽著聽著他們就笑死了。」

李老頭兒愣了一下，好不容易回神的姜泥聽到這等潑皮無賴的言語，沒好氣道：「你真不要臉！」

徐鳳年無奈道：「那妳倒是給個我要臉的法子？讓一百號人衝上去打這位觀音娘娘一頓，還是跪在地上哭著求著她與我歡喜雙修？」

小泥人約莫是見到徐鳳年被她心中的神仙姐姐瞧不起，心情不錯，轉過頭笑著重複念叨著：「不配，不配，不配……」

徐鳳年故意與姜泥撇開一段距離，望向城頭嘆氣道：「今晚可是一個十萬野鬼出城的好日子。」

姜泥立即閉嘴，下意識走近徐鳳年，徐鳳年則率先走上吊橋。襄樊是兵書上典型的雄城，城池外緣築有凸出馬面，徐鳳年走過護城河，遙想當年國戰第一攻守，忍不住記起攻城中的木馬牛，轉頭詢問身後的老劍神：「木馬牛的名字有什麼緣由？」

徐鳳年似乎問出口後才驚覺這個問題不合時宜，對劍士而言，佩劍被折，無異於生平最大的羞辱，何況還是被王仙芝以兩根手指斷去。

不承想李老頭兒相當不以為意，只是平靜點頭道：「木馬牛取名的確緣自你所猜想的攻城器械，寓意天下敵手皆城池，沒有木馬牛攻不破的。木馬牛鍛造與神符一般無二，同是來自一塊天外飛石，前朝皇帝派人海外訪仙，偶遇飛石墜海激起千層浪，從海底撈起，一半鍛造木馬牛，一半造就符將紅甲，剩餘精髓，卻是製成了老夫頭頂這柄匕首神符，三者殊途同歸，這三物稱得上姐妹兄弟。」

徐鳳年調侃道：「那老前輩和小泥人真是有緣分。」

老劍神呵呵一笑。

第四章 齊仙俠問劍武當 瘦羊湖再見溫華

雄城襄樊夜禁森嚴，僅是對尋常老百姓而言，對徐鳳年這種敢跟青州水師一戰的頂尖權貴，以及六珠上師這種爛陀山神仙，當然是來去隨意。城門校尉十有八九得到靖安王趙衡的授意，並不阻攔，否則兵戈相見，無非是給徐鳳年長臉面罷了，總不能指望在這等瑣碎小事上讓北涼王世子吃癟。

春神湖上的鬧劇至今仍無人能說必定是徐鳳年遭受責罰，畢竟與以往不同，這會兒一襲藍緞五爪九蟒袍的北涼王就待在京城中。首次金鑾殿早朝，這位異姓王佩刀登殿，面對張巨鹿、顧劍棠以及文武首官以外的數位功勳大臣責問，連同三位殿閣大學士的輪番詰問，人屠只是獨自站著打瞌睡，一個都不理睬，讓兩班大臣氣得七竅生煙，至於耿直怒容背後是否存有忐忑畏懼便不可知了。京師有小道消息說北涼王與鐵騎駐紮休憩的下馬嵬驛館門可羅雀，京師上下都覺得大快人心，拍手叫好，都說這是天理昭昭，失道者必寡助，北涼氣數已盡！

下馬嵬驛站，當真是門庭冷落。內庭院落中，富家翁裝束的北涼王在與一位黑衣老僧對飲綠蟻酒，酒是徐驍特意從涼州帶到太安城的，眼前綽號「病虎」的老傢伙，則是被徐驍硬拉過來的。

其實這些年藉著二女兒徐渭熊的那首〈弟賞雪〉，京城中綠蟻酒多有販賣，只不過北涼王親自帶著烈酒行過幾千里，禮輕情意不輕。這也算是徐驍面對他鄉故知的一種表態：你楊太歲不當我徐驍是朋友，連入城都得替皇帝陛下盯著我，可徐驍卻仍然當你老禿驢是朋友，當年你請我喝酒當作送行，這次重逢便要還請你喝一壺綠蟻酒。

京城春寒早已消弭，蟬鳴不止，可徐驍似乎還是怕冷，抬手呵了口氣，感慨道：「我離京時記得王朝有一千八百六十四個驛站，這會兒兼併那麼多個國，不增反減，還能剩下一半嗎？」

黑衣老僧平淡道：「太安城、太安城，天下太平安穩，何須再現當年驛館林立、羽檄飛傳的景象？這難道不是好事嗎？」

世人皆知徐驍對驛站有一種難以割捨的情懷，因為離陽王朝當初對驛站建造並不重視，徐驍執掌兵權後，提出十政，其中驛站與馬政幾項都在他手中得到最大程度的發展，還有幾項政事因為春秋落幕，尚未來得及普及，便已中途夭折，削減驛站只是一個縮影而已。

離陽王朝兵馬鼎盛時，可謂「一驛過一驛，驛館同魚鱗；一騎接一騎，驛騎如流星」。故而國戰結束時，幾乎所有亡國皇帝被押解去往太安城，其間見識到三十里一驛，都震驚於徐驍的手腕。許多戰敗後仍是只怨天時地利的名將這才服氣，因為小小驛站要牽扯出驛道等諸多事情，每一件都麻煩至極，僅是驛路兩旁植物的栽種和維護，每年便要耗費國庫不少銀子。當時兵戈正酣，昏君不去說，幾個明君也至多是盯著甲胄鍛鍊，恨不得今日花錢，明日便可立竿見影，為臣子的能如徐驍一般說服皇帝陛下在百年大計上砸錢？

徐驍笑道：「短時間來看自然是好事，等你我百年以後，是不是好事，可就難說了。」

黑衣老僧雖是僧人，卻也飲酒，喝了一口，語氣平淡道：「你操甚心。」

徐驍啞然失笑道：「又不是你這種出家人，老子不操心，對得起當年隨我征戰的英烈？這天下誰打下來的？」

楊太歲皺眉道：「張巨鹿會操心，顧劍棠也會操心。再者是你幫先皇打下天下又如何，沒有你徐瘸子，總會有李瘸子、王瘸子頂上，你居功自傲，先皇卻沒有狡兔死、走狗烹，依然由著你去當北涼王，這還不夠嗎？」

徐驍輕聲道：「夠了。所以當年你拉我喝酒，事後我也沒怎麼樣，當年欠你和他的恩情，都算一筆還清了。」

說到這裡，黑衣老僧有愧，便不再說話，神情有些落寞。

那名女子初入世，劍匣僅刻有「此劍撫平天下不平事」九字。

先皇得知後笑著說沒有這個弟媳婦便沒有徐驍，便沒有朕的大好江山，大涼龍雀劍當得起這九個字。

那名奇女子臨終前才刻下後九字，每次想起，黑衣老僧都覺得有愧，因為他便是世間第一有愧人。

老僧問道：「那你還請我喝酒？」

徐驍冷哼一聲道：「若不是到了北涼後那些年媳婦一直勸解我，說你這禿驢有苦衷，老子就算再大度，也懶得理你。」

楊太歲苦澀一笑。

徐驍喝了口酒，冷笑道：「下次朝會，顧劍棠再敢唆使一幫雜碎出陰招，就別怪老子抽刀劈他！」

楊太歲皺眉道：「顧劍棠便是空手，你也打不過。天底下用刀的，他穩居第一人。」

徐驍反問道：「我砍他，他敢還手？當年我把他的嫡系斬首掛在城頭上示眾，他就敢阻攔了？當年不敢，現在這小子越活越回去，就更不敢了。」

黑衣老僧笑呵呵道：「似乎不敢。」

徐驍笑道：「這不就是了。」

這哪裡是身穿五爪蟒袍的北涼王，分明是市井無賴啊！

怪不得能教出徐鳳年這般品行無良的兒子。

徐驍笑咪咪問道：「我若真砍死顧劍棠，你這回？」

楊太歲平靜道：「我欠的忠義人情，當年也還清了。既然你今天能請我喝酒，我明天就能請你殺人後出京城。」

徐驍哈哈笑道：「你這禿驢，還算有點良心。」

黑衣老僧默不作聲，世間再無人比這頭病虎更一諾千金。

一壺綠蟻很快就空了。

老僧輕聲道：「你以前連累王妃活得不自在，現在是連累你幾個子女也是如此，尤其是那徐鳳年，你就沒點愧疚？」

徐驍坦然笑道：「不是一家人，不入一家門，不吃一家飯。什麼自在不自在的，都是命。」

老僧一聲嘆氣。

徐驍問道：「你可知那爛陀山六珠上師？」

老僧點頭道：「此人最初修行耳根不向外聞，不若世人，早早得了動靜二相了然不生的大解脫境，是佛門裡的大智慧者。當年由初地一躍到證第八地，與武當山新掌教一躍入天象如出一轍，都是罕見的肉身菩薩。」

徐驍「哦」了一聲，皺緊眉頭。

老僧問道：「聽說這位紅教法王去了襄樊，你不擔心？」

徐驍呢喃道：「怎麼不擔心，她與鳳年雙修，擔心，可不雙修，更擔心啊。」

◆

北涼王徐驍抵達京師已有十日，這十日中徐驍沒有去拜訪誰，也沒有人到下馬嵬驛館遞交名刺。按理說徐驍身為異姓王，不被《宗藩法例》上的條條框框所束縛，京師大大小小近萬官吏，平日最好趨炎附勢，便是放榜日裡那些原先寂寂無名的新科進士，身邊都有不在少數的官員打著同鄉的幌子親近熱絡一番，怎麼偏到了徐驍這邊，就沒一個人影？

其實略作思量就清晰明瞭了，朝中大體上是張巨鹿統領文臣，顧劍棠領導武將，青黨自立門戶之餘還籠絡了一批「散兵游勇」，八大亡國的遺老互成奧援，還算涇渭分明。只是隨著朝中第二代「遺少」崛起，早前的仇視對立情緒也開始慢慢淡去，融入早先的三足鼎立。

八個舊國中，又存有分裂：西蜀離青州最近，故而大多被青黨吸納；西楚多士子，對大黃門出身的當朝首輔張巨鹿最是心存好感；而民風彪悍的東越等蠻夷之地，則更喜歡親近大將軍顧劍棠，後者也覺得這幫既可馬上提槍亦可馬下吟詩的後生對胃口。如此一來，老首輔這些老一輩國之棟梁本就與徐驍不對路，新一輩當紅官員受祖輩以及春秋國戰的影響，不管是出於愛惜羽毛，還是自恃奇貨可居，也不會主動投靠偏居一隅的北涼王，大多被明面上的四大派系所瓜分。

當然，若是北涼王主動青眼相加，相信也沒有誰會拒絕這份天大的殊榮，雍州小吏晉蘭亭，可不就是靠著北涼王一封舉薦信就成了清貴至極的大黃門？

今日早朝，徐驍沒有遲到，走出馬車時便已身穿藍色大緞五爪蟒袍。以往百官上朝，幾乎都是最早到的首輔張巨鹿率先走入，從來都是踩著點末尾入門的大將軍顧劍棠殿後，無人膽敢逾越雷池。

除此之外，接下來是誰第二、第三個上朝入殿就不太講究了，大體上是按照資歷大小、官爵高低，可朝中黨派爭鬥日趨白熱化，就顯得越發沒有規矩可言。顧黨一脈武夫居多，最瞧不起曾是手下敗將的亡國遺老，對青黨也不甚尊重，而勢力最大的張黨倒是一直溫良恭讓，再算上外戚和宦官兩大變數，當真是一派亂象橫生，糾纏不清。

今日朝會大多數官員都已得知顧大將軍前兩日去了兩遼，短時間內肯定趕不回來，這讓許多期待著兩大春秋名將在保和殿上大打出手的旁觀者很是失望。大概是群虎無首的緣故，原本習慣蠻不講理爭搶入門的顧黨今天十分低調，不急於過正南的太安門，只是對著那一襲藍緞蟒袍的老瘸子虎視眈眈。

顧黨按兵不動，張黨由於首輔張巨鹿束手插袖站在門口彷若等人，也都沒誰入門。號稱張黨股肱文臣良心的新晉武英殿大學士溫守仁站在首輔身邊，額頭冒汗，因為首輔不入門，眼前卻有個駝背老頭正走來。

身著蟒袍的徐驍笑呵呵問道：「溫大學士，今天怎麼沒抬著棺材上朝啊？」

溫守仁還算是有些膽識氣魄，重重冷哼一聲，對冷嘲熱諷不加理睬。早前他讓府上老奴抬棺上朝請死彈劾北涼王徐驍十大死罪，懇求皇帝陛下以命抵命，只求換來徐驍一死，可謂一樁壯舉，京師百官、百姓誰不豎起大拇指？本來一些張黨內部對他晉升武英殿大學士多有腹誹的同僚也都徹底轉為沉默，算是默認了首輔的這個布局。張黨勢力最為深廣，少了誰都不缺，因而內部往往是傾軋最烈。張巨鹿對於這種內耗出奇地不太上心，只要不觸及底線，從不插手。這些年，只有寥寥數人被剔出張黨，下場悲涼，不是發配邊疆，就是永不敘用。

徐驍見這位武英殿大學士裝聾作啞，拍了拍肩膀，和氣地笑道：「朝廷需要你這樣的忠義臣子啊，聽說溫大學士做縣吏時兩袖清風，廉潔至極，甚至還餓死了兩個女兒，我在北涼那邊剛聽到這消息便納悶了。這般官員怎的才做八品小吏，是咱們張首輔的過失？不承想還沒幾年，這會兒便做成了武英殿大學士，三殿三閣排第幾？看來溫大學士還是少生了幾個女兒，再生兩個，豈不是就沒張首輔什麼事了？別說武英殿大學士，便是那保和殿大學士還不一樣是溫大人的囊中之物？不過也難說，難保張首輔沒有幾個老師，死了一個老首輔便有今天這般風光，這點溫大人還是比不上啊。咦？豈不是可以說你們兩位大人，都是發死人財？哈，這話胡說了，兩位大人都是肚裡能撐船的宰相，千萬別往心裡去啊。」

溫守仁一張臉漲得通紅，想罵人卻不敢罵，十分憋屈。

周圍一些張黨官員故作激憤者多，真正動了火氣的人其實很少。

一旁的首輔張巨鹿年過五旬，卻不顯老，這位當朝第一人的相貌尤其被人稱道，生得紫髯碧眼，十分奇偉。年幼時便被暱稱「碧眼兒」，給老首輔做幕僚時，備受重視。只不過老首輔耐心好，捨得花三十年時間去雕琢這塊璞玉，沒有揠苗助長，數次替心愛門生拒絕了官場上的晉升，甚至外放做封疆大吏的機會都一併不理。而張巨鹿耐心更好，三十年黃門生涯，不驕不躁，對廟堂政事一直捺著性子冷眼旁觀，只看只聽，唯獨不說，一出黃門便成龍，恩師死後兩年內他連升十一級，頂上了老首輔的空位，甚至權位猶有過之。

張巨鹿被徐驍一頓奚落，並未流露絲毫異樣，面無表情道：「楊國師曾說『心中有佛，視人便人人是佛；心中有糞，視物便物物是糞』，據說當年國師說這句話時大柱國也在場，不知大柱國是聽在耳中還是聽在了心上。」

徐驍哈哈大笑道：「楊太歲說什麼，不管你們怎麼想，反正除去說我的好話，我都當他是屁話。」

張巨鹿輕輕一笑置之。

皇城南門後的主要建築是外朝三殿與內廷九宮，三殿中以保和殿為貴，市井百姓稱之為「金鑾殿」，以為朝會都在此進行，其實並非如此，保和殿一般用作各大典禮，皇帝陛下上朝多在天乾宮或者養神殿，大概是為了表示對北涼王徐驍的鄭重，兩次早朝都設在保和殿。此殿屋脊滴水瓦當及外簷額枋門窗，加上殿內金柱、藻井、屏風等共有龍紋一萬八千條，真正做到了萬龍朝聖。這還只是保和殿一殿規模，鋪散開去，皇城內的龍紋不計其數。

保和殿的巨大臺基呈現出坐北朝南的「土」字。

從皇城正南起，中軸線上三殿一字排開，不植一株樹木，朝見天子，禦道漫長，太監、侍衛隱匿於兩旁森嚴建築陰影中，彷若天地間唯有己身一人獨行，無形中便生出一股莫大的壓力。

當初染血無數的徐驍第一次面聖時便以計算步數來驅散懼意，徐驍尚且如此，更別說一般初次上朝的臣子是何等戰戰兢兢。伴君如伴虎，尤其是王朝接連兩位皇帝陛下皆是雄才偉略，帝王心術登峰造極，無人敢說自己熟稔於揣摩聖意，這更讓臣子們如履薄冰。

今日碧眼兒張巨鹿有意讓徐驍第一個上朝，徐驍也當仁不讓率先走入巍峨宮門。似乎除去張巨鹿，所有人都忘了只要保和殿大學士之位一日空懸，文官便要尊大柱國為首。

◆

武當自打老掌教王重樓仙逝後，本就不多的香火便又清減了幾分，所幸牌坊後的近千個老道人、中年祭酒與道童們過慣了清貧日子，屋漏便補，衫舊便縫，培幾窪菜地，養幾籠雞鴨，倒也沒什麼怨氣。倒是此時一個年輕道人蹲在「玄武當興」的牌坊後頭唉聲嘆氣，身旁跟著蹲了幾個附近道觀裡的頑劣道童，一個個爭搶著要這道士說些書上的情愛故事。

這故事聽著可比道經要有趣多了，可就是過於淒涼了點，裡頭的男男女女怎麼就沒一個有好下場的，聽身邊這位說書說到了臨近結尾，越發揪心了，這不強撐著被師父拿板子抽也要逃掉道課偷溜出來？

「太上師叔祖，這本書裡咋有那麼多燈謎、酒令和詩詞哩，該不是都是一個人想出來的吧，要是真的，寫這書的得有多大的學問才行？差不多能跟太上師叔祖比了吧？」一位才上武當山沒兩年工夫的小道童怯生生問道。小道士生得唇紅齒白，十分靈氣，雙手托著腮幫使勁望向一旁師父的師父的師父的師叔，按理本該喊掌教的，可觀裡似乎都說這位太上師叔祖不太喜歡，就依舊按輩分來喊了。

「瞎說，寫這書的哪能有師叔祖的學問厲害！」一個稍早些入山的小道士出手打了一個板栗，一臉的正色凜然，被教訓的年幼小道童抱著腦袋不敢反駁。

「不是瞎說。寫書的這位若與我辯論道教義理，估摸是說不過的，可要說這些情情愛愛，我就差了十萬八千里，這便是術業有專攻的道理了。你們以後與師父們學習經文，碰到難題，莫要以為師父們說的都是對的。一些師父責罰而你們卻不覺得錯的事，可以去蓮花峰上找我，若我仍是說你們錯了，你們還不服氣的話，可以下山去尋個對錯。如果有一天覺得找到了答案，我與師父們是錯的，可以回山告訴一聲我們真的錯了，假若發覺自己錯了，也不要覺得有甚丟臉的，記得咱們武當的山門永不閉。」年輕道士微笑道，揉了揉最小的那位道童腦袋，笑容溫煦。

「太上師叔祖，我覺得師父一不高興就打我們板子就是錯的啊，你覺得呢？」那小道童天真地問道。

年輕道士輕聲笑道：「我小時候也挨過幾次打，可這會兒知道大多的確是自個兒錯了，幾次不對的，久而久之，也就不去計較了，師父、師兄們都不是沒脾氣的聖人，難免會有些錯。武當千年來，記載在冊的道士有十數萬，可玄武天尊的雕塑才一尊，咱們啊，包括我在內，都是凡夫俗子，得許得別人犯錯，許得自己犯錯，莫要去鑽牛角尖，那就活得不快樂了。好不容易來世上走一遭，總悶著生氣，你便是高高在上的帝王將相，也無趣。再說了，咱們是出世人，榮華富貴什麼的，無非是過眼雲煙，道成瓦礫盡黃金，丹藥爐中自有春，武當為我枕，我枕是武當，就夠了。」

一個年紀稍長的小道士悄悄道：「師叔祖，聽說富貴人家天天都吃肉呢，我可饞嘴了，肚餓念經時，總是想著就流口水。」

俊雅出塵、輩分最高的年輕道士微笑道：「天天吃肉與日日粗茶淡飯可不就是一樣嗎？清風，師叔祖給你十個饅頭，第一個嘗著美味，那第十個饅頭是啥滋味？」

道號清風的小道士苦著臉道：「十個饅頭，都撐死啦。」

年輕師叔祖哈哈笑道：「對啊，山上、山下都是這個理，掌教師兄說過道高不如人心高，我們若貪心了，可就沒止境了。山上呂祖登仙前掛劍於南宮月角頭，那把劍最厲害的地方知道是什麼嗎？」

「聽師父說可以飛劍千里！」

「肯定是斬妖除魔啊！」

答案林林總總、千奇百怪，年輕師叔祖聽著微笑不語，等寂靜下來，才柔聲道：「呂祖看似留下三尺劍，實是留了道根於武當，教我們要以青鋒寶劍斬去煩惱、貪嗔與色欲。」

「色欲？」最幼道童一臉茫然，其餘幾個懵懂略知的少年道士都嘿嘿笑著。

「我讀的書叫《東廂頭場雪》，裡面一些略過的男女之事便是了。」年輕師叔祖笑咪咪道。

「那太上師叔祖有色欲嗎？」小傢伙刨根問底了。

不等師叔祖回話，小傢伙就被小師兄、小師叔們痛打了一頓。

年輕師叔祖再次替他揉了揉小腦袋，輕聲道：「有的。」

身邊響起一陣驚訝的啊啊聲，卻沒有誰覺得自稱有色欲的武當山年輕掌教如此一來便不高大、不博學、不和藹了。

年輕師叔祖呵呵笑道：「自知不好，不是壞事。這與我們道士求天道一般無二，自知道不在我手，才要去求個道。」

「師叔祖，你還沒成道嗎？」一個少年道士忐忑問道。

「不好說啊。」年輕師叔祖實誠道。

這時，一批從雍州來的老年香客總算走過了十幾里的神道，氣喘吁吁地來到牌坊下，年輕道士立即起身，招呼身邊的小道士一起去幫忙提拿行囊。上山時，道童們嫻熟地介紹起武當山景與道觀，老香客們約莫是覺得小道士們可親可愛，都露出滄桑笑顏，走走停停，疲態漸消。

年輕師叔祖知道後輩們不可能送到山頂，就讓他們先下山，獨自拿起所有行囊。老人們過意不去，這位一路上言語不多的年輕道士笑著說沒事沒事，老香客見他上山如行雲流水，說不出的神奇，的確不像是在故作輕鬆，便放心許多。

沒了小道士，老香客們終於問起一個略微敏感的問題，繞不開武當山新老兩位掌教。這批雍州老香客們上次來武當已是十多年前，這次差不多是此生最後一次登山燒香，他們大多對武當山印象不差，只是家中子孫更願意捨近求遠去龍虎山。他們的身子骨走不動，不過言語中也透露出他們如能年輕二十年，說不定這趟真就去了連續出了三位國師的龍虎山。

那個背起眾多行囊的年輕道士聽聞這些，也不說話，只是微笑，顯得憨態可掬，看在老香客們眼中，反而要比竭力給武當山說好話來得順眼舒服許多。

一路緩行上山，臨近山頂，才遇到一位坐望雲海悟道的老道士。

老道士好不容易認清了負重上山的年輕道士容貌，趕緊起身畢恭畢敬地打了個稽首，道：「見過掌教。」

年輕道士笑著點了點頭，算是打過招呼。

十幾位老香客們不太相信耳朵，齊齊望向陪了一路便聽了一路龍虎山如何了得、武當山如何清冷的年輕道士。他們的確有聽說武當山掌教出奇的年輕，這一趟上武當燒香很大原因便是希冀著能與新掌教見上一面，哪怕遠遠瞧幾眼，就當沾沾仙氣也好。

武當不管這百年來如何式微，終究是曾經力壓龍虎山的道教祖庭，有仙人王重樓珠玉在前，對於新任掌教，香客們都還是打心眼裡視作神仙高人的。

可這位年輕神仙，咋就給咱們這幫糟老頭子背行囊了？

得知道士的武當掌教身分，老香客們是如何都不敢讓這山上頭號神仙代勞背負行囊了，年輕掌教拗不過老人們的堅持，便只好一路陪同走到大蓮花峰玄武殿門口。香客寥寥，年輕道士站在一棵千年樟樹下遙望著香客們捧香祭拜四方，最後投入巨大香爐，武當山上總算是有些香火煙氣了。

他突然轉頭，看到一位身穿山外道袍的道士，手持一根白尾拂塵，黃楊木別起髮髻，面容肅穆，緩緩步入大門，身上不惹塵埃，僅論瞧著是否仙風道骨，便是樟樹下的這任武當掌教似乎都遠遠不如，年輕道士朝不速之客略微稽首。

那年紀上稍長的道士卻沒有理會，只是望向玄武大殿，依稀可見殿內那尊真武大帝的宏偉雕像，雕像高達數丈，披髮跣足，金鎖甲冑，腳踏玄龜。

這道士看了眼這紅銅雕像，再看了眼殿外香爐，搖了搖頭，喃喃道：「敕鎮群魔，統攝北方，非玄武不足以擋之？」

做了武當掌教以後便悄無聲息的道士站得遠，卻聽見了這名道士的詢問言語，沒有直接回答，只是不確定地反問：「約莫是的？」

外來道士皺眉道：「連你都不確定？」

總不太能將一件事說個準確的年輕掌教笑問道：「龍虎山說你是三代祖師爺轉世，又說當年呂祖將青膽劍胎一分作三，你得了其一，那你說這是真還是假？」

不承想這道士卻是毫不猶豫搖頭道：「假的。」

武當新掌教估計是被震驚到了，木訥無言。反倒是在別家地盤上的龍虎道士顯得咄咄逼人，終於願意打量一眼，望向氣韻風範還不如天師府上任何一名打雜道士的武當第一人，問道：「你叫洪洗象？」

叫洪洗象的傢伙點了點頭，徑直蹲在石階上，你看我、我看你。

雖說眼前龍虎山道士氣勢凌人，可一個巴掌拍不響不是，蹲著的這位不紅臉、不白臉就跟見著了遠道而來的客人一般，半生不熟的那種，故而不矯情熱絡也不冷眼冷面，因此兩人對峙非但沒了劍拔弩張，反而只有一種雞同鴨講的滑稽。

龍虎山的訪客知道他叫洪洗象，洪洗象既然知道青膽劍胎的說法，自然也知道這個大有來頭的傢伙姓齊名仙俠。除了這個過耳不忘的名字外，更多是由於姓齊的不光在龍虎山和天師府出名，即便放在整個天下道門裡也是首屈一指的天才，未來註定要為道統扛鼎的人物。

若要問這廝為何如此了得？武當方面得知的理由很簡單，小王師兄的劍術已經夠超群了吧？可大師兄當年卻說道門中論劍，王小屏只是第三，位居榜眼的是一處洞天福地的老前輩，兩者都被年紀輕輕的龍虎山齊仙俠壓下一頭。

當然，說法歸說法，真相如何，得親眼見到才行。在洪洗象眼中，齊仙俠不光手中一柄馬尾拂塵是劍，便是站在千年老樟下，古樹都是劍，而且都是出鞘劍。江湖上流傳的所謂「我不持劍自有千萬劍」的通俗說法，大抵就是齊仙俠的傳神寫照。

蹲在石階上的洪洗象重重嘆了口氣。看吧，山下盡是厲害人與可怕事，多危險。

至於齊仙俠為何上山，洪洗象本就不是真正不諳世情的笨蛋，自然知曉原因。武當道觀不多但也不少，道觀與道觀間難免有些小的爭執摩擦，誰不服氣誰，隔三岔五就要登門理論理論，私下裡小道士們嘴上輸了，便拿拳頭來講理。

小時候騎牛逛山，總能遇到一些約好在山上僻靜處「私了」的後輩，以往他旁觀得不亦樂乎，如今做了掌教，倒不好拍手叫好了，只能是等打完了再去勸解幾句。龍虎山那邊除了讓齊仙俠來武當，其餘誰來都不合適。四大天師，年紀擺在那裡，打嘴仗、掄拳頭就算贏了也不光彩，小天師中，白蓮先生辯論是無敵，可若自己不管白蓮先生說什麼都說是、都說好，想必白蓮先生也會很無奈。齊仙俠就不同了，不與你浪費口水，光站在面前，就有莫大的壓迫感，這如何是好？真要打架不成？

齊仙俠說自己的青膽劍胎是假的，可洪洗象左看右看上看下看橫看豎看，這傢伙都是鋒芒難擋哪。

齊仙俠看著洪洗象轉眼珠子一臉為難的表情，不似作偽，雖說心境依舊古井無波，只是預料了無數種狀況，都沒猜到武當新掌教是這麼個既沒上進心又沒擔當的俗物。若非上山時見到洪洗象替香客背過行囊，齊仙俠早就將真武大帝的雕像給搗爛了，這也就是揮幾下拂塵的事，至於武當與龍虎山是否就此結惡，天師府是否因此責罰，齊仙俠毫不在意。

天師府上，數百年來，一直對呂祖抱有一種複雜難明的態度，無論呂祖如何詩劍如仙，畢竟是武當山上的老神仙，龍虎山自有仙人無數，也有幾位法力通天的祖師爺，可似乎都不如呂洞玄來得可親可近。齊仙俠心中很早就覺得相比呂祖，龍虎山趙家天師族譜上的祖師爺們更像是道觀裡的一尊尊泥塑雕像，刻板而疏遠，喝不來豪邁酒，寫不出飛揚詩，只是瞧著高高在上，讓人徒有敬畏，而無親近。

一時間，真武殿外氣氛有些冷場，年長道士都避而遠之，只有幾個天真無知的小道童湊在一起對外來道士品頭論足。在這幫孩子看來，年輕師叔祖不管是不是掌教，可都是天下第一，北涼王世子殿下夠跋扈吧，不一樣被師叔祖收拾得服帖？當然，這大半是因為他們沒見識到徐鳳年痛毆洪洗象的景象。不過話說回來，便是看到了，道童們也只會覺得這是師叔祖氣量大，不與凡夫俗子一般見識。

齊仙俠主動開口問道：「《參同契》是你寫的，不是你幾位師兄代筆？」

洪洗象答非所問：「山上沒什麼可招待的，回頭送你一本。」

齊仙俠皺了皺眉頭。

洪洗象突然問道：「江南風景氣象，可好？」

齊仙俠默不作聲。

洪洗象追問道：「聽說龍虎山離湖亭郡挺近的，這會兒那邊天氣不冷了吧？」

齊仙俠似乎被這類無聊問題糾纏得有些惱火，語氣越發冰冷，「你自己不會去走一遭？」

這下輪到洪洗象沉默。

大概是想到洪洗象從未下過山的說法，再聯想到偶爾一次從天師府上道聽塗說的祕聞，齊仙俠臉色古怪，猶豫了一下，冷笑道：「湖亭郡此時不算冷，就是鬧出了個大笑話。你們北涼王的長女徐脂虎作風不正，在那邊惹了眾怒，甚至連京城裡都有所耳聞，宮裡頭有位寫《女誡》的娘娘很是生氣，傳出消息要拿這位出嫁江南的郡主好好興師問罪一番。」

洪洗象一本正經地抬頭問道：「問什麼罪？」

齊仙俠平淡道：「你作為武當掌教，就只關心這個？」

洪洗象笑了笑，指了指殿內真武大帝雕像，說道：「那位才關心萬民疾苦。我呢，素來沒有你們天師府經世濟民的抱負，只惦念著山上飽暖，至於山下如何，也就問問。對了，你給說說，到底是問什麼罪？」

齊仙俠不理會洪洗象，只是再度望向昏暗大殿內的蕩魔天尊，輕聲感慨道：「鑄造已千年。」

齊仙俠轉身，撂下一句：「與你道不同不相為言，我這就去太虛宮拿走呂祖掛在簷角的古劍。問什麼罪，我不知曉，只知道當年那郡主要上龍虎山燒香，曾被攔在了山外。」

洪洗象起身，踏出了一步。

當初這個年輕師叔祖一步入天象，今天卻是咫尺一步，直接奪去了道門劍魁齊仙俠手中的拂塵。

武當山上，迎來了久違的驟至風雷。

◆

北涼王徐驍帶著文武百官行走在中軸線上，貫穿廣場的禦道盡頭，仰頭可見那座高聳於三層臺基上的巍峨大殿——保和殿，這裡是王朝的中樞，是萬龍朝拜的中心。

於整個天下而言，這座保和殿不過是咫尺方寸地，所站之人不過百餘人。但王朝的興衰榮辱都將取決於這裡的人和這裡的政令，這裡任何一次細微呼吸，都將決定著龐大王朝是否健康。

三樓雄偉臺基，白玉石雕欄杆，赤紅粗大木柱，青碧綠簷梁，金黃琉璃屋頂，極盡威嚴華美。前些年皇宮後廷一場大火焚毀宮殿無數，許多都需要重建，京城郊區幾百里內的木材、石料早已被砍伐、挖掘一空，北涼便從當地運往這裡無數巨石古木，其中僅一塊做後簷石階的雲龍雕石就重達三百噸，可見其勞民傷財的程度。

當時怨聲載道，諫官更是像打了雞血一般興奮，無非是彈劾徐驍是大奸佞臣，說這位北涼王逢迎獻媚，橫徵暴斂，更有人直言徐驍不死，國難不止。可自詡兩袖清風的諫官還是那兩袖清風的諫官，徐驍也還是那個要風得風、要雨得雨的北涼王，雷打不動的身居高位。

走在這條帝國中軸線上，到了盡頭，不需低頭，只要走近，便映入眼簾一幅巨大的嵌地九龍壁，九條金龍栩栩如生，像是下一瞬便要騰空而去。九龍壁左右兩側通往大殿的石階，左走文臣，右走武將，絕不可偏差，離陽王朝數百年來，還不曾聽說有哪個糊塗蛋走錯過。

老一輩官員都知道徐瘸子每次第一腳踏上九龍壁右側石階時都會稍作停留，喃喃自語，也從未有誰聽清楚過。徐驍武夫出身，故而每次上朝，都走右側，與第一次入京一致無二。朝廷給他一個大柱國的頭銜，現在看來，委實有點兒戲，難怪當初朝堂上亂作一團，哭的哭，跪的跪，怒的怒，一殿氣象百態橫生。

這會兒徐驍身後的文武百官，絕大多數都不曾與這位異姓王同殿議政，所以許多人都有意留心徐驍走上臺階後的動作。果然，徐驍回望了正南皇門一眼，只是人屠徐瘸子心中所想，無人得知。

徐驍想到了走過那扇大門，可就是真正身不由己了。

尋常百姓靠近皇門都要問罪，能夠走入皇宮上朝的，得手的榮華富貴是不小，可到底付出了多少，就是家家有本難念的經了。即便是高坐於大殿內龍椅上的那位，也難念啊。

離陽王朝創建以來，從不消停，初期的復辟奪門驚變，桓靈皇帝被宦官謀刺的甲寅宮變，再到嘉安六年的東宮梃擊案，接下來是順和太子的草人案與仁泰皇帝服藥暴斃的紅丸案，以及五十年前的移宮風波與三官廟之爭，再到最近的那場白衣案……

白衣。

徐驍默念了兩句，再走向保和殿，眼神便有些冷厲。

在下馬嵬驛館，他已得知不光是徐鳳年在春神湖上挑釁青州水師被一些傢伙問責，連遠嫁江南的長女徐脂虎只是過個小日子都要不得安寧，身後這幫渾蛋真當自己佩劍上殿是做裝飾的？

這一日，保和殿上風雷大動。

世人只聽說北涼王徐驍散朝後，還沒出宮門，就拿劍鞘硬生生把一位三品大官給打殘了。

◆

那晚撞見了白衣觀音與萬鬼夜行，這使得一行人即便進城後一時半會兒找不著客棧都顯得無所謂，逛蕩了一個時辰，其間幾批巡城校衛都主動遠遠避讓。最後舒羞好不容易尋了一處臨湖的歌腳地，一路行去，與印象中酆都鬼城的陰氣森森並不相符。襄樊內裡頗為錦繡繁榮，遠非北涼城池可以媲美，靖安王趙衡二十年用心經營，腹中經緯韜略可見一斑。

客棧挨著天下名湖之一的瘦羊湖，此湖有十景，客棧真正做到了近水樓臺，要世子殿下掏出大把銀子做敲門磚也在情理之中。

徐鳳年入住後並沒有馬上休息，而是坐在二樓臨窗位置，要青鳥煮了一壺酒。祿球兒調教出來的青白鸞落到窗口，青鳥拆下密信遞來，徐鳳年看完後雙指捏著放在燭火上燒成灰燼，輕輕吹去，啞然失笑道：「好熱鬧啊。」

青鳥並未插話，只是安靜地望著身旁坐著的年輕男子。這一看，就是整整十幾年時光，她也從女孩看到少女再看成了女子。作為王府丫鬟，似乎談不上任勞任怨，再者府上女婢們都挺樂意給世子殿下做牛做馬，至於青鳥，不愛說話，便是笑，也含蓄，因此給人感覺總像是一團雪，卻堅硬如鐵，沒有同樣是梧桐苑大丫鬟的紅薯那般討喜。

徐鳳年與青鳥相處，早已習慣這種自說自話，很自然地繼續說笑道：「信上說徐驍終於出手了，在保和殿外把一位大農丞給打得半死。這傢伙也忒沒眼力見兒了，在殿上不光拿我跟青州水師的玩鬧說事，還哪壺不開提哪壺地說我大姐品行不端，要換作是我在大殿裡，估計都沒耐心忍到走出那座金鑾殿。我們要快點去江南道那邊，先見過我大姐，再立馬折去見二姐和黃蠻兒。大姐總說江南水土好，養育出滿大街的可口閨女，跟一籮筐、一籮筐青菜蘿蔔似的，也不知道真假。」

青鳥笑容略顯無奈，其實凳子就在眼前，她卻站著，很知足。

徐鳳年喝了口酒，笑咪咪道：「信上還說現在江湖上很熱鬧，文武評、胭脂評等等榜評都出來了。新鮮出爐的武評十大高手，還是王仙芝獨占鰲頭，武當老掌教騰出來的位置交給了一個以前半點名聲都欠奉的傢伙，是北莽那邊的刀客。我很好奇這份榜評的根據是如何得來的，該是多耳目靈通的傢伙才敢放出這些榜單。我們身邊那位李老頭兒才從聽潮亭出來，就重新上榜了，不過才排第八，比那刀客還差一個名次。

嚇人啊，老劍神獨臂歸獨臂，可幾次出手都聲勢不小，真不敢想像排在他前頭的神仙怪物們該是如何驚駭。有些時候瞧著繡冬、春雷，真有點氣餒，自認練刀已經很不偷懶了，怎就總覺得跟這些傢伙差了十萬八千里？都說一入侯門深似海，我看要改成入了江湖才對，沒進榜的想著進榜，進了榜的惦念著做天下前三。青鳥，妳說我會不會哪天也瘋了要去做什麼第一？當初二姐不願我練刀，是不是顧忌這個，怕我某天入魔瘋了，便啥都不管不顧了？」

青鳥猶豫了一下，不太願意明言是非，只是繞了個小彎說道：「練武總是好的。」

徐鳳年很少去深思青鳥的身世，一來從小便相識，二來青鳥也不是個複雜的女子。別看青鳥在梧桐苑瞧著不如紅薯可親，可徐鳳年相信私下論交心程度，院子裡的丫鬟更願意與青鳥掏心窩說閨房話。當然這類閨房密語不是尋常人家的情愛纏綿，而是軍國大事。

北涼王府是個劍戟森森的地方，連帶著下人僕役們都沾上了許多彷若身居廟堂的倨傲做派。徐驍既然能被喚作二皇帝，那麼北涼軍儼然是小朝廷倒也算貼切，如此一來，王府與小皇宮何異？只不過這些敏感事實，徐驍嘴上從不承認而已。

徐鳳年撫摸著繡冬、春雷一對刀鞘，突然嘿嘿笑起來，青鳥眉目含笑，徐鳳年如同被捉姦在床般訕訕然縮回手指。別看世子殿下有倆親姐，說到心有靈犀，卻是青鳥當仁不讓，跟他肚裡蛔蟲一般。

方才摸刀，是想起了桌上雙刀是白狐兒臉佩帶多年的心愛貼身物，撫摸它們，總感覺像在間接撫摸白狐兒臉，這實在讓徐鳳年感覺奇怪。自己可無斷袖癖好，委實是白狐兒臉太美了。這一期胭脂評的魁首是誰？可不就是男人身的南宮僕射？神神祕祕的雲山胭脂齋評點美人，多會對上榜女子姿容進行百餘字的下筆潤色，唯獨對南宮僕射語焉不詳，甚至連性別都沒提及。

徐鳳年起初得到結果大為捧腹，心想如果天下人得知這傢伙竟是個男人，不說別人，光是那排在白狐兒臉身後的女子，會不會活活氣死？這會兒徐鳳年愛屋及烏，對榜上一個被簡單四字評為「不輸南宮」的女子很好奇，想著這趟出行怎麼都要見上一面。白狐兒臉是男人，總不能當弟媳婦了，再者他就在聽潮亭中閉關，都不需要擄搶，倒是那個評為不輸白狐兒臉的陳漁，剛好搶回北涼送與弟弟黃蠻兒，早年說要給龍象找媳婦，可不是戲言。

徐鳳年起身道：「遊湖去。」

門外呂、楊、舒三名扈從輪流守夜，此時是大劍呂錢塘當值，默默跟在主僕身後。瘦羊湖享譽天下，僅就風景而言，屈居名湖探花，一山、二堤、三塔、四湖、五井的瘦羊湖堪稱冠絕南北，光是在史冊上喊得出名字的大小景點就有百餘個。當年篩選瘦湖十景引發了文人士子一番大論戰，眾人各有推崇，爭得面紅耳赤，最後由那一代的上陰學宮大祭酒出面才一錘定音。

徐鳳年帶著青鳥走在走馬堤上，此堤取名來自成語「走馬觀花」，兩側花團錦簇，每逢春夏，可謂燦爛無雙。無所事事的徐鳳年提起繡冬刀一路撩撥過去，折花無數。

月下漫步的徐鳳年百無聊賴，隨口挑了個話頭，輕聲道：「裹樊肯定全城都已經知道我入城了。」

青鳥皺眉問道：「是靖安王趙衡散播出去的消息？想要借刀殺人？」

徐鳳年點頭笑道：「不過要我死在城內還是城外，就有的趙衡、趙珣父子頭痛了。在轄下城內死了藩王子孫，可比死於青州水師亂箭要不好擦屁股。可不在城內推波助瀾，到了城外，又吃不准江湖人士能否做掉我，怎麼看都要好好斟酌斟酌。不管如何，按理說靖安王不會跟我正面接觸了，青鳥，妳說我要是明天去靖安王府，會不會太打趙衡的臉了？這位藩王，好歹也是當朝曾經離龍椅最近的男人，這些年龍遊淺灘，妳說會不會憋出病來了，要不然能教出趙珣這樣的兒子？」

徐鳳年絮絮叨叨一些心中所想，並無絲毫顧忌。青鳥是自家人，呂錢塘是做了家臣的亡國奴，江湖武夫，對這些逆言也不至於跟官員一般上心。果不其然，徐鳳年冷不丁瞥了一眼，呂錢塘只是警戒四周動靜，臉上神情一絲不苟。

臨近一座涼亭，鼾聲雷動，有個穿著貧寒的年輕漢子躺在那兒以天為被、以地為枕，抱著一柄木劍，劍是普通佩劍樣式，卻掛了只葫蘆酒壺。徐鳳年本想直接走過，就不叨擾那傢伙一枕黃粱美夢了，可無意間瞅見了半張臉，頓時錯愕。

青鳥極少見到世子殿下這般神情，一時間如臨大敵，她一緊張，不放過一絲風吹草動的呂錢塘立即抽出大劍，以為是遇見了大有來歷的刺客，不承想世子殿下只是輕聲說道：「你們先離遠點。」

等青鳥與呂錢塘站遠了，徐鳳年這才走上前，一腳輕輕踹去，把那傢伙踹到地上。被驚醒的抱劍漢子先是睡眼惺忪，繼而破口大罵，再就是跟徐鳳年見著他的表情如出一轍，一臉不敢相信，擦掉嘴邊的哈喇子，揉了揉眼睛，驚喜道：「姓徐的？」

說過多少次了，這王八蛋還是不樂意喊徐鳳年的名字，總說這名字太他娘文酸了，文縐縐的搞得真是世家子一般。接下來一幕看得呂錢塘目瞪口呆，那佩滑稽木劍的年輕漢子確認了世子殿下的身分後，一拳砸在殿下胸膛，而世子殿下不怒反笑，回了一拳。

約莫是那廝覺得徐鳳年這一拳比他出手要重，他這輩子最是斤斤計較，覺得吃了大虧，馬上再賞給徐鳳年一拳，這一來二去，呂錢塘就看到涼亭中世子殿下在跟一個走近了都能嗅出窮酸味道的江湖莽夫扭打在一起。這顯然已經超出呂錢塘的想像極限，在這名二品高手看來，北涼王世子徐鳳年可不是好說話的主，且不說在王府上敢對大柱國追著打，捏褚祿山的肥臉，便是出了北涼，先有馬踏青羊宮，後有掀起春神湖水戰，一樁樁、一件件，何曾見世子殿下被人這般打過，而且還不還手？

以呂錢塘二品的卓絕眼力，自然瞧得出世子殿下每次出手都留力太多，力爭與常人無異。呂錢塘以往想都不敢想世上還有誰值得這位世子如此慎重對待，偶爾閒暇時會拿殿下與京城幾位皇子對比，可總覺得真要對上，多半還是徐鳳年更為跋扈得勢。

亭中那位可不是為了詩情畫意才睡湖上的年輕劍士與徐鳳年對比鮮明，一柄木劍不去說，菜園子裡摘下葫蘆曬乾裝酒也不去說，從頭到腳一身行頭，當真值不了十幾文錢。龍虎山上齊仙俠穿著麻履那是風度，再者小天師腳上那雙麻履也不至於需要縫補。而且徐鳳年比誰都確定眼前男子是真窮，窮到褲兜裡都不會有叮噹響的那種一窮二白，家徒四壁。那好歹有個家，這小子離家遊歷後，就只能夠四海為家了，有上頓沒下頓的，遊俠兒做到他這份上，已經是不能再慘一點了！

那傢伙本就餓著肚子好幾天，打鬧得澈底沒精氣神了，躺回去，打量著徐鳳年一身華貴裝束，一臉匪夷所思，有氣無力地問道：「你小子是偷了哪家公子哥的衣服？咦，還掛了兩把好刀，值很多銀子吧？行啊，老子得趕緊去城頭看看畫像，十有八九你就在上頭，明兒去官府舉報。」

徐鳳年坐在一邊靠著柱子笑道：「溫華啊溫華，你咋還是沒點出息，我還等著你小子揚名立萬好跟你占點便宜，怎麼還是這副死樣子，跟前兩年一個邋遢德行，幾頓沒饅頭吃了？」

不出意外是一輩子都混不出頭的年輕劍士白眼笑罵道：「少廢話，姓徐的，要是還有點良心，就扒下這套礙眼衣服去換點好酒好肉，這才算兄弟。」

徐鳳年笑道：「行啊，酒肉管飽。」

溫華愣了一下，感慨道：「徐小子，雖說換了行頭，倒是還沒換良心。」

徐鳳年拿手指故意彈了彈衣衫，道：「早就說我是北涼那邊數一數二的富家子弟，現在信了吧？」

溫華沒好氣道：「讓你裝，明天讓你請老子去趟相國巷砸錢，你就得露餡。」

徐鳳年問道：「相國巷？」

溫華嘿嘿道：「饅頭白啊白。」

這是溫華的口頭禪，徐鳳年順嘴接過道：「白不過姑娘胸脯。哦，是上好的窯子？」

溫華咂巴咂巴嘴，一臉嚮往道：「那是襄樊城最好的地兒了，前些天遠遠見著一個相國巷的頭牌姑娘，剛才做夢正和她雲雨，結果他娘的就被你小子踹醒了，不行，你得賠我！」

徐鳳年斜眼道：「裝什麼好漢，你不是說沒有衣錦還鄉之前都不破身的嗎？」

溫華無奈洩氣道：「就不許我過過嘴癮啊。」

徐鳳年問道：「找個地方搞些牛肉？」

溫華咽下口水搖頭道：「襄樊城的夜禁太可怕了，我吃不准你小子是不是真被通緝，還是天明兒再出去犒勞咱的五臟廟。對了，老黃呢？怎麼，上回是陪你吃苦，這趟就沒陪你享福啦？你小子不地道。」

徐鳳年平靜道：「死了。」

溫華於小事上錙銖必較，敢少他一枚銅錢，他就敢像鄉野潑婦般跟你滿地打滾，但在大事上反而頗為豁達。聽聞消息，只是心中震驚惋惜了一下，嘆息道：「死了就死了，下輩子投胎好點便是，葬在哪兒？若是不太遠，我下次清明去燒香上酒。老黃是個好人哪，別人死活不管，老黃的墳，我還是要去的。」

徐鳳年輕聲道：「死在東海武帝城那邊，沒墳。」

溫華納悶道：「跑去武帝城作甚，沒記錯的話老黃是西蜀人啊？那一口西蜀腔，起先碰到你們的時候，差點聽得老子連尋死的心都有了，這兩年沒老黃在耳邊嘮叨，反而有些寂寞了。對，是挺寂寞的。」

徐鳳年望向湖心月，喃喃道：「是挺寂寞的。」

躺在亭中的溫華望向幾年沒見的故友。當初一起結伴遊歷，他一直很嫉妒徐小子的俊逸皮囊，每逢途經鄉野村舍，若是讓徐小子去討要一些糧水，多半不會空手而歸，要是對方是些見識鄙陋的村婦，出手就更闊綽了，只是她們施捨時免不了要捏一捏徐小子的手，膽大的婦人趁著丈夫不在更會笑著去捏徐小子的臉蛋，道一聲好俊俏的後生。

每次見著這個場面，溫華總不太得勁，他娘的風頭全給這小子搶光了，不過久而久之，溫華也就習以為常，開玩笑唆使著徐鳳年乾脆去找個城中閨秀當小白臉得了。徐小子十有八九都要跳腳罵人，說老子是涼州頂天大的世家子，丟不起這人！溫華忍不住就想笑，頂天大是多大？大得過北涼王的兒子嗎？

這會兒再度相逢，再看徐鳳年，溫華似乎覺得有點陌生，約莫是換了一身不知從哪個旁門左道拐來的錦衣，太人模狗樣，溫華瞧著有些不真實，心想徐小子莫不當真就是北涼那邊的三流權貴子孫？是的話，這狐朋狗友還能做得成？溫華下意識撓了撓褲襠，這個做了十幾年的習慣動作難登大雅之堂，不過溫華本就是鄉野出身，便是想改也改不過來。

徐鳳年當年便總拿這個嘲笑他，說以後練劍練出個大名堂了，萬眾矚目下與高手對戰，冷不丁去撓褲襠裡的鳥，像話嗎？還是高手嗎？會有姑娘愛慕你這般沒個正形的俠士？溫華很一本正經地考慮過這個難題，可至今也沒想去改，好像生怕改了自己就跟那幫遊歷時撞見那故作風雅的紈褲子弟一般無二了。

徐鳳年被溫華看得毛骨悚然，問道：「怎麼來襄樊了？」

溫華一臉惆悵道：「遇見個心儀的小娘，一路追來的。」

徐鳳年笑道：「你啊你，狗改不了吃屎，當初哪次不是見到個只要有胸脯、有屁股的都要心儀，你也不挑嘴，可有誰答理過你？」

溫華坐直身體，一臉壞笑，雙手在胸口做了個滾圓姿勢，嘖嘖道：「這次不一樣，是真喜歡上了。人美，心更好，我覺得這輩子以後就只喜歡她了。」

徐鳳年撇嘴不屑道：「扯鳥吧你，是個姑娘在你面前，你都喜歡得死去活來。」

溫華靠著柱子，搖頭道：「不會了。」

徐鳳年見溫華不似玩笑，納悶道：「你真死心塌地了？是哪家倒楣的姑娘？報上名號，我去瞅瞅。」

溫華罵道：「倒楣個屁！醜話說前頭，你別想去挖牆腳，否則兄弟沒的做！」

徐鳳年怒道：「老子摸過的娘們兒比你見過的還多，會瞧得上眼？」

溫華哼哼道：「你什麼德行我會不知道？也就嘴皮子最厲害，坑蒙拐騙倒是熟稔，以後萬一有姑娘瞎了眼看上你，我一定去攔著。」

徐鳳年靠著另一根柱子，相對而坐，笑咪咪道：「那你有的忙了。」

溫華沒那個氣力去跟徐鳳年拌嘴，少說一句就少餓一分，抱著那柄木劍閉目養神。

徐鳳年轉頭遙望瘦羊湖十景中的抱孤塔。瘦羊湖僅就湖而言並不大，但歷史悠久，未修水利時，每逢大雨，湖水便氾濫成災，若是久旱則乾涸見底，實在稱不上美景。後來前朝兩位大文人擔任青州刺史，對瘦羊湖格外青睞，採用開陰窨的手法鑿出五井，拓建石涵，這才有了今天的瘦羊湖，相國巷便因五井中的相國井得名。春秋國戰中文人誤國，可此湖卻是雅士治國的一個不起眼佐證。

徐鳳年聽到溫華肚子餓得咕咕叫，笑著收回視線，問道：「要不我弄點酒肉過來？」

溫華懷疑道：「上哪弄去？」

徐鳳年朝青鳥做了個倒酒的手勢，沒多久她便從客棧端來餐盒，酒香肉香撲鼻，溫華看了看青鳥，再看了看盒中酒肉，震驚道：「你小子真是發達了，連漂亮媳婦都討上了？」

青鳥漲紅了臉，徐鳳年率先撕下一塊牛肉，就著烈酒下肚，笑道：「吃你的。」

溫華狼吞虎嚥，時不時抬頭看向青鳥，忍不住輕聲道：「弟媳婦，我多嘴一句，真想過安穩日子，跟徐小子在一起妳可就得管著點。他這人不壞，就是心眼大，不安分。」

徐鳳年丟過去一塊牛肉罵道：「沒你這麼拆臺的！」

溫華慌忙接住牛肉，塞進嘴裡，瞪眼道：「沒你這麼糟蹋好東西的！」

青鳥柔聲道：「公子，我只是個丫鬟。」

溫華「啊」了一聲，擺手道：「丫鬟？不信不信，姑娘妳要是丫鬟，就太沒天理了。」

徐鳳年笑道：「她可不就是小姐身子丫鬟命，我都替她委屈。」

溫華怒道：「姓徐的，留點嘴德！什麼丫鬟命！小心我跟你急！」

徐鳳年翻了個白眼。

溫華滿嘴油水地抬頭看向青鳥，盡量露出一個生平最有風度的笑臉，靦腆道：「這位姑娘，就衝妳喊我一聲公子，以後徐小子如果敢欺負妳，我第一個拾掇他！就他那三腳貓的功夫，我都不用劍，就能幹趴下！」

徐鳳年哈哈大笑，調侃道：「溫公子，來來來，喝酒！」

溫華心情大好，被人喊公子，破天荒第一回啊，渾身舒坦！他頓時只覺得世間女子除了那位心中愛慕的她，便是眼前的這位第二可愛了！這般知書達理的賢淑女子是個丫鬟？鬼才相信！

吃了這兩、三年中少有的酒足飯飽，溫華打了個飽嗝，餘下酒水都被他小心翼翼倒入葫蘆酒壺。溫華丟給徐鳳年一個眼色，徐鳳年搖了搖頭，溫華使勁點頭，看得青鳥莫名其妙，竟是徐鳳年拗不過溫華，只得尷尬地讓青鳥先將餐盒端回客棧。

兩人一溜煙跑出涼亭，尋了個臨水的草叢，間隔著脫褲子蹲下，兩個爺們竟然如此煞風景，在瘦羊湖拉起屎來了，不過若是知道當年的風餐露宿，就不會奇怪這對活寶此刻庸俗下作的行徑了。對溫華這個窮瘋了的無名小卒而言，世上最他娘幸福的事，不是吃喝睡，而是一個「拉」字，因為唯有吃飽了才有本錢去拉，很粗淺的道理。

蹲在湖畔的溫華長呼一口氣，優哉游哉道：「保不准以前就有哪位詩人雅士在咱們這兒吟詩作對過，一想到這個，爽哉！」

徐鳳年沒吭聲。

相信靖安王趙衡打破腦袋都想不到北涼王世子會在瘦羊湖邊上跟人一起撒尿拉屎。

溫華見徐鳳年沒動靜，有些無趣，突然一驚一乍道：「姓徐的，老子拉屎的地方後頭就有塊石碑！」

徐鳳年終於忍不住罵道：「那是前朝刺史李密立下的〈瘦羊湖鬧記〉，你個王八蛋真會挑地方！」

溫華一時無言，默念道：「罪過罪過。」

徐鳳年猶豫了一下，輕聲問道：「溫華，有沒有想法繼續跟我廝混一趟？就像當年一樣，一起走走看看？你要再碰上比武招親，我管扶你就是。」

溫華笑道：「別，你當我真傻啊，你小子如今了不得了，我也不管你是誰，反正還當你是兄弟。可兄弟歸兄弟，雖說蹭吃蹭喝是天理，可你捨得銀子，老子還怕就沒了志氣。所以啊，你走你的陽關道，我走我的獨木橋，有緣再會便是。嘿，我溫華別的不說，練劍總要練出個一二三才行，若是跟著你享福，就怕再沒心思去吃苦了，徐小子，好意心領了。明天我就要出城，想去北莽邊境那邊瞧瞧，就當開開眼界。」

徐鳳年輕聲道：「邊境要亂，你悠著點。」

溫華「咦」了一聲，打趣道：「要亂？你真是北涼的世家子啊？」

徐鳳年笑道：「可不是？」

溫華嘆氣道：「早前說要請你吃頓上好的酒肉，不承想這回遇上，反倒是又欠了你一頓。」

徐鳳年道：「欠著吧，你小子別死就行，否則總有還上的機會。」

溫華呵呵笑道：「要按老黃的說法，我這時候得說一句是這個理。」

徐鳳年恍惚出神道：「是這個理。」

溫華突然嚷道：「我這邊草葉都他娘小得不像話，不好擦屁股，貌似你那邊要寬些，趕緊丟些過來！」

徐鳳年罵罵咧咧丟過去一團草葉。

◆

兩人回到亭子，溫華問道：「你不回客棧？」

徐鳳年搖頭道：「聊聊，說說看你那位姑娘。」

兩人聊到天明，溫華看了眼魚肚白天色，起身道：「得了，我要出城去了，欠你的酒肉，你幫忙記著。對了，再就是幫我跟那位好姑娘道聲謝，咱這輩子可沒被誰喊過公子。」

徐鳳年猶豫了一下，問道：「我身邊有個用劍的老前輩，你要不要見一見？」

溫華握緊了木劍，笑著搖頭道：「不了，那終究是別人的劍，便是前輩肯教，我也學不來的。」

徐鳳年調侃道：「你以前不總想著被高人收徒？」

溫華正色道：「也就是想想而已，記得老黃說過練劍要心誠，跟香客求神拜佛一般，心誠則靈。可我這兩年閒著沒事也琢磨出了個不是道理的道理，劍是自己的，以我的資質，若走別人的路，一輩子都練不出個出息，我沒欠人的習慣，總不能真欠你幾頓酒肉欠到頭髮白。走了！別跟娘們兒一樣婆婆媽嘍。」

溫華笑容盎然，「饅頭白啊白，白不過姑娘胸脯。」

徐鳳年笑意醉人，「荷尖翹啊翹，翹不過小娘屁股。」

楊柳煙水長堤上，木劍溫華與雙刀徐鳳年一次擊掌，擦肩而過。

徐鳳年走出幾步，轉身目送一人一壺一木劍的溫華走過長堤。青鳥婉約而立，呂錢塘神情肅穆，卻是一肚子狐疑，終究猜不透那窮酸青年的身分。

以長堤上徐鳳年只輸當今天子的雄厚家底，可謂往來皆勳貴，呂錢塘見識過北涼王府正月裡的熱鬧，那幫在北涼王大樹下乘涼的官員，可謂個個是封疆大吏，遇上世子殿下，臉上也都得殷勤賠笑，恨不得笑出幾朵花來的小心架勢。

呂錢塘心底依稀覺得木劍男子出身卑微，只是不太敢相信罷了，或者說不願相信。對這位北涼奴才來說，寧可徐鳳年是個胸無城府、敗絮其中的主子，伺候起來也輕鬆些。一個北涼王就夠他不敢喘氣的了，徐鳳年若再是個野心勃勃、雄才大略的傢伙，伴君如伴虎，今天惹了靖安王，明天是不是就輪到廣陵王了？後天？對劍道仍有莫大追求的呂錢塘還能活著練幾年劍？

與青鳥一同走回客棧，徐鳳年自問自答道：「溫華沒肯見李淳罡，可我要是報上老劍神的名號，妳說那小子是不是要悔青腸子？我看悔歸悔，哪怕恨不得滿地打滾，也一樣說走就走了。這便是我不如溫華的地方，他總是知其不可為而為之。當年，每次碰上比武招親，他都屁顛屁顛上去打擂臺，別家俠士都是一躍而上，說不盡的瀟灑，他就得老老實實從樓梯上走上去，假裝臉皮厚，心裡其實比誰都在意那些白眼。但不管被揍下擂臺多少次，一有機會他還是要上去打腫臉充胖子，只為了能跟別人切磋過招，可到頭來也沒見他學了什麼回來，何苦來哉？」

自言自語時，姜泥與老劍神剛好出門遊賞瘦羊湖，徐鳳年好心丟了個笑臉過去，結果無人理睬。回到客棧，徐鳳年吃過早飯，就躲在房中對腦中所記武學典籍進行招數揀選，都是《綠水亭甲子習劍錄》、《殺鯨劍》等上乘祕笈中的精髓。

本來這種技術活兒有李淳罡幫襯指點是最好，徐鳳年那點眼界遠未可以做到指點江山，可用膝蓋想都知道敢把《千劍草綱》批得一文不值的老劍神根本不屑動嘴。唉，如果白狐兒臉在身邊就好了。不過在船上李淳罡教了一手玄妙彈劍，深入淺出解釋了一番劍招與劍罡，已經讓徐鳳年受益匪淺。原本他就像空有一座寶山的笨蛋，遍地黃金挑花了眼，接下來總算是知道該做什麼了。

魚幼薇抱著武媚娘敲門，青鳥開門後，她說要去觀景，徐鳳年沒攔著，吩咐舒羞、呂錢塘當隨從。魚幼薇見徐鳳年沒有出門的意思，臉色黯然，減了幾分興致，徐鳳年看在眼中，並未改變初衷。

姜泥沒空讀書，徐鳳年就讓青鳥去書箱挑了幾本祕笈回來，其中有一本是被專門點名索要的槍術祕典《手臂經》。世人皆傳其是「催馬槍」吳殳所著，徐鳳年之所以格外上心，是李淳罡曾有提及，老劍神瞄了幾眼便斷言這本書是槍仙王繡年輕時的心得祕錄，只是成名後嫌其粗鄙，不肯承認，便假託門下親傳弟子吳殳的名號。

徐鳳年翻書的時候見青鳥神色異常，問道：「妳認識吳殳？」

徐鳳年只是隨口一問，沒料到青鳥點了點頭。

王繡作為與李淳罡齊名的四大宗師之一，那時槍法號稱當世第一，他師弟如今是徐驍的親衛扈從，除了收吳殳為徒，最得意的弟子陳芝豹更是青出於藍而勝於藍，傳聞最後一戰他便死在了小人屠槍下。只是不知為何王繡的兵器剎那槍在這位大宗師死後從未出世，而陳芝豹殺師叛道的手法大概是過於不得人心，或是常年白衫佩劍，似乎從來沒人將那個小道傳言當真。

陳芝豹出師時才二十歲出頭，便是王繡不如王仙芝那般老而彌堅，愈老邁愈仙佛，而是日薄西山、銳氣盡失，但若說陳芝豹殺了上代武道宗師之一的王繡，還是太聳人聽聞了。不過陳芝豹的確不愧是出自王繡門下，一如王繡槍術冷冽，上陣廝殺俱是一往無前，對敵對己都不留退路。可以徐鳳年的身分，也從沒有見識過陳芝豹的槍法。印象中，這個對二姐徐渭熊似有愛戀的小人屠只會白馬白衫擺樣子，對誰都極好說話，平時溫良和善得像個救苦救難的菩薩。

徐鳳年納悶道：「你們交過手？」

青鳥搖了搖頭。徐鳳年見她有難言之隱，也就不再多問，哪怕心中好奇萬分，都忍住了。自打小時候第一眼見到被娘親牽手領到跟前的她，便只知道她叫青鳥，那以後也從不去探究，習慣成自然，都沒心沒肺地忘了只要是個人就會有姓有名。例如丫鬟名本是紅薯，徐鳳年也知道她本名叫宋小腴，而青鳥是真名還是暱稱，徐鳳年倒真不知道。遊歷歸來得知梧桐苑遠不是一眼見底的小水潭，丫鬟們不都是簡單到沒半點故事的一只只花瓶，可面對青鳥，徐鳳年自私地希望她只是青鳥，是娘親當年領來與他青梅竹馬的女子。

《手臂經》，寓意手中一杆槍便是第三條手臂。書上記載的槍術精湛奧妙，徐鳳年粗略挑選了其中三招，掐指算算，已經被徐鳳年在各類祕笈武典裡千辛萬苦搜刮出了十六式。在青羊宮韜光養晦的趙姑姑說要做到先五十手天下無敵，可不說徐鳳年揀選出來的招式能否化入刀中，光看數量，也離五十手差了很遠。

自從在船上親眼見識老劍神以指彈劍後，徐鳳年就養成了虛空彈指的獨有習氣，此刻用手指輕彈《手臂經》封面，在腦海中匯總僅有的保命十六招。到襄樊城前，深如江海取之不竭的大黃庭只到二重樓境界，大概一刀可破六甲；被宛如白衣觀音的紅教法王一眼看出個三重樓，徐鳳年掂量過，一刀破九甲不是問題，別看只是增加了三甲力道，算是提升極大。

最主要的是再使起春雷刀，便沒了起先的凝滯，右手繡冬取巧，左手春雷重力，雙刀對敵，手法迥異，這是徐鳳年先手五十窮極招數精妙的底氣所在。加上騎牛的洪洗象那套拳法與一本妙不可言的《參同契》，徐鳳年好歹沒有被老劍神幾劍給嚇得不敢練刀，你高任你高，我自往上走。

中午在客棧樓下進餐，都是高談闊論，唾沫四濺，姜泥聽得津津有味，裹了身熏臭羊皮裘的老劍神則白眼頻翻，一條腿擱在長凳上，一邊大口嚼肉一邊掏耳屎。文武評與胭脂評出世，本就是士林與江湖最轟動的大事，大概是文無第一的緣故，歷代文評都不太討喜，市井間討論最多的還是武評與胭脂評。

這一代武評不負眾望地評出一品高手十八人，最受矚目的十大高手，意料之中繼續以武帝城城主王仙芝占據魁首，繼續當他的天下第二；接下來是那被江湖人士調侃要做百年老二的新劍神鄧太阿；榜上探花依舊是張老面孔，被譽作「盡得天下士子八斗風流」的曹官子。

與之而來的是一個天大消息，占據榜上第四位置的鄧茂竟說恥於排在曹官子之後，卻羞於列在第七的北莽洪敬岩之前，那本就是頭回上榜的洪敬岩一時間被推上風口浪尖，與重出江湖的老一輩劍神李淳罡並列成為當下最炙熱的話題。而不只視武功高下更看大道天賦的武評副評中，有了個極為有趣的說法，大抵歸納為西觀音、東劍冠、南呂祖、北真武，四人中徐鳳年已經見過三位，騎牛的與吳家劍塚吳六鼎，以及白衣觀自在的女法王，只剩下龍虎山上的小呂祖齊仙俠，不過後者其實早在城樓釣魚臺上便見過徐鳳年了。

除了正、副武評，胭脂評也同樣熱鬧非凡。南宮僕射與陳漁占去一二，只不過與其餘早早驚豔於天下的女子不同，這兩位一直名聲不顯，更使得兩位分外撩人。但徐鳳年最得意的還是二姐不僅在文評中榜上有名，更把胭脂評副評的頭名桂冠收入囊中。除了這個，帶他乘坐大黿的王東廂也同時入選文評與胭脂副評，雖說不算名列前茅，可對於一個家世相對平平的少女而言，已是天下罕見的榮譽。

徐鳳年此時想通了城內那對陰沉父子為何沒了動靜，瞥了瞥對面那位很能勾來無數白眼的老劍神。江湖盡知有這位昔年號稱「兩袖青蛇一劍平天下」的神仙坐鎮身側，襄樊城內蠢蠢欲動憋著勁想要為民除害的俠客們，借他們十個熊心豹子膽好了，誰敢出手？

姜泥聽到樓內一些老劍神好不容易出山卻是給北涼王府為虎作倀的說法，眾口一詞說老劍神老糊塗了，當真是晚節不保，以李老劍神這般作態，多半是爭不過鄧太阿世間第一劍的名頭啦，不由十分氣憤，尤其是看到老頭兒只顧著吃肉喝酒，更是憤憤不平道：「喂，你都沒聽到嗎？都在說你壞話呢！」

李老頭兒樂呵呵道：「聽到啦，老夫耳朵沒聾。」

姜泥約莫是怒其不爭，放下筷子伸出小手，賭氣道：「神符還我！」

老劍神故作訝異「啊」了一聲，問道：「啥？」

姜泥沉聲重複了一遍，老頭兒還是裝傻地問啥，小泥人幾番瞪眼，終於洩氣，澈底不答理這個分明可以一劍劈江兩百丈卻由著別人說壞話的糟老頭。徐鳳年被她孩子氣的行徑逗樂，笑出聲，姜泥聽著格外刺耳，怒目相向道：「你笑什麼笑！今天不讀書了！」

徐鳳年笑咪咪道：「不笑就不笑，跟妳講講道理好了。李老劍神什麼樣的身分，至於跟這些鼠目寸光之輩一般見識嗎？妳總不能讓堂堂天下第八的高手去跟這些人打架吧？」

姜泥冷哼道：「才第八！」

徐鳳年拿筷子作勢要敲打姜泥，終歸是沒真動手。

李老頭兒揉了揉下巴，道：「確實，才第八，哪個龜兒子做的榜，得理論理論。老夫怎麼說都是做過天下第一的，如此一來，比起那個天下第十一的高手還慘，得理論理論。」

徐鳳年惋惜道：「我家黃蠻兒竟然沒上武榜副評，這也得理論理論。」

老劍神笑道：「雖然沒親眼見過那癡兒的體格，可聽你們府上的碎言碎語，老夫估摸著這天生金剛境的小子不需幾年，怎麼的也是指玄境下無敵手的怪胎。龍虎山趙希摶，老夫見過幾次，這邋遢老道本事不高，眼光卻不差，下一屆武評，徐龍象不出意外可以穩居前十，若是這二十年江湖再出不了王仙芝那般人物，爭魁都有可能。當然，有武當洪洗象這種修天道的人物，也不好說什麼天下第一的。老夫當年自稱無敵，其實也有心虛，畢竟沒跟齊玄幀動手打過。咦？奇了怪了，徐驍生了四個子女，徐渭熊與徐龍象都是天賦異稟的角色，你小子怎就稀鬆平常打不出個屁了？」

徐鳳年厚顏嘿嘿笑道：「天底下的好事總不能讓我們一家全給占了吧，得給別人留點念想。」

這時候樓外走入一夥年輕士子，臉上憤然，大罵哪個沒德的傢伙竟然拉屎拉到了〈瘦羊湖鬧記〉碑前。徐鳳年瞅見姜泥正盯著自己，問道：「像是我做的嗎？」

姜泥冷笑道：「肯定就是你！」

徐鳳年豎起大拇指道：「聰明！」

姜泥吃不下飯了。

徐鳳年問道：「今天真不讀書啦？」

姜泥板著臉。

徐鳳年再問：「在姥山妳可是花了一兩銀子出去的，不心疼？不掙錢了？」

姜泥沒有作聲，可下午，她捧著一本書站在徐鳳年房外，半天沒敲門。

徐鳳年沒讓她為難下去，走出房，笑道：「今天妳不讀書、我不聽書，出門玩去。」

第五章　龍與蟒互鬥心智　永子巷陸詡養晦

徐鳳年好心帶著姜泥出門散心，她卻使勁惦記著襄樊鬼城的種種聽聞，與李老頭兒賞湖已經是到了膽量的極限，再不敢出去蹓躂，哪怕徐鳳年難得做回虧本買賣，說只要出門就當她讀書一萬字，姜泥同樣毫不猶豫拒絕。

徐鳳年只好作罷，總不能綁著她出門，更何況既定行程中有陰氣最重的釣魚臺，估計到時候她得跟自己拚命。當年王明陽兵敗城破，便剜出雙眼，然後自刎於城頭，臨終遺言說要留下眼珠去看徐驍如何身敗名裂，那實在不是個能有心情賞景的好地方。姜泥不去，於亂局有定海神針作用的老劍神自然也不會跟著，除了三名扈從，連大戟寧峨眉都讓徐鳳年一同捎上，恰好有些行軍布陣的問題要與這位將軍討教。

不等徐鳳年讓青鳥去喊人，寧峨眉便臉色凝重大步而來，確定廊中無人，才低聲道：「殿下，靖安王趙衡來了！」

徐鳳年愕然，眯眼問道：「帶了多少兵甲？」

寧峨眉搖頭沉聲道：「並未帶兵，除了幾名親衛，便只帶了趙珣，還有一名女子，似是靖安王妃。」

徐鳳年這下子是真被靖安王鬧的這一出給震驚得無以復加，莫不是帶妻領子登門負荊請罪來了？否則怎麼都不至於讓靖安王妃拋頭露面，沒有甲冑矛戟擁簇已經足顯誠意！例如徐驍，從不去做禮賢下士的客套，你來府上，給你開個正門已是給足了面子。靖安王再不濟，不去說當年如何風光無限，如今也是堂堂六大藩王之一，若不是遵循著緊箍咒般的《宗藩法例》，不敢興師動眾，可哪裡需要親自趕來？

這像話嗎？

徐鳳年緊皺眉頭心思急轉，一時間沒注意大戟寧峨眉正在打量自己。房外姜泥捧著書，一副天塌下來有世子殿下頂著的無所謂姿態，倒是心思纖細喜怒不露形的青鳥看到寧峨眉眼色，立即泛起一些說不清、道不明的陰沉殺機。寧峨眉似乎有所察覺，斜了斜視線，對青鳥坦然一笑。

徐鳳年正思量著如何應對，忽略了青鳥和寧峨眉的交鋒，略作停頓，輕笑道：「走，寧將軍，一起看看去，聽說靖安王妃是個極具丰韻的美人，沒記錯的話這次胭脂評裡就有她，年近四十尚能上榜，得是多尤物的女子才行，這等稀罕美景，眾樂樂才對。」

寧峨眉微微一笑，帶路前行。

約見在客棧角落一間僻靜廂房，不知不覺徐鳳年身後湊齊了呂、楊、舒三人，等到徐鳳年進門前，更是連李淳罡都沉默站在了拐角處。門口站著兩名正值壯年的靖安王府侍衛，氣機綿長不絕，一人用刀，一人空手，身上有股徐鳳年並不陌生的沙場味道，透著簡單而濃烈的果決，像雪，卻是滲滿了血的雪。

軍中老卒總會說從成百上千死人堆裡爬出來的人，鬼都怕，因為身上沾染了至陽的煞氣，都是在死人那邊搶奪過來的。故而北涼士卒一旦提及北涼王和襄樊城，總帶著傲意說幾十萬孤魂野鬼算啥，只要大將軍孤身入城一趟，定要那些汙穢陰物連鬼都做不成，擺個孬的三萬六千周天大醮哦。

兩名從戰場走下的侍衛並未阻攔徐鳳年，想必以靖安王趙衡出了名的厚重城府，既然願意折損顏面親赴客棧，就不會再在細枝末節上誤了大事，佩有雙刀的徐鳳年沒有敲門，徑直推門。

襄樊最大的公子哥，靖安王世子趙珣低頭站著。

一名中年儒雅男子坐在椅上撚動手中一百零八顆天臺菩提子串成的佛珠，持誦三寶名號，面容異常虔誠。他即使已經到了不惑之年，可風度卓絕，一眼便知年輕時是面如冠玉的美男子。有野史祕聞記載靖安王之所以最受太后寵溺，賜以乳名「檀郎」，便是緣於趙衡自小俊美，加之純孝溫順，得以在皇子中獨享太后慈愛。及冠後更是長得風流倜儻兼備虎體猿臂，正史記載六皇子「美容儀，善騎射，手執長槍，坐騎駿馬，陣中飛出無人能擋」，足見趙衡當年風采無雙。

可徐鳳年入門後沒有去看趙珣以及那位當年只是功虧一簣的藩王，不是徐鳳年故作自大，而是房中那個女子太惹眼了。她側身而坐，身段婀娜，一覽無餘，女子正在看一本書，翻頁時一手撩起鬢角青絲。美則絕美，風姿尤勝一籌，古典雍容，一如畫卷上的仙家仕女。

聽聞推門聲，她轉頭，婉約一笑。

佳人一笑可傾城。

徐鳳年眼神恍惚了下，世子趙珣低頭瞥見這一幕，眼中惡毒更甚，迅速垂首，咬牙不語。靖安王趙衡兩鬢斑白，興許是這輩子用去的心機太多，終究是老態了。所幸男子氣度不以年歲而損，但相比靖安王妃的美人不遲暮，光彩照人依舊，多少有些不搭了，本就相差十歲，如今更顯老夫少妻。

世人只知王妃出自春秋高門豪閥，父親是西蜀當世通儒裴楷，號稱裴黃老，其弱冠知名，尤精《老》、《易》，超拔世俗，是當之無愧的經學大家。裴家門庭凋零於春秋不義戰，裴楷殉國，只餘孤女一人，亡國遺孤嫁入侯門，美人配王侯，是當時一樁名動天下的美談，這些年成了王妃的裴家孤女身居高牆內，幾乎沒有消息傳出牆外。

徐鳳年只顧著望向裴王妃，落在旁人眼中，自然是浪蕩登徒子，無禮至極。

一名王府侍衛要關門，呂錢塘當即作勢抽劍。

徐鳳年背對房門冷聲道：「放肆！不得無禮。」

任由房門緩緩關上。

靖安王趙衡沒有起身相迎，念經完畢，掛好念珠，拴在保養極好的雙手上，抬頭語氣和煦地說道：「鳳年，這裡沒有外人，你我叔侄相稱便是。」

徐鳳年難得斂去倨傲張狂，投桃報李溫言道：「小侄見過靖安王叔。」

大概是沒料到惡名昭彰的北涼王世子如此好說話，趙衡眼中掠過一抹晦暗不明的神色，食指、拇指輕輕捏住一顆菩提子佛珠，面容欣慰道：「徐老兄虎父無犬子，當年我比不得他馬上的蓋世功勳，無奈樣樣輸他，心裡難免不服氣，想著總要在什麼地方扳回一城。膝下趙珣不是學武的料，便逼著他苦讀詩書，就怕連兒子都要比不得徐老兄的，今日看來依舊是拍馬不及，輸了一大截啊。對了，鳳年，這趟王叔冒昧而來，便是帶著這讀書讀傻了的小子來給你道一聲歉，趙珣面子薄，便是知錯了，也不敢來，只得請他娘出面，押著過來，讓你見笑了。」

裴王妃再笑傾國。

趙衡淡笑望向兒子趙珣，後者哪怕在黃龍樓船上被徐鳳年拿繡冬拍臉也面不改色，跳水更被徐鳳年調侃好大的修養，跳得如此瀟灑從容，可今日只是被父王輕輕一瞥，就像被毒物刺了一下，立即抬頭肅容，朝徐鳳年深深作揖，算是當面向這個前幾日還不共戴天的仇家鄭重告罪，只差沒有一笑泯恩仇。

徐鳳年不客氣地拉過一把椅子坐下，盯著靖安王妃那張美豔臉龐看了會兒，然後轉頭朝靖安王笑道：「是小侄魯莽了，哪裡當得珣哥兒一拜。」嘴上如此說，卻沒有任何要跟趙珣套近乎的意思，心安理得地受了靖安王世子的道歉。

趙衡對此灑然一笑，端坐在一張由沉星紫檀拼湊而成的太師椅上。客棧裝飾再華貴，也拿不出用犀角檀或者雞血老檀做椅的大手筆，沉星檀木位居紫檀末尾，質地相對疏鬆，光澤紋理遠遜前兩者，但紫檀素來生長緩慢，且無大料，尋常達官顯貴有張檀木椅都得笑得合不攏嘴，文人騷客對一柄小小檀扇都愛不釋手，相信這張低檔紫檀椅子已是客棧的鎮宅之寶。

靖安王乳名檀郎，癡愛紫檀程度只輸給小姜泥那位造了一座檀宮的西楚皇叔，趙衡號稱非檀不坐、非檀不臥，看來並無誇張。

徐鳳年望向趙衡手中的一百零八摩尼珠，嘖嘖讚道：「王叔果然虔誠信佛，天臺菩提子摘下時是金黃硬色，一般高僧握珠幾十年，也不過由金黃轉淡黃，在王叔手上卻已由淡黃變乳白，古語精誠所至、金石為開，王叔這般心誠，什麼菩薩不願庇佑施福？」

靖安王哈哈笑道：「早就聽說鳳年與我一樣崇佛，果然不假，珣兒便不行，至今還認不得這是天臺菩提子。去年大壽，珣兒自作主張送了串核桃念珠給我，雖說每一粒核桃都雕刻有六位羅漢，但不知《佛說校量數珠功德經》記載念珠材質不同，持誦修行時所獲功德便大有不同，核子不過兩倍，鐵五倍、銅十倍、蓮子萬倍，手中菩提子卻是千萬倍。鳳年，你說要是你，是要那山核桃的拴馬索，還是王叔手中的這串？」

徐鳳年訝異道：「若小侄沒記錯，金剛子念珠方是千萬倍功德，菩提子是最為殊勝的無量數啊。」

趙衡雙指扣住一顆久握褪色的天臺菩提子，瞇眼笑道：「王叔畢竟年紀大了，總是記錯，不服老不行。」

靖安王妃姿容儀態如同皇后，興許是被和睦氣氛感染，少了幾分刻意的端莊，兩根如蔥纖指捏住一張書頁，一手托著腮幫側望向侄子輩的徐鳳年，眉目天然嫵媚。似乎對於這個遠道而來的北涼王世子殿下頗多好奇，眼前已不能算是孩子的後輩，便是在青州，也有諸多說法，逃不過「敗家當生徐家鳳」這類尖酸措辭，何況襄樊本就毀於徐驍與王明陽之手，雄城一度變鬼城，青州士林心知說話說不倒北涼王，便以大肆抨擊北涼王世子的紈褲行徑為樂。

徐鳳年與裴王妃對視，微笑道：「嬸嬸真好看。」

靖安王妃愣了一下，趙衡輕掐以遏妄念的佛珠，順勢玩笑道：「你嬸嬸自然是好看的。鳳年，可有相中的青州閨秀，王叔大可以替你搶來。」

徐鳳年臉皮厚如襄樊城牆，順杆子往上爬，覥著臉道：「本來惦記著春神湖上偶遇的一位青州姑娘，叫什麼來著，記起來了，陸燕兒，好像她家的老祖宗是京城裡的上柱國老尚書，論家世，倒馬虎配得上小侄，可今日見過了嬸嬸，就不去念想了，差了太多。」

趙衡一笑置之，世子趙珣則已經氣得嘴唇鐵青渾身發抖，幸好他低頭站在一旁，在靖安王與王妃身邊，格外不起眼。

接下來便是一番更沒有煙火氣的閒聊，藉著文武評、胭脂評的東風，不缺話題，徐鳳年嘴皮子功夫早就和北涼花魁打情罵俏給磨礪出高深道行，比耍刀本事高了十幾樓。靖安王說到此次評點獨缺了將相評，還替當年曾羞辱過自己的徐驍打抱不平，這次將相評沒有現世，理由是春秋以後無名將，春秋以後唯碧眼兒。既然將相評評不出什麼，何須再評？不過明眼人都看得出這個說法極為推崇當今執宰廟堂的張巨鹿，幾乎將他推上了一人輔國的高度。

靖安王趙衡終於起身，徐鳳年輕輕作揖道別，離房時當然是趙衡先行，本應該是裴王妃隨後，再由低了一輩的徐鳳年和趙珣殿後。徐鳳年有意無意落了幾步，裴王妃性子散淡，加上毫無顏面可言的趙珣急著逃離，變成了徐鳳年與裴王妃並肩而行。跨過門檻時，這位胭脂評上身在王侯世家的美人，嬌軀一震，瞪大了那雙沾滿江南靈氣的秋眸，一臉匪夷所思地望向那口口聲聲喊她嬸嬸的年輕男子——他，他怎麼敢！

徐鳳年一臉無辜，輕輕道：「嬸嬸，侄兒挑了一副手珠，稍後便讓人送到王府。」

她耳根紅透，沒有作聲。

被錦繡華裳遮住的臀部傳來一陣陣酥麻。

他怎敢如此浪蕩荒唐！

靖安王趙衡聽聞此言，似乎並沒有察覺到裴王妃的異樣，轉頭笑道：「鳳年有心了。」

徐鳳年笑著應酬道：「應該的，應該的。」

一路送出客棧，三人上了一輛普通馬車，看得出車廂相當狹窄，馬匹只是富貴人家都可以承受價格的良駒，除去兩名隨從侍衛矯健彪悍，一切都相當平常。這距離坐擁京城皇宮只差一步之遙的一家三口，輕輕而來，輕輕而去，表面看著盡是信佛人的佛氣，美人的仙氣，以及偶遇遠親後生的和氣，可其中一步一步的陰煞殺機，外人誰能體會？唯有青鳥看到出房後一直沒有留出後背給靖安王趙衡的世子殿下，已是衣襟濕透了整個後背。

北涼王世子望著道路盡頭的飛揚塵土，終於安然轉身，吩咐青鳥去買一本青熒書齋版的《頭場雪》，然後獨自走回那間廂房，親自關上門，坐在還沒冷去的椅子上，長呼出一口氣。

他望向那張檀木椅，喃喃道：「不過幾炷香的時分，趙衡就已經四掐念珠，徐驍果然沒有說錯，這個道貌岸然的靖安王最是心毒如婦人，趙衡大概不知道我早就獲悉他一掐佛珠一殺人的祕密習性。一掐菩提子是驚訝我不如外界傳聞那般桀驁不馴，開始疑心我這些年在北涼的荒誕舉止是不是在故意裝傻扮癡；二掐則是惱恨本世子記性不俗，清晰記得《佛說校量數珠功德經》上的記載，能夠一口道破他故意說錯的紕漏；三掐是憎惡我對裴王妃毫不掩飾的垂涎；至於最後一掐，則有意思了，竟直接捏碎了一顆堅硬如金石的天臺菩提子。嘿，本世子原本以為他要撕破臉皮，沒料到趙珣已經算是定力上好，這個當老子的更是老辣隱忍，看來幾十年假裝修道念佛，還是有些成果的，論演戲的功夫，的確比我要強一些。」

徐鳳年言語調侃，語氣卻是陰沉得可怕。他抖了抖穿著不舒服的衣衫，靠著椅子，在腦海中重複一幕接一幕，靖安王的每一個細節動作，裴王妃的每一次含蓄蹙眉舒眉，趙珣的每一次輕微抬頭低頭。

終於等到青鳥拿著一套《頭場雪》進屋，徐鳳年接過書，瞇眼起身換了個地方，坐在裴王妃坐過的椅子上，一臉潑皮無賴笑容。他抬手虛握了握五指，臉上換了一張面具，陶醉道：「舒服，荷尖翹啊翹，翹不過小娘屁股。溫華這小子說話糙歸糙，可都是直接說出了士子們得花大把銀子才能買到的大道理。」

青鳥一頭霧水，她沒有看到房門處的暗流跌宕，估計當今世上只有徐驍敢去深思徐鳳年到底做了何等膽大包天的壯舉。徐鳳年略作思量，抽出其中一本青熒書齋刻印的《頭場雪》，翻了幾頁。如果靖安王與裴王妃在場，一定會震驚於這個北涼侄子的驚人記憶力，記得《佛說校量數珠功德經》中念珠功德加持倍數根本不算什麼，因為徐鳳年所翻書頁與裴王妃幾次跳躍讀書如出一轍！

想著靖安王妃每次神情上的微妙變化，徐鳳年低頭看著書頁所寫內容，笑容古怪道：「這位大美人嬸嬸，可不像是個外柔內剛的女子哪。裴楷這般豪閥出身的剛烈文豪怎就調教出這麼個柔弱似水的女兒，擱在最喜歡勾心鬥角的青州女子中，可謂一朵奇葩。估計若非這位嬸嬸實在是好看，恐怕早就坐不穩靖安王府正妃的位置了。先前聽聞陸燕兒這小娘有板有眼說裴王妃是害死了趙珣親娘才得以坐正，我還信以為真了，這小娘皮害人不淺，下次再被我撞見可就不只是摸摸小手小腰的下場了。」

徐鳳年問道：「青鳥，那只我在姥山上讓王林泉購置的檀盒在哪兒，去拿來。」

青鳥悄無聲息去而復返，徐鳳年打開造型巧奪天工的精緻檀盒，裡頭擺著一串王朝不多見的念珠，材料西域名為婆羅子，中原這邊習慣美譽「太子」。這種念珠冬不冷手，夏不漬汗，太子串成一圈，有個極具意境的名稱——「滿意」，是千金難購的妙物，不管送誰都不掉價，對象若是信佛之人，更是絕佳。

徐鳳年本意是到了襄樊後狠狠試探一番靖安王，如能相安無事，便贈予這串珍貴念珠，如果反目成仇，便自己留著，以後送給那位自小家住寺裡的李姑娘，那才更加順己心順她意。只不過方才臨出門的電光石火間，正愁被靖安王識破真相的徐鳳年，鬼使神差，便有了那一下神來之筆，他可不想落給趙衡一個外表知書達理、內裡心機深重的印象，嘖嘖嘖，那手感，絕了。

徐鳳年闔上那本奪魁天下的《東廂頭場雪》，道：「等下妳讓寧峨眉將這檀盒送去靖安王府，就說轉交給裴王妃，我就不信靖安王這隻千年縮頭烏龜在家裡還能繼續忍著！讓我不痛快，我就讓他家宅失火！」

青鳥輕輕應諾一聲。

徐鳳年突然問道：「青鳥，我要是說趙珣那王八蛋對裴王妃有畸形的遐想，妳信嗎？」

青鳥平靜道：「信。」

徐鳳年冷笑道：「這家子看著一團和氣，原來不過是表面文章。趙衡掐珠百萬次又如何，手持念珠是可以增定力、生智慧，徐驍早已將話說死，聰明反被聰明誤，成大事者小伎倆、小聰明要不得，趙衡是個什麼都放不下的人，捨得捨得，不捨哪來的得。」

徐鳳年笑了笑，自嘲道：「好像我一個被嚇出一身冷汗的膽小鬼，沒資格對靖安王趙衡這般梟雄說三道四呀。」

青鳥莞爾一笑，搖頭道：「趙衡與殿下這一席手談，他已輸了先手。」

徐鳳年笑道：「別胡亂吹捧，本世子能僥倖小勝，歸功於徐驍替我布下了最霸道的先手定式，可不是我的真本事。哼，本世子到今天還這般不成事，便是青鳥妳們幾個丫頭給捧殺的，去，罰妳端茶！」

青鳥笑了笑，記起一事，臉色冷了幾分，說道：「寧峨眉對於靖安王登門，存了冷眼旁觀殿下如何應對的大不敬心思！」

徐鳳年擺擺手，豁達道：「情理之中。大戟寧峨眉，能耍七、八十斤重戟的好漢猛將，哪裡那麼容易為人賣命？話說回來，他如果對本世子見面就倒頭便拜，我才要懷疑他是不是有反骨的牆頭草。這件小事不須介意，否則會讓寧峨眉笑話，心裡更看不起本世子。」

徐鳳年繼而深有感觸道：「以前聽徐驍嘮叨一些經驗之談，總不上心，現在回頭再看才有些懂了。馬上殺敵無非拚命，拚贏了就是老子，拚輸了就是孫子，一清二楚。馬下勾心才頭疼，怪不得徐驍說書生殺書生最是心狠手辣，還能他娘的手不沾血，趙衡便是這類陰險人中的佼佼者。果然練刀要親身與人對敵才有裨益，培養城府，還得跟靖安王這些高手大家過招才長見識，送一串價值千金的『滿意』，本世子不心疼。」

青鳥帶著檀盒離開房間，溫婉帶上房門。徐鳳年趁空快讀最末的一本《頭場雪》，真是字字珠璣。他實在想不通十六歲的丫頭能寫出這般畫皮畫骨俱是入木三分的文章，說妙筆生花也不過分。上次大姐回北涼，總聽她感嘆說恨不得世間再生一雪一廂，當時只覺得大姐過於傷春悲秋，這會兒翻到末尾，看到如大雪鋪地白茫茫一片死了乾淨的淒慘結局，卻是既心疼又心安，彷彿不死才是敗筆，死了才是真實的人生。

以前徐鳳年可沒有這等心境，身邊死了誰，看似漫不經心，其實總要揪心許久，直到三年狼狽遊歷，歷經艱辛，見多了世間百態，才有所轉變。

徐鳳年柔聲道：「老黃，你是想說吾心安處即吾鄉嗎？」

獨坐的徐鳳年笑了，「嘿，你哪能說出這般文縐縐的大道理呀。」

◆

客棧一間房中，姜泥趴在桌上盯著十幾枚銅錢。姥山上跟摳門的徐鳳年討要了原本就屬於她的一兩銀子，結果一路走去啥都捨不得買，好不容易狠下心也只是挑了兩套最便宜的衣裳和一根廉價的木釵，還剩下些銅板。

窮日子過慣了，小泥人好似早就忘了年幼時身處帝王人家的尊貴風範，不管如何惱恨那世子殿下，不管如何被氣得吃不下飯，總不會耽誤讀書掙銀子。這些日子，離了處處白眼的北涼王府，看到了外地的風光景象，好看是好看，可並沒有姜泥一開始設想的有趣。如果不是有李老頭兒做伴，她私下覺得還不如待在武當山上呢。在那兒，她還能有一塊菜圃，看著那些小小的青翠，總是有些不敢承認的愉悅，原本偷偷等著能在山上過個冬天，那就可以堆出個等人高的雪人，再不用如在王府般束手束腳，大可以當著那可惡傢伙的面狠狠去刺雪人，可終歸還是下山了。

只是希望落空的姜泥也不過分傷心，這本就是自己的命啊，有什麼好抱怨的，反正老天爺也聽不見。

李老劍神來到房子坐下，丟著花生米入嘴，嚼得嘎嘣響。

姜泥還是望著那些銅錢怔怔出神，心不在焉地說道：「走了？」

李老頭兒點頭道：「無趣，這靖安王也忒不是個爺們兒了，在自家地盤上都如此窩囊，虧得能每晚抱著那麼個豐腴俏娘子滾被窩，一點英雄氣概都欠奉。本來老夫橫看豎看都看徐小子不上眼，今兒見識了靖安王父子的氣派，才覺得徐小子的可愛。」

姜泥抬頭橫了一眼。

老劍神訕訕一笑，自知這話落在小泥人耳裡不中聽，就不再火上澆油。只是開始惱火，老夫已經放下架子要旁觀徐鳳年練刀，這小兔崽子倒好，從姥山到襄樊，多少天了，都沒個動靜，身在福中不知福，能讓老夫指點一二，是多少人求之不得的機會？

李淳罡是老道不能再老的老狐狸，其實也猜到了一點端倪。徐鳳年是個謹小慎微的性子，說好聽點是定性超群，說難聽點就是膽小如鼠。為了大黃庭便可以強忍著不近女色，為了保密便不輕易地公然練刀透露斤兩，李淳罡偶爾很想拿手指狠狠點著那小子的額頭，當面問他如此活著到底痛快不痛快！分明是去哪兒都算條過江龍的主，卻與鼠輩苟延殘喘何異？

姜泥嘆氣一聲，說道：「城外那個觀音姐姐好漂亮，今天那位也很好看哩。」

老劍神哈哈笑道：「姜丫頭可不比她們差，再過兩年，就要更好看了。女子只要年輕就好，老夫敢肯定她們心裡都在嫉妒妳。」

姜泥眼眸一亮，問道：「真的？」

老頭兒白眼道：「老夫騙妳作甚？」

姜泥頓時眯眼笑了，兩頰小酒窩，看得連李老劍神都想著去喝酒了。

老頭兒有些無奈。

姜泥如守財奴般小心收起銅錢，小跑去書箱揀起一本祕笈，得，又乖乖去讀書掙錢了。

於是老劍神更無奈了。

◆

靖安王府的那駕馬車看似簡陋，其實裡面別有洞天。內壁盡是上等檀木貼就，放了一只羊脂美玉底座的鎏金檀香爐。裴王妃上車後，放好那本《頭場雪》，雙腿彎曲疊放，飽滿圓臀枕在腿上，嫻熟伸手焚起嫋嫋檀香，默不作聲。

靖安王趙衡與世子趙珣相對而坐，趙衡閉目轉動只剩下一百零七顆菩提子的念珠，無論多大的事情，靖安王定要誦經完畢才睜眼。即使知道父王如老僧入定，趙珣仍舊只敢用眼角餘光去瞥他名義上的娘親，複雜一瞥便收回，不敢再看。

靖安王念經百聲千千聲，等到睜眼，已經臨近王府，這才平聲靜氣地說道：「珣兒，知道錯了嗎？」

正襟危坐的趙珣愧疚道：「知錯。」

趙衡沒有追究也沒有點破，掀起簾子望了車外一眼，淡然道：「倒是看不透那孩子了，都因本王畫蛇添足，錯走了一著昏手。」

說到這裡，靖安王臉色陰沉，斜瞥了一眼低眉順目的裴王妃，見她似牽線木偶一般毫無反應，越發惱火，握緊掛珠，深呼吸一口，轉頭對趙珣說道：「在春神湖上你想趁亂一擊斃命，嫁禍給那幫青黨子孫，心思有了，可審時度勢的火候還是差了些。徐鳳年是誰，徐瘸子這輩子都指望他來扛起北涼大旗了，真以為幾名豢養奴才，加上寧峨眉和一百鐵騎就夠了？那未免太小覷了這個江湖，沒有那姓李的老武夫，徐鳳年不知死了多少回了。」

趙珣低頭道：「父王教訓得是。」

趙衡皺了皺眉頭，按捺住心中那股如何念經也摧不破的煩躁，伸手揮散了一些聞著過猶不及的檀香，語調緩慢低聲道：「京城那邊很熱鬧，徐瘸子多半是要遂了心願，給兒子爭到手一個世襲罔替，不過大柱國的頭銜十有八九是要保不住了。不僅如此，顧劍棠北行兩遼，本就是皇宮裡頭那位逼迫徐瘸子表態，北涼三十萬鐵騎在兩遼的根基，徐瘸子得老老實實自己拔去。北涼看似還是固若金湯，張碧眼可能會見好就收，但亡國遺老這一派估計要有痛打落水狗的動作，就是不知這一出狗咬狗的好戲，能咬掉徐瘸子幾斤幾兩肉，這幫沽名釣譽功夫天下第一的老狗，也就這點出息和用處了。」

趙珣聽到父王刻薄評價殿上的亡國老臣是一群老狗，自然而然輕蔑一笑，這時他才恢復了一方藩王世子殿下該有的氣度。王朝原有十三州百姓，如今雖說與春秋八國的十七州子民融合共處，但心底會沒有一種天生的優越感？百姓尚且如此，更別提趙珣這一小撮天經地義地認作普天下都是自家私物的頂尖皇室宗親了。

再者，包括趙衡在內的六大藩王，除去最不成器的淮南王，其餘幾位都參與到春秋國戰中，軍功各有大小，裂土封疆。國戰落幕，哪個藩王府沒瓜分得幾位亡國皇帝的妃子、公主做侍妾、做奴婢？廣陵王更是占有一名皇后、兩名貴妃。既然如此，八國遺老們在他們眼中有何地位可言？饒是你腹有經略，曾經戰功顯赫，可誰真會傻到去當作菩薩供奉起來？同席而坐，都嫌髒了眼睛。

下了馬車回到府上，在客棧與徐鳳年平易近人的靖安王無視不計其數見面即跪的僕役，穿堂過廊，臨近一座佛堂，趙珣默然轉身離去。趙衡進了敬奉有一尊紫檀地藏王菩薩的晦暗大殿，裴王妃猶豫了一下正要轉身，就見靖安王趙衡手中本就缺了一顆菩提子的念珠砰然斷裂，珠子砸落在寂靜殿堂的白玉地板上，刺耳陰森。

親手毀去這一串拴馬索的趙衡再無半點遮掩，一臉猙獰死死盯住王妃，咬牙切齒道：

「站住！不要臉的東西，是不是再與那徐瘸子的雜種多說幾句，妳就要連魂都丟了！」

裴王妃沒有反駁，任由靖安王羞辱。此時的她，彷彿是那尊菩薩雕像，沒了半點人氣。外人都道她這個孤苦伶仃的裴家遺孤能夠嫁入靖安王府，是天大的福氣，而她自身肌膚白皙如凝脂，坊間流言抱得美人歸的靖安王有個雅趣，藏有一尊三尺高的玉人，夜擁美人玩玉人，人比玉人媚，真是羨煞旁人，光是聽著就能讓天下所有浪蕩子流口水。

靖安王並沒有甘休，走上前扯住王妃的一把青絲，拖拽進殿，將她狠狠摔在地上，嘶吼罵道：「裴南葦，本王到底哪點配不上妳這個出身卑微的賤貨！這十幾年妳何曾有一次當本王是妳的夫君？本王是誰，妳知不知道！本王離龍椅只差了一步，一步！天底下還有誰比本王更有資格穿上龍袍！」

一頭青絲散亂於地，如一朵青蓮綻放的裴王妃終於抬頭，平淡反問道：「我既然是賤貨，你如何配得上？」

靖安王趙衡神情一滯，眼中再無陰鷙，蹲下身，伸手試圖撫摸王妃的臉蛋，柔聲道：「葦兒，本王弄疼妳了沒？」

裴王妃撇過頭，輕輕道：「不疼。」

趙衡被她這個躲避動作徹底激怒，一巴掌揮去，將貴為王妃的她搧得整個人撲在陰涼地板上，猛然起身怒斥道：「姓裴的，妳比死人還死人，既然妳有這般骨氣，怎麼不去死？當初為何不陪著妳那個爹一起殉國？投井？王府有大小六十四口井！懸梁？本王這些年賞賜了妳多少錦緞綢綾！撞欄？王府何處沒有！放心，妳死後，本王一定替妳風光厚葬！」

裴王妃不看如狼似虎的靖安王，只是淒然望向那尊民間傳頌一件袈裟鋪大山的地藏王菩薩，冷漠道：「我怕死，所以才嫁給你。」

靖安王生出無限厭惡，背對著這名看了十幾年都不曾看清的女子，生硬道：「滾！」

裴王妃站起身，理了理青絲與衣裳，欠身施禮後走出佛堂，跨過門檻時，問道：「北涼王世子送的手珠，我收還是不收？」

趙衡冷笑道：「本王這點肚量還是有的，妳儘管拿著。本王知妳畫工出神入化，只是莫要繪了那雜種的畫像再拿著念珠做淫穢事即可。妳作踐自己，本王反正眼不見、心不煩，可汙了念珠，惹惱菩薩，那本王這些年念經百萬為妳祈的福可就白費了。」

裴王妃不冷不熱「哦」了一聲。

她一走，靖安王趙衡瞬間變換了一個人，心無旁騖，好像剛才那本家中難念至極的經書一翻而過。他坐在一個香草結成的蒲團上，冷哼一聲，陰森森道：「徐瘸子，你真以為本王不敢動你的兒子？世襲罔替？本王讓你二十年苦心經營變成一個天大的笑話！」

◆

姜泥要讀書，徐鳳年勉強捺著性子聽她讀了兩千字，就去找魚幼薇出門，準備帶她一起去襄樊釣魚臺觀景。釣魚臺裡有幾位天師府老道，徐鳳年看能不能親口問到一些黃蠻兒在龍虎山那邊的消息，僅是聽從趙希摶那個牛鼻子老道的代筆書信，總不太放心。

魚幼薇穿了件姥山青蚨綢緞莊購得的華美繡裘，是典型的西楚樣式，堪稱「堆紅織錦愁媚嗤素」，可惜在徐鳳年眼中略加嚴實了點。他不樂意魚幼薇去酥胸微露，卻也不想不流半點韻味。魚幼薇本就是體態風流的尤物，尤其是那胸口兩堆傲人肥雪，徐鳳年可是見識並且品嘗過誘人滋味的渾蛋。

魚幼薇如此包裹嚴實，連那點浮想聯翩的機會都被扼殺了，好在她捧著寵愛白貓，將胸脯擠出了幾分本色，徐鳳年笑著自言自語道：「沒白養你啊，武媚娘。」

出門後徐鳳年善解人意地問道：「瘦羊湖賞過沒？」

魚幼薇搖了搖頭。

徐鳳年於是先帶著她稍稍繞路走過了一條白蛇堤，似乎與仙人沾邊的景點都以劍仙居多，從未聽說跟刀有關的。例如白蛇堤是傳說幾百年前有一位陸地神仙見不慣白蛇在湖中興風作浪，一劍怒斬，白蛇死後碩大的身軀便成了一條長堤，白蛇堤如此，春神湖也一樣。耍刀的？沒前途啊。滿肚子自嘲的徐鳳年帶著魚幼薇一路行去，很是引人注目，一些遊湖的騷客士子都鼓足了勁頭或吟詩或高歌，希冀著能博來那位抱貓娘子的青眼相加，可惜魚幼薇根本視而不見。

徐鳳年調笑道：「妳沒能上胭脂正、副兩評，怨不怨我？」

魚幼薇只是搖頭。

徐鳳年笑了笑，問道：「按理說妳父親是上陰學宮的稷下學士，妳該喜歡士族子弟才對，可以前在北涼，也沒聽說妳與哪位士子有詩歌相和啊？」

魚幼薇輕聲道：「因為我知道那些口口聲聲『不事王侯不種田，君王下詔我獨眠』的文人，都是君王下詔便癲狂的人。那些自稱要『一劍當空驚老龍』的酸秀才，則是殺雞都不敢的人。我能與他們談什麼詩賦？」

徐鳳年點頭道：「也對，還不如我這種正大光明花錢買文的粗鄙傢伙。要不咋說男兒只說三分話，留下七分打天下？」

魚幼薇低頭不語。

出了瘦羊湖，徐鳳年騎上呂錢塘牽來的駿馬，總共只有五匹馬，乾脆俐落，就沒給魚幼薇獨自乘馬的機會。上馬後世子殿下抱美人，美人抱白貓，成了街上一道養眼的旖旎風景。騎馬到城門，上了城樓，才知龍虎山幾名看守釣魚臺的老道士已經離開襄樊，原來那張天符已經自行燒毀，難怪襄樊城內百姓一派喜慶。

徐鳳年登上釣魚臺，城門校衛無人敢攔，入了巍峨城樓，徐鳳年打量城內規格，魚幼薇則望向浩淼的春神湖。

徐鳳年向寧峨眉請教了一些若是攻破襄樊城門後該如何進行巷戰的問題。寧峨眉是鮮明的馬戰將領，進入北涼軍旅後多在邊境上以北莽蠻子的頭顱積攢軍功，雙方交戰，多是平原上的對壘角力。對於世子殿下詢問的攻城戰，寧峨眉只能說些從老卒那裡聽來的皮毛，所幸徐鳳年依然聽得入神，偶爾點下頭，碰到不解處，總要刨根問底，半吊子巷戰的寧峨眉難免要跟世子殿下大眼瞪小眼。

一身便裝的寧峨眉終於得了個空閒，見世子殿下駐足遠眺，小心問道：「殿下，你問這些事情做什麼？北涼邊境那邊可沒有攻城戰的機會。」

徐鳳年似笑非笑道：「書籍祕笈，只要是書上有的東西，我想要，就應有盡有，唾手可得。但那些書上沒有的，興許只是瑣碎小事，對我來說才是無價寶。再說了，這會兒不攻城，就不許我們三十萬鐵騎以後踏平北莽了？」

壯如熊羆的大戟寧峨眉身體一震。

徐鳳年轉頭問道：「寧將軍，靖安王府收下我讓你送去的檀盒了？」

寧峨眉點頭道：「已經收下。」

徐鳳年望向城中遙遠的靖安王府，喃喃道：「被你看破也無妨，世上與京城那位最不共戴天的，不正是你嗎？」

◆

有一座寺建寺千年以來，便正門永閉，不管是帝王將相前來，還是凡夫俗子燒香，都不曾開啟過。這座山寺走出了無數位得道高僧，最近一位最出名的，俗名楊太歲，是當今兩朝帝師，將來極有可能是三朝。各朝各代記載在冊圓寂於寺中的高僧有三千餘人，其中兩百多人被封國師。

起始從小乘禪法到止觀禪，再到北魏朝三十六位肉身菩薩同時在山上開闢譯場，佛光普照，再到八百年前證得無上佛果的禪宗祖師一葉渡海而來，傳授大乘壁觀，終成佛教祖庭。近數百年來佛道相爭，每十年與道門論辯高下，釋門都由這座寺廟裡的僧人去龍虎山坐而論道。但與道教祖庭的等級森嚴不同，這裡沒有太多規矩講究，誰都可以上山，山上各處都去得。這裡山高、寺高、碑高、塔高、佛法高，山高，卻如寺廟名叫兩禪一般馬虎糊塗，始終沒個名字。

這便是天下第一名剎兩禪寺。

有人說這座寺廟之所以叫作兩禪，是修自禪與他禪，即禪己和禪人。但一千多年的漫長歲月，好像都沒有一個統一的官方說法，兩禪寺也從未出言解釋過。

山背面有一座塔林，為兩禪寺歷代高僧葬地，共計千餘座，墓塔大小不一，各有雕刻題記，一眼望去如茂林。兩禪寺本意並未將這當作禁地，只是信徒虔誠，不敢踏足，久而久之，就少有人來這裡觀摩。塔林邊緣有一座千佛殿，牆面上繪有長達數百米的彩繪拳譜，殿內地面有一百零八個坑窪，據傳是羅漢踩踏出的腳印，千人來看便有千種拳，故有「天下拳法出兩禪」的美譽。

萬佛殿東側有一座小茅屋，常年住著個沒名沒分的白衣僧人，若不是那光頭身披袈裟，怎麼看都不像個僧人。這白衣中年僧人不僅喝酒吃肉，最過分的是他還娶了個媳婦！更有一個自小便在寺中長大的閨女！

怎麼看都是劣跡斑斑的中年酒僧，除卻生活不夠檢點，幸好並不與人交惡，只收了一個與他好脾氣如出一轍的小徒弟。女兒生性活潑，喜歡在山裡爬上爬下，寺裡那個據說年歲最長的住持十分喜愛這娃娃，白衣僧人幾次無意間闖禍，被戒律院裡的古板高僧追著責罰，便讓自家閨女去方丈室討要幾串糖葫蘆解饞，老住持只要看著小閨女，也就立馬消氣了，百試不爽。這個看守塔林的中年和尚帶出來的徒弟可不簡單，小小年紀便當上了寺中講僧，得以身披偏袒左肩的淺紅袈裟。小和尚法號「一禪」，十分古怪，不過比起他師父的法號，就不顯得奇特了。

風和日麗的好時分，可憐小和尚坐在茅屋前搓洗著一大盆師父、師娘的衣物，唉聲嘆氣。元宵節那天去山下看燈會，結果不小心就被東西拉去龍虎山，在天師府還與白蓮先生說道了幾句，幸好沒被關門痛打一頓，可一回到寺裡就遭殃。

師娘確是懶散了些，這麼多髒衣服都不清洗，堆在屋中也不嫌臭，非要等到自己回寺才甘休。而且溜出去玩分明是東西的主意，師父、師娘見到東西還是那般慈祥，轉頭看我便換了面孔，吃飯時連碗裡米飯都少了許多。唉，這會兒東西該是和師娘下山去買胭脂水粉了，師父其實也挺可憐的，藏在床底儲錢的托缽，猴年馬月才能放滿銅板哦。

茅屋中走出一個醉醺醺的白衣僧人，個子極高，一屁股坐在小和尚身邊，同樣是板著一張苦瓜臉。

小和尚都不樂意去瞅一眼。

其實師父也不容易啊。

小和尚搓洗衣服搓得腰酸背疼，百般無聊，只好隨口問道：「師父，上山的時候聽說寺裡來了個南邊的名僧，正跟慧能方丈搶地盤呢，你說誰能贏？」

白衣僧人打了個哈欠，沒好氣道：「外來的和尚好念經，再說你慧能師叔打架本事跟你差不多，多半是搶不過人家的。」

小和尚撇了撇嘴，憤憤道：「你不肯教我高深武術，我能有啥法子，千佛殿三面牆壁上的拳譜，看了這麼多年，我實在是看不出厲害啊。」

這師父沒半點責任心地敷衍道：「所以東西說你是笨蛋嘛。」

笨南北老氣橫秋地嘆氣道：「師父，你說我這輩子能折騰出舍利子嗎？要是不能，我覺得還是去練武好了，東西總是喜歡往山下跑，我怕她被人欺負，我打不過啊。」

白衣僧人想了想，說道：「這樣啊，那你先拿寺裡那些八、九歲剛練拳的小沙彌當沙包打嘛，打著打著你就變成高手了。」

小和尚滿腔憤懣道：「這話你早說過了，去年我聽你的去揍一個小沙彌，結果人家師父跑來罵人。你倒好，直接溜了，害得師娘差點把我耳朵都給揪下來！」

中年僧人故作訝異「啊」了一聲，裝糊塗說道：「有這事？」

認命的小和尚低頭，狠狠搓著髒衣。

半晌沒動靜，小和尚轉頭看了一眼，發現師父在抬頭看著萬里無雲的天空發呆，忍不住問道：「師父，看啥呢？」

白衣僧人伸出一根手指，點了點。

小和尚本能地先去看師父的手指，很快就被師父敲了一個板栗，又聽他教訓道：「說你笨還不服氣，我已經替你指點，你在看什麼？這般魯鈍悟性，還想死後燒出舍利子？」

笨南北沾水的手先擦了擦褲管，這才揉了揉小光頭，準備打破砂鍋問到底，否則就白挨打了：「師父，你還沒說到底看啥呢。」

師父一本正經道：「看月亮呢。」

小和尚白眼道：「大白天師父你看得到？」怪不得師父法號「沒禪」。

白衣僧人抬著頭，輕聲道：「唉，當初第一次見到你師娘，就是在花前月下。笨南北，為師又想念你師娘了。」

小和尚怒道：「你想就想，跟我說做什麼！」

師父問道：「你就不想東西？」

笨南北立即傻笑了，洗衣服也勤快了幾分，憨憨說道：「想啊，怎麼不想？」

師父又是一板栗下去，然後語重心長道：「你想東西，跟師父說作甚？明知東西是我閨女，說了還要被我打，你這個笨蛋，為師白教你那麼多艱深佛法了。」

小和尚怒道：「你再打，小心打出一個頓悟啊。到時候我立地成佛，就能燒出舍利子了，看東西還理睬不埋睬你！」

師父不屑道：「頓悟一說，是師父我教你的，至於舍利子，為師更是看不上眼。在我面前充什麼好漢，有本事去東西和你師娘那裡大嗓門。」

小和尚心中悲憤，默不作聲。

身邊這個師父，笨南北也是下山以後才知道師父要比自己想像中佛法高深一點。山下有個說法，同樣是在山上長大的師父在甘露六年遍覽天下經書，感到宗派林立，諸家說法繁雜不一，莫有匠決，師父說要誓志捐身，要去萬里之外求一個「大本」。於是西行求法，一走便是十五年，西域爛陀山夠遠了吧？師父卻要走得更遠，求取了《瑜伽師地論》來統一諸家異說，在極西之地的一座寺廟鑽研十年，精通了五十部經論。甘露三十一年歸來，到太安城時，據說連皇帝陛下都親自出宮相迎，夾道圍觀者有數十萬，爭相目睹白衣僧人的風采。因此寺中才有了一座立雪亭，先皇御筆親題「白雪印心珠」五字。

如果只是到這裡，小和尚笨南北肯定會覺得是在聽故事呢。後來師父在寺裡提出了「立地成佛」一說，這與禪宗正統有悖，結果師父十五年遠行成了鬧劇，差點被趕出兩禪寺。師父所謂的「舉手下足，皆在道場，是心是情，同歸性海」也只是在近幾年才略微被認可，不管如何，京城數十萬人一同跪地拜佛的光景是不再了。好在師父有一點很讓小和尚佩服，山下人如何看待、如何反駁，都遠不如師娘或者東西一句話頂用，東西有些時候僅僅是一句話說重了，師父都要傷心好久。

白衣僧人微笑道：「笨南北，師父已經沒那個心思去跟人爭了，頓悟一說，以後就靠你發揚光大了。」

小和尚緊張萬分道：「師父，別啊，你有師娘，我可不就有東西嗎？多半顧不上你的禪的。」

白衣僧人神情有些懊惱，摸了摸自己那顆大光頭，呵呵笑道：「真是羨慕你這笨蛋啊，師父已經無禪可參了啊。」

小和尚跟著嘆起氣來。

師父輕聲說道：「要下雨了。」

「大太陽的，不會吧？」

「總會下的。」

「師父。」

「嗯？」

「你總說些廢話哪？」

「經書上的佛法不都如此嗎？」

「你小聲點，要是被住持方丈聽到，又得扣我們銅錢了。」

「俗氣，就這樣你還想燒出舍利子？」

「咋了？我本就是沒錢給東西買胭脂才想著去成佛的，要不然我吃飽了撐的去把自己燒了求舍利啊？」

「哦，不錯不錯，有悟性，有根骨，不愧是我徒弟。」

「師父，既然如此，那幫忙洗一些衣服？」

「找打！」

◆

江南道湖亭郡最出名的不是肥美的貢品蓮臺牡丹，而是一個作風放浪的寡婦，姓徐，從北涼那邊遠嫁而來，接連剋死了兩任丈夫，俱是當地數一數二的士族公子。一位曾科舉高中榜眼，大登科後小登科，本是天大的喜事，卻死於非命；另一位也不差，是探花郎，一樣在迎娶徐姓寡婦後暴斃，故而江南道都戲言笑問下一位該是狀元遭殃了？

不過這個寡婦最近跟隔壁江心郡的一個文人勾搭上了，那男子是江南道頗有雅名的官宦子弟，父輩皆是文豪，姓劉名黎廷，別號誠齋先生，十四歲即可作華美駢文，精通聲律，尤其浸淫彈琴，更以擅制美食聞名，在江南道士林中別具一格。

原配妻子亦是大族出身，德才兼備，奈何劉黎廷遇上那寡婦後便入了魔障，喪心病狂地要休妻。本來只是兩家之事，頂多在江南道上被取笑一番，可劉黎廷的妻子不知如何與京城大內一位貴妃有著千絲萬縷的關係，那位娘娘可就了不得了，天下女子都得去讀的《女誡》便出自她手。

江南道這等醜聞傳入耳中，這位娘娘自然是勃然大怒，她在皇宮內極為得寵，更被趙皇后視同姐妹，所以她這一皺眉，比較天子一怒也差不太遠。於是江南道上的官老爺們再不敢心存看熱鬧的想法，硬著頭皮口誅筆伐。

劉黎廷雖寫得一手讓人拍案叫絕的道德文章，似乎男子氣概並不算多，一見連宮裡娘娘都發火了，立即如醍醐灌頂般清醒過來。先是寫了一首絕交詩送去寡婦門上，再去跟妻子痛哭流涕，更與平日裡交好的一批雅人高士痛心疾首訴說那狐媚子寡婦是如何勾引自己。一時間可憐的徐姓外鄉女子四面楚歌，若非她娘家身世過硬，早就被唾沫淹死了。劉黎廷的妻子更是專門去了趟報國寺燒香，打了她一耳光，罵之蕩婦，那狐媚寡婦竟是不惱不怒，只是淺淺笑著，分不清是苦笑還是譏笑，當時在場湊熱鬧的士子們無不動容。

報國寺的牡丹冠絕江南，根據地理大家考證，湖亭郡的地脈最宜牡丹，這才能培育出那番世間稱奇的姹紫嫣紅。當初湖亭郡獨有姚黃魏紫兩種牡丹當作貢品送入京城，花開花落二十日，京師滿城皆若狂。

郡中報國寺牡丹不下百種，除去並稱牡丹王后的姚黃魏紫，還有諸多例如青龍臥湖、趙粉、肉芙蓉等千金珍品。報國寺最大的香客當數那個時下正被千夫所指的徐寡婦，她每月初一、十五都要前來燒香祭拜，風雨無阻。

她獨愛牡丹「趙粉」，寺廟後院中有一株其大如斗的趙粉，枝葉離披，淋漓簇遝，錯出簷甃，聲勢絕豔。湖亭郡迫於她的顯赫家世以及古怪作風，這株奇豔牡丹幾乎成了她的觀賞禁臠，今日是月中十五，初一便是她被劉妻摑耳光的日子，她帶著一名貼身丫鬟走入後院。

離家出嫁時，帶了許多娘家僕役婢女，可她都不親近，唯獨身邊這個才豆蔻年華窮苦出身的小丫頭，倒是沒來由喜歡得很。她治家苛刻嚴酷，府上少有不心懷懼意的奴僕，唯獨這個被她取名喚作二喬的丫鬟，知恩圖報，處處敬著、護著主子。今天下馬入寺一路走來，暗中無數指指點點，小丫鬟氣不過，這會兒四下無人，苦著小臉打抱不平道：「小姐，這些香客委實可恨，燒香便燒香好了，見到小姐偷笑什麼！」

不到三十歲的寡婦捏了捏丫鬟臉蛋，嫵媚笑道：「還是妳這妮子有良心。」

小丫頭憤憤不平道：「小姐，那劉黎廷太過分了！那些日子都是他跟狗皮膏藥一般死纏著小姐，到頭來還惡人先告狀，那幫飽讀詩書的士子都是睜眼瞎嗎，怎的都幫著他說話！」

俏寡婦忍俊不禁，彎腰望著一朵絢爛牡丹，用手指撚下一小片指甲大小的花瓣，嗅了嗅，瞇眼笑道：「世間男子不大多是這個德行嗎？有甚好氣惱的，氣壞了自己才不值當。」

小丫頭怯生生道：「小姐，說個事兒唄。」

寡婦被逗樂，說道：「喲，思春了？瞧上哪位書生了？」

小丫頭拚命搖頭，咬著嘴唇，抬頭一臉堅毅道：「小姐，劉黎廷家裡那悍婦太可恨了，聽說她經常去清山觀祭拜，奴婢想去搧她兩耳光，到時候求小姐別替二喬求情，奴婢就是被打死，也要替小姐出一口惡氣！奴婢知道小姐今兒不順，就不要再為奴婢煩心了。」

她愣了一下，雙指輕柔撚碎花瓣，啞然失笑道：「沒白心疼妳，不過妳一個小妮子摻和什麼，被打一個耳光就被打了唄。」

小妮子急哭了，滿臉淚水，抽泣道：「不行，奴婢只要想著小姐平白無故受欺負，就想跟那悍婦拚命。奴婢若不是小姐搭救，早就被惡人糟蹋了，奴婢是沒讀過書不認識字，但爹娘活著的時候總說要記別人的好，奴婢最記小姐的好！」

寡婦替小丫鬟抹去淚水，柔聲道：「好啦、好啦，本來不想說的，看妳這樣子，就說給妳聽，好讓妳這傻丫頭放心。我呢，是故意留著那個耳光的，妳也知道小姐我有個無法無天的弟弟，他這趟出行忙得很，我原先吃不准這弟弟是先去看望他二姐，還是來湖亭郡探望我這個大姐，他要是聽說了這個耳光，可不就妥妥地趕來我這兒了嗎？他二姐呢，心懷天下，不計較這個，我就不行了，總喜歡爭上一爭。人生哪，難得不遭罪，這便是我為數不多的樂趣了。」

小妮子使勁點頭道：「嗯！奴婢知道的，小姐的弟弟是北涼王世子殿下，府裡下人們總愛悄悄說些殿下的事情，可每次見到我就噤聲了。」

寡婦寵溺地揉了揉小妮子的耳朵，笑道：「有妳這雙順風耳，府上哪敢碎嘴，一旦被我知道，還不得被剝皮抽筋？」

小丫頭終於破涕為笑。

自家小姐好似每次說到那位殿下，心情便好極了。

寡婦眉頭果真舒展了幾分，嘴角含笑說道：「我這弟弟呀，從小就長得好看，家裡牡丹種植得不多，每次花開，我都會拉著他去賞花，摘下來戴在他頭上，比姑娘還俏。可惜過些日子就要下雨，不知他是否來得及趕上這花期。」

小丫頭拿袖子擦了擦臉，天真道：「菩薩肯定會保佑小姐不下雨的呀。」

寡婦呢喃道：「小丫頭哪裡懂無情風雨打散有情風流的苦。」

聽不真切的妮子好奇問道：「小姐說了什麼？」

寡婦調侃道：「說了妳也不懂。」

似乎怕這小丫鬟還會做傻事，寡婦柔聲道：「等我這弟弟到了江南道，妳便知曉那些平日裡眼高於頂的高門士子、富家子弟是如何不算個玩意兒了。」

◆

山頂是紫黃貴人紮堆的天師府，山腳卻只有一對師徒相依為命的破敗老道觀。

做師父的老道人為了這個閉關弟子能夠上進，可謂是磨破了嘴皮子。起初是老道士壓箱絕技「大夢春秋」，這連四大天師都不得法門的道統祕術，那徒兒怎麼都不學，聽都不願聽。直到老道士某天冷不丁開竅，拿著北涼王世子殿下的書信故意說成是徐鳳年在信上說了，希望黃蠻兒學一學這門可一睡五百年的春秋道法，結果事情真誤打誤撞成了，癡兒徒弟當時就豎起耳朵，真正用心去學「夢春秋」。

背誦這門法門口訣不難，難在如何運轉氣機，大黃庭求厚，夢春秋卻是反其道行之，求薄，練至玄妙巔峰，體內幾乎氣機全無，只剩「一氣」。老道士之所以器重徒弟徐龍象，不遠千里低聲下氣去求北涼王，正是因為徐龍象天生神力，生而便是恐怖的金剛境界，若是學成夢春秋，真正是陰陽互濟，如虎添翼，龍虎山老道趙希摶何曾不希望山上出現第二個齊玄幀齊仙人？至於徐龍象是否出自天師府，趙希摶完全不介意，這輩子當面或者背後說他離經叛道的天師府上人還少了？

以前是徐龍象不肯學，讓當師父的老道士很頭疼，可現在趙老道還是頭疼，那小子走火入魔了，一天十二個時辰都在半睡半醒之間，這春秋大夢簡直就是祖師爺給徐龍象量身打造的。老道士原本還能陪著徒弟蹲著看螞蟻或者看溪水，即便說不上話，好歹還算有個聽他嘮叨的伴兒，如今老道士完全無事可做，太無聊了，只得掐指算著那世子殿下什麼時日能來龍虎山。

在龍虎山輩分極高、脾氣極怪的老道人蹲在青龍溪畔發呆，發愁怎就看不見乘筏覽景的貌美小娘子呢。

那個從不說話的徒弟破天荒走出道觀，蹲在一旁。

無比欣慰的老道士嘿嘿笑道：「徒兒啊，終於出來透口氣了？」

預料之中的沒有回應。

老道人自顧自說道：「我求了一輩子的道，總看不太真切，覺著雲遮霧繞，到頭來看你，才知這個道不可道啊。」

徐龍象只是雙目無神地望向溪水。

老道士感慨說道：「他日下山前，為師帶你去見一個老前輩，你若能撐下一百招就夠了。」

黃蠻兒不知何時摘了一片樹葉，遞給師父。

老道士接過了樹葉，卻苦笑道：「你這徒兒，為師可不會吹哨子。黃蠻兒，是想你哥了吧？」

癡傻的徐龍象竟笑著點了點頭。

老道心有戚戚然，「山上差不多有山楂的時候，你哥就到了。」

這老道雖說聽了北涼王世子的勸告，下山時會好好裝扮一番，還特意跟徒子徒孫們借一柄鍾馗桃木劍什麼的，可在山上還是邋遢得一塌糊塗，腳上草鞋還是自己編織的，身上道袍更是破爛不堪，沾了無數塵土。

這時，黃蠻兒低頭，伸出枯黃手臂，拍了拍老道士身上的塵土，輕輕拍去。

這一生為了一個「道」字，無妻無子更無孫的老道士愣在當場。

瞬間老淚縱橫。

◆

徐鳳年離開釣魚臺，帶著魚幼薇在城中閒逛，看到一條巷子擠滿了人，不乏青衫風流的年輕士子，走近一瞧，才發現是在賭棋，蹲著、坐著、站著的都有。徐鳳年此時才記起襄樊除了相國巷以「銷金窟」著稱之外，還有這永子巷一樣名聲不小，巷中靠壁而坐的都是擺出棋墩、棋盒的野棋士，以己身棋力強弱下注不同數額，引誘技癢的遊人和棋癡上鉤。這等博弈，自然難入棋壇大家法眼，卻最能消磨市井百姓與貧寒士子的光陰，加上下注往往無非幾枚、十幾枚銅板，算是小賭怡情。

徐鳳年笑了笑，使勁啃了一口油紙包裹的醬牛肉。當年身無分文、饑腸轆轆，有一段時間便是在巷弄賭棋掙飯錢。以他被國士李義山調教以及徐渭熊打熬出來的棋力，贏棋不難，只是往往擺棋的地方有同行要糊口，講理的還好，井水不犯河水，不講理的就仗著是本地人去驅趕世子殿下。再就是贏棋也有講究，不可圖著屠大龍爽快，得留有分寸小贏幾子，要不然讓對面敗得丟盔棄甲，便不大樂意繼續掏錢下棋了，這都是徐鳳年被逼著慢慢悟出來的俚俗微末道理。

世子殿下讓呂、楊、舒三人離遠點，只留寧峨眉站在身後，拉著魚幼薇挑了個空隙見縫插針。下注棋士是個落魄學子模樣的青年，衣衫有縫補，鞋襪泛白，他面前的空蕩棋盤上擱了十顆棋子，意思便是擺棋的輸了要給十份錢。尋常賭棋，都是只擺兩、三顆，五顆都不常見，可見這名野棋士相當自信。

徐鳳年蹲下後正猶豫是否要掏幾文錢出來下注，抬頭一瞥，看到對弈棋士是個盲人，這棋如何下？

似乎對這種情形習以為常，目盲棋士溫言道：「無妨，聽到落子聲，我便知落子於何處。」

徐鳳年點頭道：「我下注十文。」

盲棋士從袖口掏出錢袋，掂量了一下，面有愧色，輕聲道：「這位公子，我輸了便要欠你十六文錢，若公子不嫌棄，我手邊有一本祖傳棋譜，應該能值這個數。」

徐鳳年笑道：「好。」

棋譜什麼的，徐鳳年可不上心，聽潮亭裡能讓棋壇名士癡狂的棋譜不計其數，《桃花泉弈譜》、《南海玲瓏局》、《仙人授子譜》等等，世子殿下能給你堆出一座小山，何況如今棋盤縱橫十五道變成十九道，往往越是上了年數的棋譜就越發不值錢了。

古今棋士手筋就大體而言，後者終歸是越來越強。盤膝靠牆而坐的盲棋士膝下放有一盒黑子，他攤手微微一伸，示意徐鳳年執白先行。這名野棋士雖然穿著寒酸，氣韻卻不容小覷，舉手投足間皆透著股真正世家子的儒雅古風。

正式對局較技前，雙方各在對角星位上擱置兩子，稱為勢子，這便是古棋座子，很大程度限制先行優勢，而且註定了中盤於中腹的激烈戰鬥。

徐鳳年將手上醬牛肉交給魚幼薇，率先起手三六，這一掛角被自詡黃三甲的大國手黃龍士評點最佳侵角。年輕盲棋士神情平靜，果真可以聽音辨位，黑子應手九三，與白棋分勢相持。

接下來各九手的黑白落子都沒逃出先人路數，從旁觀戰的魚幼薇，父親曾是西楚棋壇赫赫大家，在上陰學宮求學時也只惜敗給號稱「戰力舉世無匹」的黃龍士。她自小耳濡目染，頗有父親棋風，自然是精通弈理，恐怕梧桐苑裡的北涼小國手綠蟻都不敢說穩贏魚幼薇。看到相互十手，魚幼薇有些失望。

可徐鳳年白十一斷，卻讓魚幼薇眼前一亮。那目盲棋士同樣是微微凝滯，不再落子神速，略作思量才提子復落子。

古語說棋從斷處生，徐鳳年接下來幾子皆由此一斷而生，不可謂不別出心裁。盲棋士一路隱忍，終於黑十八在角部尚未安定的情況下搶先攻擊，五六飛攻，魚幼薇皺眉凝神一番深思，這一型竟有四十四變之多。

魚幼薇下意識去看徐鳳年，見他仍然不動聲色，落子速度始終如一，白四十三時輕輕扳出，棋盤上剎那間殺機四伏，看得魚幼薇心驚肉跳，這一手實在是太凶烈些了。白五十九飛補與八十三尖，同樣是氣勢洶洶，孰料目盲棋士局面如一葉扁舟泛海，搖搖晃晃，偏偏不倒。至黑一百八十手後便已穩操勝券，是先手收官的大好局面，徐鳳年很平靜地投子認輸。

徐鳳年再掏出十枚銅板，說道：「還是十文。」

盲棋士執白先行，這一局依舊是徐鳳年早早挑起硝煙，盲棋士沉著應對。魚幼薇依稀瞧出端倪，徐鳳年極重攻擊，那盲棋士卻不與大多世人相同，最重地勢凝形，一些當下看似隨手、惡手的落子，總能與中盤甚至收官遙相呼應，靈性十足。若非徐鳳年憑藉層出不窮的花樣硬生生掀起一波波無理廝殺，兩盤都拖不到兩百手以後。當下正值女子大才的徐渭熊改十五變十九以及破除座子制的弈林千年未有變局，以魚幼薇來看，棋力略勝世子殿下一籌的盲棋士註定會一鳴驚人，況且這名棋士是否隱瞞實力還不好說，果然是市井藏龍、巷弄臥虎。

「再來。」連敗兩局的徐鳳年輕聲笑道。

這次執白以雙飛燕開局，這個定式曾經廣為流傳，只是近五十年來最拔尖的國手們在巔峰擂爭酣戰中都棄而不用，黃龍士更說起手雙飛不無太緊，失了醇味，算是給這個經典布局判了死刑。

徐鳳年乾脆就坐在地上，結果換了舒服些的姿勢，棋盤上兵敗如山倒更快，輕鬆三連敗，盲棋士身前已經堆了三十枚銅板。徐鳳年抬頭，透過永子巷牆簷看了眼天色，已是晚餐的點上，可難得遇上棋力這般高明的野棋士，就招手將舒羞喊到身邊，讓她去酒肆弄些吃食來。

很快，舒羞便端了個大食盒，放有四雙碗筷，楊青風試過無毒後，舒羞才敢放在徐鳳年身前。

徐鳳年笑問道：「一時半會兒我是不打算走了，要不你也吃些？」

那目盲棋士不拘小節，笑著點頭。魚幼薇雖是養尊處優的嬌氣女子，與徐鳳年一同坐著吃飯也不覺得失態，大戟寧峨眉則站著幾口就將一頓飯食風捲殘雲下肚。野棋士緩慢進食時甚至主動與徐鳳年說了三盤敗局的得失，說到徐鳳年的妙手、強手，毫不掩飾他的讚嘆，提起幾招隨手、無理手，則也直截了當說出不足，徐鳳年頻頻點頭，受益匪淺，相談盡歡。

徐鳳年笑問棋士是否師從棋壇名家，那目盲棋士搖頭說家世平平，年幼失明以前才剛開始接觸圍棋，失明以後無所依託，只得與棋做伴，在永子巷賭棋已有小十年，掙到的錢只夠溫飽，一有閒餘就去購買名士棋譜，存不下丁點兒銀子。說話間盲棋士拍了一下腦子，從行囊中抽出幾本儒家典籍，交給屁股只能跟地板挨著的徐鳳年，輕笑道：「墊著。」

徐鳳年接過書，抽出兩本交給雙腳早已發麻的魚幼薇，笑道：「不妥吧？辱沒了聖人學說。」

盲棋士微笑搖頭道：「禮義廉恥可不在書上。」

徐鳳年不再矯情，與眼前贏了他三十文銅板的野棋士一起吃飽喝足，再起十九道上的硝煙。

徐鳳年屢戰屢敗不知疲倦，盲棋士兵來將擋、水來土掩，落子清脆，神態自若。永子巷十局，殺得天昏地暗，從正午到黃昏再到月色深沉，塵埃落定，徐鳳年一鼓作氣連著輸了十把，付出一百文。永子巷的野棋士們都已撤去，徐鳳年盤膝坐在一本儒家經典上，看著棋盤上的敗局，重重嘆息，說道：「你這等手力，可以跟上陰學宮的徐渭熊一較高下了。」

野棋士搖頭道：「尋常人下棋大概算是只弈一面，我勉強能有兩面，當今棋壇名家可顧三面，渭熊先生卻是與黃三甲雙雙獨弈四面，我哪敢去蚍蜉撼大樹。不過此生若能與渭熊先生手談一局，雖死無憾。」

徐鳳年幫著把棋子收入盒中，這才起身玩笑道：「我可沒有你這種『朝聞道夕可死』的境界，輸給你不冤枉，這趟願賭服輸。嘿，那上陰學宮有名動四方的當湖十局，咱們也算有永子十局，就此別過。」

目盲野棋士笑道：「這幾本書就贈予公子吧。」

徐鳳年一點即透，其中兩本書籍在魚幼薇的屁股下墊了許久，想必野棋士早已聽聲聞味，知道是自己帶出來的「家眷」，出於避嫌，再討要回去就不合適了。徐鳳年再掏出十文錢，交給起身後身材清瘦的棋士，打趣說道：「最後這十文錢，就當從你這邊再買兩斤禮義廉恥好了。」

棋士猶豫了一下，還是收下，溫雅笑道：「公子不缺這些。」

徐鳳年大笑而去。

盲棋士收拾好行囊，孤身站在寂靜無人的巷弄中，面朝巷口深深彎腰，一揖到底。

◆

走出永子巷，策馬而返，徐鳳年嘖嘖道：「小小永子巷就有這麼厲害的人物。」

魚幼薇皺眉問道：「他是刺客？」

徐鳳年啞然失笑，下巴抵在懷中的魚幼薇腦袋上，一臉無奈道：「妳想多了，我只是感慨那目盲棋士的棋力驚人而已。他自稱棋盤上只可弈兩面，過謙了，我敢說二姐與他下十局都要輸兩、三把，想必是他從未與頂尖國手手談過，因此不知道自己的厲害。」

魚幼薇點頭道：「此人弈棋擅長以棄為取，以屈為伸，視野開闊。可不僅只限如此，第九局中被你無理手惹惱了，才展露出他即便是正面角鬥，力量更是奇大的一面。他若真是普通家世，失明後自學成才，那毫無疑問這人是棋道的天生巨才。」

徐鳳年輕輕說道：「他的雙目是被刺瞎的。」

魚幼薇愕然。

徐鳳年感慨道：「家家有本難念的經，這些背後辛酸就不是本世子感興趣的了。」

魚幼薇揉了揉武媚娘的腦袋，問道：「沒有想過請他到身邊做幕僚嗎？」

徐鳳年搖頭道：「下棋下得好，不意味著做官就能做得順。我已經賭輸了一百文，就不再去賭了。」

魚幼薇笑而不語，這位世子殿下棋力可謂相當不弱，想必連輸十局已經是顏面盡失，不好意思再與那目盲棋士過多接觸了。

徐鳳年沒來由說了一句：「就看靖安王趙衡的賭運如何了。」

徐鳳年突然苦著臉道：「完蛋，老子今天賭運這般差，此消彼長，趙衡那隻老烏龜十有八九要賺翻。」

魚幼薇疑問道：「怎麼了？」

徐鳳年呢喃罵娘了幾句，沒有作聲。

◆

永子巷中，年輕盲棋士吃力地背起行囊，不過是棋墩、兩盒棋子外加幾本棋譜而已，便有些勞累不堪了。棋士默默自嘲百無一用是書生，走了幾步，揚起一個溫煦笑臉。

永子十局，足足掙了一百文錢哩，這兩年自己在永子巷中除了故意示弱，就沒有真正輸過一局，襄樊本地的愛棋人已經不願意跟自己賭棋，除非是一些來永子巷遊玩的外鄉客人，才會上鉤，所以一日賺百文，是難得的好光景。再則那名公子極為有趣，身世自然是極好的，他眼瞎心不瞎，那般家世優越的公子哥，卻下得一手好棋。

這些年自己已經很難去費心費神下棋了，年幼學棋時贏棋開心，輸棋更歡喜，如今一直贏棋不輸棋，下棋的愛好便越發清減，生怕哪天就真的只是為了糊口而去下棋，真有那一日便是棋道止步的一天。念及自己慘澹的身世，盲棋士面容冷淡，似乎忘了去如何悲慟。

這世道，瞎了不去看就好。

若能多遇上幾位下棋十局的好心公子，興許才會後悔當年自刺雙目，可家道中落，落魄如喪家犬後為了苟活，下棋十年，遇上了幾個？

行到巷口拐角，盲棋士被攔下。

傳來一道威嚴嗓音：「我家主子要見你。」

盲棋士平靜道：「不見。」

不遠處停了一輛馬車，車中雍容男子手上拿著目盲棋士的身世記載，紙上筆墨還未乾涸，分明是才提筆寫就的東西。永子巷十局，巷內賭棋的、旁觀的陸續不下數百人，即便是身在局中的年輕棋士，都沒有多想，只是認為好運遇上了心善的公子哥。

卻不知首局結束時便有消息傳到襄樊城中最權貴的地方，下至第三局時就有棋譜送達那座門口擺有雄獅的府邸，第五局時府中主人已經讓下人去徹查目盲棋士的身分，第八局結束，車廂內的男子還在猶豫如何處置，直到第九局，見識到那個年輕瞎子的真實棋力，這才笑著親自出府，一直耐心等到現在。當手上拿到最後幾頁目盲棋士十年賭棋生涯的瑣碎零散記錄，他覺得耐心可以更大一些，所以當貼身侍衛在馬車外輕說那人不見，他並不惱怒那小子的有眼不識泰山，再者，那小子本就是個瞎子嘛。

男子燒掉了於己而言無非是幾百字的一段螻蟻身世幾頁紙，然後親自下馬，走到那風骨極硬的目盲棋士身前，緩緩說道：「陸詡，青州海昌郡人氏，祖父陸游是前代碩儒，父兄皆是不差，一門三傑，主修經史，不承想修撰西楚國史時替讀書人說了幾句公道話，被小人構陷，差點滿門抄斬。你自刺雙目，自絕仕途前程，才得以保全性命，這十年來，日間在永子巷賭棋，夜間便去相國巷為勾欄女子撫琴，掙的都是髒銀子，可知你的仇家已經成了海昌郡的郡守大人？」

目盲棋士平靜道：「這銀子，不髒。」

中年男子笑問道：「且不論銀子髒不髒，我問你，想不想一展才華，而不是在兩條巷子裡鑽營求生？」

年輕棋士笑道：「雖說此時已是晚上，可陸詡還是不太願意去做夢。」

男子哈哈笑道：「聽說你曾經說過一句話，『我輩腹有千斤書、萬斤才，要賣卻只賣與帝王家。』」

目盲棋士皺眉道：「這等讀了幾天書便不知天高地厚的胡謅狂語，當不得真。」

男子沉聲道：「我卻要當真一回！」

目盲棋士苦笑道：「事到如今，還不肯放過陸家嗎？」

那手上掛了一串念珠的男子平淡道：「我姓趙名衡，帝王家，如何才算帝王家？一個靖安王夠了沒！」

◆

靖安王府，滿頭霧水的世子趙珣找到在書房中抄寫佛經的父王，輕聲問道：「聽說父王帶了一名扛琴的目盲棋士回府？有何深意？」

靖安王笑道：「此子是海昌郡陸家的最後一人，若只觀棋，府上無人能勝過他，交由你養著便是，反正花不了幾個錢。如果是只能在棋盤上經緯談兵的貨色，就當養了條不會咬人的狗。若是的確有些才華，就收入王府幕僚，雕琢一番，日後你當著他的面收拾一下海昌郡太守俞漢良，他再出謀劃策便真正誠心了。

士為知己者死，珣兒，這點古人說爛了的道理，你要牢記在心。而且如何與這等士子相處，你要收起與韋瑋那幫紈褲交心的那套，別依仗著身分壓人。天下讀書人都不是傻的，心思最是細膩，興許讀不出大義，但讀出分不清是自負還是自卑的性格，總不是難事。珣兒，父王教你一事，對付這些士族才子，你就把他們當作靖安王世子殿下，你當作他們。」

趙珣笑道：「知曉了，父王將心比心，早已是佛心了。」

靖安王趙衡瞇眼笑道：「不需你溜鬚拍馬。」

趙珣小心退出書房。

趙衡繼續以一杆軟毫抄寫佛經，抄寫完畢，冷冷道：「陸詡，本王留著你無非是想過幾日與你說一段故事，本王這般大手筆，若沒個無關大局的知音，太無趣了。」

第六章　神祕客籌謀殺局　蘆葦蕩殺機四伏

徐鳳年回到客棧無所事事，就去姜泥房中，看到一老一小兩人在桌上鬼畫符。桌上擱了兩口白瓷小碗，一碗盛水，一碗盛酒，兩人手指各自蘸了酒水就在桌上龍飛鳳舞。此時約莫是小泥人嫌棄老劍神寫字越界，侵占了她的地盤，因此她鼓著腮幫瞪眼相向，老劍神只得收斂好不容易醞釀出來的興致，低頭一吸，將桌上酒水都吸入嘴中。

姜泥看到徐鳳年走入房中，袖口迅速胡亂一抹，將桌上水字都一股腦擦去。

徐鳳年調侃道：「跟老前輩練字？還不如偷偷跟著練劍呢，神符總不能白借出去。老前輩隨便教妳幾手絕技，不就能把我給甩出去十條大街那麼遠了？要是不小心學成了兩袖青蛇，嘖嘖，江湖上肯定要封妳做女劍仙，多威風，什麼王仙芝、鄧太阿啊，見面都要跟妳客套。到時候妳千萬記得去跟高手們說上一句，『我姜劍仙當年給徐鳳年那草包當過丫鬟』，嘿，想想就牛氣。」

姜泥怒氣衝衝道：「練字要你管？誰給你做丫鬟！誰要練劍給你長臉面？」

徐鳳年一屁股坐下，促狹問道：「怕吃不住練劍的苦頭？」

姜泥剛要抓水碗去砸，結果就被早有預料的世子殿下拿繡冬刀按住小手和瓷碗，笑道：「別動手，今天沒工夫跟妳鬧騰，我是來找老前輩取經的，妳要愛聽就坐一邊涼快著，不愛聽就麻煩妳走上兩步。」

姜泥咬牙道：「這是我的房間！」

徐鳳年不答理這隻被踩到尾巴的小野貓，將從海量祕笈中攫取出來的十幾招招式簡明扼要地說與老劍神聽。起先李淳罡似乎很不耐煩，掏了掏耳屎，輕輕彈掉，徐鳳年說到後來，老頭兒雖說還是蹺著二郎腿，但已經不去掏耳屎噁心人，端起只剩下半碗酒的瓷碗，一邊喝一邊聽，沒點頭、沒搖頭，古井無波。

徐鳳年說完，見老劍神一副昏昏欲睡的神情，不甘心地再詳細拆解了一遍，將招式根源所在的書籍名稱都提了一遍，再將自認為應當如何連綿融會也說了一下，結果老劍神只是瞇眼喝酒。

徐鳳年有些氣餒，伸手去拿起姜泥練字用的小碗，將白水一飲而盡，看得小泥人十分懊惱，後悔早前沒有投半斤砒霜下去。

說到口乾舌燥的徐鳳年喝了半碗水，直愣愣地望向半天沒動靜的老劍神。

反正什麼都沒聽懂的姜泥幸災樂禍道：「三腳貓呀三腳貓，不配啊不配。」

這個不配，自然是來自當初襄樊城外白衣觀音的那句不配雙修，這些時日姜泥總拿這個去嘲諷世子殿下，很是解氣。

老劍神始終在神遊萬里，半晌過後總算是收回視線，瞥了一眼徐鳳年，終於開口說道：「初聽你嘮叨，老夫覺得聒噪，你這種投機取巧的行徑是武道末流，剛想罵你幾句，沒來由想起一個故人的一樁往事。王仙芝年歲與老夫和齊玄幀其實差不多，但論成名，卻晚了很多年，他當年也是與你一般拾人牙慧，走他山之石攻玉的下乘路數，老夫和當時一些高手每次出手對敵，總能看到這廝遠遠觀戰的身影。與老夫當時久久止步於天象、神仙兩境之間不同，這老小子卻能愈戰愈勇，現在回想起來，世人都說王仙芝悟性無雙，因為觀戰一次便可對天下武學過目不忘，所以才有後來徒手折斷天下劍的絕世修為，並不準確。

王仙芝如同一名丹鼎大家煉氣士，抓起身邊一些丹石，卻不止於丹石本身，都被他丟入丹爐，融匯一爐。老夫的兩袖青蛇，到了他手中便成了一袖青龍，所以世間高手與王仙芝對敵，都將其視作一塊砥礪自身修為的最佳磨石，這是好事。奈何磨礪以後，本事有所提升，卻總是追不上王仙芝這鳥人的腳步，才有了無數高手們不約而同有『既生芝何生我』的娘們兒牢騷。徐小子，你要做王仙芝第二？」

徐鳳年訝然無語。

老劍神嗤笑鄙夷道：「既然真心想要習武，連把王仙芝趕下天下第二寶座的那點志氣都沒有，你小子還練個屁的刀。」

徐鳳年無奈道：「王仙芝自稱第二，誰不當他是武道第一人。」

老劍神搖頭淡笑道：「第一？老夫可不這麼認為，王仙芝說自己第二，一半是傲氣，還有一半就是這傢伙的自知之明了。世上總會躥出一、兩個不可以常理而論的怪胎，至於這些怪胎是出自佛門還是道教，或者是江海山林，就只有天曉得以及在武帝城上挑戰天下的王仙芝自己曉得了。當時齊玄幀死後，老夫本以為王仙芝總算要揚眉吐氣了，不承想至今還是天下第二，想必齊玄幀死後又出現了連王仙芝都忌憚的陸地神仙，否則以王仙芝的脾氣，不至於這般做作。

老夫覺得這一屆武評正評垃圾得很，副評倒是做得不俗氣，榜上四人，都有希望在王仙芝老死之前給江湖一個驚喜。尤其是剛剛在武當山上打了一架，差點把真武大帝的銅像都給拆掉的武當新掌教與龍虎山齊仙俠。後者有老夫當年的風範，你嘴裡的騎牛的，則像平時一聲不吭但一放屁全天下就都得捏鼻子去聞的齊玄幀。至於你小子嘛，倒是挺像王仙芝，可惜王仙芝不管如何大器晚成，在你這個年紀也能隨便一抬手殺死幾十號徐鳳年了。」

姜泥在一旁呵呵笑道：「真厲害，跟王仙芝相像呢。豈不是到了王仙芝這個歲數，就可以排到天下第兩百號高手了？」

徐鳳年被小泥人這個說法逗得捧腹大笑，轉頭說道：「借妳吉言，本世子一定長命百歲，怎麼都得活到王仙芝那個歲數。」

姜泥懊惱不語。

徐鳳年哈哈笑道：「以後本世子闖蕩江湖碰上不順眼的高手，第一句話就問他是不是比天下第兩百號高手高的高手！」

老劍神揮手道：「去去，老夫還要陪姜丫頭練字。」

徐鳳年就這樣被趕出了房間，關門的時候不忘朝姜泥伸出兩手，一手豎一根手指，寓意活到一百歲，一手兩根手指，意思則是天下第兩百號高手，看得姜泥火冒三丈，關門後，賭氣道：「不練字了！」

遭了無妄之災的老劍神愕然道：「為啥不練字？」

姜泥氣鼓鼓道：「沒心情。」

老頭兒一臉鬼祟，輕聲慫恿道：「姜丫頭，試試看想著這桌面便是徐小子那張笑臉。」

姜泥猶豫了一下，眼睛一亮，小跑去火急火燎再倒了一碗水，接下來練字簡直就是字字鐵畫銀鉤，入木三分。

老劍神此時有些明白為何徐小子那麼喜歡逗弄眼前這丫頭了。

李淳罡捧碗喝了一大口酒，更堅定了心中要去與徐小子做一筆交易買賣。再看姜泥邊練字邊呢喃，便善意提醒道：「劍與字同，最重一氣呵成。小泥人，來來來，老夫寫字妳來念。」

姜泥「哦」了一聲，看著老頭兒手指，默念道：「朝遊東海暮西山，袖中青蛇膽氣粗。一遇不平便放杯，拔劍當空氣雲錯。連喝三回急急去，只見空裡人頭落。世人道我在登階，早過巍巍十八樓……」

老劍神灑脫寫字時，瞥見姜泥不僅在讀，而且這丫頭情不自知地用手指跟著在桌上書寫，與他桌上所寫詩句不僅形似更神似。

我不去練劍，劍意自然足。雙袖雖無劍，青蛇膽氣粗。

老劍神以斷臂姿態入世以後，第一次喝酒不多卻酣醉。

房間內劍意森然，分不清出自誰手。

◆

魚幼薇慵懶地趴在桌上，白貓蹲在她眼前，蜷縮起來，像一團雪。

她伸出一根手指，武媚娘伸出兩爪抱住，憨態可掬。

早已不是涼州頭號花魁的女子笑道：「還是我的媚娘好，除了吃就是睡，無憂無慮，想見你時你在身邊，不想見你就不見你，也不怕你記仇。」

她更不是那個曾被喚作魚玄機的少女了，臉頰貼在微涼桌面上，伸手去摸著寵物的毛茸茸腦袋，自言自語道：「你想不想離了我獨自生活？」

既然武媚娘註定無法開口說話，她便自問自答道：「即便一開始會想，可習慣了就不去想了吧？明知這樣不好也不對，但偏偏走不掉也逃不掉，是不是？」

「你呀，就是個花瓶兒，還是不算好看的那種，能活著，有什麼不知足的呢？」

「你比不過院裡的丫鬟們，比不過那些獨自行走江湖的女俠，比不過一個敢拿匕首去恨的孩子，誰都比不過。你連爹娘都忘了，連名字都忘了，你能比得過誰？這樣的你，值得誰去多說幾句話？」

「你總會老去的。」

外頭，世子殿下靠著房門默不作聲。

◆

「道不可道，禪沒的參，人生寂寞如大雪崩。」

「師父，你又傷春悲秋了。」

「笨南北，等哪天你有了媳婦，也會如此的。」

「唉，肯定是師娘又去山下買胭脂了。」

「師父，你這幾天總去磨菜刀做什麼？」

「磨鋒利了，好砍人。」

「啥？師父你別想不開啊，我們已經是出家人了，若再想不開，那些上山燒香的佛門信徒該咋辦？雖說師娘和東西總愛亂花錢……」

「跟東西和你師娘沒關係。」

「哦，這就好。那是又瞧哪位方丈不順眼了嗎？我覺得慧光方丈就挺欠揍的，可動刀子總不太好。師父，咱們還是照老規矩套麻袋、打悶棍吧，比較不傷和氣。」

「……」

「啊？不是慧光方丈？」

「是給姓徐的那小子磨的。」

「啊，為啥？徐鳳年人挺好的啊。」

「這兔崽子敢跟我搶閨女，不砍他砍誰？」

「師父，徒兒想去念經了。」

「你怕啥，就你這點本事，東西讓你搶了這麼多年也沒見你搶走。再說了，砍了你，誰來洗衣做飯？」

「……」

「南北，東西天天在你耳朵邊上說那小子如何如何，你沒點意見？」

「沒啊。」

「收了你這麼個笨蛋徒弟，真是佛祖打瞌睡。你就不怕東西跟別人跑了？到時候別找師父哭。」

「嘿，肯定是師父哭得厲害些。」

「師父，你說我哪天萬一真的成佛了，燒出舍利了，東西會不會傷心啊？」

「南北啊，你先去做飯，咱們吃飽了再想這個問題，好不好？」

「哦。」

「師父，為何你與師娘吵架，每次都是你先認錯？」

「有些事對了，另外一些事情都錯了也沒有關係。明白了沒？」

「不太明白。」

「比如你喜歡東西這件事是對的，所以……」

「師父你別說了，我都懂了。」

「嗯？這會兒你悟性怎的比師父還厲害了？」

「嘿，這就是徒兒修的禪嘛。」

「南北，下山以後就沒見到比東西更好看的姑娘？記住了，出家人不打誑語。」

「沒有！」

「不錯。」

「師父，你提起酒葫蘆做啥？」

「如果你回答說有，就知道為啥了。」

「師父，除了東西和師娘，你還怕過誰？」

「咱們寺裡活了一百五十多歲的住持，師父就怕，怕他不給銅錢。」

「寺外呢？」

「沒了吧？」

「師父，出家人不打誑語！」

「容師父好好想想。哦，還真有一個，當年跟你師娘搶過你師父，吵架吵得半斤八兩，幸好師父拳頭比他硬一些，想必全天下，那老流氓也就咱們寺裡不敢來。」

「老流氓？等等，啥叫跟師娘搶過師父？」

「過去的事情，就讓它隨風而逝吧。」

◆

襄樊城都知道青州最狐媚的女子就住在相國巷裡，她分明是淪落紅塵的妓女，卻沒有誰敢將她視作勾欄女子，叫李白獅，本名李小茹。先世是東越三流官宦家族，談不上國破家亡，只是父輩不善經營，謝世後留下個爛攤子給年幼孩子。

李白獅隨乳母去廣陵西泠湖畔變賣祖產為生，住在松林小樓中，娛樂山水，長成了美豔動人的少女，體態玲瓏非凡。每次出行，總有眾多翩翩美少年跟隨，後來為了躲避廣陵王麾下一位猛將的強行擄搶，輾轉流落到了千里之外的青州襄樊，先是成了一位道姑，再進了相國巷，憑著精於音律歌舞，擅長察言觀色，很快便一躍而成豔壓三州的名妓，尤其擅長家鄉西泠腔，被譽作「聲甲天下之聲，色甲天下之色」。

這次胭脂評，她是唯一以妓女身分上榜的女子，對聲色雙甲的說法更是給予了肯定，簡直就是讓全部登過青樓的襄樊男子感到大快人心，胭脂評終究要比士林間評什麼四大、十大花魁來得更有說服力。

只不過聽說近期李白獅的心情不太好，因為襄樊城裡的道士彷彿一夜之間都出了城，好似是擺下周天大醮前，道教祖庭龍虎山與佛門立了個賭約，如今看來大概是龍虎山輸了。龍虎山有四大神仙一般的大天師坐鎮，會輸？一時間坊間流言四起，眾說紛紜，說是那一晚瞧見了身穿雪白僧袍的女菩薩，領著萬鬼出城而去，也有說龍虎山沒有輸，只是十數年超度群魔，道士們都要去龍虎山領取功德。不知怎麼的說起白衣僧侶，就談到了風馬牛不相及的白衣國師，當年那個讓京城數十萬人一起跪拜的活菩薩，加上北涼王世子入城的小道消息，這些時日襄樊百姓是有說不盡、道不完的談資了，酒肆茶坊的生意異常紅火。

襄樊全城知道白玉獅子李雙甲，順帶著也知道她有一名御用琴師，是個年輕瞎子，彈琴時從不露面。

清晨時分，昨日已經搬入靖安王府住下的盲棋士來到相國巷中段的白玉獅子樓。不同於以往在夜幕中背琴而往，他這次雙手空空。這棟青樓後院管後門的小僕役睡眼惺忪地蹲坐在門口石階上，見到樓裡神仙李花魁的琴師來了，立即跳起身，堆起笑臉，笑臉裡更多了幾分平時逢迎待客少有的真誠。

陸公子在白玉獅子樓彈琴，上上下下幾百號人都知道他脾氣奇好，風骨極高，雅氣極豐，與任何人都能溫文爾雅說上話，一些打賞得到的真金白銀，總是沒出樓便被陸公子送出去，自己只留一些銅板，因此當初狗眼看人低、吐過這瞎子唾沫的管門小雜役，總是自詡與陸公子不打不相識，倍加殷勤，領著今日未攜琴的盲琴師進門。

小雜役歡喜道：「陸公子，上次求你教我寫的名字都記下了。」

陸詡微微一笑。

面容清秀的年輕僕役好心說道：「紅魚館那邊的神仙姐姐們可都喜歡晚起，陸公子你到了那邊要耐心等上一些時間。」

目盲卻認路的陸詡點頭道：「知曉了，我獨自去就行，不麻煩宋小哥了。」

僕役笑著領諾了一聲，原路折回。

盲琴師到紅魚館前，遇上許多晨起做活的女婢丫鬟，鶯鶯燕燕們都要歡天喜地地喊幾聲陸公子才甘休，膽子被樓內紅牌小姐們養肥些的，還要與陸詡調笑幾句，故意向這位公子討教問些「一樹梨花壓海棠」或者「華嶽山前見掌痕」到底是何解，盲琴師只得討饒，更惹來嬌聲笑語不斷。

這位言談儒雅、性子溫和的陸公子，起先在達官顯貴富豪子弟比大白菜還常見的白玉獅子樓中十分不起眼，若非李雙甲李大家青眼器重，誰會正眼瞧上一眼？入樓後第二年的一天彈琴，被他撞見了一名在城內排得上名號的權貴富豪給雛兒伶倌強行破瓜，白玉獅子樓雖說比一般青樓妓館要多些規矩，但民不與官鬥，一名小清伶而已，犯不著與襄樊地頭蛇翻臉。那個祖上幾代都是青州軍大佬的傢伙在廊中強要了那名年幼清伶也就罷了，事後還要抽刀劈死，盲琴師顧不上安危，扛著家傳古琴便衝了上去，沒打著那惡人，反倒是被侍衛踩在腳下。一場鬧劇，直到李白獅親自出面說情，才壓下去，從刀下救了盲琴師的性命。

白玉獅子樓的許多人至今仍記得一身是血的陸詡坐在廊中，懷中抱著斃命的可憐少女，脫下身上寒酸衣衫輕輕覆上那具衣衫不整的屍體。

今日紅魚館不知如何得知陸詡要來的消息，李雙甲的貼身婢女祈福早早站在院門口迎接，見著盲琴師，柔聲笑道：「陸公子，小姐已經候著了。」

陸詡搖頭道：「今日來只是想與紅魚館親口說一聲以後我不來彈琴了，李小姐當年借我的古琴畫龍，我想將來每月掙得銀兩陸續還上一些。祈福姑娘，我就不入館叨擾李小姐了。」

在白玉獅子樓地位比一些紅牌還要高的美豔婢女惋惜輕嘆一聲，略微欠身，朝盲琴師納了個萬福，這才轉身走向院中。

二樓視窗，站著一位國色天香的女子。祈福已經算是裏樊難得的美人，只是與樓上的她一比，就失了所有顏色。令人匪夷所思的是，天下名妓花魁道姑李雙甲身後黃梨木椅上坐著一位正低頭給一架二胡調弦的老頭。

李雙甲等到陸詡身影消失，轉身低眉順眼問道：「老祖宗，今日真不需要獅奴去城外蘆葦蕩會一會那北涼王世子了？」

兩鬢斑白的調弦老頭只是閉目挑弦聽音。

按理說李白獅在胭脂評前就是青樓十大名妓之一，十幾年人脈經營，與門閥士林都有了深厚交情。她差點就要嫁給西林黨領袖柳宗徽，這些年遇上眾多懷才不遇的貧寒士子都慷慨解囊，其中數位都已是朝廷清貴，眾人拾柴，才有了李白獅雙甲江南的名聲。如今上了胭脂評，更是成了當之無愧的青樓魁首，從未聽說李雙甲與誰香溫玉軟過，甚至說至今仍是雛兒，怎會讓一個老頭兒留宿房內？莫不是李白獅好這一口？那也太重口味了些，傳出去還不得天下震驚？

被李雙甲恭敬喚作老祖宗的調弦老頭睜開眼，仍是不說話。

已經知道老祖宗不喜自己多說這個話題，李白獅換了個問題：「老祖宗何須那般重視那個挎木劍的窮小子？」

老頭兒抬頭斜瞥了一眼亭亭玉立於窗前的尤物，只是他雙眼卻不帶任何感情，語氣更是冷淡：「老夫下棋，起手知收官，妳這種中看不中插的花瓶，廢什麼話。」

被羞辱至極的胭脂女子李雙甲竟然沒有任何怒氣，越發恭順了，下意識彎下了纖細蠻腰，如此一來胸脯便鼓起得厲害，幾乎撐破了衣裳。她身體嬌小玲瓏，胸口風光則氣勢洶洶，傳言更有一雙白蓮玉足，習得道教房中術與密宗歡喜佛，在床上可做出各種玄妙姿勢，故有「白玉獅子滾繡球」的旖旎說法。

調弦老頭駐顏有術，兩鬢霜白如雪，分明是花甲甚至是古稀的年邁歲數，但面容只如中年男子。他屈指彈了一根弦，說道：「陸詡的棋是老夫教的，這趟來紅魚館，老夫便是要看這小子會不會一朝得志便倡狂，所幸沒白教他下棋，懂得留白三分，仍是留下了妳送給他的古琴。本來以老夫最初見到他時的性子，是不樂意受人恩惠能還不去還的。接下來能否掀起風雨，就看他自己的造化了，一顆棋子最妙處，便是連高明棋手起先都不承想可以成為勝負關鍵手。」

李雙甲低頭道：「老祖宗手談的本領自然是當世第一，全天下都是老祖宗的棋盤哩。」

調弦老頭置若罔聞，說道：「北涼那小子今日離城，襄樊也就沒妳的事兒了，妳去京城。」

李白獅毫不猶豫地點頭道：「獅奴只聽老祖宗的。」

老者悄無聲息地離開紅魚館，他要去一處襄樊城東北角的私宅，裡頭有個他一手調教出來的木偶女子，與裴王妃裴南葦有六分形似、七分神似，如今已被靖安王世子趙珣金屋藏嬌，每次出行寵幸都鬼鬼祟祟，生怕被父王知情。

趙珣以為行程安排得天衣無縫，卻不知道每次寵愛調教那名被他深情喚作「南葦」的女子，牆孔後頭都站著一個看待兩人翻滾錦被只當作行屍走肉的老人。趙珣性格謹慎，早就去讓人順藤摸瓜查到了那小娘的身世背景，一切並無古怪，故而那一座私宅，便是他在世間最大的享樂福地。

小美人太像王府上那位每次見面都得喊娘的女子了，一顰一笑，甚至皺眉的神態，都差不離，每次在王府內被父王訓斥，或者在花園偶遇王妃後，他都要來私宅狠狠發洩一番，極盡繾綣，直到精疲力盡。

春秋國戰落幕以後，便是一盤嶄新的棋局，老人已悄然落子十二。

其中大多數還在落子生根，但有一些卻馬上要發力了。

去了趙私宅，老人便馬上出城，前往襄樊城外賞景最好的蘆葦蕩。

◆

王妃今天出城賞景，靖安王世子殿下趙珣親自送到襄樊城門，上了釣魚臺目送王妃遠去，這才只帶了一名扈從，曲折繞到了金玉滿堂藏佳人的私宅。這棟私宅裡除了那隻金絲雀，只有一名丫鬟和兩名老嬤嬤，再無閒人。

趙珣推門而入，頓時覺得心曠神怡，這裡雖遠不如靖安王府恢宏氣派，只是兩進的院落，但在趙珣眼中，卻是好不容易尋覓到的人間仙境。那座規矩森嚴的王府，那個供奉地藏王菩薩的佛堂，一花一草，一磚一瓦，都透著股他越是年長越是無法忍受的陰氣，讓人窒息。那個至親男人，更是心機深沉到連做兒子的趙珣都不敢揣度。

趙珣怨恨那個男人當年為何沒有痛下殺手，坐上龍椅、穿上龍袍，更畏懼那個男人吃齋念佛轉珠時的沉默背影。可最讓趙珣揪心的，卻是那個男人為何娶了她回來，娶回來又不知疼惜，夫妻相處竟是相敬如賓，有時甚至「相敬如冰」，真是天大的諷刺。

趙珣深呼吸了一口小院獨有的清新氣息，這裡擺滿了蘭花，這花兒是她的最愛。這個貴為王妃但連相國巷妓女都不如的女人，一年中只有兩次出城機會，每次出城都去看那一片蘆葦蕩，春看嫩蘆綠芽擁簇，秋看老蘆風起如飛雪。裴南葦、裴南葦，只是名字中帶了個「葦」字，便喜歡去看那最無趣乏味、最飄零柔弱的蘆葦嗎？

被世子殿下趙珣小貓小狗一般養在院中的女子自打第一天進來，就被剝去了名字，趙珣當然喜歡她羊脂暖玉一般的身體，抱在懷中便有冬暖夏涼的韻味。但真正打心眼裡癡迷癲狂的，是她的神態，像此刻趙珣見到她後畢恭畢敬說道：「珣兒請安來了。」她僅是端著架子輕輕冷哼一聲，趙珣的骨頭立馬就輕了幾兩，太像了。

趙珣露出一臉獰笑，罵道：「婊子養的裴南葦，讓妳跟本世子裝清高！」然後二話不說就衝上去撕碎她與那個裴南葦如出一轍的衣裳，抱去內宅大床上，狠狠鞭撻。

雲雨過後，趙珣恢復常態，躺在床上瞇眼享受著偽王妃的揉捏，遺憾道：「皮膚與身段還是差了點，平時說話嗓音已經幾可亂真，可一旦到了床上，終歸還是美中不足，下次注意些，若下趟臨幸，妳還是這般露餡……」

坐於床上的女子用鼻音嬌膩「嗯」了一聲。趙珣抬頭瞥了一眼，一把抓住她的柔順青絲，將她的頭按在胯下，陰鷙暴戾道：「好葷兒，本世子想妳的小嘴兒都要想瘋了！」

兩番歡愉的肢體交纏過後，趙珣披了一件外袍徑直躺在房外簷下的檀木地板上，安靜地望著一串無風不動的風鈴。此時的靖安王世子倒真是像個溫良公子，與世無爭，與人無害，氣質儒雅。偽王妃蹲跪在趙珣身邊，陪著這位瘋子一起看風鈴。

其實趙珣安靜不語時，是一個相當惹人親近的年輕男子，她見他怔怔出神，才有機會去打量那張據說與靖安王有九分相似的俊美臉孔。趙珣盯著由一串碎玉片子綴成的雅致風鈴，柔聲笑道：「好看嗎？她這輩子是不會這般看我一眼的，她連我父王都瞧不上眼，更別說我這個連世襲罔替都沒有的世子了。」

靖安王世子殿下閉上眼睛呢喃道：「真羨慕那些百姓人家啊。」

趙珣走了，臨走前搧了她一耳光，理由是簷下偷看了他那幾眼。一邊臉頰紅腫的偽王妃小心翼翼地躺在世子躺過的地方，並無絲毫記恨，只是與他一樣仰頭望著風鈴，風起鈴響，空靈悅耳。

她驀地坐起身，望向一位不知何時坐在欄杆上的老人，眼神裡充滿了發自肺腑的敬畏。她被靖安王世子驚為天人，初入小院時沒少被皮鞭抽打過，稍有不對就被耳光伺候，到了床上更是被百般凌辱，但這些她都不怕，甚至在不少個夜深人靜的時候她抱著那位世子殿下聽他哽咽，會有一種哀傷。唯獨眼前這個從不曾動粗的老者，讓她懼怕到了骨子裡。

這些年始終神龍見首不見尾的老人輕聲問道：「妳喜歡上這隻生於王侯家的可憐蟲了？」

偽王妃匍匐在地上，嬌軀顫抖。

老人輕輕淡笑道：「無妨，那趙珣也不是蠢貨，妳若不付出一點真心，他遲早會玩膩妳的。」

跪在地上的她終於能夠喘過氣來，抬頭一臉不解地望向對她而言半仙半魔的老者。說他神仙，是因為他算無遺策，幾乎趙珣每一步都在老人預料之中，可越是這樣，她便越是覺得恐怖驚懼。

她原本明明能學那裴王妃學得更像，老人卻不許，只讓她每一次表現得更嫻熟一點即可。這會兒再想，她終於明白若是一開始便盡善盡美，靖安王世子便不樂意經常往這裡來了。老人這份拿捏人心的功夫是不是爐火純青了？怎樣的人物才會如此處心積慮去算計一位藩王？

老人望向那串碎玉風鈴，是他要偽王妃去掛的，果然趙珣十分喜歡，超乎想像的喜歡。

老人輕聲笑道：「上下左右我中空，不管東西南北風，一律為人說般若，叮叮咚咚叮叮咚。」

偽王妃不敢說話。

老人起身笑道：「妳和那可憐癡兒的運氣好與不好，就看今日了。可惜你們瞧不見。」

老人負手離去前留下一句讖語般的話：「以後見著雷霆震怒的靖安王，只管拚死替趙珣說好話，興許可保妳一命。」

偽王妃一臉木然。

風再起鈴再響。

叮叮咚咚叮叮咚。

沒有了出塵意味，只有殺氣。

◆

武當山上熱鬧了，因為來了個王八蛋。

這個混帳傢伙來自龍虎山也就忍了，竟然還跟眾望所歸做了掌教的年輕師叔祖大打出手，怎麼樣，被打了吧？

山上數十座宮觀大小道士們都在議論這個，上了年紀的要相對憂心忡忡些，那廝畢竟是武評上的小呂祖，龍虎三位小天師之一的齊仙俠，一身出塵劍道修為不是吹的。輩分小的那幫道童就忍不住開始跳腳大罵了，恨不得捲起袖管去跟那位暫時住在大蓮花峰竹廬中的小呂祖拚命。

小道士們終究沒見識到齊仙俠以拂塵作劍劈紫竹的仙人氣魄，其實山上也就騎牛的掌教在一旁看著，本意是搭把手、幫個忙，盡盡地主之誼，奈何小天師不領情。當時殿外一戰，年輕掌教一手奪拂塵，隨後齊仙俠的劍氣便讓一座真武大帝雕像搖晃半天，一株千年老樟都被小呂祖整個兒倒拔而出，若非年輕掌教隨手拎了只千斤香爐擋了幾下，一身嶄新道袍就得廢了。

幾位掌教的師兄都聞風趕來，在門外看得興致高漲，一點不心疼老樟被拔、香爐被損，只差沒有搖旗吶喊，交頭接耳只顧著評點交手雙方招式高低。

竹廬前，齊仙俠坐在一張青蒲團上呼吸吐納。

不遠處，一個年輕道士手裡抓了把牛草在餵牛，有些難為情道：「小道那幾位師兄的確是不太像話，高手風範不如你們龍虎天師府。師兄們習慣了看我出糗，你見諒個。」

齊仙俠實在懶得理睬這個陰魂不散的傢伙。

騎牛長大的年輕道士呵呵笑道：「你真打算在武當山住下啊？掛在太虛宮大庚角飛簷下的呂祖古劍，你真想要，拿去就好了，我當沒看見，反正我打小就覺得那柄劍太可憐，有人用它是最好。」

齊仙俠睜眼怒目說道：「呂祖遺物，豈可兒戲！」

年輕師叔祖無奈道：「那你總找我打架也不是個事兒啊。」

齊仙俠冷笑道：「總要分出一個勝負我才能下山。」

年輕師叔祖拍了拍大青牛背脊，嘀咕道：「氣量還不如徐鳳年。」

齊仙俠身前白尾拂塵猛地一跳。

洪洗象苦著臉，說道：「怕了你了，你們龍虎山委實不像是修道人，哪來這麼多爭勝心。」

齊仙俠譏笑道：「你們武當若沒有爭勝心，為何在山下立起『玄武當興』的牌坊？」

洪洗象笑道：「瞧著有氣勢唄，呂祖的墨寶，多稀罕。」

齊仙俠冷哼一聲，與這道士正兒八經說理，實在是對牛彈琴。

洪洗象小聲說道：「『學道須教徹骨貧，囊中只有五三文』，這可是呂祖留下的警世名言，再瞧瞧你們龍虎山，黃三甲當年便笑話你們該是囊中只有千萬文才對。」

齊仙俠聽到這話反倒是不怒不氣了。

江湖上與廟堂間每隔一段時日都會流傳出一些有趣的口頭禪，往往是文人爆粗口、莽夫文縐縐最為生動。黃龍士這句嘲諷天師府修道不修心的調侃是一例，這回北涼王徐驍進京面聖，散朝後在殿外痛毆三品大員，就大罵了一句：「你這廝要不是褲襠多了一隻鳥，胸口少了兩坨肉，就真是個娘們兒了！」上陰學宮這一任大祭酒則有一句傳遍天下的名言，是他年輕時候調侃一位江南前輩大儒的：「好吃不過餃子，好玩不過嫂子。」崆峒派曾有一位劍士當初與武林同道一起圍剿魔頭，臨敵前心生懼意，萬般無奈就找了個蹩腳藉口說：「剛聽說媳婦懷孕，我先回了。」令人捧腹。

洪洗象牽著大青牛，臨行前說道：「你住下便住下，說不定以後能與我一同下山。有個伴兒，我膽子也大些。」這位掌教走出去幾步，又轉身厚顏笑道：「喂喂，別那麼小氣，給我說說湖亭郡的事情。」

齊仙俠伸手要去抓馬尾拂塵。

洪洗象騎上牛，跑路了。

不苟言笑的齊仙俠竟然嘴角勾起。

瞬間沒了劍拔弩張。

這便是武當山啊。

任你是誰，來了，都會和氣。

和氣生仙氣。

◆

兩禪寺。

兩位女子登山，一路上和和尚們都打招呼，一些定力不好的小和尚都要背對著方丈們向一位小姑娘做鬼臉偷笑。

小姑娘則不愛答理。

光頭，光頭，漫山遍野的都是光頭！誰愛看！

「娘，妳就讓我下山吧。在山上總對著爹和笨南北兩顆大光頭，多無聊。」

「閨女，光頭多好啊，晚上都不用點燈。」

「娘，不許逗我笑，都不淑女了！」

「哪裡是說笑，娘在苦口婆心跟妳說大道理呢。要不以娘的花容月貌，會看得上妳爹？」

「娘，山下女子可比妳好看多了，真不知道爹為什麼要跟妳過日子。」

「死丫頭，沒娘能有妳？還有，妳摸一摸自己胸脯說良心話，妳娘會不好看？」

「……」

「唉，閨女，等妳大些，就會明白只要在一個男人心中好看，妳就是全天下最好看的姑娘了。」

「啊？可徐鳳年說我長得一般哪，完了！」

「閨女真是長大了，娘很欣慰呢。閨女，娘真不好看？不行，再下山一趟，還得買些胭脂水粉，多撲一些在臉上就好看了。」

「娘，妳又亂花錢，爹肯定要跟笨南北蹲牆腳嘮叨去了，他們一起叨叨，可煩了。」

「讓他們叨叨去，哪天不叨了才不好。」

這娘倆，似乎挺俗氣。

虧得各自身後愛慕著她們兩個的光頭，是那般佛氣。

◆

襄樊城外三十里，那一片廣闊無垠、生機勃勃的蘆葦蕩，不知為何今日沒了生氣。

中央地帶，一名富貴公子哥坐在蘆葦蕩中「天波開鏡」牌坊上，腳下是四尊符將紅甲。

東北，站著一位其貌不揚莊稼漢般的壯年男子，腰間纏繞了一捆金黃色軟劍。

據說天下有個連續兩屆武評第十一的高手，刀劍槍矛十八般武藝，樣樣精通，儒釋道三教九流，門門涉獵。他太聰明駁雜了，以至於不知選擇何種趁手的兵器，最後便只好弄了一柄軟劍，真氣灌注後，可刀可槍可劍。

西南，一名青衫客雙手扛著一支竹竿，緩緩行來。

驟然間，馬蹄聲響起。

蘆葦蕩中萬千飛鳥掠起。

一手調教出偽王妃與李雙甲的老人與蘆葦蕩邊緣的捕魚人家要了一壺粗劣米酒，眯眼聽著牽礱舂米聲，喝了口酒，自言自語道：「真是個死人的好地方啊。」

蘆葦擇水而居，大簇大片，很容易成灘成塘，襄樊城外這一個蘆葦蕩本來見不著秋蘆飛雪的美景，自從靖安王妃鍾情以後，原本一到秋季就來砍折蘆葦當柴燒或者做紙漿的襄樊百姓便自動沒了蹤影。所幸那位裴王妃菩薩心腸，每年都要補貼附近村民一些銀兩，加上有她大駕光臨，使得城中好事的士子文人給蘆葦蕩評點出諸如「阡陌葦香」和「綠湖問漁」的景點。「天波開鏡」的牌坊便是前兩年由一位書法大家揮毫寫下，一來二去，趁著給富人們搖櫓賞景的機會，賺了一筆數目可觀的銀子。

不過裴王妃一般只是踏春過後踏秋觀蘆雪，今年顯然要來得略早了一些。她出城排場一直極小，除了兩名貼身女婢，便只有一小隊輕裝卸甲的王府侍衛。靖安王趙衡這些年治理襄樊卓有成效，愛民如子，口碑極好，加上遠近聞名這位藩王一心虔誠信奉佛道，因此王妃出城從來不曾聽說有碰到過煩心事。

由坦暢官道岔入一條小道，便是繁茂成林的蘆葦蕩，王妃以往幾年賞景，千篇一律下車後就讓侍衛遠遠跟著，後者也不敢打擾王妃情致雅趣，加上蘆葦比人高，起碼能做到讓王妃眼不見心不煩。這一次卻奇怪了，不僅來早了，王妃到了岔路口時仍是沒有下車。

車廂內，在府內事事親力親為的裴王妃親自點燃一尊檀香小爐，跪姿而坐，臀部墊在雙腿上，無形中擠壓出一個飽滿弧線，車內兩名婢女哪怕同為女子，瞧見了這幅景象都會心動。尤其是王妃那一頭柔美異常的三千青絲，貼身婢女們梳理時輕輕握在手中，皆忍不住由衷讚美幾句，而性子溫和的王妃都會望向青銅鏡中的自己柔柔笑著。婢女偶爾為讀書讀疲乏了的王妃清洗那雙白蓮玉足時，更會心動，感慨王妃實在是太美了。

裴王妃手上拿著一封信，是出府前靖安王趙衡交給她的，說最好在蘆葦蕩邊上親手轉交給那名北涼王世子，若非如此，她不會這麼早來這片蘆葦蕩。裴王妃拎著那封口都未用心封上的信封，似乎在猶豫著是否抽出信件。對於靖安王趙衡，世上沒有誰比她更懂了，他什麼話都不說透，什麼事都不做絕，留下來給人去猜，對誰都是如此。世子殿下趙珣的乖僻性格，便是被這位父王硬生生逼出來的。

至於趙珣那有違人倫的隱蔽眼神，出於女性直覺，早已不是懵懂少女的裴王妃豈會不知？那孩子多半是恨她多一些，雖說當年進入靖安王府，並沒有爭強鬥勝的心思，但當時的正王妃即趙珣的生母不知為何就病死了。這筆賬，不管裴南葦如何心安理得，都得記在她頭上，故而這些年面對趙珣不合規矩禮儀的複雜眼神，都不曾說破，也從未出聲訓斥，更沒在靖安王面前有任何搬弄唇舌。趙衡極重養生，等到靖安王死後由趙珣世襲爵位，怎麼都是二十來年後的事情，想必那時按律降爵為靖安侯的趙珣也不至於對人老珠黃的自己心生想法。

裴南葦除了手上密信，腿邊還擺有一只裝有念珠的檀盒。她極喜歡檀盒上的雕飾，盒子沒有打開過，因為她知道越是自己在意的東西，趙衡便越憎惡，何況這檀盒還是趙衡眼中釘送的。她怕一旦打開，被他得知，那念珠與檀盒就都沒了。

裴王妃柔聲道：「妳們下去看看北涼王世子殿下是否近了。」

這兩位連王妃一日三餐吃了什麼都要與靖安王書信如實稟報的婢女告退一聲，便姍姍提裙下車。

裴王妃雙指拈出密信，是靖安王的親筆：送僅千里。

裴王妃皺了皺眉頭，喃喃道：「寓意送君千里終須一別，就不親自相送了？」

裴王妃搖了搖頭，似乎自覺對這四字不得要領。趙衡當年宮闈奪權失敗後，雖然在如今王朝內最頂尖的一撥廟堂權貴中評價不高，甚至被異姓王徐驍和幾大得勢藩王大加嘲諷，但她卻知道他仍是一個極有野心的男子，無一日不恨當年所受羞辱，無一日不想重返那座城、那座宮。

這樣一個野心勃勃的藩王，世子趙珣被打，卻親自登門請罪，已是天大的忍耐，真是要破罐子破摔，再度自貶身分給一個後輩抒發一番離別情誼？裴南葦沒來由想起出府時他站在臺階頂上，居高臨下撚珠微笑說的那句話：「夫妻緣分一場，已替妳祈福百萬句，本王問心無愧。」

裴南葦將密信放回信封內，低頭看了一眼檀盒，撥開簾子看到婢女們還在道路上翹首以待那名世子，下意識伸手去撫摸檀盒，剛剛觸及便像被火燙了一般猛然縮回。這位王妃心生懊惱，賭氣般狠狠抓起檀盒砸在車廂內壁上，檀盒墜地，滾落出一串古樸念珠，裴南葦不信佛法，更不信黃老學說，只是出身名門士族，這些年在靖安王府，自然見多識廣，對這串中原美譽「太子」的婆羅子聯結而成的「滿意」一見鍾情。

女子善變啊，才去了檀盒，這會兒便滿目憐惜地拾起念珠，靠著車壁，握住一顆象牙白色的圓潤「太子」，裴南葦仰首癡癡望著。在世人看來，她貴為王妃，青州是她的，襄樊是她的，窗外蘆葦蕩是她的，都說是她的，可實情如何，就如市井百姓一輩子都不會知道廟堂宮闈裡的勾心鬥角，這些，其實都不是她的。

裴南葦想起了年幼時的無憂無慮，想起了初入王府的風光顯赫，想起了當年正王妃那張森冷的臉孔，想起了趙珣從趙衡那裡學來的陰沉，想起了瘦羊湖湖畔客棧出門時的那一下荒誕。當她聽到馬蹄轟鳴，終於想起了密信，記起了靖安王那臨別如同一副挽聯的贈言，裴南葦悚然一驚，失手丟掉了念珠，臉色像是一片秋季淒涼的雪白蘆葦。

哪裡是送君千里，分明是一送到黃泉！

◆

一個年輕人躺臥在「天波開鏡」的牌坊頂端橫欄上，微風起，輕輕吹拂著他鬢角髮絲，真是閒情逸致。

他自認是一個很樂觀的年輕人，從不怨天尤人。幼年與娘親孤苦相依，受盡白眼，她病逝枯瘦如女鬼時，他才九歲。娘親臨死前說了許多他當時聽不懂的話，大意是生下他並不後悔，更不記恨那個他從未見過面的父親。後來他親手挖墳下葬了死不瞑目的娘親，他雖小卻也懂得，她是希冀著能最後見那人一眼，哪怕一眼也好，可惜沒有。

當他在枯塚墳塋上想著怎麼才能不餓死的時候，一名說話尖聲細氣的魁梧男子出現了，嗓音與身形截然相反，穿了一身他從未見過的富貴衣衫，瞧著好看至極，可總讓人覺得是披了一件華貴的人皮。小小年紀的他就覺得是見著吃人的惡鬼了，可那名男子只是牽起他的手，說要帶他回家。

家？

娘都沒了，家在哪裡？

然後他被帶進了一座牆很高的城，透過車簾子，看傻眼了。下了馬車後一路上都沒有與他說話的傢伙牽著他彷彿走過了無數道城門，終於走到了一座湖。湖邊上，站著一個怎麼看自己都與他很像的男子，一身金黃，爬滿了蛇。

後來，他終於知道那不是蛇，是龍。而那名見面後沒說任何話、沒露出任何表情的男子身上穿著的，叫龍袍。再以後，他有了兩個便宜師父，一個是帶著他「回家」的傢伙，另外一個是不太愛笑的老和尚，前者脾氣極好。

在湖邊初看到那穿著一身爬滿猙獰黃蛇的男人，他當場便嚇哭了。這個日後成為自己大師父的傢伙領著他回去時就蹲下去輕聲說：「別怕。」長大以後，記憶中姓韓的大師父不管自己如何調皮搗蛋，都只對自己笑著，好似除了笑他便不會做什麼事似的，可那個大到沒有邊際的家裡，所有人見到大師父都會怕得要死。

十二歲那年中秋，自己偷偷去爬武英殿賞月，被抓了去差點砍頭，是大師父跪在那個男子眼前求情，他才知道大師父不只會笑，天天被人跪拜的他也會給人下跪。那以後，就再沒人攔著他去爬大殿了，武英殿、保和殿、文華殿，隨便爬。

二師父脾氣就要差了許多，總有數不完的雞毛撣子，與他說佛法，說輸了要被打，明明說贏了也挨揍。倒是有一次趁二師父發呆，摸了他的光頭，二師父卻沒有生氣。其實早在及冠之前，真相便已水落石出，只不過他不願意去爭這爭那，何況爭也未必爭得來。生父是那人又如何？在那個人人皆是貌合神離的家裡實在是待膩歪了，加上與隋珠那個頑皮丫頭實在不對眼，三天兩頭打架對罵，乾脆就跑到上陰學宮去逍遙快活。

世間女子，他只喜歡長得一般卻十分耐看的，他的娘親便是如此啊，即使病入膏肓不那麼好看了，可那眼神依然讓他覺得最親暱。終於有機會去親眼見一見那名聲很大、脾氣很差的姑娘了，翻牆入了小樓，果真就一劍刺過來，後來不得已約定當湖十局，輸了便輸了，誰規定男子一定要勝過女子的？他就很樂意這輩子專門服侍自個兒的娘子，把她服侍得舒舒服服的，一生一世幸福安穩沒半點波瀾才好。

可惜每次偷偷去她那兒給雞鴨餵食，都逃不過一頓劍氣凌人的驅攆，他也不計較，自家媳婦兒嘛，與相公耍點小心眼、小脾氣可不就是天經地義的討喜事情？

這個樂天向上的年輕人腳下站著四尊符將紅甲。

水甲已經被一位重出江湖的老劍神破去，心疼歸心疼，可念在老劍神是在給小舅子賣命，他就忍了，甚至不介意留下一具水甲符將。

既然已仁至義盡，就得開始辦正事了。

這趟偷跑出學宮，最主要是給靖安王趙衡送去一句口信，約莫意思就是世襲罔替本來是沒你趙衡啥事的，但只要你肯出力，北涼那份兒就給你了。

靖安王是個大大的聰明人啊，以前魄力不夠，這回學聰明了，一出手就是大手筆。

年輕人坐起身，雙腳掛在牌坊上，眺望過去，看見了官道上揚起的塵土，笑道：「小舅子，可別怪你未來姐夫不仗義啊，要知道這塊地兒，風水是極好的。」

◆

一名青衫客由西南而來，肩上扛著一根瘦竹竿，扛了一會兒，便拿下竹竿去撥蘆葦，嘴上念叨著一支鄉土氣息頗濃的小曲兒，「我替大王巡山來，見著姑娘一同壓寨去」，反覆哼唱了幾遍，其間還蹦跳了兩下，沒望見想見的景象，百無聊賴，重新扛回竹竿，頭也不轉問道：「江上李淳罡那一劍，妳說我硬擋，擋得住嗎？」

沒有回音，他也不氣餒，繼續自顧自說道：「當時以為老劍神破而後立，一舉踏足陸地神仙境界，出了武評才知道那只是天時地利人和的湊巧，也沒什麼了不得的。我與妳出劍塚時，我一劍加上妳一劍，也都各自摸到了劍仙的門檻，這番與老前輩交戰，妳說勝算有幾分？」

沒有佩劍只有竹竿的青衫遊俠兒身後依然寂靜無聲，或者說只有漫無邊際的風吹蘆葦嗚咽聲，聲聲入耳。正是這名清瘦青衫客在鬼門關口一竿挑翻了大船，腳下一葉小舟瀟灑而來、瀟灑而去，在消息靈通的武林中已被津津樂道許久。

老劍神才剛復出，吳家新劍冠便翩然前往挑戰，怎麼看都噱頭十足，近期已經掙了江湖人士無數斤的口水。底層江湖俠士與綠林好漢只是在震撼這名新劍冠一路南行的所向披靡，有心人卻已在打探到底是何方神聖才有資格做吳六鼎的劍侍。奈何吳家劍塚是個消息滴水不漏的古怪地方，一直得不出個所以然來，只依稀得知這一輩劍冠吳六鼎的近身劍侍比起上一輩還要出類拔萃。

成為劍塚劍侍，對劍主忠心耿耿不需多說，註定要一生不事二主，所有劍侍都是自幼便被老輩枯劍士按照天分高低揀選給吳家嫡系後輩，劍主和劍侍一同成長，一起練劍、悟劍、挑劍，劍塚每一代都有幾十對劍主劍侍，唯有成為劍冠的劍侍，才可以代表吳家劍塚行走江湖。

新劍冠的實力毋庸置疑，籠罩著一股悲情意味的劍侍的實力更是惹人好奇，加上這座不知埋葬了多少劍道天才的墳地向來有劍侍實力超過劍主的傳統，天曉得吳六鼎身邊的神祕劍侍是修習何種霸道劍術？因此那些不待見劍塚，自視一家獨大、唯我獨尊的潛在勢力，不是在確保萬無一失的前提下，都要好好掂量掂量，不敢輕易去攖其鋒芒。

劍主修王道劍，劍侍習霸道劍，是劍塚祖宗刻在劍碑上的成文規矩。論殺人劍術，天底下可沒有比得上吳家劍侍的了。

青衫吳六鼎感慨道：「咱倆真是絕配，我小時候死活不肯與我爺爺去學外王內聖，總覺得以老祖宗的天賦，也只是得了『素王』稱號，無法在我家劍道上稱王，那我學什麼王道劍，還不如與姑姑一樣練入世的霸道劍來得威風。妳呢，誤打誤撞，倒是打小被授予王道劍，連爺爺那柄『素王』都被妳從劍山上替我取了回來。我入世練入世劍，妳出世劍卻得陪著我入世，委屈妳了。靖安王說姑姑的大涼龍雀在那人手上，我可以不去管那些廟堂捭闔的陰謀，但那把劍，不管如何我都要替妳拿來。」

吳六鼎身後終於出現一道修長身影，背負著一柄不出鞘已是劍氣凜然的長劍。她與吳六鼎一般身穿文士青衫，容貌平平，稜角格外分明，眉宇間有一股殺伐英氣。

古劍「素王」，天下名劍第二，力壓劍塚歷代所葬十六萬劍。

應該並非目盲的背劍女子卻始終閉目而行，清風拂面，吹得她一頭只以紅繩粗略繫了個馬尾的髮絲肆意飄散。

扛著竹竿的吳六鼎轉身嬉皮笑臉道：「翠花，為何明知妳長得不算好看，可我就是喜歡妳呢？」

負劍閉目緩行的年輕女子一本正經回答道：「大概是你喜歡吃我做的酸菜，怕沒有酸菜吃，才喜歡我。」

她打小在吳家劍塚裡便是出了名的不善言辭，除了練劍還是練劍，除此唯一的興趣就是做酸菜。吳六鼎年幼時便很嘴饞這個，一饞就饞了這麼多年。她出身貧寒，被帶入吳家劍塚前是村野人家裡的閨女，大概由於從前的記憶僅剩酸菜味道了，入了天下學劍人心目中的聖地，便嘗試著去做酸菜，至於味道好不好，沒有對比，自然便沒有答案，反正青梅竹馬長大，準確說是青梅竹劍長大的吳六鼎一直吃也沒有吃煩。

她一臉刻板的回答興許在外人耳中聽著荒誕不經，吳六鼎卻聽得很用心，並且很正兒八經去深思這個問題。翠花的酸菜啊，天底下還有比這更美味的玩意兒嗎？況且翠花不提劍而是很認真去做酸菜時，不大好看的她總顯得好看一些。

「翠花，今日我若死在李淳罡手中，以後每年清明就別祭酒了，我不太愛喝，搞一大盆酸菜就行。」

「好。」劍侍侍奉劍主，臨敵破敵時不准出手幫忙，更沒有為劍主報仇的規矩，只有葬劍守墳的習俗。吳家老祖宗當年立下這條鐵律，怕的就是後輩有所依仗而耽誤了孤身求道的精純劍心。

「翠花，酸菜就只能用白菜嗎？」

「我只會白菜醃漬。」

「換換口味唄，咱們都到了南方了。」吳六鼎流著口水一臉期待。

「你難道不應該想著如何破解李淳罡的兩袖青蛇嗎？」劍塚這一輩劍侍魁首皺眉輕聲問道。

確實有些不像話了，且不說是大戰將啟的緊要關頭，便是尋常時分，一位吳家劍冠與劍侍似乎也不應該聊些酸白菜的話題啊，好歹聊些玄妙的劍道感悟，說些讓天下劍士一聽就拜服崇敬的言語。

「想著活下來才能吃到酸菜，就比較有鬥志，也不用去想我使素王劍會不會心生愧疚。李淳罡的兩袖青蛇也好，鄧太阿的桃花枝也罷，不管劍術、劍意，終歸都在劍道範疇。天底下，真沒有比吳家更懂劍的地方了。」吳六鼎輕聲笑道，雙手搭在竹竿上，瞇眼望向蘆葦小道盡頭。

腰間纏繞一捆金黃軟劍的莊稼漢子與吳六鼎恰好對角，由東北往中而走。這名皮膚黝黑如鄉野農夫的漢子神情木訥，略微低頭，懷中有一處凸起，似有一個木盒形狀的物件。

正是這樣東西讓他來到襄樊城。

當年襄樊十年鏖戰，對一心學武的他來說，並無對錯，哪怕是王明陽死在了釣魚臺，他也不會去與人屠徐驍計較什麼。他不是沒有試圖勸說王明陽離開襄樊，甚至對其說過便是你守城勝了，東南半壁大廈將傾，一己之力能如何？可那人不聽，最終只是以襄樊二十萬血肉之軀成全了一人的名節。這等慘絕人寰的暴戾行徑，與那敵對的人屠何異？是更有道德一些？聽聞最後慘烈結局的他當時正在北莽，並未奔赴北涼尋仇，只是說了一句不許徐家人再入襄樊。

他說到做到。

何況靖安王趙衡還交付給他那只裝有王明陽眼珠的盒子。他只是一名武夫，兩大藩王的恩怨，不想去摻和，但既然北涼王的兒子敢來襄樊，他就要履行當年諾言。

因為王明陽是他的兄長。

◆

兩名女婢踮了半天腳尖終於瞧見了那個惡名如雷貫耳的北涼王世子，他並沒有舒舒服服待在車廂內，只是與一名仙風道骨的老道人乘馬而來。她們納悶這位世子殿下就不怕吃灰塵嗎？縱使馬術再好，終歸是顛簸難耐，哪裡有坐在車裡愜意。

她們小跑回王妃所在的馬車，說那世子到了。裴王妃緩緩下馬，一手攥緊那封只有寥寥數字的密信，一手握著「滿意」念珠，臉色如常。她依然是那個在鐘鳴鼎食、王侯高牆內都難掩出彩氣質的大富貴女子，亭亭玉立地站在車旁，望著那個不知是可恨還是可笑或是可憐的後輩登徒子緩緩接近，不知為何，她手心滲出了汗水。

徐鳳年早看見了蘆葦蕩口子上的車隊，離著還有一段距離的時候肅容輕聲問道：「魏爺爺，桃木劍都用上了？夠不夠用？」

這兩日不見蹤影的九斗米老道魏叔陽撫鬚微笑道：「桃木三十六，劍陣已經準備妥當。」

徐鳳年點了點頭，陰沉道：「祿球兒信上說襄樊王明陽的弟弟也來了，我就不明白當年襄樊整整十年攻守戰，他不曾幫手，為何今日卻來湊熱鬧？良心發現了？」

魏叔陽神情凝重起來，嘆息一聲，搖頭道：「老道這就不敢妄言了，只知此人的武道修為極為深厚，否則也不至於接連兩次登上武評，連續二十年做了那天下第十一號高手。外行看熱鬧，覺得這名號可笑，老道真是半點都笑不出來。」

徐鳳年不握馬韁，雙手按住繡冬、春雷，瞇眼望著被靖安王府侍衛護著的兩名俏麗女婢。若說那姓王的第十一來城外「待客」，屬於情理之外的意料之中，那在路上便已聽聞出城消息的裴王妃，就有些莫名其妙了。

靖安王趙衡這老烏龜瘋了不成，要把身為王妃的她放在這幾乎可以稱作必死之地的蘆葦蕩？要引君入甕可以理解，可需要付出這般慘重的代價嗎？好歹也是一位比玉人還嬌媚的正王妃，或者說趙衡已經為了世襲罔替到了喪心病狂的地步？

徐鳳年喃喃道：「暫時已知的有第十一和四具符將紅甲，趙衡還有哪些後手？既然連裴南葦都肯等同於一顆棄子，那必定就不只是這般『客氣』了。怎的，事後就說本世子對出城賞景的靖安王妃圖謀不軌，故意一路尾隨，玷汙了王妃，接著靖安王衝冠一怒為紅顏，這個說法會不會太兒戲了？再者，趙衡真有把握在這裡將我一擊斃命，還是說這位藩王覺得鬥不過徐驍，鬥一鬥我是勝券在握的事情？」

徐鳳年對魏叔陽輕聲說道：「讓寧峨眉與鳳字營快馬跟上來，不需要拉開半里路距離，與他說明白，準備死戰。」

老道魏叔陽立即策馬折回。

徐鳳年已經清晰看到靖安王府兩名女婢的姣好容顏，他放緩速度，與馬車並駕齊驅，伸手叩了叩車壁，姜泥掀開簾子，一臉狐疑。

徐鳳年說道：「妳與老前輩說一聲，天下第十一的王明寅來了，符將紅甲也來了，說不定暗中還有不弱的高手。」

姜泥面無表情「哦」了一聲。

「妳小心些，別下車，今天不太適合妳看笑話。」說完這句，徐鳳年這才夾了夾馬腹，在呂錢塘、楊青風、舒羞三名扈從的貼身護送下快馬前行。

魚幼薇出城時就被安排與姜泥、李淳罡同乘一車。

徐鳳年看到好似孤苦伶仃站在蘆葦蕩前的裴王妃，沒有急於下馬客套，雙手按刀，只是高坐於駿馬上，無言俯視。

兩名女婢雖說驚訝於這名北涼王世子的英俊瀟灑，但見他竟然倨傲地坐在馬上一言不發，其中一名跟在王妃身邊聲勢不輸王府尋常管家的女婢怒目斥責道：「北涼王世子，見到王妃，為何不下馬！」

徐鳳年一笑置之，只是盯著那名胭脂評排名比襄樊李雙甲還要高的大美人。他沒有見過那位白玉獅子滾繡球的名妓，但確定世間任何一個男人，在王妃裴南葦和聲色雙甲的李白獅中選擇，哪怕後者在容顏上更勝一籌，都是會選擇與裴南葦共度春宵。

離陽王朝六大藩王的正王妃，可不是那些亡國嬪妃可以媲美的，恐怕唯有亡國皇帝的皇后在誘惑程度上可以與之一較高下。徐鳳年希望從她眼中看出一些什麼，可惜沒有看出任何蛛絲馬跡，甚至瞧不出她是否知道自己身陷危局，而這般狠辣布局的恰好就是她身後那位靖安王。

徐鳳年越發好奇了，沒有耐心和心情與眼前女子打機鋒、說謎語，直接開門見山問道：「妳不跑？」

馬下抬頭的靖安王妃平靜反問道：「能跑到哪裡去？」

徐鳳年譏諷笑道：「躲一躲也好。」

裴王妃淡然笑道：「靖安王要交給你一封信，世子大可放心，信上沒淬毒，因為我已看過。」

徐鳳年只是伸出繡冬，王妃也不氣惱他的倡狂無禮，將那封信放在刀身上。

徐鳳年抽出信後看了一眼內容，笑道：「靖安王叔這是要送我到黃泉路上的意思啊。」

裴南葦笑道：「世子好重的心機，這麼多年果真是在裝糊塗給糊塗人看的。早知如此，何必當初。」

徐鳳年鬆開繡冬，伸出那隻右手，笑咪咪道：「舒服不舒服？」

一直氣韻雍容華貴的裴王妃漲紅了臉，咬著嘴唇一字一字沉聲道：「徐鳳年，你果然該死！」

徐鳳年坐在馬上不去看這位怒極的靖安王妃，只是望向蘆葦蕩，平靜地說道：「王妃請放心，本世子死之前不會忘了拉上妳，到了黃泉路上，好好教妳這張小嘴兒如何吹簫，趙珣想做但不敢做、不能做的事情，本世子可以。」

聽聞徐鳳年羞辱在青州只在一人之下的靖安王妃，兩名女婢與王府侍衛勃然大怒。裴南葦雖說與靖安王相處方式古怪，可在外人眼中的的確確是相敬如賓，是帝王侯門裡罕見的恩愛夫妻。府中下人聽了眾多有關北涼王世子的說法，可大多都是些上不了檯面的荒誕舉止與紈褲行徑，眾人感到滑稽可笑多過忌憚畏懼。再者靖安王在這青州襄樊，可不是地頭蛇，而是一條名正言順的黃袍地頭龍，當下侍衛便抽刀示威，一名性子潑辣的女婢護主與邀功心切，更是怒斥出聲，直呼徐鳳年名字。

孰料徐鳳年只是低頭望著那寥寥數字的密信，眼角瞥了一下裴王妃手上的「滿意」念珠。這正主沒動靜，不代表身後幾名北涼鷹犬扈從是瞎子、聾子，東越呂錢塘滿臉獰笑，驅馬上前，巨劍劈頭砍下，不等虛張聲勢的靖安王府侍衛反應過來，一劍便將那名不知天高地厚的女婢斜劈掉頭顱，那腦袋墜在地上，打了好幾個滾兒，鮮血與塵土混雜一起。

尤其是那女婢俏麗臉龐上猶自保持著鮮活的震驚神情，在旁人眼中，觸目驚心，不僅靖安王府護衛愣了一愣，便是裴南葦都給嚇了一跳，手上價值連城的念珠燙手一般，掉在地上，再不敢去撿起來。

呂錢塘當著靖安王妃的面殺人後，趁勢前衝，楊青風與舒羞不甘落後，一瞬間就將裴南葦除外的所有人一通砍瓜切菜般砍殺了，其中一名侍衛更是被呂錢塘連人帶劍劈成了兩半。

裴南葦轉過頭，蹲在地上乾嘔起來。徐鳳年看到幾名靖安王府侍衛如此不堪一擊，皺眉問道：「這幾個護衛怎麼這般不濟事，靖安王趙衡生怕妳死不掉？」

裴南葦卻只顧著嘔吐，實在無法想像高高在上的王妃也會有這一不雅畫面，真不知道趙珣若是看見，還會那麼深陷其中不可自拔嗎？徐鳳年按刀下馬，走到裴南葦身邊，蹲下去溫柔拍著靖安王妃的後背，輕聲問道：「可知道趙衡的後續安排？」

身體顫抖的裴南葦背對著徐鳳年，拿袖口抹了抹嘴，冷笑道：「便是知道，為何要說與你聽？靖安王趙衡如何待我，那是家事，徐鳳年，你算是什麼東西！別以為三言兩語就能讓我對你言聽計從，趙衡再冷血，總好過你這等混帳！」

徐鳳年輕撫著裴王妃曼妙不可言的後背弧線，看似在占便宜，但實則面無表情，心如止水，語氣倒是柔和，帶著笑意說道：「妳難道不想活著回去做靖安王妃嗎？裴南葦，妳要知道，我真要死，也肯定要拉上妳陪葬，否則豈不是便宜了那對上梁不正下梁歪的父子？不妨告訴妳，這趟萬一真被趙衡算計成功，趙珣就能世襲罔替了。即便妳能從我刀下苟活，回去不是更要提心吊膽？裴王妃，妳真願意被趙珣這種男人玩弄於股掌間？」

裴王妃緩緩站起身，踉蹌了一下，徐鳳年想要去攙扶，結果被她憎惡地狠狠甩開手。徐鳳年也不生氣，只是彎腰撿起那串遺落的「滿意」手珠，以他的潑皮無賴性格，連那一方被姜泥丟入湖底的紅泥火硯都能重新撿回來，那麼重新撿回一串「滿意」就在情理之中了。

徐鳳年抬頭望向綠意繁茂的蘆葦蕩，開始在心中盤算。靖安王趙衡這頭老狐狸，那邊四具符將紅甲人不管是否屬於趙衡實力範疇，肯定是敵非友，唯一區別在於是否會與王明寅配合出擊。不出意外，趙衡馬上就會動用藩王虎符，調動八百以上的鐵騎兵甲從襄樊東郊大營直奔蘆葦蕩而來。

好在兩虎相鬥得出結果以前，這支兵馬還不至於插手，畢竟多達八百人，靖安王趙衡也不敢保證會不會有眼線，現在已是螳螂捕蟬的大好局面，如果再被人暗中黃雀在後，就真得不償失了，相信以趙衡的心性，自信能夠在蘆葦蕩中絞殺自己。

徐鳳年神情有些凝重，且不去說包括魏叔陽在內的四位扈從，身後還有大戟寧峨眉率領的一百北涼驍騎，更有老劍神李淳罡坐鎮。雙方明面上的棋子博弈角力，按常理推測，天下第八的李淳罡對陣第十一的王明寅，魏叔陽等人與寧峨眉一百輕騎對陣四具符將紅甲，怎麼計算都是贏面居多。當然，趙衡肯定還有後手，可自己身邊還有青鳥與一批隱蔽於暗處的北涼死士，趙衡何來的信心要在此地送自己到黃泉？

不知何時，裴王妃脫下了鞋子提在手中，白襪踩在地面上，癡癡望著綠葦掩映的那條泥濘小徑。每逢冷秋季節，她都會驅散侍衛，不顧身分地走進這泥路，路上會有密匝匝的褐色小尖錐，那是倒入路面碾入泥土的蘆葦尖頭兒，脫了鞋走在路上，刺痛腳心，她全身肌膚勝雪，每一次一個來回，腳底板都會鮮血淋漓，可裴南葦偏偏喜歡這種自殘肌膚的行徑，她更喜歡獨自躺在小舟中，任由漫天秋蘆飛雪鋪蓋在身上。

要不要乾脆一刀捅死這娘們兒算了？

徐鳳年目露殺機，管妳是誰，靖安王妃又如何？便是宮裡頭的娘娘擋在路上，該殺人時，徐鳳年也會毫不猶豫一刀將其斃命。這世道命有貴賤之分，可天底下有誰的命，比自個兒的命值錢？正當徐鳳年尋思著給裴南葦一個痛快、順便給趙衡一個大不痛快時，小徑上走來了一男一女，都很年輕，在這種時刻顯得格外意氣風發。

年輕男子肩上扛著一根竹竿，身後十步距離跟著一個負劍的清秀女子，雙眼緊閉，氣韻冷冷清清。

率先出現的竟然不是第十一？

這名手無佩劍的年輕人不看徐鳳年，笑咪咪望向馬車，朗聲道：「李老劍神，吳家小輩吳六鼎，今日攜素王劍而來，只求一戰！」

話音剛落，劍冠兩側蘆葦無風而狂舞，襯托得這名未來劍道扛鼎人物若神仙般出塵。

無形劍氣瞬間彌漫天地間。

裴南葦身形不穩，徐鳳年一手抽出繡冬扶住她，另一隻手抬起，將俯衝而下的一隻神俊非凡的青白矛隼架在臂上，轉身對魏叔陽等人說道：「你們隨矛隼入蘆葦蕩，拖住符將紅甲。」

徐鳳年輕抬振臂，矛隼再度衝入雲霄，看到徐鳳年投過來的眼神，九斗米老道魏叔陽悄悄點頭，率先掠入蘆葦蕩。

天下道門除去內、外丹兩大派，更有許多各有神通的支系，其中以驅鬼請神的符籙派方士為首，還有精通奇門遁甲的布陣術士。此陣非軍旅布陣，而是以人力借助天時地利，堪稱化腐朽為神奇，傳言頂尖術士可以撒豆成兵。皇宮大內欽天監裡的道士則大多擅長觀象望氣、探究地脈，被譽作在經緯上做學問的相士。

魏叔陽武道修為不算出眾，否則當初聽潮亭外也不至於被白髮老魁一刀擊落，但老道卻是一名精於布陣的術士，那符將紅甲再剛猛無敵，終歸還是隸屬於道門神兵一類，魏叔陽的三十六天罡桃木劍陣便有奇效。何況徐鳳年這些日子耗費心神去鑽研水甲上的符籙雲紋頗有心得，那些蘊含道門斬魔威力的桃木劍自然能夠有的放矢。再者，道教先賢祖師爺更明言蘆葦製成的葦索可做辟邪靈器，九斗米道中自古便有懸葦索以禦凶鬼的法術，而且別忘了舒羞本就是南疆巫宗出身，楊青風在當日雨中小道一戰後，更被世子殿下要求早做準備。

趙衡你既然能請來劍冠吳六鼎來打頭陣，本世子便用占了先天優勢的魏爺爺四人去破解五行缺水的符將紅甲。

徐鳳年拿繡冬拍了拍裴王妃纖腰，輕聲道：「王妃，不想死的話，便隨我後撤。」

裴南葦默不作聲，不忍去看地上的殘肢斷臂，跟著徐鳳年遠離那對悍然叫陣的男女。她自然知曉這心狠手辣的浪蕩子身邊有一位名動天下的老劍神護駕，既然來者膽敢以劍比劍，想必無論如何不會是無名小卒。

當她看到徐鳳年後撤時，始終是面對著那對男女，不肯將後背交出，不由心中泛起冷笑，這傢伙真是人屠徐驍的兒子？這般膽小怕事！此時徐鳳年緩行後退，恰好與裴王妃面面相視，看見她一臉譏笑厭惡表情，猜出她不加掩飾的心思，笑道：「怎麼，覺得我怕死？王妃，妳若真的視死如歸，又如何願意跟著我後撤？妳大可以留在原處嘛，任由劍氣將妳大卸八塊。嘿，這死相實在是醜了些，有些配不上王妃的高貴身分。」

馬車上傳來一陣慵懶嗓音：「徐小子，老夫今日可要再度借劍才行。」

徐鳳年沒好氣喊道：「借吧、借吧，本世子恨不得借你一百劍、一千劍。」

裴南葦一臉錯愕，這混帳好歹也是北涼王世子，實在是太沒有英雄氣概了，連做個鎮定樣子假裝大將風度都不會嗎？

徐鳳年顧不上裴土妃這娘們兒，遙望了一眼吳六鼎身後的負劍女子。素王劍？乖乖，那可是天下名劍排在第二的絕世神兵。據姑姑趙玉台說，「素王」乃是這代劍塚家主的稱號與佩劍的名字，怎麼跑到那娘們兒手中了？吳六鼎勝了吳家劍主？不太應該，要知道隱居在聽潮亭頂樓的師父李義山曾是上代文武評與將相評的評點者之一，也說起過一些祕聞。

文、武評有個不成文規矩，對龍虎山、兩禪寺以及吳家劍塚等幾個地方的世外高人一律不考慮入榜，一半是出於敬意，一半是出於顧慮，這些分不清是老神仙還是老怪物的傢伙脾氣難測，像當年那道法劍術皆是當之無愧世間第一的齊玄幀，一劍伏盡天下魔，便明言不可評他上榜，誰敢拂逆？

可吳六鼎既然以劍冠身分出了吳家劍塚，若是贏了素王才出山，應該可以排入十大高手才對，難不成勝了素土的不是吳六鼎，而是那名女子劍侍？

徐鳳年望向那女子。

不料她彷彿有所感應，睜眼望來。

徐鳳年心神一震，仍然笑了笑。

那女子卻重新閉上眼睛，似乎是看清了徐鳳年本事斤兩，不屑一顧。

徐鳳年不以為意，對拿了一柄好劍的青鳥拋了個眼神，示意借劍給老劍神。

青鳥手中這柄劍雖說也可吹毛斷髮，但比起呂錢塘手中赤霞要略遜一籌，更別提紫檀劍匣中的大涼龍雀。原本徐鳳年還有些擔憂，但當青鳥將劍拋入空中，李老頭兒身形衝出車廂，大笑著握住劍把，朝吳六鼎當空飛去時，徐鳳年便立即靜下心來。

老劍神位列天下第八，第八這個排名真的很低嗎？天底下提劍的劍士號稱百萬，巍巍然立於百萬人之上的，不就只有這羊皮裘老頭兒與那鄧太阿兩人？誰又敢說李淳罡重返巔峰後，會止步於第八？

老劍神才凌空如蛟龍而去，一名莊稼漢子便從蘆葦蕩中穿梭而出，說道：「世子，借頭顱一用。」

第七章　四勢力聯手圍獵　第十一悲情謝幕

第十一終於來了。

不管是精心布局還是無心插柳，這個高手中最悲情的角色都踩在了最正確的時間、最恰當的地點上，幾乎一卜子掐住了徐鳳年的死穴。

李淳罡要與攜帶素王劍的吳六鼎一戰，各自代表著江湖上新老劍道魁首，斷然不會三招兩式便能脫身。魏叔陽、呂錢塘四人已經悉數前往蘆葦蕩中，更是一場勝負難料的血戰，便是拚死殆盡都有可能。

此時徐鳳年身邊便只剩下死士青鳥，以及寧峨眉和其身後的一百輕騎。徐鳳年轉頭看向躍躍欲試的大戟寧峨眉，不需問話，手持卜字鐵戟的北涼猛將便點了點頭，一手抬起，三十輕騎呈扇形鋪開，三十把勁弩直指那位在江湖上久負盛名的高手，無疑又是一場鐵血軍人與武林人士的宿怨較量。

有大戟寧峨眉抵擋，徐鳳年暫時不去看第十一，只是目不轉睛盯著一掠而去的老劍神。不是他托大小覷了王明寅，而是高手間的巔峰生死戰，註定招式窮極機巧。李淳罡也好，吳六鼎也罷，都是劍道雄魁，說不定任何一次出手，都比他從祕笈中採擷出來的招式要來得精妙，多看一眼記住個輪廓都是好。

徐鳳年低聲道：「真是劍拔弩張了。」

李淳罡提劍而去，吳六鼎直面這位成名一甲子的劍道前輩，非但不懼，反而爽朗灑脫一笑，單手一擰，竹竿旋轉離肩向前飛去，一襲青衫踏步而衝，握住竹竿一端，竟是和江上如出一轍，再以竹作劍，竹竿另一端猛然插入道路，輕喝一聲，「起！」

那次他曾一竿翻江掀船，這回則是硬生生從泥路上撬起一大片厚重泥土，砸向李淳罡。彎竹掀起遮天蔽日的塵土後，竹竿再旋回肩上，他一腳轟然踏地，踩出一個大坑，腳下頓時濺起塵煙無數。本該當場脆裂的竹竿更被他雙手曲壓出一個動人心魄的弧度，他雙手再按一擰子訣，大竿如滿月弓，彈向空中，彈中那片塵土，為其注入一道凌厲劍氣。

身形掠空的李淳罡嗤笑一聲，照舊一劍斬去，劈碎了障眼的塵土，同時將裡頭蘊含的劍氣給砸得粉碎！

漫天塵土激射在四周，夾雜著充沛劍氣的泥土落地後刺出無數坑窪。兩人相距兩百步的空曠官道上，劍氣繚亂紛飛，出現了數十道橫豎交錯的溝壑，看得靖安王妃目瞪口呆。

她如果留在那裡，可不就是如徐鳳年所言真要被大卸八塊，落得個死無全屍的下場？輕輕一劍之威，破空裂土，竟是如此恐怖？裴王妃原先對江湖武道並無印象，今日親眼所見，才知可怕。她側頭偷偷看向徐鳳年，並未從他眼中瞧出端倪，分不清他是胸有成竹還是失魂落魄。

李淳罡一劍如長虹貫日，白光刺眼，於塵土中疾墜向吳六鼎身前，這一劍被竹竿劍氣與塵土阻擋，好似並未勢弱半分，竹竿重回手中的吳六鼎腳尖一點，急急後撤，差之毫釐間，老劍神一劍凌厲而下，裹挾著無與倫比的劍意，將吳家劍冠的落腳點給刺出深達足足一丈的大坑。

青衫吳六鼎輕聲笑道：「好一個一劍仙人跪。」他神態悠閒，說話間，竹竿卻是絲毫不曾凝滯，帶出一個渾然大圓，掃向老劍神頭顱，呼嘯成風，獵獵作響。

老劍神一臉冷笑，豎子後生豈敢在老夫面前以竹竿論劍道？李淳罡手上長劍氣焰暴漲，便是俗子肉眼都可見劍尖青芒繚繞。所謂劍氣的高明境界，便是讓劍生出一股與天地相通的浩然氣概，世人只道是大丈夫當提三尺青鋒殺人破敵，當真以為只是三尺銅鐵劍身嗎？

獨臂李淳罡仍是輕描淡寫的一劍。

吳六鼎這次不再避其鋒芒，竹竿不改軌跡，橫掃千軍。

兩人劍招，無非一橫一豎。

李淳罡手上青鋒與吳六鼎竹竿硬碰硬相擊，發出不符常理的鏗鏘金石聲，刺破耳膜。可憐裴王妃捂住耳朵，尖叫出聲，卻是徒勞，幾乎要吐血。徐鳳年微微皺眉，走在她身前，無形中替她擋下這一記碰撞帶來的氣息波紋。

李淳罡手中劍與竹竿接觸後，並非被彈開，而是如船頭傳授徐鳳年劍招劍罡一般，瞬間再彈竹竿十六下，次次駭人。利劍劍尖本來才長達一寸的青芒爆綻到三寸，旁人只看到老劍神手上碧青劍氣狂舞，再就是吳六鼎竹竿一彎再彎，終於承受不住老劍神彷若沒有盡頭的劍氣侵虐，砰然作響，竹竿終歸只是尋常竹竿，當中斷折。

取得先機的李淳罡面無異樣，趁勢劈向吳六鼎胸口。竹竿一斷為二，後者雙手各持半截，一退再退，飄出二十步。李淳罡便欺身二十步，劍鋒始終不離吳六鼎這廝的胸膛，劍尖離了半丈，劍氣如一條吐信子青蛇，卻只差一尺！

吳六鼎終於不再托大，單手竹竿變雙手劍。吳家劍塚以劍招舉世無雙著稱，他能以劍冠身分出塚行走，無疑在劍術上有著登峰造極的驚豔造詣。竹竿不生一絲劍氣，只以招數神鬼莫測見長，便是對上李淳罡這等一腳踏在劍仙門檻上的劍道宗師，仍是劍勢走霸道路數，一往無前。

李淳罡皺眉再鬆開，微微一笑，不知為何斂去劍上青芒，劍罡不再，只是以劍招對劍招，閒庭信步，見招拆招，兩人貼身而鬥，眼花繚亂，眨眼間不知揮了百劍還是千劍。

這邊亂鬥酣暢，天下第十一那邊同樣讓人大開眼界。

離陽王朝共計有弩八種，除去以腳力踏張發射的四弩，其餘四種，以北涼鐵騎手中的樞機弩最為殺傷力巨大，能夠不輸黃鐙踏弩，故而這種北涼制式弓弩被美其名曰「開山」，與北涼刀齊名。既然敢稱「開山」，力道可謂驚人，三十弩齊射，嗡嗡破空，可那第十一王明寅只是夷然不懼向前而行，伸出一隻手，對著身前空中指點，將第一撥箭雨都給點落在地。

一撥箭雨過後，第二撥箭雨驟至，神情古板的王明寅不再單手指點江山，雙手握拳，衣衫鼓起，竟是擺出要硬抗弓弩的蠻橫姿態，數撥箭雨皆被他遊蕩於體外的氣機劇烈彈開，紛紛斜插入地面，一時間王明寅身後布滿箭矢，毫髮無傷地徑直走向三十位馬上輕騎。

弩，其勢怒，方能稱弩。

可這莊稼漢子卻不動聲色便擋下了接連不斷當頭潑墨般的弩勢。

他說要借世子殿下項上頭顱一用，便會說到做到。

鳳字營校尉袁猛瞳孔收縮，死死盯著這名不知姓名的江湖人士，一勒馬韁，策馬提刀殺去。

北涼輕騎配合熟稔，袁猛兩旁身側扇形二十人再度張弩造勢，身後剩餘十人尾隨校尉抽刀而衝。北涼軍重視馬政第一，不說重甲鐵騎如何雄壯，便是輕騎所配馬匹都遠不是北涼以外騎兵可以媲美的，何況鳳字營是北涼軍嫡系親衛，所乘駿馬皆屬重型品種，高七尺，重兩千斤以上，衝勢之下，騎兵不論是佩刀還是提槍，都如山洪沖瀉，馬上戰力驚人。

裴南葦對於春秋國戰並無太多瞭解，只是道聽塗說北涼騎兵所向披靡，今日一看十騎衝勢，便有些目眩神搖，十人十馬便已如此，北涼王麾下三十萬鐵騎，當年馬踏六國，該是何等彪悍氣勢！

可接下來一幕卻讓裴王妃瞪大眼眸：農夫模樣的壯漢面朝十騎衝刺，雙手撥開扇面兩側射來的箭雨，大踏步跑起來，對著一馬當先的校尉袁猛的高頭大馬生硬撞在一起。靖安王妃意料之中村野農夫血濺三尺的殘忍畫面並未出現，而是那木訥漢子一記撞山撞折了戰馬脖頸，將袁猛連人帶馬一起撞飛出去，袁猛甚至來不及劈刀砍下。

漢子繼而加快步伐，雙腳踩踏地面如轟鳴，不輸馬蹄聲，雙手攤開，撐在兩匹馬身上，驟然發力，把跟隨袁猛身後的兩騎四蹄懸空給橫向摔了出去！

生於文豪世族再被靖安王養在金玉籠中的裴南葦微微張大嘴巴，一臉匪夷所思，天底下竟有這般膂力如神的武夫？

被這莊稼漢子一氣甩開了三匹戰馬，身側兩柄北涼刀終於趁機砍來。力拔山河的漢子面沉如水，雙手握住天下間鋒芒最盛的制式北涼刀，只是一擰，就被他捲曲起來。

「下來。」

只聽他平靜說出兩字，兩名悍勇北涼騎卒便被他給扯下馬丟出去。

這漢子當頭一匹戰馬急停，馬蹄高高揚起，重重踩下！

他蒲團大的雙手閃電縮回，高過頭頂，握住力沉千鈞的馬蹄，冷哼一聲，將這匹駿馬給生撕了！

把一匹衝勢慣性下的戰馬給活生生撕成兩片，這得需要多大的氣力？

沒了坐騎的鳳字營騎卒身形下墜，恰好被莊稼漢子一拳砸在胸口，甲冑與胸口一同炸開，當場斃命，血肉模糊。

接下來幾騎皆被這勇武漢子輕鬆摔出。

裴南葦不忍再看，下意識瞥向站在身前的北涼王世子，他背影依然挺立。她挪了挪身子，總算可以看見他的側臉稜角，卻沒能看到預期的驚慌失措，這讓裴南葦十分失望。

那漢子勢不可當，並且放話說要借頭顱一用，這徐鳳年當真是絲毫不怕嗎？裴南葦再望向戰場，才一個照面，世子殿下的親衛騎卒便折損數位，可更讓裴王妃震驚的是這等殘酷局面下，其餘鳳字營輕騎依然如世子殿下一樣腰板挺拔，對血腥場面視而不見。尤其是那手持大戟的魁梧武將，籠罩於一身沉重黑甲中，連人帶甲加上鐵戟，怎麼說都有四百多斤，面對失利局面，只是騎於馬上，巋然不動，好可怕的鐵石心腸！裴王妃心有戚戚，北涼士卒都這般無情嗎？

大戟寧峨眉提臂握戟，戟尖指向第十一王明寅，二十騎中十騎依然沉默抬弩，十騎則繼續發起衝刺。

這漢子身後最先十騎中沒有陣亡的騎卒，輕傷者重新上馬列陣，重傷者則坐於地上，撿起弓弩。

隱隱形成夾擊之勢。

北涼對敵，唯有死戰。

靖安王妃望著那十騎不惜性命地策馬前奔，以往聽靖安王趙衡說起，總不理解他言語中的徹骨陰寒，現在她終於有些明白這句話的含義了。

她顫聲問道：「你的輕騎擋得住嗎？」

徐鳳年沒有作聲，凝神注視著那邊李淳罡與吳六鼎的當今劍道頂尖一戰，額頭已經滲出汗滴。他現在能做的便是去死記硬背，記下所有能被自己看穿的劍術，這可比背誦圍棋定式要耗神千萬倍。

老劍神棄劍罡不用，與吳六鼎純粹以劍術對劍術，雙方劍招爐火純青，妙至巔峰，老頭兒未嘗沒有讓他觀戰裨益的念頭，不能浪費了這份好意！

吳家劍塚走了一條羊腸小徑，摒棄縹緲劍意，獨求一劍揮出無人能解的招數。

傳言塚內劍士人人枯槁如鬼，其中不乏挑戰失敗後落得被吳家禁錮的高明劍術大家，終生只能給吳家後輩餵劍、養劍，久而久之，劍塚不僅葬劍、藏劍十數萬，更詳細記載了天下劍招十之八九。

道路上吳六鼎雖然兩截竹劍越戰越短，招數卻越來越霸道生猛，正所謂一寸短、一寸險，吳六鼎即便在局勢上越發處於劣勢，但他能以竹劍對敵名中有劍罡的老劍神百招而不敗，足以自傲。

徐鳳年緩緩吐出一口濁氣，自言自語了一句讓身後裴王妃一頭霧水的話：「技術活兒，當賞！」

當裴王妃看到第二撥輕騎被那一路踏來的漢子摧破，那不動如山嶽的大戟武將終於要開始衝鋒廝殺後，忍不住憂心忡忡地問道：「如果連這將軍都擋不住的話，你該怎麼辦？」

可惜徐鳳年仍是沒有理睬。

靖安王妃一氣之下抬手就要捶打這北涼王世子殿下的後背，這本是下意識的動作，只是不等她出手，就被繡冬刀鞘狠狠擊中腹部，她頓時臉色蒼白蹲在地上，身體蜷縮，異常絞痛，眼眶中已是布滿淚水，幾乎以為自己就要死了。

出手一點都不憐香惜玉的徐鳳年瞇眼遙望蘆葦蕩，對於大戟寧峨眉親自出陣，仍是不加理睬。

青鳥柔聲道：「若是寧峨眉敗了，奴婢求一件兵器。」

徐鳳年好奇地問道：「何物？」

青鳥神情複雜，低頭道：「剎那槍。」

徐鳳年愣了一下，轉頭說道：「我哪來這一根當年槍仙王繡的成名兵器？」

青鳥望向馬車，平靜道：「它一直藏於車軸。」

徐鳳年訝然道：「青鳥，妳說實話，妳與王繡是什麼關係？」

青鳥輕聲道：「他是我父親，殺了我娘親。」

徐鳳年心中嘆息，猶豫了一下，說道：「寧峨眉敗了便敗了，我本就不覺得他與一百輕騎能夠完全累死王明寅，到時候等這天下第十一力竭，妳再出手。」

蹲在地上雙手捧腹的裴王妃抬頭咬牙切齒，「徐鳳年，你就不怕這一百人死絕？」

徐鳳年轉頭看了眼再難以保持雍容氣韻的靖安王妃，平靜說道：「妳懂什麼？」

只有仰頭才能與徐鳳年對話的裴南葦神經質笑道：「我懂什麼？你這北涼王世子與靖安王世子趙珣有何兩樣？不是一樣臨陣退縮，只懂讓你們眼中命賤不如螻蟻的人去白白送死？我今日就要看著你到時候如何向那江湖莽夫跪地求饒！」

「那妳等著好了。」

徐鳳年轉頭繼續望向青衫吳六鼎與羊皮裘老劍神的對戰，不出意外，李淳罡的好脾氣要用光了，接下來才是一番真正酣暢淋漓的大戰。

青鳥盯著裴南葦。

一位是卑微不堪言的奴婢，一位卻是榮華富貴至極的王妃。

當下竟是青鳥居高臨下看著裴南葦，後者則噤若寒蟬。

裴王妃看著這名眼神凌厲的婢女走向馬車，彎腰抽出一根車軸，車軸在她手上碎裂，露出一根通體猩紅的長槍。

槍名「剎那」。

◆

蘆葦蕩首尾兩頭是截然不同的世界，那邊大戰正酣，各方勢力犬牙交錯，這廂則是雲淡風輕。老者小酌著從農家那裡求來的自釀米酒，不遠處一些稚童紮堆竊竊私語，不時對著老人投來好奇眼神。對生長於蘆葦蕩的孩子們來說，這老人長得挺像平日裡襄樊大城裡出來賞景的老儒生，可那些與家眷們來這邊遊玩的老書生可不太瞧得上酒釀，都是自帶佳餚好酒。

老人和藹地笑了笑，對一名茅舍主人家的髫年女童招招手，小女孩兒怯生生走上前，老人自顧自掂量了一下灰白老舊的錢囊，似乎囊中羞澀，只倒出十幾枚銅錢，一股腦交給女孩，吩咐她去讓爹娘煮一尾由家養水老鴨捕撈而得的鮮魚。看著女孩蹦跳離去，老人笑著呢喃了一句「黃髮垂髫，怡然自樂」。

青州自古被稱作雲夢水澤，蘆葦蕩這一塊鄉野村民，更是家家養水鴨，頓頓餐黃魚。老人頗喜這清蒸黃魚的質樸滋味，那幫襄樊士子豪紳捨近求遠，垂涎海鮮，不惜百金求購，便是一路有冰塊儲藏，早已失去「趣味」，在老人眼中分明是最下等的食客，更稱不上老饕。

眼角餘光瞥見小女娃在家外烏黑水缸邊上怔怔出神，最終還是揀選了缸中一尾最大的黃魚去交給娘親清蒸。老人笑咪咪說道稚子才有菩提心，人老是為賊呢，隨後便望向竹桌。

桌面上看似漫不經心擺放了數十顆從岸邊撿來的鵝卵石，石子大小不一，各自距離不等，等農家煮魚的時分，老人已經從桌面上丟掉一些略小的石子，而幾顆個頭偏大的鵝卵石則向石子最密集的區域挪近了幾分。

女孩端著盛放有一尾清蒸黃魚的木盤而來，蔥花與老薑的分量很足，還特意加了酒釀與幾絲火腿。老人先接過筷子，絲毫不介意農婦是否遵循了虛蒸法去煮魚，小小一尾黃魚，人心足了，才有真正滋味。

老人將盤子放在石子不多的桌子邊角，下筷如飛，小女孩見老人吃得津津有味，格外開心，笑顏逐開，立即不再怕生，輕輕問道：「老爺爺你是襄樊城裡人嗎？」

老人緩了緩下筷，搖了搖頭，笑而不語。需要與爹娘一起勞作而曬得肌膚黝黑的小女娃「哦」了一聲，有些遺憾。村裡同齡人總是以去過襄樊城做談資，總說城裡頭是如何氣派，城內富人是如何闊綽。她從未去過襄樊，自然憧憬羨慕得緊，更聽說那裡的姐姐們都如仙子一般，她心想自己長大以後如果能有她們一半好看便好了。

老人吃完了那尾清蒸黃魚，把木盤和筷子遞還給小女孩，輕聲笑道：「等我走了，妳與爹娘說一聲，今日就離開蘆葦蕩去十里外的鯉魚觀音廟燒香。燒過了香，便可與那觀音娘娘討要一些銀子，只需敲碎娘娘手中石頭鯉魚，裡頭就有。小女娃兒，謹記取了銀子後莫要急著回家，最早也要等到天黑以後。別忘了這話兒等我走後再說，離家要早，歸來要晚。」

小女孩目瞪口呆，估摸著只當是聽天書了。老人不以為意微笑道：「妳就當我是這一方水土的土地公公好了。」

童心童趣的她雀躍道：「老爺爺真是神仙？」

老人不置可否，摸了摸女娃的腦袋，伸出手指在嘴邊輕輕噓了一聲，示意她不要聲張。小女孩使勁點頭，老人重新低頭觀看桌面上星羅棋布的石子，似乎陷入類似棋枰上的長考，女娃悄悄離開。

老人既然不是襄樊人士，怎做得來庇佑一方水土的土地神？何況老人當然不是什麼神怪，只不過稚子心誠，哪裡能想到這些門道。他雖非神仙，不過真要計較起來，以世人眼光來看，早與仙鬼無異。春秋九國亂戰，各地「天象異變」層出不窮，青龍出水，神碑破土，雌雞化雄，哪一樁、哪一件不出自他手？

不說這些廟堂經緯天下縱橫，僅以三尺之局的圍棋而言，當初西楚王朝士子好清談，弈風漸盛，那入聖、通幽、鬥力、守拙等九段弈品便出自他手。如今天下棋壇三派名手呈現三足鼎立之勢，朝廷設棋待詔，由包括王集薪、宋書桐在內的六位拔尖大國手品訂棋譜、鑒定棋力，登榜者浩浩蕩蕩四百餘人。

這老人竟自稱便是這四百棋手聚集一起聯合與他手談，他仍可輕鬆勝出，這等狂言，整個天下也就唯有他說得出口，偏偏王集薪等人不敢應戰，不管是聯手還是單挑，都裝聾作啞，這位老者棋力之超凡入聖可見一斑。只是後來不知為何，這位老狂徒放話說此生不再與人手談。

老人盯著桌面，嘿嘿一笑，「前後五百年已無敵手，豈是妄言？徐家渭熊，想要與老夫比肩，還早得很哪。」

要知道老人早年初入上陰學宮，自號三甲，劍走龍蛇，於湖畔大雨後泥濘中一氣呵成《砥柱錄》，開篇便言要為天地立心，為生民立命，為往聖繼絕學，為萬世開太平。

這些年行走四方八荒，閒來無事，便教了陸詡落子生根，如何去接地氣，教了李白獅聲色雙甲，教了那偽王妃如何媚人禍國，替一位女子代筆了《女誡》，讓廣陵王烹殺了次子，誤導了欽天監那幫無知後生……只要他願意，誰不是他手中棋子？接下來他要去教一個挎木劍的溫姓小傢伙如何用劍。

西楚老太師亡國後除了滔天記恨於人屠徐驍外，還捶胸頓足大罵老黃獠以三寸之舌殺三百萬人，說的便是這老頭了。只不過這些風雲跌宕、江山傾覆，皆成棋盤上的定式，留給後來人來解讀。

分辨不清具體年紀的老人捏起一顆位於桌面正中的渾圓鵝卵石，「姓趙的這位，落子在天元，不知天高地厚，行事倒也可愛。」

坐在一只小板凳上的老頭視線轉換，落於石子最為密集的當中一顆碩大石子上，「第十一王明寅，當先一衝。置死地，能否後生？」視線再輕輕一轉，「王家有女持剎那，是拚死一斷還是妙手一鎮？」

老人不停神叨叨地喃喃自語，瞅見了那隻盤旋的青白鸞，嘖嘖道：「亂象橫生，亂，真亂，亂中有序。」

最終，老者伸出兩根手指習慣性摩挲斑白雙鬢，皺眉道：「莫非今日素王便要對上大涼龍雀？容老夫算上一算。」

老人不去看桌上紋枰亂局，復而長考一番，本意是掐指算上一算，不承想這一閉眼，就變作了休憩打盹，再不去管那桌上棋局，他咂巴咂巴嘴，半睡半醒間呢喃道：「黃魚真香。」

這饞嘴又憊懶的老頭兒，真是那被上陰學宮大祭酒毀譽參半笑稱「超凡入聖，絕無俗氣，果真不是個人」的上下五百年棋壇第一人？

◆

這好似尋常老儒的老頭兒才剛要酣睡，那一頭澈底平地起驚雷。

連綿不絕！

「吳家後生，真心尋死不成？素王劍做擺設到何時？」

老劍神何謂名中有劍罡？

只見李淳罡手中劍青芒猛然間一漲再漲，哪怕是裴南葦都可清晰看見老劍神三尺冷鋒宛如青蛇盤踞，先前只是絲絲縷縷，瞧不真切，當下則是青氣粗壯如手臂，完全蓋過了利劍本身。他一劍撩起，將吳六鼎手中被削得如同短小匕首的竹竿澈底碾作齏粉。這還不止，原本遊刃有餘的吳六鼎終顯狼狽，袖口被凌厲劍氣削下一角。

李淳罡似乎根本不想給吳六鼎將素王出鞘的機會，大笑一聲，得勢不饒人。一番劍術較技，洞悉此子分明選了一條霸道劍的冷門路數，你要霸道，就劍士而言，老夫一生對敵無數，誰能比兩袖青蛇更霸氣？

老夫一劍無非起與落。

東觀廣陵大潮，踏潮頭而過江。北看千萬野牛奔騰，踩牛身如履平地。

南臨汪洋巨浪拍頭，一劍炸開江海。西上爛陀山以劍問佛，斬殺羅漢二十三。

李淳罡劍勢再漲！

就沒有盡頭嗎？

莫不是要一鼓作氣再入陸地劍仙境界？

手中無劍的吳六鼎已經數次在鬼門關徘徊而返。

這條平坦道路滿目瘡痍，無數道溝壑交錯分布。

吳六鼎身後當代劍塚中幾乎可算是一騎絕塵的劍侍緩緩睜開眼睛，她背後素王劍輕顫出蟬鳴。但她深知這柄名劍何時出鞘，何時送交到吳六鼎手中，極有講究，一個不慎，便不是救人，而是害人。

姜泥聽見車廂外炸雷陣陣，終於按捺不住，小心翼翼掀開簾子，等她看到遠處李淳罡單手劍氣無可匹敵，只是輕輕說道：「很好看的字。」

魚幼薇坐在車廂角落，捧著受到驚嚇的白貓武媚娘，因為兩頭幼夔趴在車裡沉悶嘶吼，她聽到姜泥的言語，再瞥了一眼腳邊的紫檀劍匣，嘴角露出苦笑。

青鳥問道：「公子，那吳家劍冠要敗亡？」

徐鳳年只是心無旁騖地專注觀戰，沒有轉身，搖頭道：「敗肯定要敗，這吳六鼎過於托大了，若是一開始便拔出那素王劍，斷然不是此刻光景。不過會不會死，不好說，吳六鼎作為劍塚這一輩最出彩的天才，怎麼都應該有幾手壓箱絕技傍身，就看機關算盡之前，能否拿到素王劍，我這點眼力還是有的。當初徐驍要我十年不許握刀，那時候我也不懂事，一氣之下就什麼都放下了，若非如此，我早該想到安排府上高手捉對廝殺，偷盡他們的所藏絕學。這趟出行遊歷，不管用何種手段，我都得摸到金剛境的門檻才會甘休，要不然實在沒臉皮回北涼。」

青鳥柔聲笑道：「不難的。」

徐鳳年心情略微好轉，呵呵笑道：「借妳吉言。」

裴南葦實在不理解這北涼王世子殿下與那稱作青鳥女婢的關係，靖安王府上上下下哪裡會有這等打心眼裡相互親暱的主僕？

徐鳳年突然轉頭看著裴王妃，問道：「妳都聽到了？」

靖安王妃下意識點頭，隨即搖頭。她被繡冬刀鞘擊中腹部一次後，委實有些怕了。

這一轉頭，本是想嚇唬裴王妃，無意間瞥見青鳥與她手中無槍纓的猩紅長槍，徐鳳年不由有些失神。

那在天下九大神兵中唯一榜上有名的古槍，槍尖非但不鋒銳，反而鈍樸異常，呈現出一個古怪的弧形。可正是這根鈍槍，在大宗師王繡手中浸染了無數高手的鮮血。

王繡單槍匹馬縱橫江湖，巔峰二十年，以殺伐果決著稱於世，槍下亡魂無數，不論武學高低，不論家世貴賤，一言不合便拔槍，一怒瞠目便殺人。他在四大宗師中最是嗜血好戰，以死戰搏殺去精進修為，尤其以王繡北去敦煌兩千里最為血腥，每次殺人定要用長槍洞穿敵人頭顱。

一次武評說王繡三十而立，槍術虛實奇正，進銳退速，不動如山，動如雷震，血氣之盛舉世無雙！第二次武評上榜，評點為王繡四十不惑，重下本源功夫，返璞歸真，既精且極，終為槍法開山立派。第三次上榜，王繡被評作萬般槍術爛熟於心，熟能忘手，繼而忘槍，已是槍仙。

當見到青鳥手握古槍，徐鳳年生平第一次切身感受到青鳥的死士身分。

冷冰如死物。

正當徐鳳年看到剎那槍怔怔出神的恍惚時刻，蘆葦蕩一道身影疾速掠出，喊道：「世子殿下小心腳下土甲！」

幾乎在那人出聲示警的同時，徐鳳年腳下泥地炸開，一具龐然大物就要破土而出！

青鳥臉色頓時雪白，手中剎那槍直刺那具偷襲世子殿下的傀儡。

來得及嗎？

她眼睛一亮，光彩奪目。

不知為何，本該被一擊斃命的徐鳳年似有意似無意猛地抽出繡冬刀，做出了羚羊掛角的神來一筆。

一劍仙人跪！

雨中小道上，李淳罡曾以傘作劍，一劍轟破符將紅甲中的水甲。

徐鳳年偷師苦學不得精髓的那一劍，鬼使神差，於生死關頭終於融入繡冬刀。

裴南葦只看到那紈褲世子一身錦繡衣衫鼓蕩渾圓，單手刀直刺而下，渾然天成。

那刺客竟被硬生生刺回地下！

◆

那一出京城再出上陰學宮的公子哥始終坐在「天波開鏡」牌坊上，嘴裡叼著一根纖細蘆葦管。其姓趙，是天子人家的國姓，名楷，則是他娘取的，是楷體的楷，也是楷書的楷。起先他只是以為娘親是要他做人如楷書，為人如形體方正，行事如筆劃平直，可作楷模。後來入了宮，幾次單獨與大師父去祭祖，才知道趙家陵墓裡有一棵老祖宗親手植下的楷樹，枝幹直而不屈曲。

此樹枝繁葉茂，一如趙氏皇家，不過趙楷每次聽到大師父望著那棵樹苦口婆心嘮叨趙氏的榮辱，都沒什麼感觸。對他而言，這個家總是不如兒時那個茅屋來得舒服安心，因此極其寵溺他的大師父也難免會無奈於自己散淡的性子。趙楷不以為意，若非這等沒有野心，想必明面上刺殺他的次數早就翻番了。

那位手握天下權柄的男人生有六子一女，算上他這個名不正、言不順的，皇子共計七人，對他動了殺機並且付諸行動的有兩人，其餘按兵不動的，大多也不懷好意。趙楷唯獨不討厭那個總喜歡跟自己針鋒相對的公主妹妹，她真算是那男人的掌上明珠了，不過性子雖說潑辣蠻橫，但都擺在臉面上。每次偶遇，趙楷總要拿她鼻尖上的細碎雀斑說事，總能得逞，被她丟擲摔碎的夜明珠沒有十顆也有八顆了，真是個不會過日子的閨女，誰娶回去誰遭殃。

他低頭看了眼腳下最後一具符將紅甲，猶如道門仙師從天庭請下凡間的神將，身高一丈，雙手按在龍闕劍柄上，直插大地，這便是符將紅甲中的金甲，五甲中牢固不可摧第一，戰力雄渾第一，尤其是手中龍闕巨劍，劍氣肆意磅礴。

這柄劍從未出世，是大師父被他求著去令一位老鑄劍師耗費五年心血鑄成，每鑄一寸，劍氣長三分，鑄至半截時，那名鑄劍師已經不敢再繼續下去，後來趙楷才旁聽而來是大師父抓來老鑄劍師的家人，一日殺一人，只剩孫子時，鑄劍師才繼續鍛造。

龍闕出爐時，懇求大師父放過孫子一命，大師父點頭，老鑄劍師躍入劍爐自盡，但老人孫子轉眼便被大師父扼殺。聽到這件事後，趙楷沒有說任何話，只是心懷愧疚。

大師父可不是二師父那般若釋門菩薩，他是被朝廷隱隱稱作一人之下的可怕人物，統領十萬宦官二十餘年，是被罵作人貓的韓貂寺，更是當年把符將紅甲活生生剝皮卸甲的宗師級高手。

趙楷曾親眼見到一撥刺客被大師父纏繞三千紅絲的左手悉數擊殺，皆是一指削去天靈蓋，不動聲色暴虐殺人。大師父總不忘朝自己笑，趙楷從不覺得大師父氣焰陰森，一如當年娘親病入膏肓，骨瘦如柴，在趙楷眼中仍是世間最好看的女子。

趙楷叼著蘆葦稈子，輕聲說道：「蘆葦蕩作戰，木甲占據地利，可惜我那小舅子來早了。到了秋天，蘆葦易燃，火甲威力可加倍，若是水甲沒被老劍神毀去，估計那幾名北涼扈從就有來無回了，哪裡需要我偷偷摸摸讓土甲去行刺，帶上金甲正大光明碾壓過去便可。小金，你說是不是？」

符將紅甲人披覆甲冑前便已是死人，自然沒有回應。趙楷腳下這具紅甲中的死屍來歷尤為敏感，生前是屈指可數的一品金剛境高手，只可惜對上了韓貂寺，下場淒涼。

趙楷曾詢問大師父天象境實力如何，這位大貂寺笑著說等以後老奴雙手破敵便是了，但以指玄境殺天象高手才有意思，趙楷心想大師父真是厲害啊。

他輕輕吹掉蘆葦桿，伸了個懶腰，眼神清淡望向不遠處戰事膠著的木甲、火甲。既然今日有吳家劍塚與王明寅挑大梁，趙楷就不去搶風頭了，反正他與四甲只要露個面，就是一種最實在的牽制與威脅，堂而皇之坐在最醒目的牌坊上，做誘餌也無妨。

◆

呂錢塘抱著必死之心進入蘆葦蕩。他們四人對四甲，分明是毫無勝算，世子殿下的意思，不難得知，能拖住多久是多久。蘆葦蕩外李淳罡對陣劍道後輩吳六鼎，有八分把握，大戟寧峨眉與一百輕騎冉加上那名深不可測的女婢青鳥，勝負至少五五對開，只要兩處臨近世子的戰場取勝，就是大局已定，蘆葦蕩中四人戰死拚沒了又如何？這種情況，早在聽潮亭親眼看到北涼王時就有心理準備。王侯將相、門閥世族裡出來的公子，有幾個不是性情涼薄的梟子？即便沒有他們父輩的雄才大略，可心性脾氣卻都學得十有八九了。

九斗米老道魏叔陽並未直接參戰，只是氣定神閒地袖手旁觀，苦力活還得由呂、楊、舒三人來做。沒辦法，瞎子都看得出這老道人在世子心中分量比他們三個加起來還要重，所幸牌坊下一具符將紅甲在護衛坐於牌坊上的姿態浪蕩的年輕人，眼前只有兩具彙聚佛道神通的傀儡，至於土甲想必是隱匿於地下尋求關鍵時刻的致命一擊。

呂錢塘當仁不讓率先仗劍前行，單獨對上一具紅甲，體態豐腴的舒羞與雙手雪白的楊青風聯手對付另外一具。大概是呂錢塘心知此戰生還機會不大，非但沒有敗壞氣機，反而鬥志勃勃。

廣陵觀潮悟出來的劍意本就隸屬於老劍神那一脈，李淳罡江上一劍劈江兩百丈讓呂錢塘收穫頗豐，一劍出手再無任何掛礙，手中赤霞大劍一往無前，不管身前紅甲如何皮糙肉厚，呂錢塘只管以手中劍疏泄四十年種種坎坷不平，紅甲每次與大劍碰撞都會擦出一大串火花。

舒羞雙掌擊在一具符將紅甲胸口，驟然發力，只是讓其輕輕一晃。身形矯健如鬼魅的楊青風彈腿掃中甲人頭顱，對方卻紋絲不動，伸臂要去捏斷楊青風的小腿，後者卻憑藉一彈之勢早早後撤。舒羞趁機對著紅甲一頓連拍，一次比一次勢大力沉，這等凌厲攻勢與她身段模樣實在不太相符，次次聲響沉悶，終於讓紅甲後退，在地面上劃出一道痕跡。

這位叛逃出南疆巫宗的嬌媚女子心中憤懣，嬌斥道：「姓楊的，你好意思讓一個女人擋在前面，昨天晚上力氣都丟在哪個娘們兒的肚皮上了？」

楊青風落葉般墜地後，只一瞬便又如豹子般弓腰再衝，踢中紅甲腰部，對舒羞的譏諷謾罵，只是嘴上輕輕說道：「妳老母。」

舒羞聽見後大怒，卻只能發洩在正面紅甲身上，美豔臉龐露出一絲猙獰，一掌貼在紅甲胸膛，另一掌迅速疊在手背上，喝道：「去死！」

砰一聲。

符將紅甲終於向後倒去，轟然砸出一個大窟窿。

正是此時此地，舒羞與楊青風一同身形匆忙後掠，舒羞大聲喊道：「魏老道！」

術士魏叔陽瞇眼一笑，腳下步罡踏鬥，行雲流水，好似踏在了天上罡星斗宿上，一身莊嚴道袍飄蕩開來，最後一手雙指朝天，一手搭臂，掐訣道：「不踩天罡兵不動。起！」

魏叔陽一腳踏下，倒地剛起的紅甲身邊一圈便有三十六柄桃木劍破土而出，懸空而定。

這自然不是千里飛劍取頭顱的劍仙本事，而是一門道家奇術，道門既然以斬妖除魔為己任，自有其玄妙神通。只見那三十六劍隨著九斗米老道士手指一翻，跟著劍尖齊齊朝下，斜指地面上的符將紅甲，精研術法半輩子的老道人默念咒語，劍陣疾速下墜！

說來奇怪，當初小道上那具水甲除了被李淳罡水珠指玄和以傘化龍捲破去，便是馬撞與呂錢塘大劍都傷不到絲毫，此時竟然被桃樹製成的木劍一劍接一劍洞穿甲冑，足足三十六劍，將這一具符將紅甲紮成一隻刺蝟。

魏叔陽手段不止於此，通過世子殿下描繪水甲上的符籙雲紋，推測出這些符將紅甲的氣機如何運轉，老道士再屈指，驅使兩柄插在腰部的桃木劍深入甲冑幾寸，沉聲道：「楊青風，持這兩劍，卸甲！」

楊青風退而復還，雙手抓住兩把桃木劍重重一劃，直接將這具紅甲給攔腰斬斷！不死凶魁一般的符將紅甲終於沒了動靜。

魏叔陽如釋重負，看到天波開鏡牌坊上的陌生公子哥仍然沒有任何反應，略作思量，震驚道：「不好！楊青風，速去通知殿下小心土甲！」

牌坊上的趙楷皺了皺眉頭，自言自語道：「察覺到了？」他低頭笑道：「小金啊，沒料到小木還沒發揮作用就被那術士給折騰沒了，去，給小木報仇。」

◆

在北涼為將，不敢陷陣衝鋒，根本就是個笑話，從北涼王徐驍到小人屠陳芝豹，再到一杆銀槍無敵手的白熊袁左宗，誰不是身先士卒的勇夫？面對勇悍無匹的王明寅，寧峨眉拖戟前衝。

在他命令下，身後弓弩射殺不可停，無須理會是否會誤傷到他。寧峨眉就是要耗死這名天下頂尖武夫，朝那大踏步而來的王明寅策馬而去。寧峨眉的卜字鐵戟精準刺向這漢子的胸口，北涼邊境，不知有多少北莽敵人被他這一戟給挑刺到空中。

王明寅腳步稍稍停頓，探出一臂，一拳砸在鐵戟上，大戟震顫，寧峨眉並未脫手，只是戟尖卻只得向下刺去；王明寅騰空而起，一腳將寧峨眉踹下馬！

寧峨眉不愧是一名虎將，胸口鐵甲被王明寅踢出一個巨大印痕，只是他從馬上落地後沒有倒地，而是用沉重長戟拖地，卸去那名武夫帶來的力道；立定時，寧峨眉嘴角分明已經滲出血絲。

王明寅似乎沒有料到這名北涼武將能夠立而不倒，眼中略有異色，沒有急於進攻，不去管那些弓弩勁射，箭矢一旦近身，只是輕鬆伸手撥去。這開山弩的利箭對他而言，彷彿是那不痛不癢的輕柔飄絮，一拂則散。

寧峨眉見王明寅靜止不動，將大戟猛然插入地面，雙手摘下頭盔，丟下擺滿短戟的行囊，繼而悍然脫下身上甲冑。

王明寅一直面無表情，等到那名勇將重新拔出大戟，這才踏步前行。

一夫當關獨自面對這天下第十一的寧峨眉同樣默然衝刺起來。

的確，殺人便殺人，哪來那麼多聽著好似要掏心窩的廢話。痛快一戰便是，需要相互言語吹捧或者詆毀嗎？

寧峨眉馬下大戟依然聲勢驚人，剁刺鉤啄，圓轉如意，近百斤的大戟在他手中揮得陰陽相濟。王明寅始終板著那張貧苦莊稼漢子的生硬臉龐，面對大戟一記凶狠掛擄，抬臂格擋。寧峨眉可以見到堅硬戟身竟然被擠壓出一道弧線，壓到極限時，大戟以更快速度反彈。寧峨眉借勢身體一轉，雙腳在地上擰出一個圓形坑窪，大戟更是在空中劈出一個大圓，傳出一陣刺耳風聲，卜字鐵戟再度磕向王明寅。

始終單手化解的後者左手掌心黏住大戟，右手繞過，雙手掌心相向握住，電光石火間猛然發力，卜字戟頭被王明寅轉了半圈。寧峨眉因為不肯讓大戟脫手，即便掌心炸出鮮血，哪怕身形魁梧，亦被帶出一個大弧圈，腳底鞋子破爛不堪，身畔塵土飛揚。

先前說出要借世子頭顱一用的王明寅終於第二次出聲：「借戟一用。」

只見寧峨眉的大戟頓時離手，握戟的那隻粗壯手臂無力下垂，鮮血滴滴落下。

王明寅得了大戟卻不用，一擲而出，將遠處一名持弩的北涼騎卒整個人從馬背上釘入地面。戟尖朝上，屍體在下，戟身微微顫抖。

寧峨眉根本就不去看那可以預料的慘況，左手抽出北涼刀。

王明寅問道：「不退？」

寧峨眉嘴唇微動，聽不到聲音。

他手中雪亮涼刀，沒有任何歸鞘的跡象。

王明寅輕輕嘆息，朝這名不愧北涼鐵騎名聲的將軍走去，起了必殺之心。雖說如此一來會耽誤去取北涼王世子項上頭顱的時間，可這些北涼軍卒，擺明了要不死不休。

馬車前，裴南葦被眼前景象震駭得無以復加。

先是身分不明的殺手要鑽出地面行刺徐鳳年，再是這挎刀作裝飾的世子殿下一刺而下，裴南葦再不識貨，也感受得到那一刀絕非花哨架子。如果只是這般，裴南葦更願意轉頭去看官道盡頭兩位劍士的對決，或者去看那莊稼漢子如何勢如破竹穿過北涼鐵騎擺出的陣勢，但是地面下的刺客好像精通奇門遁甲，並非一直隱匿於這地下，而是可以在下面遊走，被徐鳳年一刀刺中後，馬上便在附近再度破土而出。

徐鳳年繡冬刀當下便橫掃而去，直接砍在那符將紅甲腰部，激起火星無數。

一氣上黃庭。

徐鳳年眉心淡紫印記越發明顯。

徐鳳年一擊命中，單手繡冬眨眼變成雙手握刀，不退反進，與那符將紅甲中的土甲不離五步，殺人何必十步行？

雙手繡冬掠出一道璀璨光芒，由紅甲頭顱下劃至腰，又是一長串刺眼火花！

這一刀，是武當山上劈瀑布劈出來的。

土甲一拳砸下，徐鳳年卻已圓滑收刀，軌跡漂亮至極，出力剛猛卻蓄力有餘。

蓄力是為下一刀，徐鳳年為何在山上揀選祕笈的時候挑了練行劍術而非站劍術？便是鍾情於與走劍異曲同工的滾刀那種殺伐冷冽的酣暢淋漓。

徐鳳年握住繡冬，毫不凝滯，以驚虹貫日之勢直刺而去，這分明是紫禁山莊《殺鯨劍》中最決絕霸道的刺鯨！殺鯨劍由刀來使出，一樣氣勢雄壯，繡冬刀尖刺在符將紅甲胸口上，徐鳳年彷彿絲毫沒有感覺到手心的肌膚綻裂，鮮血布滿刀柄，一刺而去，絕不迴旋！

土甲沉重雙腳向後倒滑而去，一滑再滑！

刺鯨一刀功成。

雙手再變單手。

春雷炸出刀鞘！

徐鳳年左手緊握春雷，一出刀便是毫不留情的《綠水亭甲子習劍錄》最精妙劍式——疊雷！

一瞬疊起六聲雷。

全部轟砸於土甲腰間。

疊雷過後，再是刺鯨過後的繡冬使出《千劍草綱》中的劍術絕學，春雷同樣沒有停頓，遞出了上一代吳家劍塚劍侍趙玉台的一招「覆甲」。

土甲踉蹌而退。

接下來徐鳳年共計一十六刀，一氣呵成。

每一刀皆是先輩心血精華所在！

當徐鳳年終於後撤時，雖說符將紅甲並不完全是落敗跡象，卻再毫無氣焰可言。

裴南葦看到手持長短雙刀瀟灑而立的北涼王世子，只能看到他的側臉。

在獰笑。

◆

當符將紅甲即將破土暗殺世子殿下的那一刻，吳六鼎明顯感受到李淳罡有所分神，給予的壓力雖說並未減弱，盤繞利劍的青蛇劍罡依然長達一丈，但他知道這就是最佳的接劍時機。與吳六鼎心有靈犀的劍侍毫不猶豫便讓名劍素王出鞘，吳六鼎雙袖一捲，將身後被連根拔起的兩撥蘆葦化作數十劍，去擋下老劍神的渾厚青蛇劍氣，試圖後退接住素王劍。

豈料李淳罡冷然一笑，一身破爛羊皮裘一縮一鼓，沛然氣機驀地散開，將那些鋒利遠勝尋常兵器的蘆葦劍雨一氣彈開，手中三尺劍連同劍氣本已長如槍矛，這一瞬更是銀河倒瀉般鋪天蓋地朝吳六鼎洶湧漫去，而素王劍離吳六鼎卻尚有一段距離。

李淳罡身經百戰，且不說劍術與劍罡何等爐火純青，臨敵時每一次停轉早就天衣無縫，這一看似理所當然的失神，其實是故意賣一個破綻給這吳家後生而已。吳六鼎所承家學不可謂不響噹噹天字號獨此一家，可劍塚練枯劍，塚外名動天下，塚內只是吳家劍奴的老劍士餵劍招式再多，終歸不如真正對陣時那樣沒有絲毫套路可言。

面臨劍主身陷危境，送出素王的女劍侍果真如外界傳言般無動於衷，冷清眸子望向袖有青蛇膽氣粗的老劍神。酣戰至此，李淳罡劍氣已算駭人，可她確信離那兩袖青蛇還有一段距離，顯然劍主手中無劍，根本沒辦法迫使這位讓劍塚低頭整整三十年的老前輩使出成名絕技。

這一代劍冠才出江湖就要凋零？吳六鼎衣袖無風而響，不知是體內氣機運轉所致，還是那冰冷刺骨的劍罡壓制，他神情平靜，雙指掐劍訣，輕聲道：「開匣。」

我以靜氣馭劍上崑崙。

直飛吳六鼎後背的素王劍彷彿被一物牽引，繞出一個彎月弧線，速度不減反而愈飛愈快，最後甚至已經完全快到肉眼不得見，顯然與術士魏叔陽布下的天罡劍陣不同，這才是仙人飛劍取頭顱！雖然這只是個雛形，但足以證明吳家劍塚英才輩出，哪怕吳家兩百年前九騎九劍入北莽，殺敗一萬精銳鐵騎，只有三人活著歸來，但仍是那個「天下劍意有一石，我獨占八斗」的吳家！只可惜這一百年中接連出了李淳罡與鄧太阿，吳家才不復昔年風采。

當吳六鼎終於握住那柄素王，附近蘆葦蕩一同往後倒去，層層推進，匪夷所思。

李淳罡瞇了瞇眼，笑道：「有點意思。小子，憑你今日勉強馭劍幾丈的道行，還不配老夫掏出家底。不過既然素王劍都出世了，老夫不介意讓你開開眼界，省得你到時候被鄧太阿桃花枝抽得找不到北。」

吳六鼎心如止水，握劍抬臂，一夫當關，做劍塚起劍式。

劍侍翠花閉上眼睛，不去看，能獲知更多有益的東西。她十歲時傷了眼睛，那段時間一直是閉目練劍，這之後就習慣了在枯塚練盲劍。十歲以後第一次握劍時睜眼，便是出塚前那一戰，故而一劍登頂。

她喃喃道：「終於要來了嗎？可閉關這麼多年，李淳罡就真的只有兩袖青蛇？」

不知為何，這般劍士生死懸一線的緊要關頭，女子劍侍再度睜眼，不看各自蓄勢的吳六鼎與老劍神，而是略顯驚訝望向那邊雙手刀一氣揮出十九招的世子殿下。

其招式極妙，姿勢極好，氣勢極足，若是連綿十九招能再承轉「如意」一些，就當得「靈犀」二字的評語。當年自己練劍，十二歲被吳家老祖宗評作「如意」，十八歲才是「靈犀」，出塚前老祖宗沒有說什麼，因為她取來了素王劍。不知那世子殿下練刀多少時日了，五年？十年？或是自幼練刀？

她突然歪了歪視線，不是看那具名不副實的符將紅甲，而是看向一名強行闖入戰場的年輕女子。那人青絲青衣青繡鞋，卻握有一杆猩紅長槍，她猜這個清清秀秀的女子名字裡會不會帶一個「青」字？

當劍侍看到那女子一槍把符將紅甲摔到路邊，再一槍穿入甲冑挑到空中，繼而抽槍將尚未墜地的紅甲刺出無數窟窿，等紅甲總算墜地，其又一槍劈下，硬生生將龐大紅甲徹底轟陷入地下後，她越發訝異，緩緩說道：「了不得的槍法。聽說槍術分七品，角力、伸長、精熟、守正、出奇、微幽、神化，近百年來唯有槍仙王繡到了神化境界，可這女子該有微幽了吧。這槍，會是剎那嗎？她出槍真的很快啊，與我二十歲時的出劍差不多。可她這般不顧性命逆行氣機，損壞血脈，與自殺何異？」

若有人聽見她自言自語，聯繫世子殿下與青鳥的各自出手，大概都會覺得這娘們兒太自負了。可作為一名有資格拿到素王的劍侍，是自負是自信還真不好說。

「走！」

原本正要見識見識李淳罡缺了一臂後兩袖青蛇是否依舊無敵的吳六鼎冷不丁收劍，腳尖一點，一掠百步，拉起劍侍翠花就往蘆葦蕩中跑路。

劍侍後退時腳步飄逸，好似蜻蜓點水，她只是皺眉，沒有說話。

手持素王的吳六鼎苦澀道：「突然想起，那個第十一知道我鬥不過李老前輩的兩袖青蛇，既然符將紅甲沒能得逞，如此一來，他若不加緊殺掉北涼王世子，可能就再無法成功，而他一旦不顧那群北涼鐵騎，老前輩為了救人，肯定要對我痛下殺手，到時候指不定就不會只有兩袖青蛇了，這劍沒法比，我還得再回去與妳練練劍。今日一戰，咱們不吃虧。」

劍侍翠花對這位劍冠臨陣脫逃的懦夫行徑似乎並無反感，聽了吳六鼎的粗略解釋後輕輕

「哦」了一聲。

不出吳六鼎所料，當天下第十一的王明寅同時見到符將紅甲被女婢青鳥摧破，以及李淳罡準備解決掉那名才華橫溢的吳家劍冠後，硬扛寧峨眉一刀輕傷，直奔世子殿下，看那架勢，還有再扛下剎那槍也要殺死徐鳳年的決絕。

李淳罡身形一轉，棄吳六鼎不顧，手上一條劍罡如百丈青蛇，當空而去！

天地間黯然失色。

隨著青蛇翻滾撲殺向王明寅，整條寬闊官道裂出一道巨縫。

吳六鼎嘿嘿道：「瞧見沒，這一劍真是嚇人。王明寅若是不急著殺北涼王世子的話，那還好，不難擋下這條青蛇，若不計後果，就難說了。」

劍侍「嗯」了一聲。

「對了，翠花，老前輩的劍罡妳學會了沒？」

「會了。」

「唉，今天可惜了。沒事，下次再戰，妳再把兩袖青蛇偷學來。」

「好。」

她與劍主吳六鼎說話，大概就是這麼個腔調。

「翠花，想啥呢，心不在焉的。」

「在想那人會不會喜歡吃酸菜。」

吳六鼎納悶問道：「誰？李淳罡李老前輩？」

劍侍沒有說話。

「他娘的不會是那世子殿下吧？」

她還是不作聲。

吳六鼎語重心長道：「翠花啊，人家是世子殿下哩，咋會吃妳的酸菜。別想了，有我吃就好了。」

重新背上素王劍的翠花平淡道：「可你每次吃完都說酸掉牙。」

吳六鼎愣了愣，很實誠地嘆氣說道：「真的很酸啊。」

她輕聲問道：「我會做酸菜和他會不會吃酸菜，有什麼關係？」

吳六鼎訝異道：「妳沒打算做酸菜給他吃？」

她搖了搖頭。

吳六鼎停下腳步，先捧腹大笑，還不過癮，再仰天大笑。

這對被劍塚譽作三百年來最天資卓絕的劍冠、劍侍，為何在一起的時候總說些與高手風範風馬牛不相及的話題？

◆

王明寅確實硬扛了一記滾滾青蛇。

腰間金黃軟劍已經被他取下，灌注一股真氣，斬去大半青蛇劍氣。身形搖晃時，被猩紅剎那槍揮中胸膛，王明寅的體魄再金剛不敗，也無法安然無恙。

不去看剎那槍主人那張已是七竅都滲出鮮血的臉龐，被一槍拍回十幾步的王明寅怒喝一聲，軟劍激射而出，羽箭一般刺向那名世子殿下，同時身形卻掠至那名礙事的持剎那槍女子身前，一記肩靠撞山而去，以己命去換主人命的年輕女子連人帶槍被撞到路邊槐樹上。

王明寅再度踏步前行，速度之快，快到能夠離世子殿下十步的時候才握住那柄軟劍。

第二條青蛇再至。

王明寅雙腳深陷於地面，軟劍抬到肩部高度，以長槍姿態去破這條劍氣彙聚而成的猙獰青蛇。

他只要扛下這袖青蛇，不管如何重傷，都有把握摘下那徐家小子的頭顱！

事實上，王明寅的確扛下了。

威力舉世罕見的青蛇劍氣在這名貌不驚人的漢子面前砰然爆綻開來。

百丈青蛇被這個這些年確實在背對老天、面朝黃土的莊稼漢子給摧碎，官道百丈路段被青色劍氣彌漫籠罩，兩排被殃及的槐樹更是斷折成無數截。

這個武力恐怖的男人，不是像農夫，可他確實就是農夫。世人都笑他「第十一」這個稱號，說他是天底下最應該去記恨王仙芝的高手，因為武帝城城主非要自稱天下第二，好好的第十號高手硬就被排到了第十一，而王明寅連續上榜又兩屆武評連續穩居第十一的位置。其實王明寅根本不在乎這些，他只在乎那山清水秀地方的一畝三分地，那裡有個溫婉女子在等他回去，地裡的莊稼總需要個男人去打理。她遇見他以來便從沒有見過什麼軟劍，更不知道什麼天下第十一，只知道他是個不善言辭的木訥好男人，可以託付終身，家裡窮些沒關係。

終於擋下了。

接下來便只有那一顆頭顱了。

青鳥頹然躺在路邊，掙扎著想要起身去拿起遠處的剎那槍，吐出一口烏黑血液，仍是站不起來。她恨那個殺了娘的父親，所以她恨這杆一直庫存在聽潮亭裡的名槍。原本這杆剎那，只是用來去殺那個明明槍術第一卻不再用槍的男人，但出北涼前，大柱國說可能會用得上，將剎那送到了她面前，她毫不猶豫接下了，今天，她又毫不猶豫取出來。她精於暗殺，所以正面對敵，一直不是她的強項，可身為死士，天干死士中的丙，她選擇毫不猶豫去赴死。

與青鳥一樣，道路上所有人都已來不及去救世子殿下。

哪怕李淳罡已經凌空一掠而來。

王明寅正要出手，卻不得動彈了。

他緩慢低頭，看到一隻由後背而來洞穿整個胸膛的手臂。

那是一隻白皙的手臂，並不粗壯。

這是陰險到驚世駭俗的一記手刀。

相信當今世上再沒有比這更能引發整個江湖轟動的刺殺了。

面無表情卻一身汗水的徐鳳年持刀而立，看到王明寅身後探出一顆腦袋。

這名註定要名動天下的刺客長得一點都不凶神惡煞，臉龐稚嫩秀氣，還是個少女。

她笑了笑。

呵呵。

那少女呵呵一笑後，老劍神已是一掠而來，她抽出穿透王明寅身體的手刀，嬌小消瘦的身影後躍，雙腳黏在一棵半截老槐上，再一點，如流星一般消逝不見。她輕輕來、輕輕走，即使是李淳罡這樣飽經滄桑的老傢伙都瞪大眼睛。

倒不是說那妮子武力勝過了天下第十一的王明寅——後者硬扛兩袖百丈青蛇，中間還被剎那槍砸中胸口，加上所有注意力都投在徐鳳年身上，這才有了被一擊得手的可能——而是那名少女將天時地利人和一切都拿捏得精準無比，最終一記手刀，成功擊斃王明寅，讓其死不瞑目。等到李淳罡趕到，再毫不留戀地退走，頗有彗星襲月、飛鷹擊殿的超一流刺客氣度。

徐鳳年顧不上這些，默默來到臉白如雪的青鳥身邊，坐在地上，將她抱入懷中，伸手抹去她嘴角觸目驚心的黑血。李淳罡拋掉手中劍，劍在空中畫出一個優美的半圓軌跡後，恰巧插入馬車前插於地面的劍鞘中。老頭兒緊了緊羊皮裘，逛蕩到世子殿下面前。

這位北涼最大的公子哥，面對破土而出的符將紅甲能夠臨危不亂，一氣呵成十九招，後來又得面對志在自己那顆頭顱的王明寅，依舊不曾退縮半步，可這時，竟然茫然失措，只是癡癡看著懷中氣息如薄紙的婢女。

老劍神悄悄嘆氣，蹲下身，雙指捏住青衣女婢的手臂，皺眉問道：「那殺了王明寅的女娃娃，是你家死士？」

徐鳳年的回答牛頭不對馬嘴：「能救嗎？」

李淳罡神情凝重，一指敲在青鳥眉心上，讓她昏昏睡去。老劍神緩緩說道：「這得看命。老夫先閉住她逆行的氣血，只是在黃泉路上拉住了她，至於她能否走回陽間，天曉得。便是那槍仙王繡在氣血最盛時的四十歲，也不敢如此使用剎那槍裡的霸王卸甲，這小妞兒當真是為了你不惜性命。你先將她抱回車廂，老夫看能否灌注劍罡為其續命。這一炷香時間，別讓人打擾，否則齊玄幀再世都救不了她。」

徐鳳年慘然一笑。

衣裳碎爛幾乎遮不住身軀的舒羞倉皇而至，她似乎在蘆葦蕩中殺紅了眼，跪地顫聲道：「殿下，魏真人劍陣破去了木甲，可呂錢塘被火甲裡的屍體爆炸震碎了五臟六腑，要死了。」

徐鳳年只是清淡「哦」了一聲，抱起青鳥走向馬車。

舒羞面容淒涼，一臉兔死狐悲的表情。三名被大柱國欽點護駕的扈從中，呂錢塘無疑最被世子殿下器重，此時即將人死如燈滅，竟沒有任何撫慰言語。舒羞自認已經相當刻薄，可較之這位將來有望世襲罔替新北涼王的年輕男子，正應了南疆那個小巫見大巫的說法，一時間她幾乎有趁機逃離的念頭，只是想到大柱國的鐵血手腕，舒羞淒然一笑。

逃？天大地大，能逃出人屠的五指山？生於帝王家算什麼不幸，給王侯家做命賤不如狗的奴僕才可憐。舒羞一直與呂錢塘這名東越劍士爭名頭、爭地位，希冀著如何在三人中脫穎而出，而呂錢塘獨獨被世子殿下青眼相加，舒羞這會兒有些心如死灰，默默返回蘆葦蕩，去看呂錢塘最後一眼。

姜泥與魚幼薇騰出車廂，老劍神提劍而上，以劍罡救人。他見徐鳳年呆呆坐在一旁，惱火道：「在這裡瞎瞪眼作甚，出去。堂堂世子殿下，大戰帷幕才落，就躲在這裡，成何體統。」

徐鳳年下車後，環視一周，官道早已是溝壑縱橫，破敗不堪。一場死戰，大戟寧峨眉與鳳字營校尉袁猛都身受重傷，輕騎死八人，傷十六人。老道魏叔陽從蘆葦蕩中走出，看到徐鳳年安然無恙，如釋重負。

徐鳳年臨近戰場，拔出那根將一名輕騎釘死在地上的卜字鐵戟，脫下外衫蓋在那死卒身上，將大戟還給寧峨眉，輕聲道：「寧將軍，你與袁校尉負責清理戰場，我先去一趟蘆葦蕩。」

一臂被王明寅震斷的寧峨眉重重點頭，瞥了眼被世子殿下用衣衫蓋住胸膛的袍澤，眼神柔和了幾分。

徐鳳年與魏叔陽一同走入蘆葦蕩。呂錢塘一身是血，坐在臨水的岸邊，容顏淒麗的舒羞在一旁怔怔出神，楊青風站在不遠處，伸手折斷一根根隨風而搖盪的蘆葦。

徐鳳年拎了一壺酒，坐在將赤霞劍橫放在雙膝上的呂錢塘對面，默不作聲。

這位劍士久在北涼王府做鷹犬，當年行走江湖時的豪邁氣度都被磨平了，反而臨死生出了一股豪氣，不再對世子殿下低眉順眼，咳嗽出血後大笑道：「殿下，敢問這酒是送行酒嗎？」

徐鳳年抬起酒壺，問道：「能喝？」

已經是迴光返照的呂錢塘氣血恢復了幾分，粗壯雙臂軟綿綿搭在劍身上，自嘲笑道：「不能喝也要喝，否則豈不是白死了？可惜我雙手已廢，怕是握不住酒壺，勞煩殿下一番。」

徐鳳年伸手為呂錢塘倒酒入嘴，修道一生可謂無牽無掛的魏叔陽見到此情此景，也是喟嘆一聲，尤其是那以嬉戲人生為樂的舒羞，不管再如何沒心沒肺，還是眼眶濕潤，坐遠了幾分，背過身子。

徐鳳年收手，握住酒壺，輕聲問道：「有什麼遺願嗎？」

呂錢塘灑脫笑道：「沒有了，我一介武夫，早就是國破家亡，只剩下手中一柄劍而已。真要說的話，倒是希望殿下能夠將呂錢塘骨灰撒到廣陵江中。觀潮練劍十年，每年八月十五，那一線潮，風景極好，殿下若是去了廣陵，是該去觀此景才不枉此生。」
徐鳳年笑道：「好。」
呂錢塘吐出一口血水，突然笑罵道：「狗日的世子殿下！」
徐鳳年一笑置之。
呂錢塘大笑出了大攤血跡，斷斷續續道：「這話老子早就想說了，憑什麼你一個毛頭小子要讓我賣命，不就仗著有個人屠父親嗎，有甚了不得的！有本事你自個兒打天下去，那才能讓老子心服口服！」
舒羞愕然轉身，生怕世子殿下一怒之下做出什麼過激勾當，不過看上去徐鳳年似乎並不介意，只是再次性子溫良地倒酒給口無遮攔的呂錢塘，後者連酒帶血一同咽下，眺望遠方，約莫是精氣神殆盡，輕聲道：「這一路行來，於雨中小道觀老劍神兩劍，馬踏青羊宮，江上再觀劍仙斷江一劍，死得也不算太冤枉。今日蘆葦蕩一戰，呂錢塘以手中劍破火甲，死前還得世子殿下親自倒酒兩口，足矣。」
呂錢塘低頭望著巨劍，閉眼喃喃道：「只是這赤霞劍，還沒摸夠啊。」
面容祥和的呂錢塘此時氣機已絕。
徐鳳年將酒壺放在赤霞劍上，起身後平靜道：「楊青風，呂錢塘火化後骨灰放入罈中。」
楊青風停止折斷蘆葦稈子的小動作，低頭恭敬道：「諾！」
不知為何，靖安王妃裴南葦並未逗留在官道上，而是小跑跟著徐鳳年來到了蘆葦蕩中，她親眼看到這一幕，緊咬著嘴唇，神情複雜。
徐鳳年與魏叔陽折返時，正要開口詢問一些細節，體內氣機一凝，剛要抽出繡冬刀，就被一擊戳中胸口，整個人如斷線風箏一般遙遙墜入水中，魏叔陽根本來不及出手攔截那一刺。

裴南葦只覺得莫名其妙，說不上是慶幸還是失落，並非草包一個的北涼王世子就這樣死了？她看到了那名刺客容貌，正是手刃了視一百驍騎於無物的莊稼漢子的女子，相貌清秀如鄰家少女的她，一擊得手後，並未退去，而是站在原地皺了皺鼻子，似乎很不滿意的樣子。

舒羞和楊青風阻敵，魏叔陽救人，忙作一團。

裴王妃回過神後思量著這人不可貌相的少女難道不是北涼死士，而是來刺殺世子殿下的，那她為何要殺死那勇悍無比的莊稼漢子？

漣漪未平，漣漪再起，墜入水中的徐鳳年手持雙刀而出，讓魏叔陽懸著的心放下一半。按常理而言，刺客這一刺凶悍恐怖，恐怕連他都擋不下，更別說殿下了。

徐鳳年緊閉牙關，卻擋不住鮮血湧出。他直視這位出手詭譎的刺客，開口沉聲問道：「既然要殺我，官道上為何擋下王明寅？」

少女笑著「呵」了一聲，身影鬼魅前衝，竟然接連與舒羞、楊青風、魏叔陽三人堪堪擦肩而過，兩根手指分別點中徐鳳年手中繡冬、春雷，然後一腳踩在他胸口上，將世子殿下再度轟入水中，魏叔陽等人清晰可見被一腳踏胸的世子殿下噴出一口濃郁血水。

魏叔陽剛要有所動作，蘆葦蕩中突然躥出一頭黑白相間的古怪大貓，舒羞雙掌拍在其腦袋上，非但沒有擋住其洶洶來勢，反而被牠一巴掌甩飛出去，楊青風更被牠一掌擊中。他們幾人與符將紅甲拚死一戰，差不多都是強弩之末，但這般被一頭畜生輕鬆擊退，實在是出人意料。

擔憂世子殿下生死的魏叔陽怒喝一聲：「孽畜！」

少女面無表情呵呵一笑，與寵物一前一後夾擊九斗米老道，她一記手刀砍中魏叔陽脖子，直接將老道士拍入泥地，然後她不理睬勉強保持站立的舒羞與楊青風，只是望向圈圈漣漪的水面。

徐鳳年第三次從水中而出。

帶著一頭寵物大貓的刺客少女總算開口說話：「第一刺，因為你有麒麟絲甲護體，得以不死。可我一腳踏在被我撕開寶甲處的胸口，你應該死了的。」

面無血色的徐鳳年眉心紅印由淡紫入深紫，瞇眼不作聲。

少女「呀」了一聲，恍然說道：「看來真被你得了王重樓的大黃庭，沒事，就不信你能真不死，你離六重樓境界還差得遠。」

徐鳳年咬牙問道：「呵呵姑娘，我跟妳有仇？」

「沒仇。不過有人出一千兩黃金要買你的命，我做買賣一向很講規矩，既然收了錢，就得親手拿命。再說了，若你被那王明寅殺了，我還得還五百兩黃金回去。」

她既然能神不知、鬼不覺地出現在王明寅這種絕世高手身後，自然能夠在說話間就一掌拍在世子殿下太陽穴上，可憐徐鳳年頭顱一震，側飛出去，滾倒了一大片蘆葦。

徐鳳年已經七竅流血，卻還是以刀拄地，站起了身。

「呵，你這命果然值一千兩黃金。我做生意，向來是先拿一半定金，出手不出手得看我心情。心情好，拿到手另外一半定金就開始殺人；心情不好，就殺了付我定金的人。所以我出道這些年，做成的生意沒有幾筆，襄樊城裡那位，膽子不小。我心情好，就答應他殺了你後，再去殺一個叫裴南葦的女人，是不是她？」

她不管說什麼，總是板著一張清秀的臉。話一說完，徐鳳年已經再次被她擊倒，她談不上使用任何招式，從不拖泥帶水，從來都是一招便見效。

靖安王妃臉色淒然。

少女緩緩前行，走向單膝跪地的世子殿下，輕聲道：「徐鳳年，你是在等北涼王府的暗中死士嗎？告訴你呀，沒了。」

徐鳳年用手背擦了擦嘴角血跡，冷然笑道：「沒在等。靠誰都不如靠己。」

站起身後，徐鳳年右手正握繡冬刀。

左手反手撩起春雷，姿勢古怪絕倫。

少女頭一回露出凝重表情。

劍一。

一劍走龍蛇。

劍二。

雙劍交相呼應。

劍三。

劍上劍氣重三斤。

直至劍八。

劍九一劍六千里。

世間還有誰比徐鳳年更精研劍九老黃的九劍？

尤其是那劍九！

他身臨必死境地，以雙刀入劍，蘆葦蕩中竟是劍意凜然。

尤其是那最後有洶湧大黃庭支撐的劍九，更是讓雙刀隱隱生出一股明黃劍氣。

少女擋下只有七八分形似卻唯有四五分神似的劍一至劍八，並不吃力，唯獨那劍九，形似才二三，神似卻八九，終於身形消弭而退。

老劍神李淳罡急急踏著蘆葦而來。

看到最後一劍，他立於蘆葦叢頂，飄飄欲仙，嘖嘖讚道：「一劍成就大道，任你萬般技巧，皆是土雞瓦狗。」

第八章　刺殺局塵埃落定　徐鳳年禍中得福

徐鳳年怔怔站在水畔，依然保持正提繡冬、反握春雷的古怪姿勢。

老劍神並未出聲，確認那名少女殺手遠退後才從蘆葦叢尖上飄落下來。

武道修行，大多數人都是循序漸進，厚積薄發，甚至逆水行舟、不進則退。就如李淳罡自身，便是例子，劍道登峰以後遭遇一系列波折，心思不定，非但未跨過那道門檻，反而跌入凡塵，與陸地神仙境界愈行愈遠。但有些天才，卻能在莫大機緣下越境而漲，百年來前有齊玄幀，後有一步天象的武當新掌教和爛陀山女法王，這幾朵奇葩大多是求一個虛無縹緲的無上天道，抓住便成龍，抓不住一輩子都寂寂無名，不可以常理揣度。稍次的天才則如吳六鼎之流，以戰養戰，孕育境界。

眼前這位世子殿下，大體與吳家劍冠相似，屬於破而後立。只是瞬間晉升的境界如暗室點燭，剎那光亮，稍縱即逝，不能長明，至於事後能領悟幾分玄意，還得看造化與天賦，連驚才絕豔如李淳罡都逃不脫這個窠臼。偶爾迸出神仙一劍又如何，便是陸地神仙了？早呢！在老劍神看來，除去那個被倒楣刺殺的王明寅，剩餘當世九大在榜的頂尖高手，恐怕只有王仙芝入了陸地神仙境界，鄧太阿大概與他當年初上龍虎山時的巔峰相差無幾，仍然離那人間仙人差了一毫。看似一毫，說不定就是千里距離，武道一途，實在是沒有盡頭可言。

徐鳳年悠悠吐出一口氣，命懸一線的血戰過後竟沒有絲毫疲憊，大黃庭委實是妙不可言。他轉身去攙扶起魏叔陽，九斗米老道人滿面愧疚，各有負傷的舒羞與楊青風各有分工，舒羞緊跟其後，楊青風留下來處理呂錢塘的後事。

老劍神腳踏蘆葦率先離去，自在逍遙，看得裴南葦又是一陣目眩神搖，今日波折，幾乎顛覆了這位靖安王妃三十年安穩生活。羊皮裘老頭兒的卓絕劍術，百丈青蛇恢宏無比，鳳字營輕騎面對莊稼漢子不退死戰，兩名將軍更是身先士卒，再是那青衣女婢一杆紅槍出神入化，拚死救主。看似金剛不敗的莊稼漢子被一名古怪少女以手做刀一擊斃命，官道與蘆葦蕩中，行徑荒唐的北涼王世子殿下則兩番悍然出刀，哪裡是外界傳言的草包紈褲？分明殺人退敵熟稔得很。

裴南葦走在徐鳳年身後，輕聲道：「終於知道趙衡為何不擇手段來殺你。」

見魏叔陽實在無法行走，乾脆輕柔背起老道的徐鳳年語調冷漠道：「裴王妃，本世子正在思量如何處置妳，所以勸妳少說話。既然趙衡無所謂妳的生死，我不介意地上多一顆腦袋，反正今天死的人夠多了。趙衡說送侄千里，結果讓王明寅來送行，侄子若是送一顆靖安王妃的頭顱回去，相信靖安王叔會很感動。」

裴南葦當下噤若寒蟬。

徐鳳年突然語氣柔和了幾分，卻不是靖安王妃有這份待遇，而是輕聲詢問一名地位與裴南葦差了十萬八千里的扈從：「舒羞，妳如果想要離去，我不會攔妳，而且徐驍那邊我替妳解釋。」

舒羞似乎完全沒料到涼薄深沉的世子殿下會有這麼一席開誠布公的言語，她愣了片刻，望著那衣袍上沾了許多塵埃與鮮血的背影，柔聲道：「殿下，以後還會有此等九死一生的戰況嗎？」

徐鳳年抬頭看了眼天色，點頭道：「不一定，如果有的話，多半比今日更加凶險。妳若今日不走，我還會毫不猶豫將妳當作可以任意捨棄的棋子。」

舒羞「嗯」了一聲。微風拂面，傳來一陣淡淡的蘆葦清香，愛美的舒羞伸出手指去撫平額頭紛飛而亂的青絲，與世子殿下一起望著天空，笑道：「不走的話，能有好處嗎？殿下也清楚，舒羞就是這般市儈的人。」

出乎意料的徐鳳年停下腳步，轉頭笑道：「早知道妳覬覦本世子身體已久，可這事兒，真不能一口答應呀。」

身負重傷卻神志清醒的魏叔陽伸手撫鬚，笑而不語，被揭穿心底旖旎祕密的舒羞聽到這話，俏臉一紅，然後瞬間就笑出了眼淚。

徐鳳年看著眼前嫵媚風情的女子，微笑道：「舒羞，妳其實很好看，真的。」

舒羞難得有膽量打趣道：「整個北涼都知道世子殿下床下說話，從來都是真的。」

徐鳳年走在綠意盎然的小徑上，時不時伸手撥開凌亂傾斜的蘆葦，「真不走？」

舒羞笑道：「在想。」

徐鳳年猶豫了一下，說道：「走的話，要銀子給銀子，要祕笈給祕笈。不走的話，舒羞，我問妳，想不想做一回王妃？」

舒羞心頭一震，小心問道：「王妃？」

徐鳳年點頭道：「靖安王妃。」

舒羞試探性說道：「王妃這般傾國傾城的姿容，易容假扮仍是很難的。」

徐鳳年「嗯」了一聲，這才剛勾起舒羞一肚子如蘆葦蕩旺盛生長的好奇，便無下文，同時簡直是視靖安王妃裴南葦如無物。

魏叔陽覺得被世子殿下背著不成體統，說道：「殿下，老道可以自己走的。」

徐鳳年哈哈笑道：「無妨無妨，小時候總讓魏爺爺在聽潮亭裡背上背下，這回該輪到我了。」

魏叔陽嘆氣一聲，笑意滄桑。

裴南葦與舒羞各懷心思，安靜地走在一老一小身後。

風起風落，蘆葦飄搖，終於走到了小徑尾端。

坑窪不成樣子的官道上，充斥著一股無言的肅殺氣。徐鳳年先將魏叔陽安置在一輛馬車上，前一輛則躺著生死未卜的青鳥，不過看到李淳罡神情悠哉的樣子，徐鳳年鬆了口氣，吩咐舒羞帶人將幾具符將紅甲的甲冑小心收集起來，最後走到王明寅屍體身邊蹲下。

對於這名天下有數的拔尖武夫，以前只是聽徐驍提及襄樊攻守戰的一筆幾句言語帶過。王明寅雖是襄樊儒將王明陽的親弟弟，但對於春秋國戰卻有著不俗的深刻見解，當年曾力勸王明陽棄城一同隱居，只是那位上陰兵家一心殺身求仁、捨生取義，王明寅只得旁觀至落幕，故而他對徐驍並未有什麼深仇大恨，只是留下一句不許徐家人入襄樊的誓言。

今日按約而至，不承想沒有取走北涼王世子的頭顱，反而被本該是盟友的殺手偷襲一刺，天下第十一，便成空缺，江湖中不知多少武夫開始為此蠢蠢欲動。徐鳳年撿起那柄金黃色軟劍，細細打量，大戟寧峨眉安靜地站在身後，徐鳳年將軟劍放在王明寅身上問道：「寧將軍，右臂如何了？」

寧峨眉單膝跪地，低頭沉聲說道：「不礙事。只是屬下無能，差點耽誤了殿下大事，求殿下責罰！」

徐鳳年起身望向遠處馬蹄濺起的塵煙，搖頭笑道：「責罰不責罰，以後再說，你讓人在蘆葦蕩厚葬了王明寅，好歹是天下第十一的高手，如果擔心鳳字營心裡有疙瘩，你稍後讓舒羞與楊青風來做。」

寧峨眉搖頭道：「鳳字營對殿下唯命是從！」

徐鳳年吹了一聲口哨，坐騎狂奔而來，徐鳳年一躍而上，經過李淳罡與姜泥所在馬車時，拿過了那杆剎那槍。隨後提槍策馬來到幾十輕騎身前，冷聲道：「抽刀！」

那幾十驍騎瞬間齊齊抽刀，與世子殿下一同面對官道上的雷鳴馬蹄，聽聲音，是不下六百數目的青州重甲騎兵。

八十北涼輕騎對上了六百青州重騎。對面依稀可見森寒劍戟、烏黑重甲擁簇下，為首是一位身穿大黃蟒袍的男子，身邊一位雄壯猛將身披厚重大甲，手中一杆銀白梨花槍，配以紅纓，模樣威武。

武將似乎與蟒袍男人說了幾句，單騎縱馬前來，徐鳳年二話不說，提槍前衝，相距百步時，那名青州武將好似感受到來人的殺氣騰騰，壓下輕敵心思，皺眉應對，自恃一槍便可將眼前華服公子哥挑翻馬下。若非靖安王叮囑不可傷人，他都要忍不住替青州軍卒兒郎們好生教訓一頓這名北涼王世子。

相距五十步時，武將見這傢伙來勢更加迅猛，絲毫沒有對話的意圖，一時間生出怒氣，不知好歹的東西！他手腕一抖，持槍對峙而衝，紅纓旋轉，隨即舞出一個漂亮的槍花，讓身後青州騎兵一陣喝彩叫好。

兩騎剎那間碰面。

銀白梨花槍被這皮囊一等俊逸的公子哥單手輕描淡寫撥開，手中猩紅詭異的長槍閃電一刺，瞬間破甲，長槍彎出一個驚豔的弧度，硬生生抵住那壯碩武將的胸口！兩騎側身而過時，那名胸口鐵甲碎裂的武將竟被一槍擊飛，墜落在官道上。白馬紅槍的公子哥提槍再刺，直接將這名武將刺死當場，頭顱盡裂。

緩速的白馬悠閒轉了一圈，再次面朝六百青州精銳騎兵。手提長槍的公子哥輕輕一抖，在地上甩出一串醒目血珠，望向一身蟒袍的陰沉男子，笑道：「靖安王叔，看這排場，是真的要給小侄送行千里嗎？」

那公子哥錦衣華服白馬紅槍，陣前殺人後仍是談笑自若，看得六百青州重騎心顫不已。要知那名被刺於馬下的將軍可是襄樊戰力前三的猛士，卻不料一照面便被一槍斃命，況且他身前馬匹上坐著的是堂堂靖安王，在六大藩王中僅排在燕刺、廣陵兩王之後，這位北涼王世子不管家世如何顯赫，終究是小輩，更不在北涼地盤上，怎麼就敢如此放肆，當面拂逆被襄樊百姓視作神明的靖安王？

一時間這嫡系六百甲群情激憤，只需身穿蟒袍的主子一聲令下就要衝殺碾壓過去，莫說你是北涼王世子，便是北涼王在此又如何，真當天下騎兵都是繡花枕頭不成？北涼號稱三十萬鐵騎甲天下，青州第一個不服！

靖安王身穿一件江牙海水五爪坐龍黃蟒袍，顏色尊貴，比較藍白雙色都要高出一籌，更是位列一等。僅就蟒袍而言，確是比廣陵王都要高出半級品秩，可見皇帝陛下對這個當年一同參與奪嫡的兄弟十分優待，甚至有些破格了。

靖安王此番出場，終於沒有手掛念珠，與那越年老越肥胖以至於穿上蟒袍略顯臃腫的廣陵王不同，趙衡身穿這一襲蟒袍，十分熨帖合身。

他緩緩抬手向後一揮，六百重騎瞬間整齊後撤，陣形毫無凝滯，分明戰陣熟稔。等重騎撤出五十步，趙衡輕夾胯下一匹產自西域的汗血寶馬的馬腹，慢慢前行，無視那具屍體與一杆才染血的紅槍，平靜道：「八十輕騎不管如何驍勇善戰，都擋不下六百青州鐵騎。」

「確實擋不下，但八十騎換兩百條命還是做得到。」徐鳳年不以為意道，瞇眼盯著這位處心積慮要自己下黃泉的靖安王叔。

襄樊城內，相互試探，可以談笑風生，到了這裡已是撕破臉皮。徐鳳年身陷絕境，戾氣十足，尤其是驟然消化不少大黃庭後，原本可以壓抑住的戾氣被擴大無數倍，這才有了提剎那槍殺死青州將軍的狠辣。

但徐鳳年對兵事並非一竅不通，更不會狂妄無知到以八十騎死戰就可勝了青州六百甲。只不過輸人不輸陣，再者今日蘆葦蕩外一戰，軍旅甲冑只是錦上添花，註定無法影響大局，所以靖安王率兵而來，等於上了一份讓他收買輕騎人心的大禮，徐鳳年樂得接受。他早就與魚幼薇說過要得人心，施與小恩小惠根本不濟事，因此便是在江上被吳六鼎一竿翻船後救人，徐鳳年都沒有真的以為就成功擄獲了大戟寧峨眉等一百騎的忠心。

北涼號稱三十萬鐵騎，自然不是三十萬兵馬皆是馬上控弦之士，真正的騎兵才占三分之一，精銳鐵騎又只占三分之一，鳳字營八百白馬義從無疑是佼佼者。甲士越是武力出眾則越是難以被平庸將領馴服，徐驍「大逆不道」撥出一百騎給兒子隨行，除了檯面上的排場與護駕，其中未必沒有考較意味。若是這一百騎都駕馭不住，日後如何去面對三十萬新老悍卒？不只是徐驍，只要是一個枝繁葉茂的大家族，對於家中那些繼承人都有持續不斷的審視權衡，更不要說生於皇宮的天潢貴胄們，便是有朝一日終於當上了儲君也不是就一勞永逸了。

趙衡輕輕一笑，不置可否，臉上沒了故作親近的和顏悅色，這位藩王的上位者氣勢終於一覽無餘。皇室宗親，本就更多擔負天下氣運，世人智者所謂的一遇風雲便成龍，並非空玄妄言。

儒家重養氣，道門真人有尋龍望氣的本領，只是得先天龍脈龍氣者未必都能乘風雲而起，大多被後天種種際遇所禁錮，導致昏聵晦暗。成事在天、謀事在人，這便是說天道與人道兩途的妙義，至於先賢的人定勝天一說，往往被人曲解，其實本意該是人眾勝天才對。

陣前，趙衡平淡問道：「王明寅死了？」

徐鳳年點了點頭，笑道：「這位天下第十一名不虛傳，幸好小侄身邊有會兩袖青蛇的李淳罡。」

這是在暗中提醒這位藩王，八十北涼輕騎是擋不下六百青州鐵騎，可還有一位不可以常理揣度的老劍神。

趙衡對此似乎並不意外。王明寅本就是死士，哪怕成功刺殺徐鳳年，趙衡也不允許他脫局而出，王明寅答應趕來襄樊的那一刻起，就註定他了的命運。這也是江湖高人尋常不願涉足廟堂爭鬥的根源所在，終歸是敵不過軍隊的劍戟大網。

百人敵、千人敵又如何？西蜀那名皇叔被譽作當世劍聖，也在北涼鐵蹄下劍斷人亡，被不計其數的兵馬硬生生耗死，屍體被馬匹踐踏而過，成一攤肉泥，連死法都如此不堪。與其被當作一條走狗提著腦袋博富貴，還不如在江湖逍遙做一尾遊魚來得逍遙自在。

徐鳳年笑道：「王明寅來襄樊不奇怪，倒是一名騎大貓的小姑娘讓小侄很驚喜啊。他鄉遇故知，倒要感謝王叔的千兩黃金大手筆了。若非王叔一擲千金，小侄哪能見識到她的廬山真面目？呵呵。」

徐鳳年情不自禁學那少女殺手呵呵一笑。

趙衡聽聞此語，終於悄悄嘆息，只是不見臉色陰霾，反而豁然開朗。他趙衡若是輸不起的人，如何能活到今日？再說這回輸了蘆葦蕩一戰，廟堂那邊暗戰卻是不輸反勝了，世上就准許眼前這後輩一人韜光養晦了？趙衡哂然笑道：「鳳年，是否從此便記恨下了王叔？」

徐鳳年不承想趙衡會這般袒露問話，一時間沉默不語。眼前馬背上的人物是徐驍那一輩的翹楚，雖說與當今陛下爭奪天下輸在前，又在春秋國戰中被徐驍壓了一頭輸在後，可論心機，徐鳳年還沒有自負到可以與其並肩，若非這樣，徐鳳年也不至於當日在瘦羊湖湖畔客棧一席談話便濕透衣襟後背。今日趙衡一環接一環毒辣計謀迭出，尤其是連愛妻王妃都可拋棄的魄力，簡直就是可怕！

徐鳳年不說話，趙衡也不計較，一副雲淡風輕的姿態。

徐鳳年半真半假，哈哈輕聲笑道：「如果王叔再無臨別贈禮，小侄自不敢記恨長輩，就當是得了千金難買的教訓，以後再不敢小覷北涼以外的英雄好漢了。」

抓住韁繩的趙衡下意識用拇指、食指摩挲捏轉，淡然道：「不湊巧，本王還真有兩件小贈禮。」

心頭一跳的徐鳳年狹長丹鳳眸子中戾氣暴起，冷笑道：「既然王叔要送，小侄沒有不接的道理！」

好大的口氣！

趙衡忍不住一嘆，不知為何想起了自家的嫡長子趙珣。論韜略才智與心思縝密，兩名年齡相差不多的世子並無明顯的高下，只是就氣魄膽識而言，趙珣卻要差了太多。不過這怨不得珣兒，他自小長在靖安王府，受困於條框煩瑣的藩王法例，沒有多少真正歷練的機會，而自己這二十幾年蝸在襄樊一城，許多道理言傳不如身教，因此珣兒只繼承了陰柔一面，戰場殺伐帶來的陽剛猛烈卻差了火候，這等梟雄胸襟，卻不是殺幾個僕役就能養育出來的。

這徐鳳年，長得半點不似徐瘸子，但手腕心性卻十得八九了，換作別人的孩子，誰敢堂而皇之陣前殺人？趙衡清楚察覺到徐鳳年不惜玉石俱焚的濃烈殺機，一笑置之，彎腰從馬背上解下一只長條錦繡包裹，入手微涼，寒意刺破肌膚。趙衡微笑道：「這只劍匣裡頭有半截古劍與一本刀譜，都是本王從武帝城求來的。鳳年你練刀，刀譜用得上，至於古劍，不妨直說，本意是為你送行後，贈予李老劍神的。」

徐鳳年震驚地問道：「半柄木馬牛？」

靖安王仰天笑道：「不錯。」

趙衡繼而直直望向徐鳳年，第一次不掩飾他的殺意，冷聲道：「你信不信本王是當今世上唯一請得動那位陸地神仙離開武帝城的人？」

徐鳳年手中那一杆剎那本來朝下的槍尖微微上提了幾分，笑道：「信！」

趙衡的殺氣轉瞬即逝，神情歸於平靜祥和，竟有幾分英雄末路的落寞，將劍匣一揮拋出，丟給徐鳳年後，掉轉馬頭，語氣平靜道：「刀譜是那人存世的唯一祕笈，祕笈無名，但那人一生摧敗頂尖劍士無數，這部刀譜的輕重可想而知。徐鳳年，以後趙珣若是有機會離開青州，不管是去北涼，還是會去那座城，希望你別忘了今日小小贈禮。我也好，徐驍也罷，到底是老人了。以後肯定要由你們上臺來翻雲覆雨，我與你父親的恩怨，到今日為止算是了結乾淨。需知做人逆勢如飲酒，順勢卻如倒茶，對不對？」

徐鳳年伸手接過裝有半截木馬牛的劍匣，抱在懷中，沒有言語。

靖安王一騎絕塵而去，徐鳳年則默然掉轉馬頭，提槍抱匣而返。

八十騎個個眼神炙熱，馬陣立即讓開正中一條小徑。

一騎穿過的徐鳳年輕聲道：「收刀。」

自始至終，靖安王趙衡都沒有提及王妃裴南葦，果真是王侯寡情比紙薄。

徐鳳年下馬後，臨近北涼輕騎屍體與傷患附近，將剎那槍插在道路上，走到一名被將領袁猛親手包紮傷口的年輕騎兵身邊，蹲下去，接過袁猛的活。所有輕騎都分明看出世子殿下動作嫻熟，尤其當他低下頭咬住布結，將其咬結實了，便是大戟寧峨眉都動容。

世子殿下的秉性，他們一路行來也算有些瞭解，鬼門關水勢湍急中涉險救人，但此後在船上始終不曾與誰客套近乎，後來與青州水師一戰，身先士卒，可有半點退縮，折了北涼軍銳氣？連那靖安王世子都給丟下水去做一條落水狗，誰敢再說當初他若在場定要將那顧劍棠舊部的東禁副都尉掛在穎椽城頭是一句空話？

今日且不說霸氣山刀自救，鳳字營驚鴻一瞥，已覺刀法驚豔，就說剛才親率八十騎面對六百重騎，更一槍挑翻並刺死了那名膂力不俗的青州猛將！

戰前只說「抽刀」二字，戰後只說「收刀」二字，這份氣度，何等相似北涼王！還有此時，沉默著給身分差了十萬八千里的小小騎卒包紮傷口，又何曾矯情廢話半句了！

徐鳳年起身前，對那名眼睛通紅的騎卒輕輕道：「我知道你名字，叫王沖，我在春神湖上船頭練刀時，是你守的夜。」

徐鳳年停頓了一下，道：「當時與你一同值夜的叫林衡，戰死了，是被王明寅用大戟刺死的。記得當時在船頭他與你悄悄爭執，林衡難得替我說了好話，說我練刀不是花架子，可惜死了。」

徐鳳年起身後，抽出剎那槍，走向馬車，平淡道：「希望別再死了。」

九十餘白馬義從，不管受傷與否，齊齊下跪，沉聲道：「鳳字營願為世子殿下死戰！不退！」

遠處，靖安王妃裴南葦臉色泛白，眼神複雜。

◆

蘆葦蕩中的零星村舍邊上，老者起身離去，手裡抓了一把到處可取的小草用作揲筮。這是失傳的上古占卜，筮草隨手可得，到處可摘，可卻不是誰都可以揲筮窺天機，故而包括龜甲在內的上古八揲，以揲筮入門最易，得道最難。

老儒生模樣的老人看似漫不經心地一撕再撕，筮草丟了一地，走出蘆葦蕩，湊巧不湊巧便撞上了從另一處穿出茂密蘆葦的年輕人。他身後跟著一具宛如天兵的符將紅甲，手持巨劍，氣勢凌人。

那年輕人不惱不喜，只是喃喃自語些什麼，見到老人後起始並非戒備，而是生怕身後傀儡驚嚇到無關人等。他細細打量老者一番，鬆口氣，燦爛笑了笑，露出一口潔白牙齒，顯得格外人畜無害，停下腳步，顯然是要讓老人先行，是否愛幼不好說，尊老卻是十足。

老人好似也沒有放在心上，擦肩而過的時候，輕聲說道：「趙楷，你娘親是否告訴你她生下你前，曾做夢天開數丈，四位天人捧日而至？你別不信，你誕生時，老夫親眼所見夜出紅日、赤光繞室。至於你六歲時所斬白蛇，被傳是白帝幼子，倒是假的，不過是為了應驗欽天監赤帝斬白龍的說法，是老夫故意逗弄南懷瑜那老笨蛋的。」

趙楷張大嘴巴呆若木雞，然後小跑起來跟在老儒生身後，笑嘻嘻問道：「老先生，你與我娘親認識？」

老人輕笑打趣道：「放心，我不是你外公。」

趙楷哭笑不得，揮手讓符將紅甲中可一甲完敗四甲的金甲隱匿起來，半點不怕身分神祕至極的老人心懷叵測，覥著臉說道：「是外公才好。老先生，要不你給我說說我娘親的往事唄？」

老人腳步不停，搖頭道：「盡是些悲事慘事負心人，有啥可說、有啥可聽的。故事故事，便是故去的事情了，多說無益。」

趙楷溜鬚拍馬道：「嘿，老先生果真有大學問，難怪南監正都要被騙。『故事』這個解釋，當真是妙趣橫生！」

老人笑罵道：「你這小子，到今天還不知道南懷瑜是姓南懷而非南嗎，虧得那老傢伙還恨不得把孫女都送給你。」

趙楷「啊」了一聲，汗顏道：「小子真不知道老監正姓南懷啊，還有這樣古怪的複姓？」

老人擺擺手不客氣道：「離老夫遠點，你小子身上那股子氣太盛，別害得老夫以後無法下棋。這二十年來，論天下氣運，也就只有一個姓姜的小丫頭能力壓你一頭了。」

趙楷仍是沒半點心眼的作態，死皮賴臉跟在老人身後，就跟在路上撿到了寶一樣。

老人回頭望了一眼，說道：「趙家出了你這麼個小子，也算運道不衰。方才老夫在蘆葦蕩裡頭與一個小女娃娃說了些話，你這就去十里外的鯉魚觀音廟，晚些時候她會單身而往，若是被她看見蘆葦蕩中的火光，你務必要拉住她。此女有女子三十六品中第二等殊貴的幼鳳命格，你可以當個小媳婦養在身邊。再有便是廟中會有西域小觀音一尊與你相逢，你接連失了四尊符將紅甲，若是得了她相助，無異於四十尊紅甲。

她與幾人都是十年後江湖上最拔尖的人物，先前百年才得以出兩、三位陸地神仙，這一百年倒是奇怪，容老夫掐指算算，四五六，七位，最少七，再加上你的那個宿敵，說不定是八，嘖嘖，千年罕見的熱鬧景象啊。這一切，皆是拜兩人所賜，其中一人遠在北莽天邊，另一人近在眼前，就是你了。趙楷，你沒白投這個胎。那北涼王世子，如何才能勝出？老夫很是好奇。」

一直彷彿沒心沒肺的年輕人笑著問道：「老先生，難道天下還要再亂，比春秋國戰還要更亂？」

是胡言亂語，還是一語中的？

老人卻只是輕淡斜瞥了一眼，「老夫說是便是，說不是便不是了，你就不會自己去等？」

趙楷苦著臉道：「就怕活不到那一天嘛。」

老人嗤笑道：「你這傢伙倒是俗氣得有趣。」

一路小跑著的趙楷撓頭道：「不有趣、不有趣，小時候窮慣了，膽小而已。但小子看老先生龍行虎步，實在是高人！」

老人正想說什麼，趙楷就看到驚人的一幕，剛被他稱讚龍行虎步走路極有風采的老先生就被一個扛著向日葵的少女，以一記勢大力沉的鞭腿擊飛出去。所幸老先生只是拍了拍身上塵土便安然無恙站起身，估摸著是沒臉皮再在趙楷面前談天論地，便加快步子前行。而更荒誕的畫面出現了，一隻大貓跳出蘆葦蕩，跟在少女身後，與老先生一起消失在視野中。

駐足不前的趙楷出衷感慨道：「老先生這一摔都能摔出神仙風範來，佩服！」

趙楷思索片刻，真去尋那一座鯉魚觀音廟。

那邊，趙楷心目中的老神仙語重心長道：「閨女啊，以後在外人面前給老夫一點顏面好不好，老夫將生平所學中最保命的武學盡數傳授給妳，不求妳以後給老夫養老送終，好歹見面了給個笑臉不是？」

肩上扛著一株向日葵、身後跟著一頭魁梧大貓的少女猶豫了一下，很認真地板著臉擠出一個生硬笑臉。

老人無奈道：「罷了罷了。」

接下來都是老人的自說自話，有問沒答：「早跟妳說那北涼王世子不好殺，偏偏不信，這下失手了吧，接下來妳再找機會就難了。靖安王那邊，妳就別找他的晦氣了，趙衡還是有點本事與氣運的。王老怪此生無子嗣，當年與先皇約定，只認了趙衡這麼半個義子。不出所料的話，接下來的江湖便如前百年的士林一般群賢蔚起、競長爭雄，再難如老夫和王老怪那樣各自鶴立雞群一切俯視之了。今天是王明寅被妳所殺，接下來妳還有的是機會。不過老夫先跟妳說好，一品四境，那幾個有望踏入陸地神仙境界的傢伙，妳別急著出手，一來怕妳殺不掉，二來更怕妳殺了讓江湖了無生趣。別跟老夫呵呵，不許假裝笑聲，老夫聽著瘆得慌。閨女妳想啊，等他們成了天下人眼中的神仙人物，妳再殺之，豈不是最好？

方才這姓趙的小子，尤其殺不得，否則就浪費了老夫當年辛苦抓條白蛇放在他面前的心思了。至於那幼鳳命格一說，老夫唬人呢，天底下哪來那麼多機緣巧合。滿大街都是的話，也太不值錢了。唉，老夫此生也就拿妳這閨女沒轍，誰讓妳長得像老夫當年早夭的女兒呢。」

老人一嘆再嘆，問道：「對了，現在還喜歡收藏釵子嗎？」

不殺人時總給人嬌憨感覺的少女扛著向日葵，總算大發慈悲「嗯」了一聲。

老人破天荒露出一臉無奈。

他是誰？

吾以三寸之舌殺三百萬人！與人屠徐驍和人貓韓貂寺並稱當世三大魔頭！

兵、儒、釋、道、劍、棋、書、畫、茶、詩等春秋十四聖，我獨霸三甲。

老頭兒看了眼晴朗天空，瞇眼沒來由地說道：「要打雷了。」

少女踮起腳尖，拿那向日葵遮在老人頭頂，呵呵一笑。

老人開懷笑道：「滾滾天雷，劈得死齊玄幀，都劈不死老夫。閨女啊，與妳說個祕密，老夫真是神仙。」

翻臉不認人的少女一腳將老人踹翻在地。

老人這回約莫是沒有外人在場，不急於起身，坐在泥土上，自言自語道：「當年我父曾言，『人皆養子望聰明，我被聰明誤一生，惟願孩兒愚且魯，無災無難到公卿』。這話那人屠怎就不明白？以他當今成就，若是生個中規中矩的嫡長子，可保數代富貴安穩，這般便宜好事都不要，非要教出一個鬥魁來做亂世的魔頭，連累徐瘸子自己到老都要奔波勞碌，沒有半天享福時光，何苦來哉！不過念在因為你兒子才讓老夫碰見了閨女，這些年也就沒給你下什麼大絆子，不過你既然已經到手了世襲罔替，以後就讓你兒子自求多福吧。老夫倒是要看看他如何能鬥得過江湖廟堂和整個天下。」

老人轉頭望向少女，喃喃道：「為了一根釵子，值得嗎？」

少女還是「嗯」了一聲。

老人搖頭又點頭道：「這世道人命比釵輕，對也不對。」

老人起身緩緩道：「走吧，過會兒青州騎兵就要借剿匪的名頭大開殺戒，這片蘆葦蕩明年依舊茂盛，可那百來人命卻是都沒了。」

◆

徐驍只帶著幾名北涼扈從便出了下馬嵬驛館，輕車簡從。伏天時分，京城燥熱無比，蟬鳴聒噪得讓人心煩，房頂空氣裡顫動著似霧非霧的白氣，路上更是燙人腳板。富家翁裝扮的徐驍走走停停，歇腳時在一個小攤子要了一碗豆腐。

小瓷碗沁涼沁涼，端在手心有些舒暢。京城的小吃都如這碗杏仁豆腐差不多，講究口味純正，涇渭分明，涼的就要冰涼，恨不得帶冰凌子，熱的得是滾燙，絕不能溫暾。

背微駝的徐驍坐在攤子前，與那些靠幾文錢一大碗冰鎮杏仁豆腐解暑的京城百姓坐在一起，相當不起眼。徐驍拿著勺子，從瓷碗中刮出一小塊半透明的漂亮豆腐，放入嘴中，嘗著地道味道，微微一笑。這杏仁豆腐不看貴賤，並非富人家裡往豆腐裡頭多澆放了桂花糖水便更好吃，還得能嘗出一點若隱若現的苦意，這才合了古訓「夏多苦」。徐驍要了兩碗，一點不剩都吃完了，起身結帳付了五文錢。

三文一碗，兩碗五文。

徐驍繼續前行，走了足足一個時辰，直到能望見欽天監所轄的司天臺才停腳。這二十年他這位王朝中唯一的異姓王進京次數屈指可數，但沒有一次來過這為皇帝觀天象、頒曆法的欽天監。

門口有禁衛重兵把守，閒雜人等別說進入，便是靠近都要被拘禁拷問。徐驍身後有包括槍仙王繡師弟在內的三名扈從，加上他本人臨近欽天監後氣勢陡然一漲，那些禁衛竟一時間都不敢上前放肆，直到徐驍離門不過十步，才有禁衛默默橫矛。無須徐驍說話，當世最頂尖的槍法大家劉偃兵便怒喝道：「大膽！」

在劉偃兵面前持槍矛，實在是個笑話，而擋下可以佩劍上殿的北涼王，當然更是個笑話。只不過禁衛職責所在，加上天子腳下，欽天監禁衛習慣了來訪人士的畢恭畢敬，被呵斥後仍是持矛屹然不動，更有禁衛緩緩抽刀。欽天監是王朝重地，便是卿相豪門裡的大人物，也不敢擅闖！

一隊與徐驍一樣輕車簡從的訪客中走出一位相貌平平的少婦模樣女子，她溫言道：「不可對北涼王無禮。」

禁衛瞧清楚了這少婦面容後，再不敢多看一眼，瞬間悉數跪地，剛要張嘴喊話，那女子便輕聲道：「免了。」

徐驍轉頭看了看，微微驚訝，大概是本就駝背，也看不出彎腰鞠躬與否，淡淡說道：「徐驍恭迎皇后。」

不但如此，徐驍再不去看這母儀天下——整個王朝可謂是身分最尊貴的女子，只是斜了視線去瞧一名年輕女子，女子鼻尖上有些可愛雀斑。他露出笑臉道：「隋珠公主咋一下子變成大姑娘家家了，記得上回見到還是個紮辮子的小妮子呢。」

這位公主貌似對徐驍並不陌生，做了個俏皮鬼臉，上前幾步，拉住徐驍的手，輕聲道：「徐伯伯，還記得上回你帶小雅去吃杏仁豆腐嗎，我回宮後讓御膳房做啦，可都沒那個味兒，想出宮再找，可惜沒徐伯伯領路就找不著，那會兒都哭慘了！」

徐驍哈哈大笑，故意呼出一口氣，「聞聞，剛嘗了兩碗，是不是都是杏仁豆腐味？」

隋珠公主捏住鼻子，哼哼道：「不好聞，徐伯伯騙人！」

徐驍對一旁那位王朝裡最負盛名的女子的態度不可謂不平淡唐突，可好像對眼前出了名頑劣的小公主卻十分親暱，以徐驍的地位，喜歡便是喜歡，不喜歡罵你都算輕的，還得有點資歷才可以被這人屠罵上幾句，何須故作姿態？

徐驍此生，當面罵過當朝首輔張巨鹿的恩師老首輔，罵過顧劍棠大將軍，罵過淮南王，更打過靖安王。至於這趟入京，被他在殿外拿刀鞘打得半死的那位官員，雖說至今還躺在病榻上半死不活，可這清譽聲名卻在王朝扶搖直上，都誇讚說是國之股肱忠臣。要知道先前那傢伙還被京師清流以及太學三萬學子指摘作風不正，這會兒倒是異口同聲大誇特誇了，可見能被北涼王兼大柱國的徐驍打罵上一頓，只要不死，都保本不說，甚至還能大賺一筆。

徐驍讓皇后先行進入欽天監，自己拉著隋珠公主後行，抬頭瞥了眼「通幽佳境」的御賜牌匾，嘲笑道：「通個屁幽！」

走在前頭的皇后隱約皺眉，但臉上也只是微微一笑。

挽著徐驍手臂的隋珠公主卻是使勁點頭附和道：「佳個屁境！」

徐驍笑咪咪道：「還是小雅對伯伯的胃口，這段日子天天對著一幫礙眼的傢伙，為了不去看他們，害得伯伯眼睛都不知道擱在哪裡。」

唯恐天下不亂的隋珠公主嘿嘿一笑，做了個抹脖子的乖張手勢，也不知道跟誰學的，然後輕聲道：「徐伯伯把他們都喀嚓了才大快人心。」

徐驍嘆氣道：「可惜了，要有妳這麼個兒媳婦就好，回去伯伯一定要把鳳年吊起來鞭打替小雅出氣。這小子沒福氣不說，還在武當山上惹惱了小雅，該打！」

公主嗯嗯道：「既然伯伯都這麼說了，不管真打假打，小雅就不跟那傢伙一般見識啦。」

徐驍語重心長道：「小雅，別跟鳳年這傢伙一般見識就對了，下次再去北涼那邊玩耍，可千萬別再不去王府了，不差那幾腳力氣嘛，順便讓鳳年帶妳看萬鯉翻滾的景象，好看得很。小雅啊，鳳年名中有鳳，妳名字中有風，這緣分不小。」

隋珠公主趙風雅嘻嘻一笑。

皇后並未領著徐驍去欽天監裡官員紮堆的通天臺，而是去了社稷壇。此壇鋪有東青、南紅、西白、北黑、中黃五色土，如今這類珍惜貢土都出自廣陵王轄內，廣陵王被王朝上下貶斥貪得無厭是一隻活饕餮，唯獨這土，卻是小半捧都不敢私占。

皇后輕聲喚了一聲：「雅兒。」

隋珠公主這般歲數了都敢嚷著讓皇帝陛下做牛做馬跪在地上背她，而據說那位九五之尊則只能苦著臉向女兒求饒，只是到了親生母后這邊，才顯得乖巧，立即鬆開徐大柱國的手臂，不敢造次地輕輕離去，嘴上說是去通天臺內跟南懷監正請教學問了。

皇后望向並不高的社稷壇，語氣平緩道：「這些年雅兒始終都牢記大將軍的叮囑，在房間裡喜歡光腳行走，也常吃粗糧，身體比年幼時確實好多了。」

徐驍雙手負於背後，平靜說道：「什麼天氣下降、地氣升騰，什麼收盡大地浩氣這些鬼話，都是欽天監這幫無用酸儒說的，徐驍只知道光腳的不怕穿鞋的。我家子女從小便都是這般養大，才能至今活蹦亂跳。」

皇后不以為意，不知是不是真聽不懂這話中話，只是轉移話題，輕聲說道：「江南道的事情，我聽說了。寫《女誡》的那一位，已經被陛下送到長春宮。」

徐驍沒有出聲。

長春宮，說是長春，卻是本朝的冷宮。對於宮內嬪妃而言，已是天底下最可怕的監牢。這位執掌半個皇宮的女子仍是絲毫喜怒不露於形的冷清模樣，王朝百姓只知她的溫良賢淑，豪門世族才能知曉她的厲害。

徐驍轉頭望向通天臺，冷哼一聲，「讓小雅去那裡，是怕我對當年還只是個小小從八品挈壺正的南懷瑜動手嗎？徐驍今日可沒帶刀，皇后多慮了。」

皇后悄然不作聲，似乎默認。

徐驍轉身，徑直走向通天臺。

她沒有轉身也沒有轉頭，仍是望向社稷壇高處，但言語終於多了一絲煙火氣，沉聲道：「大將軍！」

徐驍沒有停步，冷笑道：「趙稚，難不成忘了她當年如何待妳，妳當年又是如何待她？」

被直呼名字的皇后冷聲道：「夠了！徐驍，摘去一個空銜大柱國又如何，丟了兩遼又如何，你得了與我朝祖制不符的世襲罔替！」

背駝腿瘸的徐驍淡然道：「朝廷要兩遼，張巨鹿要改革，他要做那中流砥柱，直說，徐驍給，絕無廢話，便是將這大柱國交到他手上又何妨？可顧劍棠算個什麼東西，就想著能騎在我頭上拉屎撒尿？至於趙衡這瘋子，沒有誰撐腰，敢沒臉沒臊對一個後輩出手？」

皇后平聲靜氣說道：「這番話，只有我一人聽到。」

徐驍繼續前行。

她卻是沒有阻攔，而是走上了社稷壇，冷清嗓音緩緩傳來：「徐鳳年初次出門遊歷，燕剌王曾派出九名玉鉤刺客，是我私自動用十八條人命攔下的，因為那時候我還覺得徐鳳年與雅兒還有希望有一段姻緣。」

徐驍停下腳步，恰好看到活潑的隋珠公主站在閣樓外廊，趴在欄杆上揮手。

徐驍笑了笑，就此離開欽天監。

皇后趙稚幽幽一嘆，站在社稷壇中段位置，轉頭望向那終是老邁的背影，怔怔出神。她依稀記得當年親眼見到那個年輕氣盛的將軍，一臉憨笑，在房中半跪在地上，為那風姿無雙的吳姐姐穿上一雙他親手縫製的千層底布鞋，而那劍術已是超聖的白衣女子，僅為了一雙粗糙布鞋，便笑得無比幸福。

官道上重歸肅靜，徐鳳年提著剎那槍坐入就近一輛車廂，這讓車內的魚幼薇和姜泥都有些不解，以世子殿下對女婢青鳥的親暱疼愛，怎會來到這輛車？無須兩女如何費勁思量，答案便水落石出。

◆

今日蘆葦蕩一役末尾出盡風頭的世子殿下才放下簾子，就嘔出一口鮮血，不小心吐在了抱貓的魚幼薇胸口，白裙白貓沾染了猩紅色，觸目驚心。不僅如此，徐鳳年剛靠著車壁盤坐下，七竅就開始滲出血絲。魚幼薇這時才發現他胸前衣衫破碎，甚至連裡面一件呈現出綠幽顏色的古怪軟絲甲都有一道裂痕。

臉上沒有一絲人氣的徐鳳年捂住傷口，喘氣道：「妳們下車，先去把李老劍神喊來，再與寧峨眉說一聲一切事情都交由他全權處理，本世子暫不露面。」

魚幼薇顧不得武媚娘，慌忙下車，姜泥掀起簾子的時候回頭看了一眼，世子殿下似乎要強顏歡笑，但鮮血湧出七竅，如此一來真成了面目可憎。徐鳳年有苦自知，閉上眼睛，以大黃庭口訣配合《參同契》艱難吐納，只是吐多納少，氣息渾濁不堪，每一次呼吸都帶來刺骨疼痛，這等艱辛，早已不是純粹肉體上的折磨那般簡單。

道教丹鼎學將人身三十六大穴、七十二小竅分別喻作洞天福地，諸多竅穴，名不徒設，皆有深意。徐鳳年被武當老掌教王重樓強行灌輸了大黃庭修為，才挖穴六，開竅十四，其餘磅礴氣機都如潛龍蟄伏在剩餘竅穴，才使得不至於侵擾經脈，憑藉著道門口訣徐徐吸納，有益無害。後來襄樊城那尊觀音帶萬鬼夜行，一看之下又有奧妙裨益，登上二重，當時李淳罡攔下了兩者對視，事後訓斥徐鳳年不知死活，根源就在這裡。

不承想今日一戰，如驚蟄至春雷響，萬物初醒，全身大半竅穴齊齊洞開，六重大黃庭扶搖直上巍巍四重樓，這本該是徐鳳年練就金剛境體魄以後才可承受的浩大真氣。

沒多久，李淳罡神情凝重入了車廂，看到徐鳳年這副半死不活的光景，皺了皺眉頭，沉聲問道：「吐一納九，你真鐵了心要大黃庭而不要命了？沒有命，便是給你十份大黃庭又如何？」

徐鳳年艱難蹺起一根手指，似乎在笑。

這個小動作的意思無非是世間哪來的十份大黃庭，道門百年才有這武當獨一份的大黃庭，不拚不搏一下，豈不是要遭天譴？

「不破樓蘭終不還」本來出自一首膾炙人口的邊塞詩，在道統中更是被廣泛轉述，用作說明道門真人修大黃庭關的決心。不知多少苦心孤詣的道教真人被擋在大黃庭樓外，龍虎山上苦修此關不得出的真人沒有二十也有十個。開竅穴孕氣海，自成天地，才是道統典籍上所載「提挈天地、把握陰陽」的真人，接下來若能隨心所欲閉竅關穴，方是逍遙仙人。在此之下，你便是龍虎山天師又如何，仍是半真半俗而已。

此時，徐鳳年就是在拚死鎖住氣海真氣外泄，故而老劍神一眼看穿他吐少納多自尋磨難的意圖，一個有望世襲罔替北涼王的世子殿下，這般學武為哪般？

連李淳罡都想不明白，可不明白歸不明白，總不能眼睜睜看著這小子經脈炸裂而亡。老劍神伸手彈指一點，彈在徐鳳年眉心，以劍入道，這一指喚作撞天鐘。

天下大道殊途同歸，李淳罡替徐鳳年導引氣機，雖說要耗費大量心神，倒也不至於束手無策。吳家劍塚上乘禦劍，大綱便是以靜氣攀崑崙，李淳罡自然也有不可言說的神通，整整半個時辰裡與徐鳳年相對而坐，彈指不下三千，強如李淳罡也是一身淋漓汗水。

看到徐鳳年眉心印記趨於穩定，由黑轉紅，再由紅轉紫，老劍神長呼出一口氣，輕輕離開車廂，親自駕車，馬車緩行。

一個時辰後，李淳罡轉身掀開簾子瞅了一眼，這小子衣襟濕透，全是血水，身體仍是劇烈顫抖，不斷響起如黃豆爆裂的聲音。正午時分，老頭兒再看了看，徐鳳年總算有僥倖活命的跡象。

黃昏時李淳罡在一處山清水秀的地方停下馬車，今天估摸著得夜宿荒郊野嶺了，車隊除了魏叔陽與舒羞、楊青風三名扈從，鳳字營跟上的有六十餘名白馬義從，袁猛領隊，其餘輕騎在大戟寧峨眉率領下一邊處理後事，一邊算是殿後，應對有可能展開追殺的青州重騎。不過褚祿山很快就能奔襲而至，相信到時候即便六百重騎也掀不起風浪。以苛酷著稱於世的褚祿山做事，陰狠自然不需多說，為人更是謹慎，否則以他的口碑，早死了千百回，這一坨惹得天怒人怨的肥球，沒點保命功夫和震懾手腕，斷然不敢輕易離開北涼。

前途未卜的靖安王妃一路上與姜泥、魚幼薇坐在車內，一身青衣皆是烏黑瘀血的女婢占據了車廂大部分空間，愛乾淨的裴王妃忍耐得辛苦萬分，好不容易停車歇腳，立即跳下車。附近有十幾輕騎游弋戒備，她不敢走遠，生怕被這些能夠坦然赴死的北涼悍卒一刀削去腦袋，死在這些人手下還不如成為那北涼王世子的刀下亡魂，起碼他的雙刀極為漂亮不是？

裴王妃看了一眼那名被世子殿下稱作舒羞的妖嬈女子，恰巧舒羞也投注視線過來，舒羞笑意玩味，瞧裴王妃如瞧一隻待宰羔羊。在蘆葦蕩中聽到祕事的王妃心中驚懼，不敢再對視，撇過頭去看羊皮裘老神仙的馬車。他此時在做什麼？

誰都猜想不到徐鳳年正在鬼門關轉悠，若冥界真有拘魂的牛頭馬面，想必一定記仇這要死不死、要活不活的可惡世子。

唯一知曉真相的李淳罡閉目養神，就如同卑微出身觀潮練劍的呂錢塘一直不喜且不懂徐鳳年一般。李淳罡此生前四十年仗劍橫行無敵於天下，也不太懂王侯子孫的心思，很大程度上心存不屑，總覺得這些靠家族祖蔭庇護的貴胄紈褲不值一提，難成氣候，吃不得苦，惜命怕死，故而在武道上往往輸於尋常出身的草莽龍蛇，更別提與吳六鼎這些家學淵源的天才並肩抗衡。在北涼出聽潮亭時得知這小子竟然練刀，差點笑掉大牙。

老劍神輕輕自說自話：「若是這小子真的走火入魔，老夫捨得丟掉兩、三成修為去為他引出洶湧倒瀉的大黃庭嗎？」

靈丹產太虛，九轉入重爐。

無人可見徐鳳年眉心一顆深紫印記熠熠生輝，一朝悟了長生理，百八青蓮朵朵開。

徐鳳年竅穴浮出絲絲紫氣充斥車廂，當夕陽落山，他終於睜目，終於悟透了紫氣東來不再去的大黃庭精髓，微笑道：「過去神仙餌，今來到我嘗。」

當世子殿下彎腰走出車廂時，裴王妃下意識後撤了幾步。這人好似血人魔頭一般，實在駭人，不光是裴王妃，生平最敬畏鬼神的姜泥也立即爬回車廂。

李淳罡冷哼一聲道：「又踩到狗屎了！」

徐鳳年嗅了嗅身上氣味，刺鼻難聞，身上雖髒，但體內汙垢卻是褪盡，他舉目四望，隨口問道：「附近有沒有溪水或是山泉？」

不卸甲、不摘刀的袁猛縱馬而至，瞧見這詭譎畫面，壓下震驚，下馬恭敬道：「啟稟殿下，半里外有一深潭。」

徐鳳年點頭道：「帶路。」

到了碧綠水潭，幾十騎白馬義從早已在遠處布下陣形，連面對天下第十一的王明寅都敢死戰，面對靖安王趙衡都可抽刀，還有誰能讓他們臨陣退卻？徐鳳年解下春雷、繡冬雙刀，脫掉衣物，其中便有那件號稱刀槍不入卻被少女殺手一腳踹裂的麒麟絲甲。

他緩緩走入水潭，水面當即浮起大片血水，如同一朵綻放的碩大紅蓮。徐鳳年攤開手靠在一塊冰涼石頭上，神情肅穆。這趟不為人知的九死一生，富貴險中求，求來了的四重大黃庭，總共開啟竅穴六十八，體內氣機連綿不絕如江海，融會貫通，妙不可言。

徐鳳年自信再以雙刀對敵，不僅可以一氣上黃庭，還能兩氣生青蓮，生生不息，只要不是對上王明寅這等可被一擊致命的世間最拔尖強敵，哪怕是符將紅甲，憑藉駁雜祕笈中擷選出來的精妙招數，勝負也可在五五之間。

徐鳳年身形下潛幾分，水面與下巴持平，輕吹一口氣，蕩起陣陣漣漪，自言自語道：「現在得了四具符將紅甲，半截木馬牛，一部刀譜，算是收穫頗豐吧？」

過了片刻，徐鳳年眼神陰沉，「千萬別忘了還有一位靖安王妃！」

他赤身裸體起身走出水潭，魚幼薇捧著一套嶄新象牙色玉袍，她轉頭不敢正視世子殿下。徐鳳年自己穿好衣物，一路默然走回馬車，鑽入車廂，怔怔看著昏迷不醒的青鳥，伸手輕輕撫摸那張因為太親近總忘了去仔細端詳的清秀臉頰。

有些人，總是安靜站在身旁，可當不能再見時，才知道甚至連模樣都沒有記清楚。

徐鳳年咬牙，狠狠按捺住將那王明寅屍體製成符將紅甲人的衝動，自嘲道：「還是怪自己太沒用了。最寵溺自己的大姐也好，好像從來不需要人照顧的二姐也好，生而金剛境的黃蠻兒也好，哪怕你們從不覺得需要，我都想著有一天能護著你們。徐驍當年沒能護著咱們的娘親，我總不能再犯同樣的錯。」

雙手緩慢鬆開刀柄的徐鳳年拿起一片從樹林中摘下的葉子，放在唇邊輕輕吹起一支曲子。

〈春神謠〉一曲終。

徐鳳年紅著眼睛喃喃道：「娘。」

這時猛然聽到一陣極有韻律的馬蹄聲轟鳴，同時一個殺豬般的震天響嗓門傳來，大煞風景。「殿下，祿球兒死罪啊！祿球兒該死啊！殿下要是有個好歹，祿球兒就算拚死也要去把靖安王趙衡那老烏龜給開了後庭花啊！」

靖安王妃只見一頭怕是有三百多斤重的肥豬從一架豪奢馬車上滾下來，死了祖宗十八代般哀號，再滾到世子殿下並未乘坐的馬車前，可憐姜泥無奈掀開簾子怯生生說那傢伙不在這輛車上。

肥豬中氣十足的號叫只是略微一停，馬上就再度刺人耳膜，連滾帶爬到後邊的馬車附近，絲毫不介意一身價格不菲的錦衣沾泥。他撲通一聲驟然跪在路上，立馬在膝下壓出兩個坑來，他淚眼婆娑，顧不得鼻涕眼淚，只是撕心裂肺地哀號。

若是個女子這般古怪作態，裴王妃還能勉強接受，可這一大坨肥肉顫顫在那裡鬼叫，實在是毛骨悚然。

她猛然一驚，臉色劇變，記起這胖子是誰了，正是那北涼事蹟最劣跡斑斑、令人髮指的祿球兒。據傳無論男女，只要落到他手裡，哪一個不是生不如死。裴王妃下意識後撤再後撤，再不覺得有半點滑稽可笑，只是遍體生寒。李劍神掏了掏耳屎，置若罔聞。

正主徐鳳年走出車廂，跳下車，習以為常，平淡道：「褚胖子，別瞎嚷了，有點從三品千牛武將軍的風度好不好。」

論惡名昭彰，遠勝世子殿下的褚祿山跪地不起，抽泣道：「祿球兒這趟辦事糊塗，實在沒臉回北涼去見大將軍了啊！」

徐鳳年拿繡冬刀鞘拍了一下褚祿山的臃腫臉頰，沒好氣道：「別在這裡跟我裝可憐，留點力氣回頭去襄樊造孽去。」

因肥胖而幾乎尋不見眼睛的褚祿山搖晃著起身，仍是彎著腰尚未挺直腰杆時，陰森森笑道：「殿下放一百個心，容祿球兒在青州多待幾天，得好好造福一方才對得起這位靖安王！」說完這話，他面朝世子殿下，瞬間就又是一張燦爛俗氣如牛糞花的無害臉龐，圍著轉了一圈，再小心翼翼採捏著徐鳳年的手臂，如釋重負道：「還好還好，殿下沒事就是萬幸，否則祿球兒萬死難辭其咎。」

徐鳳年輕聲道：「玩鬧歸玩鬧，別耽誤了正經事。」

這胖子雙手長過膝，耳垂碩大如佛陀，嘿嘿說道：「祿球兒做不出啥豐功偉業的大事，可上不得檯面的小事，卻是天生熟稔。」

裴王妃看著這相貌迥異的兩個男人在那邊對話，看似溫情，可她早已手心都是汗水。本來有關北涼的事蹟，都是道聽塗說，便是慘絕人寰的事兒，事不關己終究不夠真切，可到了蘆葦蕩後，才明白北涼那邊出來的貨色，幾乎就沒有一個正常的。耍刀的北涼王世子，使槍的青衣女婢，用劍的羊皮裘老神仙，一百親衛輕騎，再加上眼前這頭肥豬！

裴南葦前段時間身在王府，便聽聞此人一到青州就讓數位世族美婦人遭了毒手，其中一位活著遣返家族時，據說竟然只剩下一只乳房！更傳言一名肌膚白腴的妙齡閨秀在街上被擄入馬車，不到半炷香時間，衣衫凌亂的屍體便在道路盡頭被拋出馬車，一向護短抱團的青州大小官員無一人敢出聲阻攔。

徐鳳年面無表情說道：「你回吧，這裡暫時沒你的事。」

褚祿山一臉為難，竟是一副小娘子扭捏的作態，看得偷望向這邊的裴南葦既作嘔又膽寒。

徐鳳年笑著拍打這位正兒八經從三品武將的臉頰，打趣道：「真不知道你這幾百斤肉怎麼長出來的。」

褚祿山嘿嘿一笑，眼角餘光瞥見了靖安王妃，大概是認清了身分，自然而然將她視作世子殿下天經地義的禁臠玩物，好色如命的胖子眼神中並無淫穢，唯有一抹說不清、道不明的陰沉。裴王妃差點心肝俱碎，手腳發軟地溜進了車廂，再不敢旁觀。

褚祿山一臉不捨地說道：「殿下，祿球兒這就回了？」

徐鳳年不冷不熱「嗯」了一聲，褚祿山猶豫了一下，說了句「殿下清瘦了，祿球兒恨不得割肉下來給殿下哪」，這才一步三回頭坐回馬車，領著一幫虎豹豺狼似的驍勇親衛離去。

其間與大戟寧峨眉擦肩而過，嘀咕了一聲：「沒用的東西，還他娘的是北涼四牙？是個球！」

寧峨眉雖然對這名大將軍義子的作風十分鄙夷，但公私分明，對褚祿山在春秋國戰中一點一滴積攢出來的顯赫戰功並未有絲毫輕視，聽到這句陰冷惻惻的嘮叨，只是苦笑，沒有任何反駁。

徐鳳年懶得去計較這些小事，進了車廂，見略顯擁擠，便將兩頭湊到腳邊的可憐幼夔踢了出去。可憐裴王妃往裡縮了縮，與本就坐在角落的姜泥貼靠在一起，不忘歉然一笑。

姜泥對於好看的女子一直沒什麼敵意，如果她們跟世子殿下不是一路人，那就更是開心，所以當下便客氣地也報以一笑。

徐鳳年冷聲道：「妳們去另外一輛馬車。裴王妃，那裡由妳清理汙跡，別忘了自己去打水。」

裴南葦沒有在這件事情上斤斤計較，而是問道：「與褚祿山這種人為伍，你不怕遭報應嗎？」

徐鳳年坐近青鳥，頭也不抬地說道：「魚幼薇，妳去讓寧峨眉跟褚祿山說一聲，裴王妃想跟他徹夜長談道德大義。」

裴王妃咬著嘴唇，眼中恨意、懼意各半，死死盯住徐鳳年的側臉。魚幼薇率先離開車廂，裴王妃生怕魚幼薇真去讓人攔下那祿球兒，趕緊追上魚幼薇，見她沒有真要將自己推入火坑的意思，這才偷偷鬆了口氣。

只是當她掀開簾子看到滿車廂的血跡以及撲鼻而來的血腥味時，呆滯當場。難道真要聽他驅使去做下人僕役的活？懷中武媚娘還沾染著徐鳳年鮮血的魚幼薇柔聲道：「凡事總有第一次的，能活著就好。靖安王妃，走吧，我帶妳去水潭。」

徐鳳年一直靜坐著，始終輕柔握住青鳥的一隻手。

◆

夜幕中，褚祿山那邊，如同一座小山坐在車廂內的千牛武將軍兩眼細瞇成縫，手上拿著一份早就到手的密報，密密麻麻，全是靖安王府的消息，不論大小巨細，連世子趙珣隱蔽飼養了一名貌似靖安王妃的金絲雀都記錄在冊，只是少了具體位址而已。

褚祿山放下密報，雙手十指交叉疊在腹部。

說來無人會信這頭軍旅生涯以殘酷揚名的肥豬曾被聽潮亭李義山笑稱「褚八叉」，這可並非貶義，而是相當高看了褚祿山的才學。李義山親口說褚祿山才思綺麗，工於小賦，擅押官韻，可八叉手而韻成。一般來說，文壇士林中才思敏捷者，數步成詩便已是莫大的本事，可這頭嗜好人奶的肥豬卻可在短短的八次叉手間作詩賦詞，並且能夠不俗，這話由李義山親口評點，當然沒有任何水分。

徐鳳年起先也不信，後來不得不信，一次當面問這祿球兒當年為何不靠這個博取功名，不承想這頭肥豬笑咪咪說男子做閨音，便太對不起胯下老鳥了。

誰能想到北涼軍中文武兼備第一人，是這唯有凶名流傳的祿球兒？

褚祿山十指輕輕叉了幾叉，每次一叉就報上一個人名。

有靖安王的嫡長子趙珣，也有其餘幾名兒子，八叉過後，一個不漏，甚至連幾名與靖安王府走得很近的青州封疆大吏都沒放過。

祿球兒睜眼笑如彌勒，道：「你們這些傢伙洗乾淨屁股了沒！」

褚祿山並未直接進入襄樊城，而是登船去了春神湖。深夜時分，原本睡在房中鼾聲如雷的褚祿山緩緩醒來，房外一名隨行出北涼的嫡系心腹輕聲說道：「將軍，到了，他們請求上船。」

性子桀驁的褚祿山破天荒沒有拿捏架子，沉聲道：「你去回話，就說我去他們那邊。」

褚祿山起身時一張堅實大床吱吱作響，來到視窗看到小心靠近的一艘青州大船，並無任何旗幟。若不是得到世子殿下遇刺的消息，不得不快馬加鞭趕去，他本該白天就要跟外邊這艘船接頭密晤。

這船上的傢伙是一條在青州首屈一指的地頭蛇，青黨能夠在朝野上下勢大欺人，靠的就是牆頭草望風而動與門閥聯姻盤根交錯兩大法寶，馬上要見的那位，是青黨裡頭的一尊官場不倒翁，寥寥數位老供奉之一。褚祿山既然能八叉手作美韻，自然是心細如髮，只不過春秋國戰只見他如何做事喪盡天良，把其他都給掩蓋過去了。

褚祿山理了理衣裳，走出房間。因為他體型過於罕見，連接兩船的船板疊層加寬，比尋常多放了三塊，想來是生怕船板不堪重負，致使這位凶名赫赫的北涼千牛武將軍墜水。褚祿山大踏步前行，船板即便疊了兩層，仍被他的恐怖體重給壓彎，看得對面一名風度翩翩的中年儒士手心冒汗。

等這位北涼王義子登船，他立即躬身，作揖到底，畢恭畢敬道：「陸東疆恭迎褚將軍。」

「陸擘窠與本將品秩相同，不合禮數啊。」褚祿山笑咪咪說道，嘴上客套，卻沒有去扶起仍未直腰的陸東疆。

這等景象若是被青州官員看見，肯定驚起不小的波瀾。陸東疆是青州太溪郡郡守，父親是上一任青州刺史，最主要陸家仍健在的老祖宗是王朝內十四位柱國與上柱國之一，與其餘兩位老供奉並稱青黨的分執牛耳者。這陸東疆家學深厚，尤其寫得一手絕好大楷，以疏瘦勁練見長，卻不失媚趣，故而有「陸擘窠」的名號。早年殿試，連先皇看到陸東疆的字後都讚不絕口。

而陸東疆的爺爺陸費墀身為兩朝重臣，輾轉兵、戶、吏三部，曾與老首輔一同組閣，資歷人望都是離陽王朝中第一流的，即便前些年因身體不適告老還家，仍是聖眷恩重，保留了上柱國的頭銜。去年這位上柱國偶染風寒，當今天子更是親自派遣欽差前來青州問候，可以說在青州，陸東疆自身才學也好，所憑家世也罷，興許只有靖安王趙衡才配得上他如此謹慎對待。

船上並無半個閒人，除了陸東疆便只有一些祖孫數代侍奉陸家的精銳死士。

對此安排，褚祿山輕輕點了點頭。陸東疆在前面領路，直上三樓，開門後並不與褚祿山一同進入。褚祿山的體型過於臃腫，踏過門檻時略微伸展，寬博袖口便被扯住，陸東疆趕緊幫忙才解去束縛。

房內傳來一聲輕微嬌笑，陸東疆聽在耳中如遭雷擊，小心翼翼抬頭瞥了一眼褚祿山，見這胖子並無異樣，才忍下出聲斥責的衝動，懊惱這個調皮女兒，怎的如此誤事！平日裡仗著老祖宗寵溺，作風頑皮也就罷了，今天這等攸關家族生死興衰的緊要時候，還敢這般不懂收斂，看回家以後如何收拾她！

褚祿山進了四角擺有香爐的屋子，嗅了嗅，心曠神怡。這胖子輕輕看去，笑了笑，不愧是一等一的青州大族，東西兩爐分別是東越梅子青香爐和西楚粉紅露胎五足爐，南北則是西蜀褐釉蓮花莖香熏與龍泉鬥彩瓷爐，光是這四尊原本該是皇宮內廷貢品的小爐子，就得好些銀子了。

褚祿山旁若無人地瞄了幾眼香爐，這才看向正前坐在一張榻上的老人。老人鬚眉雪白，兩道長眉垂下，帶著和煦笑意，更顯面善慈祥，氣韻出塵，大概這算是食養顏、居養氣的極致了。

老人身邊只有一名年輕曼妙的靈秀女子輕柔捶背，正是她剛才被褚祿山跨門時的窘態給逗笑出聲。老人看到站在房中不行後輩禮更不做下官姿態的褚祿山，不以為意，只是笑著拍了拍身邊女子的手背，說道：「燕兒，去給褚將軍搬張椅子。」

房中有一張專門為褚祿山量身打造的寬大黃梨木椅，從這張不得不臨時讓工匠趕緊製造出來的華貴椅子，就可看出陸家對褚祿山的重視了，而事實上怕有心人因一張椅子抓到蛛絲馬跡，那名木匠至今仍被陸家軟禁起來，沒被直接殺掉滅口，已算是幸運。

趁曾孫女搬椅子的時候，仍是朝廷四大上柱國之一的老人微笑道：「褚將軍，不要跟燕兒一般見識，在家裡被寵慣了，不懂禮數。」

「老祖宗！」那女子嬌嗔以示不滿，不過搬了椅子總算沒忘對褚祿山納了小小一個萬福，並未如尋常女子那般露出見到一頭肥豬的厭惡或者是聽聞祿球兒名聲的畏懼。

青黨碩果僅存的幾大老供奉之一看在眼中，微微一笑。

這女子便是前些日子在黃龍大船上給世子殿下煮茶的鵝蛋臉美人，叫陸丞燕，徐鳳年讓青州水師丟盡顏面後，之後幾天時間就數她最不怕同船閨蜜的閒言碎語，甚至被北涼王世子不知摸過幾次柔嫩小手了。

這幾天青州看似風平浪靜，水面下卻是青州門閥不知收到了幾封從京城寄回的密信，青黨其餘幾位聲望與陸費墀相近的老供奉都還在京師朝廷，寄回的家信內容如出一轍，概括起來就是一個字——等。

褚祿山兩頰肥肉微微抖動地笑咪咪道：「沒事沒事，陸小姐可是給殿下煮過茶的，便是上來打褚祿山幾耳光都無妨。」

才坐在老祖宗身邊的年輕女子一臉天真問道：「真的啊？」

陸費墀無形中加重了語氣，道：「燕兒，不得放肆。」

年輕女子立即低眉順眼起來，小心給老祖宗揉捏肩膀。陸費墀似乎仍不滿意，平淡道：「不是一個時辰前就嚷著餓了嗎，去跟妳爹討要些宵夜。」

陸丞燕「哦」了一聲，悄悄吐了吐舌頭，有些不甘心地下樓離開房間。關上門後，她便看到父親板著一張臭臉，她走近後挽著陸東疆的手臂撒嬌道：「好爹爹，生誰的氣呢，燕兒替你罵他幾句。」

陸東疆無奈地說道「妳啊妳啊」，終究是捨不得把話說重了教訓這名愛女。一來子女中數她最伶俐聰慧，二來家裡老祖宗精通相面，對這個曾孫女極其溺愛，家族中這三代子孫近百人，連陸東疆自己都不曾有資格被老祖宗親自傳授學問，燕兒卻自小便跟在老祖宗身邊識字讀書。

陸東疆走到船頭，迎風而立，當真是玉樹臨風。當初不知有多少青州女子愛慕，最終陸東疆卻只是在老祖宗安排下娶了青州普通大戶人家的女子，故而陸丞燕的生母只算是賢良淑德、持家有道，稱不上有大見識。因著這件事，陸東疆這些年一直被同輩好友取笑，而他陸東疆也頗喜攜妓遊賞，與襄樊城中那位聲色雙甲的李白獅也算有些情誼，少不得一些士林常有的詩詞相和。

陸東疆的次女更是被老祖宗欽點嫁去了北涼，偏偏這名世家子女婿與異姓王並無較深牽連，家族在北涼也只是二流墊底，遠遠配不上陸家，實在是怪不得次女每次回娘家都說些怨言。

這次韋瑋擅自調用黃龍戰船挑釁，陸東疆第一時間便得知消息，立即就要拉住想去湊熱鬧的女兒，可多年都不問世事的老祖宗竟一反常態，駁了他的做法。至於今日在春神湖上私下會晤褚祿山，更不像是臨時起意，而這一切，陸東疆無疑都被蒙在鼓中，甚至不如身邊女兒知曉得更多，這讓仕途順風順水的陸璧窠陸太守有些洩氣，難道自己在老祖宗眼中如此不堪大用？

陸丞燕蹦蹦跳跳去逗弄船頭一位幼時被老祖宗領回來的年輕人，這名十歲便可擊殺數位陸家豢養武者的死士跟著陸家姓，名斗，最出奇處在於這人是個浩瀚青史上都罕有的重瞳子，即一目蘊藏兩眸。

陸東疆對這年輕人沒有任何好感，甚至有些不敢與其對視，若非陸斗是老祖宗格外器重的家奴，加上燕兒小時候被他從野熊爪下救過，陸東疆實在不願接近。不知為何，燕兒倒是從小與這天生異相的同齡人十分親近，而他也只對燕兒露出笑臉。

陸丞燕拍了拍一身重甲的陸家心腹死士，嬉笑問道：「陸斗，你打得過那祿球兒嗎？就是那胖子。」

年輕人毫不猶豫地點了點頭。

陸東疆慌張低聲道：「燕兒，不要胡說八道。」

年輕人眼中露出一抹與身分不符的鄙棄，只不過隱藏極深，一閃而逝，但是轉頭面朝陸丞燕的臉龐仍是真誠和善。

半個時辰後，祿球兒走出房間，陸東疆、陸丞燕父女自然要親自送行，祿球兒有意無意瞥了一眼立於船頭的死士陸斗，嘴角笑意古怪。

陸東疆等大船遠去，這才拉著陸丞燕返回老祖宗所在的房中，看到老祖宗流露出幾絲難以掩飾的疲態，陸丞燕趕忙上前揉肩敲背。

一頭白髮如雪的上柱國陸費墀斜眼看了一下族內算是最成才的孫子，伸手示意忐忑不安的陸東疆挑張椅子坐下，等後者一絲不苟正襟危坐，他悄不可聞地喃喃感慨道：「青州兒郎素來才智不缺，就是去不掉這股子匠氣。顧劍棠本事何曾小了去，無非是與徐驍一比，就多了這分要命的古板匠氣。」

再望向曾孫女陸丞燕，陸費墀才會心一笑，臉上疲態消散幾分，再度面朝孫子陸東疆，語重心長道：「溫太乙、洪靈樞幾個老傢伙想必這次都在觀望，與子孫們的密信無非是等等等，等朝廷那邊徐驍再受挫折，等靖安王教訓了那行事跋扈的北涼王世子，這才肯表態。殊不知天底下哪有這等安穩好事，他們啊，到底是不肯放下當年被徐驍吃足苦頭的那點小疙瘩，都忘了活到我們這歲數，說到底不過是只剩下為子孫謀福運一事可做。」

見陸東疆只是附和點頭，陸費墀嘆息一聲，擺擺手道：「先下去吧，讓燕兒陪我說說話。」

陸東疆仍是禮數滴水不漏地離開房間。

這位上柱國收回視線，緩緩閉上眼睛，搖頭道：「妳說實話，喜歡那重瞳兒嗎？」

陸丞燕笑道：「挺喜歡。不喜歡他，小斗兒怎麼肯賣命呢。」

老人瞇眼笑道：「這就對了，可惜妳爹卻不知這『情分』二字的重量啊。」

第九章　曹官子現身兩禪　李淳罡傳授絕技

情分？陸丞燕有些茫然。

情分輕重，她當然懂得，豪閥大族裡有萬般馭下術，說穿了不過是恩威並濟，既然先恩後威，自然就是在說這情分的重要，只不過從老祖宗嘴裡說出，分量似乎比她想像的要重上許多。

閱盡人世滄桑的青黨老供奉側頭望向那座梅子青香爐，香爐造型螺旋如山巒，刻有蓬萊、博山、瀛洲三座仙山，三縷紫煙從鏤空山中嫋嫋飄出，景象玄妙。陸丞燕與老祖宗相處多年，發覺香氣淡了，馬上就跑去添置炭火。爐中香料材質是南海運來的龍腦香，夾以青州獨有的水茅製成香餅，故而香氣濃郁適中、悠長，煙氣卻不重，不會嗆鼻。

陸費墀收回視線，輕聲道：「伴君如伴虎，帝王身邊的聰明人可分三等才智：大才經世濟民，是最上等的輔國格局，碧眼兒張巨鹿無疑是這類人；中人可鎮守一州執掌數郡，用大了亂國禍邦，用小了又屈才，我們青州溫太乙、洪靈樞都在此列，妳父親陸東疆以後若能磨礪一番，也勉強能算；最下是那些只懂逢迎媚主的傢伙，才學平平，但天生善於察言觀色。燕兒，可知為何歷代輔佐君主的大才之士的下場都不如小才？」

陸丞燕小聲說道：「功高震主？」

陸費墀不置可否，淡然道：「北涼王徐驍不可謂不功高震主，為何這人屠能活到今天，還裂土封疆，手握三十萬精兵？無他，唯有『情分』二字。與帝王相處，情分遠勝才略啊。宦官為何能干政，外戚為何可掌權，可不就是君主念著那份香火情嗎？徐驍與先皇的關係，少於父子，多於兄弟，殊為不易，因此哪怕先皇駕崩，這份情誼，仍是或多或少傳承到了當今陛下那裡。

當初奪嫡，徐驍只是冷眼旁觀，這不是功，而是常人不知的情誼。後來趙稚皇后要招北涼王世子做駙馬，溫太乙這些人都覺著是皇上與徐驍的君臣情誼殆盡了，急著落井下石，在朝廷裡與孫希濟這幫亡國老賊一起鼓噪。錯啦，大錯特錯！趙稚這女人的心胸不簡單哪，在我看來只有一半是想試探徐驍的底線，餘下一半卻是存了要保北涼、保徐家的心思。即便徐驍對此推阻，她也不會真的動怒。這次徐驍進京，如何？不一樣把世襲罔替拿到手了！若是換作別人，哪怕是燕剌王，能得逞？」

陸丞燕小心翼翼說道：「老祖宗，那現在北涼王戎馬一生辛苦攢下的君臣情分還有多少？」

陸費墀笑道：「所剩不多啦，再多的情分也經不起徐驍三番兩次折騰，只要燕剌王、廣陵王幾大藩王不死絕，就還在。先皇不讓顧劍棠趕赴北涼做異姓王，是有莫大理由的。顧劍棠此人過於圓滑了，不肯樹敵，先皇怎麼會放心讓他去千里之外稱王。徐驍這瘸子於鋒芒中守拙的個中三昧，以顧劍棠的火候，的確比不上。早前王朝有人說徐驍的班底交給顧劍棠，一樣能滅六國，這話倒也不假，只不過下場嘛，就逃不過狡兔死、走狗烹了。」

這尊在青州頤養天年許久的老供奉微微一笑，說道：「再與妳這小妮子說些事情好了。

之所以行險來春神湖，是因為咱們青黨兩代人好不容易凝聚起來的氣散了。那碧眼兒了不得，才執政沒幾年便將溫老頭給治得服服帖帖了，若只是如此還好，可洪靈樞這老不死本想著下來前將幾個不成才的兒子推上去，一個入京做大黃門，一個做郡守，剩下一個斗大字不識的則去跟姓韋的要青州水師，都被碧眼兒攪黃了，還將陽嶺郡交給了溫老頭的得意門生。洪靈樞什麼都好，就是心眼太小，雖說看出了這是碧眼兒的陽謀，仍是氣不過啊，一來二去，與本就有嫌隙的溫老頭澈底疏遠了。餘下幾位能在朝廷說上話的青州老傢伙也不肯消停，要麼被顧劍棠暗中拉攏，要麼與西楚老太師孫希濟這些人眉來眼去，以後青黨大勢如何，其實誰都看得出，只不過真落在自己頭上，就顧不得大局嘍。咱們青州，早就被古人說死了，見利忘義啊。」

陸丞燕嘻嘻笑道：「若是老祖宗還在京城，哪裡容得他們瞎來。」

陸費墀摸了摸這個曾孫女的腦袋，瞇眼笑道：「妳這小馬屁精。」

老人嘆氣道：「我何嘗不是見利忘義之徒，也就只能在妳這小丫頭面前笑話這些老不死，指不定明天就輪到他們來腹誹編派我了。」

陸丞燕哼哼道：「他們敢！燕兒明兒就讓陸斗殺得他們全家雞飛狗跳！」

陸費墀伸手撫鬚，開懷笑道：「世上少有真的聰明人，卻也少有真的笨人。妳父親這些所謂的豪閥子孫，卻是不太懂這個道理的，只不過如今天下清平，見不得激蕩亂世時的慘烈人心罷了。陸家府上那些恨不得掏出心肝來秤上一秤赤膽忠心的幕僚清客，我看就沒幾斤重。寒門士子讀書讀溫飽，士族唯讀錦繡前程，讀出大義和大智的少之又少，那麼多記載先人血淋淋教訓的史書，都可惜了。」

陸丞燕點頭說道：「讀死書，當然百無一用是書生，讀活了，才算萬般皆下品、唯有讀書高呀。」

老人哈哈大笑，讚賞道：「這話得讓妳父親聽聽。」

陸丞燕做了個調皮鬼臉，「那不行，爹肯定又得跟燕兒嘮叨聖賢云這曰那了。」

陸費墀斂了斂笑容，在陸丞燕的攙扶下緩緩起身，走到窗口，輕聲感嘆道：「世子趙珣輸給那北涼殿下不奇怪，可連打定主意破釜沉舟的靖安王都沒能留下他，這就有意思了。剛才褚祿山笑稱任由妳打耳光都不會還手，燕兒，妳別以為那是場面上的玩笑話，這位笑裡藏刀的祿球兒是很當真的。」

陸丞燕訝然驚呼道：「竟是真話？燕兒還以為是暖場打趣的假話呢。」

陸費墀淡然笑了笑，「所以我準備讓妳入北涼王府，正妃不奢望，怎麼都要替妳求個側妃。論起膽量，溫、洪兩個老傢伙這輩子可就沒一次比得過我啊。」

自小被老祖宗誇讚的陸丞燕雖說早有幾分猜測，但親耳聽到後還是滿心震撼，一時間不敢說話。

陸費墀拍拍她的手背，和藹地說道：「去，盯會兒香爐，這玩意兒不能差了火候。」

看著曾孫女小跑去蹲在香爐前撥弄炭火，老人望向湖面，微風拂面，白鬚飄逸。

他略作思量，輕聲說道：「燕兒，明日將那陸斗交給褚祿山，這襄樊城的火候就對了。」

陸丞燕乖巧地「哦」了一聲。

陸費墀轉身從架子上的食盒裡拿起一塊老薑，放入嘴中，突然問道：「聽說那世子殿下長得十分俊俏？」

陸丞燕錯愕了一下，抬頭揚起一個笑臉，「可好看了！」

陸費墀緩慢嚼著微辣的生薑，撫鬚瞇眼道：「如此看來，大抵有老祖宗當年一半風姿了吧？」

陸丞燕伸出一根手指在臉頰上劃了劃，調皮笑道：「老祖宗不知羞！」

老人也不生氣，走過去彎腰抹去曾孫女臉上的那一抹黑炭，寵溺道：「嫁出去的閨女都是潑出去的水，這還沒嫁人胳膊肘就往外拐了，老祖宗白疼妳這些年了。」

陸丞燕突然紅了眼睛，哽咽著嚷道：「燕兒不嫁人了，不嫁不嫁！」

陸費墀呵呵笑道：「傻丫頭。老祖宗最後送燕兒一句話，嫁夫從夫，真想要讓咱們陸家大富大貴下去，以後等老祖宗進棺材了，別管妳爹娘如何說，更別管家族如何求，都要記得萬事先替妳夫君著想，這才是讓陸家從青州亂局中脫穎而出的根本。妳那個相貌俊逸的未來夫君，這次能讓靖安王兵行險著，一半是本事，一半則是差了火候，不過他畢竟還年輕，只要氣魄格局有了，未嘗不能做一個不輸徐瘸子的北涼王。」

老人望向星空，輕聲說了句讓陸丞燕迷迷糊糊的晦澀言語：「占北望南，以蟒吞龍啊。」

◆

徐鳳年沒有湊近人戟寧峨眉所在的篝火，而是躺在山坡頂端的草地上，望著那條璀璨銀河發呆。前不久剛剛給青鳥餵下龍虎山老真人趙希摶的收徒禮，是在珍寶無數的天師府都珍貴無比的龍虎金丹，一盒只有兩顆，據說可以延年益壽，與續命無異，只比齊玄幀親手煉製的丹藥差上一籌。

當年老劍神李淳罡上龍虎山斬魔臺，求的就是齊仙人手中傳言可起死回生的仙丹。因此剛才看到盒子打開後香氣彌漫的兩顆龍虎金丹，識貨的李淳罡為那青衣女婢服下前詢問了一句：「真的捨得？」

老劍神本意是女婢的傷勢已經沒有大礙，活下來是板上釘釘的事情，這一顆價值連城的金丹就顯得沒那般必要，有揮霍嫌疑。沒料到世子殿下語調平靜說捨得，然後直接詢問第二顆金丹何時適宜服食。

羊皮裘老頭兒來到世子殿下身邊坐下，拔了根甘草叼在嘴裡，感慨道：「天似穹廬，籠蓋四野，誰不是井底蛙。」

徐鳳年笑道：「老前輩，這可不像是你會說的話。」

老劍神撇了撇嘴，自嘲道：「在小泥人面前，當然需要時時擺出高人的架子，否則如何騙她與老夫練劍。」

徐鳳年翻了個白眼，學著老劍神拔出一根甘草，彈去泥土，放入嘴中細細咀嚼，含混不清道：「甜啊，以前跟老黃時常睡這種鳥不拉屎的地方，沒床沒被，我沒事就罵娘，等到實在沒力氣了，老黃就遞過來這種甘草。」

老劍神平靜說道：「蘆葦蕩中你那幾刀就是劍九黃的九劍吧。老夫雖從未見過此人出劍，前八劍還好，只算是一般的上乘劍術，但第九劍卻是實打實的大家風範，你小子偷練多久了？」

徐鳳年搖頭道：「只是看了劍譜，從未真正練過，不知為何白天就用出來了。」

李老頭兒一臉半信半疑。

徐鳳年坐起身，轉頭問道：「老前輩，為何不收下那劍匣？」

老劍神笑道：「那你小子怎不去如饑似渴地翻看那部天底下無出其右的刀譜？」

徐鳳年重新躺下，蹺起二郎腿。

老劍神大聲笑道：「天不生我李淳罡，劍道萬古長如夜。」

徐鳳年無奈道：「這牛皮你跟姜泥吹去。」

老劍神站起身，一腳踹掉這小兔崽子的二郎腿，怒道：「滾起來，老夫讓你知道這話是不是吹牛！」

徐鳳年愣了下，不敢置信道：「要教我上乘劍術不成？」

老頭兒嗤笑道：「世人眼中的上乘劍術算個卵！老夫今晚直接授你兩袖青蛇！」

◆

欽天監通天臺。

頂樓除去眾多煩瑣複雜的觀象儀器，還用作藏書納簡，三面書牆高達數丈，以至於需要多架專門用來拿書的梯子。此時已是深夜，只有一名老人與書童待在這裡。

老人因為讀書過多，以至於看壞了眼睛，腋下夾著一本古書，蹣跚著走出內室，來到鑿開一牆凸出向外的摘星路。這條路突兀橫出閣樓長達六丈，由九九八十一大塊漢白玉鑲嵌而成，晶瑩剔透。行走在路上，低頭看去，膽小的肯定要兩腿顫抖。站在這裡，可飽覽皇宮全景，屬於逾規違制，因此在本朝任何一份輿圖、方志文獻上，都不見通天臺的記錄。

老人走到玉石道路盡頭，仰頭望去，小書童趕緊跑來給監正大人披上一件外衣。長得唇紅齒白、靈氣四溢的書童倒也不懼高，在一旁坐下，雙腳懸空晃蕩，陪著老人一起看向浩瀚星空，托著腮幫怔怔出神。

小書童輕聲問道：「監正爺爺，真的能看到什麼嗎？聽挈壺大人說他當年親眼瞧見八國版圖上八根沖天而起的浩大氣柱，一根根逐漸轟然倒塌哩，這會兒就只剩下咱們離陽王朝這一根直達天庭啦。」

既然被喊作監正，那自然是欽天監的第一人南懷瑜了。老人攏了攏外衣，輕笑道：「老了，眼睛也不好使喚，已經看不太清楚了。」

年幼書童不以為然道：「監正爺爺你有天眼的呀，會看不清楚？」

老人無奈地苦笑道：「天眼，黃三甲的話也能信？小書櫃，這是那老惡獠想借我屁股下的位置來替他布局，千萬不能當真。若說天眼，他自己才是，我的望氣功夫差遠了。」

書童打抱不平道：「不會啊，監正爺爺不是跟那黃魔頭下了兩盤棋，先輸再贏，哪裡比他差了！接著下的話，他肯定就只能自稱黃兩甲了！」

老監正搖頭道：「沒贏，沒贏啊。只是下到一半，黃三甲不願再下而已。棋盤上我雖說占據優勢，可他只要再下十棋，我就要潰敗。當年我覺得能夠持平，十年前再思量，覺得二十手就要輸，這會兒再回過味，就只剩十棋了。天曉得過些日子，是不是覺得五手就得輸，說不定臨死前才知道黃三甲只需一棋就可扭轉乾坤，這才是此人的真正厲害處。

朝廷設棋待詔，南派以王集薪為首，北派以宋書桐作魁，棋力與我相仿，其實都遠遜於黃三甲。王集薪說黃龍士下棋如淮陰用兵攻無不克，這話分明是只觀棋譜不曾親自對局的局外語，應該是淮陰點兵多多益善才對。黃三甲真正厲害處哪裡是在中盤，收官才見功底，只可惜世上無人能與他手談至收官罷了，想必這才是他挑起春秋國戰的原因。畢竟三尺棋盤，對他而言，太小了。」

被陛下以國師相待的南懷瑜暱稱「小書櫃」的書童咂舌道：「那這魔頭豈不是真的天下無敵了，就真的沒人能下棋贏過他嗎？」

老人想了想，笑道：「贏過他的似乎真沒有，不過平局，有。」

書童兩眼放光，扯了扯老監正的袖子，迫不及待地問道：「誰啊？」

老人怕身邊這只小書櫃著涼，先讓書童坐起身，再將書本墊在這孩子屁股下，這才不急不緩說道：「當年先皇親自出迎，數十萬太安城百姓夾道歡迎，小書櫃，你說是誰？」

書童「哇」了一聲，「知道知道，白衣僧人，兩禪寺那位提出頓悟的神仙！監正爺爺，真的能立地成佛嗎，是不是說我站著站著就變成佛了？如果是真的，那我也想去當和尚啊。」

老監正語氣沉重道：「頓悟真假不知，終究不是釋門人，即便我讀了些佛經也不可妄言。可修道破財、參禪散運，千真萬確。一國君主，若是癡迷佛道，肯定不是幸事啊。崇尚黃老清靜還好，於國傷財，還可以當作是取之於民、用之於民，但若崇佛，就不好說了，氣運一散，再聚難如登天。佛法初入中土，便遭到饞貶，未必只是流於表面的儒釋道三教歧義，實則是最重養氣的儒道兩家擔憂佛門壞了中土氣勢。」

小書童苦著臉道：「那我還是不做和尚了。」

老人笑了笑，摸著小書童腦袋。

書童抬頭問道：「監正爺爺，白天那北涼王來咱們欽天監，怎麼其他人都怕得要死？我就不怕。」

老監正起身說道：「不怕就好。好了、好了，偷懶夠了，咱爺兒倆該回去做事，等抓緊時間修訂完這部新曆，我也該閉眼了。若是被那白衣僧人搶了先，就又是一場不可估量的禍事，所幸我這老眼昏花的將死之人有你這小書櫃幫忙。呵，估摸著下輩子投胎是做不了人，這便是洩露天機的命哪。」

小書童一臉悲戚。

南懷瑜有些吃力地眯著眼，轉頭望向北涼那邊，伸手指了指，輕聲說道：「小書櫃，等我死後，就靠你壓制那條巨蟒了。」

◆

篝火有兩大叢，魏老道等幾個身分不同尋常的扈從，加上魚幼薇、姜泥這些「女眷」占據一叢，鳳字營圍著另外一叢，兩者間隔較遠，屬於很守規矩的避嫌。裴南葦即便是隻落難鳳凰，也依然竭力保持著靖安王妃的端莊架勢，她閒來無事便留心著鳳字營動靜，可以看到那些輪流值夜的輕騎來來往往，井然有序。

大戰過後，兩名將軍都負傷不輕，可不管將校還是士卒，臉上都沒有頹喪氣息，看他們口型，似乎都在說那位世子殿下，個個神采飛揚。

鳳字營越是這般軍心凝聚，裴王妃就越不自在，原本那點逃離牢籠的心思都逐漸冷淡。落魄到要去打掃車廂的階下囚，如何比得青州獨一無二的靖安王妃？裴南葦心灰意冷，伸手靠近火堆，暖和了幾分，望向身邊左側，是抱白貓的腴美女子，一同陪著自己去尋水潭，路上寥寥幾句聊天，便知談吐不俗。右側那身分古怪的年輕女子可真是長得靈氣，裴南葦身為胭脂評上的絕代尤物，仍不敢說再過幾年還能勝得過這穿著樸素的女子。說她是女婢，不太像，哪有能夠與北涼王世子怒目相向、針鋒相對的丫鬟？可若說是大家閨秀，又不對，那雙根本談不上白玉凝脂的粗糙小手，顯然是貧苦人家出來的孩子。這北涼，果然是怪人迭出，猜不透，想不通。

裴南葦情不自禁望向世子殿下消失的方向，不知這無恥混帳又在做什麼？

◆

北涼王府，聽潮亭。

這一夜，腰間已無雙刀的白狐兒臉登上三樓。

◆

月明星稀，兩禪寺陰面山腳的小茅屋裡鼾聲大震，卻是個其貌不揚的少婦的不雅睡姿給折騰出的動靜。她手腳大張，占據了大半床鋪，一個霸氣轉身，不小心將身邊的中年光頭和尚給一腳踹下了床板。可憐和尚坐地上發呆半晌，起身披上一件素白袈裟，走出屋子。

隔壁被木板間隔出兩個小房間，這白衣僧人躡手躡腳來到女兒房間，替她蓋好毯子，這妮子睡相跟她娘親如出一轍，不安分。再來到徒弟屋子，看到這小笨蛋十有八九做了個好夢，估摸著是夢到跟東西去哪裡瘋玩去了，只顧著笑。

裝飾寒酸的狹小屋子裡整齊潔淨，家中兩個女子的鞋襪總是天南地北亂丟，這笨南北不一樣，任何物品擺設從來都是一絲不苟，與他給寺裡慧字輩僧人講經說法一般。

白衣僧人獨自走出茅屋，來到千佛殿。牆面上彩繪有金剛羅漢拳法，栩栩如生，地面上坑窪不平，總計一百零八個腳印小坑。江湖上傳聞這是兩禪寺最厲害的一門伏魔神通，誰若能面壁觀拳，走對了一百零八步，就可穩居天下武道前三。

此殿之所以稱作千佛殿，是因為兩禪寺在這裡一年一雕佛，迄今已有佛像破千，白衣僧人既是這一代守碑人，也是這一輩千佛殿雕像僧。站在殿門一眼望去，十方諸佛菩薩無一雷同，比較三面拳譜更加壯觀恢宏。

兩禪寺初代祖師曾留下佛語，凡入大殿，凡見聞覺知者均將獲得菩提解脫之種子。殿內懸掛一副楹聯：「從步步生蓮以來，迄今已三千年，重塑大殿供羅漢。曆八十一難而後，願將二十八品，普濟群生講法華」。

只是自打白衣僧人從極西之地返回太安城再返兩禪寺，只雕了一座羅漢像，那一年，剛好把小和尚笨南北領回山。

白衣僧人抬頭看著開門後月光灑滿的千佛雕像長吁短嘆。

小和尚吳南北不知何時出現在白衣僧人身後，憂心忡忡道：「師父，明天師娘又要下山啊？」

白衣僧人一臉認命道：「去吧去吧，反正缽裡也剩不下幾枚銅錢了。」

笨南北老氣橫秋地嘆氣道：「東西下山幾次後，這會兒再跟師娘挑脂粉都只挑死貴死貴的了，以後可怎麼辦啊？」

「你怎麼醒了？」

「剛做夢跟東西牽手了，結果她敲了我一板栗，就醒了。唉，喂！師父你打我作甚？」

「除了牽手還做啥了?」

「沒啊,就牽手,要不還能做啥?」

「真沒有?出家人不打誑語,千佛殿這麼多菩薩羅漢可都看著你呢!」

「呃,除了牽了下手,我還跟東西說我喜歡她……」

「難怪要挨打。」

「師父,老方丈說你是羅漢第三尊無垢羅漢轉世,佛經上說這位菩薩沒有妄惑煩惱,怎麼你總是被師娘和東西說長了一張苦瓜臉哪?」

「大住持還說你是佛陀最後一名弟子須跋陀羅尊者呢,在佛臨入滅涅槃接受訓誡而得菩薩果,聽著挺厲害,怎麼也沒見你智慧博學、辯才無礙?不說寺裡和山下,就說我們茅屋才四個人,你吵架吵得過誰?」

「唉,老方丈對誰都喜歡說好話,被誇實在是沒啥好高興的。師父,要不你教我下棋吧?」

「為何想要學棋了?」

「東西在山下求師娘買了兩盒棋子,可師娘不會下,東西說下不過你,就只能跟我下了啊。」

「我閨女天下第一聰明,可這學棋嘛,實在是悟性沒那麼驚才絕豔,說不定也下不過你,到時候師父的銅板又浪費了。」

「沒關係,我讓她唄。」

「笨蛋!讓棋你能讓幾局?」

「一輩子唄，反正等我修成舍利子就行了，算算其實也沒幾十年。」

「好吧，師父也有些年沒摸棋子了，你去把棋盒拿來。」

「現在？我哪敢去東西房間啊，還不得被打死。我又不敢跑，萬一跟以前那樣跑到碑林裡，東西找不到我咋辦？到時候師娘盛飯的時候又只給盛半碗。」

「道之所在，雖千萬人吾往矣。這個道理都不明白，還修什麼佛？」

「師父，這話不是山下儒家聖人的警世名言嗎？」

「這樣嗎？」

「千真萬確！唉，以前總聽寺裡方丈們說你在十年一度的蓮花臺講經論道很厲害，連那些士林鴻儒和道門真人都佩服，看來也是吹牛。師父，你私下給他們銅板了？」

「放屁！師父的私房錢不都是你師娘盯著嗎？」

「那屋後頭《龍門二十品》石碑下頭的陶盆，不是你前兩天才剛讓我埋下的嗎？」

「哈，南北啊，今天月色不錯。你在這兒等著，師父去拿棋盒。」

「……」

片刻後，白衣僧人拿著兩盒棋子以及一座東西讓小和尚砍樹製成的粗糙棋墩。師徒兩人在千佛殿中席地而坐，白衣僧人對那棋線歪歪扭扭的棋墩翻了個白眼，棄之不用，而是以手指在地板上刻出縱橫十七道。

殿內地面由特殊材質的石料精心鋪就，世人謂之「金剛鏡面」，曾有上乘得道劍士以利劍砍下都不曾砍出痕跡，因此那一百零八個清晰腳印才分外顯出入聖神通。小和尚吳南北對師父以手指畫線並沒有什麼驚奇，只是哭喪著臉道：「師父，大住持還好，其他方丈肯定要跟我說幾天幾夜的佛法了。」

白衣僧人一臉無所謂道：「讓他們叨叨叨去。」

小和尚悲憤道：「可他們不樂意跟師父你叨叨叨，就只揪住我不放啊！」

叨叨叨，是這寺裡古怪一家四口的獨有口頭禪。

白衣僧人置若罔聞，瞥了眼十九道棋墩，「咦」了一聲，略作思量，拍手大笑道：「妙極，可惜沒酒。當年師父跟一個老流氓下了兩盤平局，分別是十五道與十七道，他氣呼呼放狠話說若是十九道，師父我就不是他對手了。不過看當時情形這流氓不太願意第一個提出下十九道棋盤的棋，笨南北，可知道是誰首創？」

「好像是徐鳳年的二姐，叫徐渭熊，這名字大氣。東西羨慕了很長時間呢，還埋怨師父你當年取名字一點都不上心。呵，其實我就覺得東西這名字才好聽，這話就是不敢跟東西說。」

「又是徐鳳年這兔崽子！師父回去得在帳本上記下他幾菜刀！」

「師父，你現在每天都記刀，徐鳳年以後真要來寺裡，我咋辦？我是幫東西還是師父你啊？」

「你說呢？」

「這會兒先幫師父，到時候再幫東西。」

「南北，師父以前真沒看出來，你原來不笨啊。」

「可不是！」

「不笨還是笨，等你哪天不笨了，東西就真不喜歡你了。」

「啊？師父你別嚇唬我啊，我會晚上睡不著覺的！明天可沒精神給你們做飯了。」

「這樣的話，你就當師父沒說過這話。」

「師父我不學棋了，想去東西房外念經去。」

「笨南北，師父告訴你念經沒用，經書與這千佛殿千佛都是死物，若是光念經就能念出舍利子，大住持早就燒出幾萬顆了。不說這個，教你下棋。」

白衣僧人只是粗略說了一遍圍棋規則，第一局讓六子，師徒兩人皆是落子如飛，笨蛋小南北自然輸了。第二局讓五子，小和尚仍是輸。第三局讓四子，小和尚連輸三把。

白衣僧人皺眉道：「南北啊，這可不行，明天怎麼給東西讓棋，還讓她看不出來你在讓棋？」

一日認真做事便面容肅穆的小和尚點頭說道：「師父，我再用心些下棋。」

第四局，只讓三子，按照常理，白衣僧人讓子越少，而且並未故意放水讓棋，自然該是小和尚的棋局越來越難看，而事實上先後四局，小和尚的形勢卻是逐漸好轉。

第五局時，白衣僧人看了眼天色，說道：「這局不讓子，你能撐到一百六十手就算你贏，明天可以去跟東西下棋了。」

笨南北使勁點頭「嗯」了一聲，剛要執白先行，無意間看到袈裟有一隻螞蟻在亂竄，小和尚憨憨微笑了一下，輕柔伸出兩根仍捏著棋子的手指，讓小螞蟻爬到手上，再放於地上，等牠行遠，這才清脆落子於金剛鏡面上。

這一局，終究是被小和尚撐到了一百七十餘手。

白衣僧人沒有再下，笑道：「現在睡著了沒？」

小和尚摸了摸光頭，開心道：「行了！」

白衣僧人擺擺手說道：「去吧，棋墩、棋盒都留下。」

小和尚「哦」了一聲，起身離開千佛殿。

盤膝而坐的白衣僧人等徒弟走遠，約莫著回到茅屋，這才一手托著腮幫，斜著身子凝視棋局。

白衣僧人伸了個懶腰，輕聲道：「曹長卿，還是這麼好的耐心啊，難怪被稱作曹官子。」除去他的言語，大殿仍是寂靜無籟。

白衣僧人伸手一抓，地面上十幾顆白棋猛然懸空，再輕輕一拂，棋子如驟雨激射向一側。稍後，一名青衫文士裝扮的儒雅男子悠然出現在殿內，手中抓著那十六顆棋子，每行一步便彈出一棋子，空中不可見棋子蹤影，眨眼間，白衣僧人袈裟上便黏住了十五顆。

這個喝酒吃肉還娶媳婦、生女兒的不正經和尚巋然不動，但是大殿內千佛雕像卻齊齊搖晃，如同遭受了天魔巨障入侵，尤其是幾尊金剛怒目菩薩羅漢像，前後擺動時格外氣勢駭人，想必是十五棋子擊中白衣僧人袈裟，每一棋子都帶來一次氣機波紋的劇烈激蕩，才引來這般異象。

俊雅不凡的中年文士手上只剩最後一顆棋子，笑道：「果然世間無人可破你的金剛境。」

不見白衣僧人如何動靜，十五白子從袈裟上墜地，然後被賦予靈性一般在金剛鏡面上迅速滾落回棋局原本位置。

白衣僧人平淡道：「曹官子的十五指玄而已，要不你拿出天象境界試試看？」

身材修長的文士笑了笑，輕輕將手中棋子往地上一丟，往前幾個蹦跳，恰好與十五子一樣乖乖返回原位，搖頭道：「不試了，當年號稱可與齊玄幀一戰的北莽第一人南行而來，到了兩禪寺，不一樣傷不到你分毫，只不過這地上倒是被你一怒踩出了一百零八金剛印。不過我很奇怪，你與人打鬥是平局，為何下棋還是喜歡平局？黃龍士當年先是以三百餘僧人性命為要脅與你對局，一人作一子，這一局死了四十三人，所幸被你平了。後來春秋國戰結束，黃龍士逼你再下，卻是以天下百郡內的幾百座佛寺做棋子，輸一子便毀去一座，贏一子便讓離陽王朝多建一座，為何你仍是平局？我觀棋譜後，第一局你贏面的確不大，第二局分明是你有望勝了黃龍士的。」

白衣僧人抬頭看了眼這位名動天下的曹官子。與自己類似，這個傢伙也曾親自與黃龍士下棋，據說兩人手談幾近官子階段，曹官子比起那幾位宮廷御用國手當然要強上不止一籌半籌，可面對這等世人眼中的神仙人物，白衣僧人仍是古井無波，平淡說道：「我如果說急著回家給媳婦做飯，你信不信？」

曹官子聽到這個天下罕有的笑話，竟然沒有如何笑，只是嘆氣惋惜道：「如今連女兒都有了，就更沒耐心陪我下至收官，看來是沒機會跟你下棋了。」

白衣僧人譏笑道：「誰樂意跟你下棋，一局棋能下幾個月、幾年時間。」

本名曹長卿早已不被熟知的曹官子坐在白衣僧人對面，看了眼其實早已爛熟於心的棋局，笑道：「你這徒弟，實在是厲害。不愧是被佛門視作末法大劫的希望所在。」

白衣僧人平靜道：「曹長卿，我的脾氣其實沒你想的那麼好。」

「你不願與我下棋，我也不願跟你打架。喏，在皇宮裡頭替你尋來的好酒。」曹官子摘下腰間的酒壺，丟給白衣僧人。然後他左手拈起一顆白子，輕輕落子，似乎知道白衣僧人不會與自己對弈，右手便自顧自拿起黑子落在地面，形成自娛自樂的場景，聽他說道：「放心好了，我寧肯跟鄧太阿的桃花枝較勁，都不會跟你扯上關係，世人只知你金剛不敗，我卻知曉你金剛怒目的怖畏。」

白衣僧人喝了口酒，皺眉問道：「那韓人貓都沒留下你？」

曹官子左右各自下棋，搖頭道：「這一趟湊巧沒碰上。」

白衣僧人抹了抹嘴，問道：「你這落魄西楚士子，還念想著找到那位身負氣運的小公主，復國？」

曹官子神情落寞道：「怎麼不想？都說她與皇帝陛下一起殉國了，可我始終不信小公主會死。西楚龍氣仍在，欽天監不敢承認而已。」

白衣僧人仰頭喝了一口酒，「曹長卿，你是為我的新曆而來？離陽王朝沿襲舊曆，本是奉天承運，可吞併八國後，顯然已經不合時宜。欽天監在忙這個，我這邊倒斷斷續續，不太著急。你想著動些手腳？給你那位亡國小公主保留一線復國生機？」

曹官子突然站起身，一揖到底，久久不肯直腰。

白衣僧人嘆氣道：「曹長卿，你當真不知道這是逆天篡命的勾當？龍虎山上任天師的下場，你不清楚？」

這位二十年間幾乎一舉問鼎江湖魁首、傲氣不輸任何人的曹官子仍是沒有直腰。

白衣僧人猶豫了一下，沉聲說道：「不是我不幫，而是大勢所趨，舊西楚根本無法成事，有老太師孫希濟裡應外合又能如何，真當全天下人都是束手待斃的傻子嗎？徐驍、顧劍棠沒死，六大藩王沒死，如今再加上張巨鹿，還有皇宮裡那位。曹長卿啊曹長卿，聖賢只說力挽狂瀾於既倒，可狂瀾已過，大局已定，你又能做什麼？莫說是你，便是齊玄幀這等仙人都沒用！」

曹官子直起身，怔怔無語，一臉淒涼。

千佛殿外，電閃雷鳴，很快便大雨滂沱。

白衣僧人低頭望著曹官子代替徒弟所下的白子，決然不顧，哪裡是曹官子滴水不漏的官子？一時間有些戚戚然，長嘆一聲，「罷了罷了，這壺酒是好酒，我只能保證這位西楚小公主不死，其餘的，愛莫能助，你如果再得寸進尺，我頂多下山去皇宮要一壺酒還你。」

曹官子再次作揖，灑然轉身，走入大雨中。

這正是雖千萬人吾往矣。

儒家豪氣長存。

白衣僧人即便身在釋門中，依然有些感傷。

剛要入睡便被雷聲驚醒的小和尚趕忙撐了油紙傘跑來，看到師父手中多了一壺酒，再聯想到方才那個走出千佛殿的中年書生，納悶地問道：「師父，這酒是那讀書先生送你的？」

白衣僧人點了點頭。

笨南北收起傘，咧嘴笑道：「我撐了一把，拿了一把，剛才碰上這位先生，就借了他一把。」

白衣僧人瞪眼道：「借他作甚？牛年馬月才能還你！一把傘，可要好些銅板！」

小和尚為難道：「那咋辦？我在寺裡講經，大住持也不給我銅錢哪。明天要是東西和師娘問起，就糟糕了。」

白衣僧人無可奈何道：「算了，就說我買酒好了。」

小和尚感激喊道：「師父！」

白衣僧人白眼道：「師父要去一趟寺裡藏經閣，躲一躲你師娘，你睡去吧。」

小和尚忐忑道：「師父，要不我還是跟師娘說實話吧？」

白衣僧人站起身，狠狠在這笨徒弟腦門上敲下一板栗，「笨蛋！」

小和尚燦爛一笑。

白衣僧人諄諄教導道：「南北啊，明天師娘生氣的話，對你來說最多就是少吃飯、多幹活，可你師娘心情不好，總喜歡去山下買些一年也穿不上幾次的衣裳，這可都是師父的血汗錢哪。」

小和尚恍然大悟。

白衣僧人笑道：「去吧，睡覺去。」

小和尚「嗯」了一聲，道：「東西怕打雷，我去門外給她念經去。」

白衣僧人摸了摸自己的光頭，這徒弟。

站在千佛殿門口，看到在泥濘中奔跑顧不得雨水的笨南北，白衣僧人呢喃道：「笨南北啊，你有一禪，不負如來不負卿。」

◆

夜幕中，白狐兒臉站在聽潮亭三樓外廊，很難相信這座七王中占地規模僅次於燕剌王的北涼王府沒有一個主子。不說王妃早逝，摘去大柱國頭銜的徐驍遠在京師，連那個世子殿下都跑出了北涼。長女徐脂虎還好，嫁人後到底是一瓢潑出去的水，次女徐渭熊奪魁了不以貌取人只以才華評定的胭脂副榜，仍在上陰學宮求學，而北涼王的幼子黃蠻兒徐龍象則在龍虎山修行，這讓白狐兒臉偶然偷閒出神時有些啞然自嘲。

當初遇到與難民乞丐差不多的徐草包，哪裡會想到能有今天的登上聽潮閣三樓。原本已經做好與北涼王做買賣的最壞打算，不管如何都要在這聽潮亭裡遍覽群書，後來借徐鳳年繡冬、春雷雙刀，談不上什麼後悔心疼，對他來說除了留命練刀，沒什麼捨不得、放不下。

白狐兒臉雙手扶在微涼的欄杆上，思緒萬千。他與世人一樣，以往對打天下、打下這座尊榮府邸的徐驍懷有不小成見，只是這一年多待下來，再回頭來看那駝背微瘸的老人，總有些由衷的佩服。

「內外十一夷，敢稱兵杖者，立斬之。」

「天下疆土，凡日月所照，山河所至，皆為我離陽王朝之臣妾。」

這兩句豪言壯語，並不是那些詩壇文豪的紙上談兵，而是出自因胸無點墨，多年被士子詬病的匹夫徐驍之口，更難能可貴的是徐驍幾乎做到了！這簡直是匪夷所思。

「南宮先生，難得看到你偷懶。」白狐兒臉身後傳來冷清嗓音，略帶著笑意。

白狐兒臉轉身，望著眼前男子，搖頭道：「不敢被李軍師稱作先生。」

「恭喜登上三樓，比我想的要快上一年時間。」

來者正是國士李義山，在那人才輩出、策士璀璨的春秋國戰中，他依然是最出類拔萃的。當年此人與西蜀人趙長陵並稱徐人屠的左膀右臂，左趙右李，大體上是一人謀略、一人決斷，其中趙長陵擅長陽謀，李義山側重陰謀，眾多有損陰德的絕戶計皆是出自他手，兩人合璧，配合得天衣無縫。

趙長陵嘔血病逝於西蜀國境內，是非功過終是難逃過眼雲煙，而李義山留在聽潮亭給北涼王出謀劃策，只不過看他氣色，也是病入膏肓，不像長壽人。確實，當年西蜀破國，順勢滅去數個反覆無常的南蠻豪強，正是李義山提出高於車輪者，不管婦孺，皆殺。蜀州至今提及李義山，都可讓小兒止啼，這等不計陽福陰德都要建功的人士，怎能活得長久？

白狐兒臉問道：「有一事不解，想請教李軍師。」

李義山點點頭，微笑道：「請說，知無不言、言無不盡。」

白狐兒臉本就不是客氣的人物，徑直問道：「北涼王公認僅是能領兵的將才，而非能將將者的帥才。春秋國戰，其餘三大名將極少如北涼王這樣每逢戰陣必身先士卒，西壘壁一戰，無疑是史上兵甲最盛的一場巔峰國戰，但他仍是把指揮權大膽交由你與那陳芝豹，親率精銳鐵騎直搗黃龍。那為何北涼軍只能姓徐，而不是其他？」

李義山望向無人拋餌便永遠寂靜的聽潮湖，輕輕笑道：「當年我與趙長陵也爭執過這個問題，誰都沒說服誰。答案不在我這裡，在徐驍、徐鳳年父子手中，南宮先生大可以繼續冷眼旁觀。

趙長陵這人啊，可惜生在了亂世，否則肯定是治世能臣，不比張巨鹿差。那時候我與他最大的分歧便在以後誰來執掌北涼軍，是徐家子孫，還是誰？所以我與徐驍說幸好趙長陵死早了，以他嫉惡如仇以及非黑即白的剛烈性格，不管咱們的世子殿下是真養晦還是假紈褲，都瞧不順眼啊。

我呢，運籌帷幄之中、制勝千里之外，大概是比不上他，但脾氣要好上很多，所以才能活得比他長。要不你以為徐鳳年那傢伙為何三天兩頭來送酒給我喝？這小子，精明著呢。趙長陵不喜歡這類小聰明，我反而很欣賞。再就是他做軍師時，都在軍帳內事必躬親，我比較懶散，所以許多事情都能看在眼中，多知道些世子的心性。

這傢伙是我看著長大的，那次因為覆甲女婢趙玉台的事惹惱了王妃，罰這小子抬臂提著兩本書面壁思過，才多大的孩子，能提多久？但他堅持著不肯認錯，又不願意偷懶，便頭頂一本，嘴裡咬著一本，這根骨性子，確實與王妃一般無二啊。當然，這點小事，說明不了什麼，咱們世子殿下以後能否順利世襲罔替，接掌三十萬鐵騎，還不好說。」

白狐兒臉猶豫了一下問道：「就不擔心那小人屠？」

李義山怕冷，便是伏天時分，可在這清涼山上聽潮亭，夜中仍是涼風習習，他忙提起葫蘆酒壺喝了口暖胃，這才喟然嘆道：「徐驍似乎不怕，可我卻怕得很。連南宮先生這種外人都看出來了，當局對峙的世子殿下與陳芝豹如何不心知肚明？一想到這陳芝豹在西壘壁前單騎獨行拖死武聖葉白夔妻女的手段，我不得不怕啊。也許你不知道，陳芝豹劍術不俗，最出彩的仍是槍法，比起當年槍仙王繡，也就是他的師父，足可並肩。

陳芝豹的兵法，素來是力求一擊得手，想必兵法以外，不外乎如此了。要知天下事多是身不由己，當年趙長陵與我何嘗不是與眾多心腹暗示徐驍乾脆反了？雖說徐驍忍得住，但陳芝豹能否忍下，天曉得。京城那位，這十來年中可是花了大量心思在這裡邊的。不瞞南宮先生，不是李元嬰惜命，只是怕大廈轟塌，對不住那白衣敲鼓的王妃啊。」

白狐兒臉似乎被李義山無形中透露出來的肅殺氣息感染，心情有些凝重。

李義山長呼出一口氣，仰頭喝了口烈酒，哈哈笑道：「今日下樓與南宮先生說這些肺腑之言，無非是希望他日南宮先生登樓頂出聽潮亭後，能記著這份淡薄情誼。鳳年的小聰明，可都是我這將死之人悉心傳授的，南宮先生莫要惱怒這小子的油滑才好，鳳年的心性既然相似王妃，自然是不差的。」

白狐兒臉只是點了點頭。

李義山卻知道已經足夠。這個親眼見過無數硝煙的男人神情恍惚道：「如今太平盛世，不說百姓，便是一些年輕將軍都無法想像那種數十萬甲士酣戰的波瀾壯闊了。那樣的景象，雖白骨累累，卻依舊能讓無數男兒前仆後繼。北涼是個好地方，馳來北馬多驕氣，歌到南風盡死聲，雖憂亡國而不哀，才算胸襟。只是不知道此生還能否看到鳳年領兵馳騁，踏破北莽十三州。風聲、雨聲、雷聲、大江聲，還是比不得北涼的馬蹄聲啊。」

李義山笑著轉身離開外廊，白狐兒臉看向這枯瘦背影，百感交集。

白狐兒臉重新望向遠方，冷不丁皺了皺眉頭，似乎有些後悔當時沒有答應一同出涼州了，他惱火這破天荒的情緒，冷哼一聲，強行壓下。

恢復平靜後，白狐兒臉瞇起比徐鳳年還要好看的桃花眸子，眺望東海方向，咬牙道：「天下第二嗎？」

◆

聽說老劍神要傳授兩袖青蛇，徐鳳年被震驚得無以復加，不等他反應過來，李淳罡冷哼道：「借劍。」

徐鳳年腰間春雷顫鳴不止，他下意識要按住這柄古樸短刀不讓其脫鞘。

羊皮裘老頭嗤笑一聲，說道先讓你小子見識一番吳家劍塚的禦劍上崑崙。一番氣機角鬥，徐鳳年如何能勝過這在聽潮亭下閉關多年的老劍神，春雷仍是被老劍神一指牽引，躍向當空。

李淳罡手指一壓，春雷下墜，手指復而一旋，春雷在他身前圓轉迅猛，最終形成一圈明亮刀影，不見刀身。

老劍神任由春雷在空中旋轉畫圈不止，伸手一抓，握住刀柄，古樸春雷刀身上瞬間炸開兩道青罡，如同兩尾通玄的青蛇縈繞盤旋。老劍神也不提醒徐鳳年小心，以刀作劍，劍氣凜然，一劍便劈向正琢磨其中禦劍門道的徐鳳年，劍氣遊蕩，頃刻間直射臉面。

徐鳳年上次在武當山上與一名東越皇族出身的大內侍衛對敵，那名刀客用一對鑾錦雙刀，最讓徐鳳年重視羨慕的便是那人獨有的拔刀術。眼看青蛇洶湧襲來，徐鳳年心有靈犀一點通，不知怎麼就摸著了那只可意會不可言傳的玄意。

既然青蛇劍氣已是避無可避，繡冬便電光石火間拔刀出鞘，一氣上黃庭，持刀硬扛下這一條冷冽劍罡。站在坡頂的徐鳳年當場被這兩條交纏一起的青蛇給推到坡腰高處，地面上塵土飛揚，世子殿下的袖口與鞋子都算是報廢；羊皮裘老頭兒卻是仗勢欺人，一劍復一劍，劍氣再漲，青罡更濃，徐鳳年根本來不及換氣，所幸大黃庭四樓可兩氣生青蓮，再扛下一記青蛇出洞，這下子直接從山腰逼退到坡腳。

老劍神瞇著眼站在坡頂，問道：「你這拔刀有些小意思，老夫若沒看錯，是東越皇族的成名手段，從不付諸筆端祕笈，只是口口相傳，你小子如何學來的？」

徐鳳年體內氣機翻滾如潮水，一身大黃庭本就剛剛平穩下來，頓時難受得厲害，苦澀道：「以前見過一名東越皇族拔刀一次，算是偷學。」

老劍神點點頭，不以為意，只是笑咪咪問道：「休息夠了？」

徐鳳年當機立斷，那叫一個斬釘截鐵地說道：「還沒！」

老劍神哪裡是那等好心人，哈哈一笑，手中青蛇再起，來勢洶洶。不是徐鳳年不想避其鋒芒，而是完全逃不掉，只能用最笨拙的法子去硬碰硬。所幸李淳罡似乎故意有所留力，每次出手並未下狠手，氣焰比起官道上那兩條百丈劍罡，像是軟刀子割肉，估計是想試一試大黃庭到底能生出多少朵青蓮來。

徐鳳年一咬牙，雙腳一沉，身陷泥地，以姑姑傳授的劍招「覆甲」去抗衡這一道青蛇劍罡，可惜老劍神的劍氣何等摧枯拉朽，繡冬被層層劍氣大浪拍礁般壓彎到不能再彎。砰一聲，徐鳳年連人帶繡冬一起倒飛出去，幾個狼狽翻滾，才起身，下一條青蛇便游弋而來，徐鳳年拚死再換《敦煌飛劍》中的捧笙對敵，再度被擊飛時心神恍惚間有一絲明悟。

上乘劍道分禦劍與生罡，捨劍意求劍招，故而吳家劍塚稱雄，但這有一個瑕疵，即劍士修為越是艱深，便越需要一柄神兵，例如吳六鼎出塚便帶上了那柄素王。而後者長劍本身只是依託，劍罡才是王道，如以傘、以水珠作劍時的李淳罡，已算天下萬物皆可為劍，只不過真正對上這兩袖青蛇，徐鳳年才知道李淳罡當年之所以能夠劍道登頂，就在於這位老劍神不管禦劍還是生罡都相當了得。青蛇游弋，看似直線一掠而來，實則可在氣機牽引下肆意扭轉方向，馭氣精妙至毫巔，才有這般大千氣象。

老劍神手提春雷，緩緩走下山坡，「小子，還沒死啊？」

徐鳳年被激起了凶氣，打腫臉充胖子笑道：「還沒！再來！」

李淳罡一笑置之，輕聲道：「胸中小不平，以酒消之；世間大不平，唯劍能消。徐小子，老夫的木馬牛也好，如今到了吳六鼎手上的素王也好，當年你娘親持有的大涼龍雀也罷，連想都不敢想一劍斬平世道，如何能到陸地神仙境界。等你見慣了老夫的兩袖青蛇，自會有你的氣概，大黃庭才能是你的大黃庭。與人對敵，未戰不可思退，老夫今晚教你這個道理，不比兩袖青蛇差。」

兩叢篝火那邊只看到山坡附近劍氣沖天，大戟寧峨眉有些擔心，想要率領一對白馬義從去盯著，但被老道士魏叔陽笑著攔下。

稍稍離遠了火堆的寧峨眉小聲詢問這位九斗米老道：「真人，那位老前輩真是李老劍神？」

年近古稀的老道士一臉神往憧憬，似乎記起自己年輕時學那李青膽仗劍青衫行走江湖的輕狂日子，撫鬚笑道：「正是老劍神啊，如今想起確是做夢一般，不敢想像此生能與這位前輩一同出行，幸莫大焉！」

寧峨眉私下始終是靦腆內斂的好脾氣，笑了笑，貌似不知如何繼續話題。對他來說，李淳罡只是老輩江湖武夫嘴中的一流陸地神仙，無非是百歲童顏如嬰、步履一瞬百里以及劍法俯視天下之類的傳言美譽，真碰上了，卻是有些措手不及，那羊皮裘老頭兒吃相、坐姿可實在是有些劍走偏鋒啊。尤其是老前輩被武帝城王仙芝折斷佩劍木馬牛，加上如今不知為何只剩一臂，真是令人忍不住扼腕嘆息，在寧峨眉看來，親眼所見青蛇劍氣如此勢如破竹，若是雙手俱在，會是啥樣的光景？

奈何一袖如何兩青蛇啊？

魏叔陽似乎看穿寧峨眉心中所想，搖頭道：「寧將軍，沒這麼簡單。」

大戟寧峨眉沒有作聲，然後轉頭看到才在黃昏時分換了嶄新服飾的世子殿下一身衣衫襤褸走來，老劍神則優哉游哉跟在後頭，似笑非笑。

徐鳳年看離篝火還有一段距離，輕聲苦笑道：「老前輩，說是教我兩袖青蛇，可哪有你這麼個授法，從頭到尾都是挨打，連逃都不行。」

李老頭兒吹鬍子瞪眼睛說道：「蠢貨，與你說那些大道理有何意義？老夫這成名絕技豈是這般好學的。」

徐鳳年嘀咕道：「就是懶，不想說話而已。」

老劍神不怒反笑，嘿嘿道：「確實如此，兩袖青蛇說是兩袖，且不說那劍罡，劍招便有六十六，一一跟你講解，老夫得浪費多少口水氣力。」

徐鳳年擺出一副就知道是這樣的可憐兮兮表情。

老頭冷笑道：「小子，別占了姑娘便宜還嫌棄肥瘦，慢慢熬吧。等你真正能一刀破去青蛇，才算在武道上登堂入室了。」

徐鳳年苦著臉問道：「聽老前輩的意思，是要天天挨打不成？」

李淳罡斜瞥一眼，道：「要不然？」

徐鳳年立馬諂媚笑道：「這是我天大的福氣，世人燒香拜佛都求不來！」

李淳罡盯著世子殿下那張臉龐，神情古怪，然後一腳踢在徐鳳年屁股上，看著踉蹌的背影，笑道：「你小子長得確實人模狗樣，你床上本事如何？還不滾去拿那靖安王妃練練手！」

被踹了一腳的徐鳳年滿頭霧水道：「練手？」

老劍神譏笑道：「要不然還能真刀真槍操練那靖安王妃？你小子捨得大黃庭？」

皮厚如徐鳳年仍然是有些赧顏，不在這個話題上糾纏不休，走近了篝火，在魚幼薇身邊坐下。

寧峨眉單手提些金黃流油的烤肉走來，分別遞給世子殿下和老劍神，饑腸轆轆的徐鳳年撕咬著野味，玩笑道：「寧將軍一起坐下，咱們一起沾沾老劍神的仙氣。」

卸甲卻仍背負短戟行囊的寧峨眉坐下後，笑臉靦腆。這名武典將軍長得凶神惡相，嗓音與性格卻是截然相反。

徐鳳年看著吃相文雅的寧將軍，莫名其妙大笑起來，篝火旁一大堆人都面面相覷，徐鳳年輕聲對寧峨眉問道：「沙場對陣廝殺，一些大將猛漢都喜歡喊些『賊子拿命來』或是『取你狗頭』的豪言壯語，寧將軍，可是你這種軟綿綿的說話語氣，咋辦？我這段時間總好奇這個。」

寧峨眉粗獷臉龐映著火光，瞧不清楚是否臉紅，撓撓頭笑道：「剛做上校尉時，也想學兵書上那些驍勇善戰的前輩在陣前喊話，後來一次跟大將軍並肩作戰，做先鋒將去陷陣，剛瞎嚷嚷了一句，就被大將軍喊住給狠狠罵了一頓，說耍大戟就耍大戟，廢什麼話，況且還跟娘們兒打嗝一般，氣勢甚至比不得漢子放個響屁，大將軍訓斥說別給北涼軍丟臉。這以後我上陣就再不敢喊話了，殺人便殺人，只是殺人。」

「就知道你要被徐驍罵得狗血淋頭。」徐鳳年捧腹大笑，他此時的破爛形象比起三年遊歷的乞丐裝扮好不到哪裡去，哈哈大笑的時候手裡拎甩著烤肉，看得不遠處的靖安王妃有些神情恍惚。靖安王趙衡不需說，從來都是高高在上一塵不染的道貌岸然，連世子趙珣也向來是食不厭精、膾不厭細的刁鑽作風，大到房間裝飾，小到腰間佩玉，皆是珍品，與俗氣兩字絕對無緣。

徐鳳年瞄了一眼裴王妃後，對狼吞虎嚥的李淳罡笑道：「老前輩，寧將軍的戟法如何，稱得上爐火純青？」

聽到這話後寧峨眉立馬坐立不安，果不其然，最是毒舌的羊皮裘老頭兒吐出一塊骨頭，笑道：「爐火純青？那空手奪戟的王明寅該是超凡入聖了吧，怎麼還是才排在天下第十一？你小子，想要讓老夫指點這傢伙戟法就直說，別來彎彎腸子。」

徐鳳年笑道：「求老前輩不吝賜教。」

老劍神不耐煩道：「以後有心情再說。」

徐鳳年見大戟寧峨眉這漢子只是沉溺於震撼驚喜中，悄悄伸腿踢了一下，後者身軀一震，抱拳道：「寧峨眉謝過老劍神。」

李老頭瞪眼道：「什麼老劍神，認了鄧太阿是新劍神不成？一日沒有與這後輩交手過，老夫仍是這百年江湖的劍神。」

寧峨眉滿心惶恐，他哪裡能摸透李淳罡的心性脾氣，只得求助地望向世子殿下。

徐鳳年擺擺手，示意寧峨眉先行離開，剛想打個圓場，無意間瞥見小泥人捧著本書在那裡擦眼淚，纖細肩頭一顫一顫，伸過頭依稀看清那本書書名，啞然失笑，竟是王初冬的《頭場雪》，只是不知讀到第幾卷了。

徐鳳年坐過去，輕輕搶過，掃了一眼，看書頁，姜泥已經在看結尾，估計是在為那句「願天下有情人終成眷屬」傷春悲秋，不等小泥人發飆，就識趣地將書還給她，調侃道：「都是些虛構的故事，也能讀出眼淚來？天底下無數癡男怨女都為這書灑了幾萬斤淚水了，不多妳這一點。」

姜泥死死捧著那本《頭場雪》，淚眼婆娑，哽咽罵道：「以為誰都像你這般鐵石心腸嗎？」

李淳罡湊熱鬧說道：「老夫得空兒瞥了幾眼，書中情愛倒還好，倒是這王東廂的詩，真是好，追慕先賢，深諳正詩的金石氣韻。不過有幾篇有失水準，不知跟誰學來的壞習慣，大段大段生搬《老》、《莊》、《周易》三玄，尤其是從佛經上剝捉下來的一些生僻詞彙，要老夫來評，便是生了禪病。不過春秋國戰以後，士子逃禪幾十萬，因此也不能說就是這位王東廂才氣不足，只是順應時勢罷了。」

突然，徐鳳年與老頭兒極為默契地大眼瞪小眼，看得旁人又是一陣面面相覷。這倆傢伙同時笑容古怪，只是李淳罡笑意中多了幾絲慨然唏噓。兩人再同時一嘆，連姜泥都忍不住收拾情緒，好奇嘀咕這倆傢伙是怎麼了。

她自然不知道老劍神那個「李青膽」的別號是出自一位大家閨秀的贈詩，那位女子與王東廂一般無二，在當時士林文壇上亦是詩豪一般的奇葩，可她一生中最出彩的華章，皆是在為所愛慕的李淳罡所寫。可惜李淳罡心無旁騖，極情於浩浩劍道，年輕時候全然不顧兒女情長，多少女子為此黯然神傷，至死不得安心。

在這件事情上，徐鳳年與李淳罡，何其相似？

老劍神呢喃感傷道：「這王東廂小丫頭有大仙氣啊，一本《頭場雪》早就將世間百態給說窮盡了，便是老夫這等早先自詡天下第一散淡漢子的傢伙，看了這書以後被當頭棒喝，才知閒散清淡是假，什麼狗屁風流的高談雄辯虱手捫，什麼自詡風骨的嶙峋更見此支離，裡子裡恐怕仍是逃不過那一句『兒女情長，英雄氣短』。回頭再思量齊玄幀那句臨別贈言，說是只要在山下，便要被道祖兩指方寸間的一紙靈符給拘下來，不管如何都逃不出去。」

李淳罡抬起手，接過世子殿下丟過來的一只酒囊，狠狠灌了一口，胸中悶氣一掃而空，笑問道：「作者作書時的心思，旁人怎得知？你下次再看到那被封作王東廂的小女娃，替老夫問個問題，她小小年紀，足不出戶，怎能借書中一潑皮無賴之口道出『天下萬般難事皆可在女子大腿上辨妥』的警世妙語？」

徐鳳年點了點頭。他讀《頭場雪》不多，但身邊似乎所有人都深陷其中不可自拔，大姐與姜泥同樣是掬了無數把同情淚，連那臭名滿北涼的死黨李瀚林都太陽打西邊出來地泛起心酸，加上第一次見面便在讀《頭場雪》的靖安王妃，王東廂的書迷可謂數不勝數，難怪被譽作千人讀來《頭場雪》千種雪，看來是要抽空好好欣賞一遍。

徐鳳年低頭嚼著肉，魚幼薇輕聲提醒，說車廂裡還餘下一套潔淨衣衫，徐鳳年「嗯」了一聲，抬頭說道：「接下來的日子妳與魏爺爺一起描繪那四具甲冑的符籙紋路，我可能不太能得閒了。」

魚幼薇將尖尖的下巴墊在雪白慵懶的武媚娘身子上，柔聲道：「好的。」

徐鳳年有些愧疚地說道：「有沒有被白天的廝殺嚇到？」

魚幼薇笑著搖了搖頭。徐鳳年立即露出狐狸尾巴，嘿嘿道：「我的刀法架子是不是很有大家風範？」

魚幼薇嫵媚地白了一眼，就坐在徐鳳年身邊小心翼翼護著《頭場雪》的姜泥則冷哼一聲，很不捧場。

徐鳳年伸指一彈，將一粒不知是蚊蠅還是飛蛾的蟲子彈到小泥人臉頰上，力道不輕不重，接連彈了好幾隻，嘴上取笑道：「讓妳詆毀本世子鐵石心腸，讓妳這懶貨不練劍。」可憐可悲的小泥人臉頰生疼，張牙舞爪一臉憤怒。

老劍神撇過頭，眼不見心不煩。

徐鳳年見好就收，逗了一通拿自己沒轍的小泥人，就起身去青鳥所在的車廂。

舒羞與楊青風在馬車附近謹慎守護，徐鳳年揮手示意兩人退下，登車彎腰走進車廂，動作溫柔地將青鳥抱在懷中，閉上眼睛緩緩吐納。

大黃庭最高一層樓，可以在體內孕育出青蓮一百零八朵，一竅一穴都與天機暗合，世人嘴裡形容做人剛正的「頂天立地」，用來比喻大黃庭最是合適。既要奉天承運，還得緊接地氣，才是天道真人。

李淳罡添了幾塊木柴丟入篝火堆，看著悶悶不樂的姜泥，試探性問道：「要不練練劍？」

姜泥面露猶豫，一張俊俏臉蛋被火光照映得絕美絕倫，她實在是個天生的美人胚子。西楚皇帝本就是英俊倜儻的風流人物，皇后更是春秋歷史中風華絕代的美人，廣陵王曾經公然放話要收了皇后做婢妾，西壘壁硝煙才剛落下，廣陵王就已經派遣使者去找大將軍徐驍，只要後者肯交出西楚皇后給他做禁臠寵物，他可以答應不惜將麾下六千大魏武卒送給徐驍，不承想徐驍答應是答應了，入了皇宮後，卻只是給那身分尊榮的尤物丟下一丈白綾。

老劍神壓低聲音說道：「小泥人，老夫真正壓箱的本領，都還藏著掖著呢，本來是想留著對付王仙芝和鄧太阿的，只要妳想學，老夫肯定傾囊相授。」

姜泥平靜道：「學字就好了。」

再次被這妮子內傷到的李淳罡唉聲嘆氣，繼續一邊喝酒一邊對付烤肉。還真別說，跟那世子殿下在一起，就這點最舒服，衣來伸手談不上，反正身上這件羊皮裘就挺合身，但飯來張口很不容易啊。以往行走江湖，世人只看到他這劍神一劍如何恢宏霸氣，哪裡清楚劍道上的敵手對付起來輕鬆，自己的五臟廟卻難伺候，尤其是在人跡罕至的地方，尋覓野味倒好說，可親自動手烤肉實在麻煩。

天下無敵又怎樣，就不需要吃喝拉撒了，就不要放屁了？老劍神環視一周，對那一臉崇敬神色望向自己的九斗米道士瞪了一眼。看什麼看，一大把年紀的人了，還這般跟懷春少女的姿態，老夫臉上有花還是有銀子啊？李淳罡心中嘆氣，看來看去，還是姜泥最合心意，至於那小子嘛，馬馬虎虎算是順眼。

裴王妃跟著魚幼薇一同起身，悄悄問道：「接下來馬隊要去哪裡？」

魚幼薇平淡道：「不出意外是直接奔赴江南道了。」

裴王妃正要說話，為老不尊的羊皮裘老頭兒就丟了塊烤肉骨頭在她衣裳遮掩不住風情的圓滾臀部上，嘖嘖笑道：「晚上小心點，那小子總偷看妳這兒。對了，方才他還跟老夫說要讓妳擺足了諸多姿勢，反正老夫聽不太懂，不知道妳這位靖安王妃懂不懂。估摸著十八般武藝都演練完畢，怎麼都該天亮了，要不明早老夫喊你們吃早飯，或者好人做到底，晚點送些宵夜給妳倆？」

裴南葦連想死的心都有了。

◆

兩禪寺的經閣庫藏經典無數，由連綿十六樓組成，仍是有許多孤本典籍放不下。這裡雖不是禁地，只不過沒燒香的地方，香客在這佛門聖地也不敢擅自行走，就顯得這一塊人跡寥寥，只有一些寺中僧人來去匆匆，要麼借書要麼還書。

因此今日一行三人顯得格外扎眼醒目，一個少婦模樣的女子拎著一名身披特殊講僧袈裟的小和尚耳朵，不停叨叨叨，可憐小和尚被擰著耳朵訓斥，見著了寺中和尚，仍要去行禮客套寒暄。那些和尚中不乏慧字輩的得道高僧，都是花甲古稀的歲數了，見到這時常給他們授課說法的年輕小和尚，也都會十分恭謹地合掌行禮，只不過老僧們見到這場景，都眼觀鼻、鼻觀心，彷彿什麼都沒看見。至於那些寺裡小輩的和尚，膽子稍小些的，就紅著臉對少婦與和尚身後的一位姑娘咧嘴笑笑，膽子略大的，就停下腳步跟上幾步，喊上一聲師娘，更多則是跟那同齡人的姑娘套近乎，可惜小姑娘愛理不理，嫌煩了，就瞪眼惱火道：「去去去，大白天的聚這麼多顆光頭點燈給誰看啊？」

小和尚們笑著一哄而散，不忘回頭偷看幾眼姑娘。

一直使勁擰小和尚耳朵的少婦氣呼呼道：「南北，你倒是講義氣！要不是老娘讓咱閨女出馬，你得多久才把你師父供出來？說，你師父躲在經閣做什麼，這回又收到哪個山下狐狸精的情書了？」

不得不踮著腳尖走路的小和尚苦著臉說道：「師娘，真沒有啊，師父真是在鑽研佛經呢。這幾年哪次大方丈交給我那些信，我不都趕緊主動交給師娘啦？」

少婦笑道：「放屁，哪次不是先被東西截下來，你們兩個屁大的孩子在那裡偷看。有啥好看的，不就是拐彎抹角地表達仰慕啊，愛慕啊，相思啊，這些娘們兒，也不知道害羞，跟一個和尚談情說愛！」

這三位，當然就是東西姑娘，小和尚笨南北，和兩禪寺十分出名的母老虎師娘了。

東西終於出來打抱不平，「娘，妳還嫁給一個和尚了呢。」

少婦對待自己閨女十分和顏悅色，加重了擰耳朵的力道，轉頭卻是柔聲道：「閨女啊，這哪能一樣，娘這是我不入地獄、誰入地獄哩，妳爹禍害娘一個女子就夠了。」

笨南北趕緊表忠心說道：「師娘大善，功德無量！」

少婦聽了馬屁後非但沒有鬆手，反而再一擰，哼哼笑道：「好你個南北，越來越跟你師父一樣油頭滑腦了，下山兩趟就知道見風轉舵的道理啦！這還了得！閨女，以後小心點。」

小和尚欲哭無淚。

完了，估計接下來半個月都得頓頓半碗米飯了。

唉，算了，就當省下的銅板給東西下山買好看衣衫吧。

到了一棟經樓前，少婦終於放過小和尚，一聲怒喊，不輸給佛門獅子吼，「李當心！」

小和尚怯生生道：「師娘，師父說過僧不言名，道不言壽。」

少婦沒理睬，東西沒好氣道：「閉嘴。」

少婦才喊完，嗖一下，一名白衣僧人就以屁滾尿流的姿態躥出那棟巍峨閣樓，來到少婦面前，笑呵呵道：「媳婦，走累了沒，給敲敲腿？」

若是外人在場，定要認為以這女子一路行來表現出的蠻橫，肯定要好生拾掇一番白衣僧人才會甘休，但真見著了自己男人，她卻是輕柔說道：「不累呢，只是好幾天沒見著你，有點想你啦。」

本名原來是李當心的白衣僧人笑容醉人，也不說話。

既然有她，天下無禪。

東西姑娘老氣橫秋地搖頭晃腦走開，小和尚笨南北跟在她身後，輕聲問道：「下棋去？」

正尋思著去哪位方丈那裡討瓜果解饞的東西姑娘皺眉道：「你不是要給幾位釋字輩的老和尚講那啥頓漸品嗎？」

小和尚看著天熱，東西鬢角的髮絲都緊緊貼在臉頰上了，不由有些心疼，說道：「還有一個時辰呢，要不找個地方乘涼去？」

東西卻只是心不在焉地說道：「徐鳳年怎麼還沒有來咱們家的寺裡玩啊？」

小和尚燦爛一笑，露出一口潔白牙齒，毛遂自薦道：「要不我跟師父說一聲，讓我下山去找找徐鳳年，給他帶個路？」

東西沒有說話，只是轉頭看著這個笨南北。唉，前些年笨南北還比自己矮上半個腦袋呢，怎麼一下子就長高了這麼多？她走到一棟經閣簷下的陰涼外廊，坐在欄杆上，托著腮幫說道：「笨南北，你這麼笨，以後要是我不在你身邊，你該怎麼辦啊？」

笨南北雖然一直被這一家三口罵笨，事實上怎麼看都是他在照顧這三個懶散傢伙，可他卻只是很認真地思考這個問題，臉上神情比寺中八、九十歲釋字輩老和尚問他佛經歧義時還要嚴肅。過了半晌，他似乎終於想通了，粲然笑道：「沒事啊，只要妳開心就好，妳看師父和師娘多恩愛，以後妳肯定也要這樣。東西，妳放心好了，出家人不打誑語，我說話算話的，以後肯定要送妳一盒最好、最貴的胭脂的。舍利子呢，大概買得起啦。」

東西姑娘轉頭啪一下拍在小和尚光頭上，「你還真要成佛燒出舍利子啊，笨不笨！」

笨南北傻傻一笑。

是挺笨的。

◆

出了青州以後，馬不停蹄直奔江南道，世子殿下總算沒有再惹是生非，也沒有以死明志的官場忠臣跳出來觸黴頭，更沒有用性命賺名聲的江湖好漢攔路，主要是徐鳳年除了路經各地索要了一些地理志外，顧不上遊山玩水，整個豫州不起波瀾地一穿而過。

這些時日，一行人較少住在大城裡的鬧市通衢，要麼是在荒郊野嶺宿營，要麼就是宿在一些北涼軍舊部的城外私宅。眾人每晚都要見到青罡沖斗牛，世子殿下往往是離去時衣衫整潔，回來時就滿身塵土，衣不蔽體。

在隊伍中顯得不尷不尬的靖安王妃在被世子殿下得知精通丹青後，就讓她跟著魏叔陽、魚幼薇一同繪製符將紅甲的圖紋，也就不需要她去做些僕役女婢做的卑微雜活。如今裴王妃穿戴樸素至極的木釵布衣，非但沒有折損她胭脂評美人的韻味，反而平添了幾分穿戴鳳冠霞帔時註定見不著的雅致風情。

出青州，過豫州，達泱州，從頭到尾，從金碧輝煌跌入泥濘塵埃的靖安王妃都定力極佳地沒有試圖逃走，這大概也與鳳字營驍騎的行軍嚴謹有關。

行駛過了青、泱兩州交界的唐宋郡，離那江南道湖亭郡便只隔著一個雄寶郡，車廂中世子殿下掀起簾子。與涼雍不同，這邊入鄉隨俗，驛道將槐樹換成了楊柳，一眼望去，滿目盡是讓人心曠神怡的柔和綠意，只是江南風景如畫，一方水土養育一方人，民風終究遠不如貧瘠之地的北涼那樣彪悍尚武。

涼州那裡連女子都擅騎馬射箭，王府中不要說劍術超群的徐渭熊，徐脂虎一樣可以弓馬嫻熟。前些年據說一位出身北涼官宦的女子出嫁江南，與夫君遊歷山水，遇見一夥剪徑毛賊，男人躲起來泣不成聲，竟是她親自上陣抽刀，傳為笑談。

徐鳳年放下簾子，一臉譏笑說道：「君子六藝，這裡的男人射禦兩項估計還比不上我們北涼的女子，可笑。本世子倒要見識見識這幫舞文弄墨功夫號稱天下一流的江南道德君子！」

車廂內除了身體日漸好轉的女婢青鳥，讀書的竟是靖安王妃而非姜泥，好像小泥人這段時間跟世子殿下嘔氣，連掙錢的大事都不做了，幾天都說不上一句話，這辛苦活兒就由裴王妃代勞。

她本就是出自頂尖世族，自小便浸淫於琴棋書畫，讀書時檀口輕啟，大珠小珠落玉盤，相當悅耳。世子殿下就很喜歡在她念書時盯著那張櫻桃小嘴兒，所幸看歸看，沒有如何動手動腳，否則靖安王妃指不定就要做一回貞潔烈婦，來一出咬舌自盡的戲碼了。

裴王妃這兩天在讀《頭場雪》，比起前些天的祕典祕笈，要順心許多，只不過她可以清晰感受到進入泱州以後，這個北涼王世子就隱約透著股桀驁戾氣，就像說到「道德君子」四字時，雙手握刀，殺機重重，以至於連她這種不懂武學的門外漢都遍體生出涼意。

徐鳳年轉頭面朝青鳥，神色柔和了許多，俯身幫她將一縷青絲捋順到耳後，微笑道：「別急，再過一旬半月，妳就能走路了。」

靠著車壁的青鳥低頭輕聲道：「聽老劍神說公子把兩顆龍虎山金丹都揮霍在小婢身上

了。」

徐鳳年拿手指在她光潔額頭彈了一下，打趣道：「揮霍？誰他娘告訴妳是揮霍的，站出來，看本世子不砍他十刀八刀！」

青鳥抬頭紅著眼睛不說話。

徐鳳年雙手撐開嘴巴鼻子，做了個豬頭鬼臉，甕聲甕氣說了個《頭場雪》裡的俏皮笑話，「大師兄、大師兄，不好啦，師父又被妖精抓走啦。大師兄、大師兄，不好啦，母妖精又被師父拐騙回來啦。」

青鳥哭著笑起來，雙手緊緊攥著裙擺。

徐鳳年見她心情好了些，這才鬆開手，開心笑道：「兩顆龍虎山金丹也值不了幾個錢嘛，本世子就是銀子多、黃金多、家產多，會在意這個？」

青鳥柔聲道：「可是這金丹，花錢買不來啊。」

徐鳳年伸手捏著青鳥臉頰，輕輕擰著，教訓道：「再胡思亂想就隨便找個遊俠兒把妳嫁出去，本世子才不管他長得是不是歪瓜裂棗，妳怕不怕？」

在梧桐苑裡就數她性子最冷的青鳥罕見甜甜一笑，「不怕。」

徐鳳年假裝懊惱，作勢要打，「本世子連撒手鐧都用出來了，這都不怕？這可如何是好！」

青鳥輕輕笑道：「什麼遊俠兒，都一槍刺死。」

裴南葦聽著主僕二人的對話，直冒寒氣。這些日子裡與唯一能說上話的魚幼薇以及那九斗米老道士一同繪製圖譜，隻言片語中知曉了一點這符將紅甲人的恐怖。而眼前只是被王明寅重傷卻沒有輸給紅甲傀儡的青衣女婢，一杆槍揮灑得何等威武，她無法想像明明是體態纖柔的女子，為何能學得那般至剛至猛的槍法。

徐鳳年見靖安王妃怔怔出神，忘了讀書，提起繡冬刀鞘就拍在她大腿上。裴王妃大腿一陣火辣生疼，只敢怒目相向，繼續憤懣讀書，咬字重了許多。

徐鳳年扶著青鳥躺下休息，駕車的楊青風突然沉聲說道：「殿下，岔路口有三輛馬車搶道。」

徐鳳年一挑眉頭，「這還需要說？與前頭領路的袁校尉說一聲，撞了。」

裴王妃馬上聽到外頭一頓人仰馬翻、雞飛狗跳，一些人操著泱州口音罵罵咧咧，然後就是嘶聲哀號。不用想都知道那幫泱州人士吃了啞巴大虧，瞬間沒了動靜，世子殿下所乘的馬車毫無阻礙地繼續前行。

徐鳳年冷笑道：「北涼外邊的讀書人說我們教化粗鄙、風俗不堪，除了褲襠裡那根棒槌，就剩手上一根棒槌了，狗日的，本世子這趟就讓這幫王八蛋知道他們連一根棒槌都沒有！」

第十章　江南道世子逞凶　鳳字營馬踏親家

臨近湖亭郡陽春城，車廂內徐鳳年與裴王妃下棋就有些布局凌亂了，裴王妃的棋力原先與世子殿下不相伯仲，今天接連兩把都輕鬆勝出，她忍不住抬頭看了一眼面無表情的他，心想莫非近鄉情怯，就因為那個惹出潑天非議以至於連京城大內都震動的徐脂虎？

靖安王妃也算是出身豪門，對於門第內的手足相殘、兄弟傾軋習以為常，少有真正和諧融洽的家族。對於那位江南道最出風頭的寡婦，裴王妃也只是道聽塗說，前不久才被一位隔壁江心郡的世家女子搧了一記耳光，這名才女獨創地罵以「破爛香爐」一說。

香爐多孔，隱喻蕩婦，這個說法不曾見於任何書籍，讓兩郡士子回過神後紛紛拍案叫絕，一時間江南道「徐香爐」的說法愈演愈烈，尤其是江南道世族高閥內那幫對徐脂虎素來厭惡的貴婦閨秀，平日裡閒談三句不離香爐，說不出的通體舒泰、大快人心。

徐鳳年投子認輸後，這次沒有提出復局，而是離開車廂，躍上通體雪白的西域名駒。這匹良駒曾是北涼邊境上野馬群的王者，無疑是世間體格最出類拔萃的重型馬。

世子殿下對身後策馬緩行的校尉袁猛說道：「與寧將軍說一聲，一同入城。」

袁猛神情一動，悄悄咧嘴笑了笑，尋常情況下鳳字營都保持一里地距離，今日世子殿下既然要拉開架勢，他自然高興。身為一百白馬義從的頭頭，青州蘆葦蕩戰役，雖說沒有侮辱北涼軍的死戰不退，世子殿下表現出那般鐵血悍勇，鳳字營只是傷亡慘重，卻幫不上什麼忙，總有點於大局無益的雞肋嫌疑，這段時日袁猛心裡總不是個滋味，總想著能出口惡氣。此時機會不就來了？他掉轉馬頭，快馬狂奔而去，見到手臂痊癒後再度提戟的寧峨眉，沉聲道：「寧將軍，殿下有令，一同入城！」

身披黑色重鎧的大戟寧峨眉點點頭，拉下面甲，冷峻非凡，卜字鐵戟朝陽春城一指，猛地一夾馬腹，率領鳳字營輕騎一同加速前奔。

塵土飛揚。

官道上所有馬車行人聽著讓人胸悶的鐵騎聲，都臉色發白地移到兩側，讓這隊氣焰囂張的輕騎一衝而過。

徐鳳年在雄寶郡幾乎沒有如何停駐，快馬加鞭，比預期早了兩天到達這號稱「天下地肺」所在的陽春城。此城地脈最宜牡丹生長，故而王朝十大貢品牡丹前三中才會「魏紫姚黃出陽春」。

徐鳳年望著愈近愈顯高大的城牆，一言不發。

城門衛卒與拿路引入城的商賈百姓都不約而同望向這位白袍公子哥。乖乖，這匹馬可了不得，是天馬不成，陽春城大大小小的官老爺都沒這樣的坐騎吧？見多識廣的門卒眼力要比常人好上一些，光是這匹馬就比那些將軍還要氣派啊，不出錯應是泱州最拔尖的那一撮大世家子了，等會兒按規矩索要路引的時候得好生賠著笑才行，要是這位小爺是個出手闊綽的主，能丟些碎銀賞賜更好。

可當幾個衛卒聽著雷鳴鐵騎聲，看到一隊旗幟不明的陌生驍騎衝刺而來時，頓時神情凝重，一人趕忙去報知城門小尉，其餘人等都呵斥老百姓暫停出入城門，六、七名城門衛卒等閒雜人等都閃避到兩旁城牆下後，這才迫於職責所在，色厲內荏、戰戰兢兢地持矛擋路。

其中一位身材在江南道男子中算是魁梧的伍長有權佩刀，上前兩步，烈日下，他吞了口水，潤了潤被這老天爺折騰得冒火的乾燥嗓子，剛想喊話，騎兵中穿著配製皆與泱州甲士大有不同的一名大戟將軍就衝至城門口，八十斤大戟往伍長肩膀上一擱，並未如何發力，那身形不算瘦弱的伍長就一個踉蹌。

這名黑甲黑馬如同殺神的外地將軍冷聲道：「讓開！」

兩股發抖的伍長顫聲道：「大將軍，外地軍旅入城，需出示虎符與兵部公文。」

大將軍，原本是離陽王朝內只有寥寥不到十位功勳武將的尊稱，屈指可數，除了皆是正二品的包括龍驤、驃騎、輔國在內六大固定武官頭銜外，其餘能被稱作大將軍的武將更是鳳毛麟角，如剛被摘去大柱國的人屠徐驍，如盧銜上柱國的春秋名將顧劍棠。只不過在北涼以外的地方，只要是個七品以上的武官將校，都樂意被手下私下阿諛一聲「大將軍」。

但在公開場合，一旦公然稱呼官職不稱的大將軍，很容易生出是非，可見這名湖亭郡小卒是真怕了這名來歷不明的雄偉武將。娘咧，他能不怕嗎，這傢伙手中提著的可是大戟啊，武將提戟，王朝號稱甲士百萬，敢耍大戟的能有幾人？

徐鳳年抬頭看了一眼城頭上以篆體寫就的「陽春城」三字，抿起嘴唇，一騎衝入。

才在內城樹下陰涼兒不花錢喝了半壺酒的城門小校忙不迭跑來，看到這棘手情形，酒意退散得一乾二淨，強行阻攔是不用想，心中只想著盡量斡旋拖延時間，等到官府裡得到消息，就不需要他這小吏夾在中間裡外不是個東西了。

他剛要出聲，就見一物橫空掠來，氣勢如驚虹貫日，斜插入在他身前青石板地面中，轟然作響，是一根軍伍戰陣上極為罕見的烏黑大戟！他只要再上前一步，就要被這大戟刺出個大窟窿，一時間嚇得呆若木雞。

就在這愣神的工夫，白馬白袍的公子哥已經騎過城門，接著是兩輛馬車堂而皇之緊隨其後，那名籠罩於黑甲中的將軍驅馬緩行，經過小尉身邊時抽出卜字大戟。

輕騎洞穿城門。

百餘柄造型冷清弧美的制式刀出鞘後在門孔內照耀刺眼。

無人敢動。

直到這支擅闖陽春城城門的騎隊不見蹤影，大氣不敢出的所有人才總算如釋重負。

城門附近大開眼界的百姓議論紛紛，都在猜測本州哪家的公子哥才會如此跋扈行事。泱州自古出豪門，若不是一場春秋不義戰，壓下了泱州江左集團的風頭，青州那這些年才小人得志的青黨算個什麼東西。

江南道內有前朝曾「八相佐宋」的湖亭盧氏、四世三公的江心庾氏、談玄冠天下的伯柃袁氏與姑幕許氏，都是當年十大世族的一流門閥。春秋國戰導致「十去九空」的慘劇以後，這四大家族跟著韜光養晦起來，但因泱泱大州得名的泱州底蘊豈是青州能夠媲美的？

去年青州便有郡守的公子想要迎娶庾氏的一名跛腳女子做正妻，仍被拒絕，庾氏直言那郡守家族是不入品的寒門，若是結成姻親，與人嫁牲畜何異？那寒窗苦讀出一條坦蕩仕途、做了一方封疆大吏的青州郡守只是悻悻然，對這份侮辱並沒有任何反駁。

陽春城的百姓們掰著手指數了半天，都沒猜出這公子哥到底是誰，江南道四大家族中似乎不曾聽說有這般蠻橫無理的世家子嘛。

入城後，舒羞驅馬加速跟上世子殿下，一臉小心翼翼地說道：「殿下，李老前輩說肚子餓了，想在前頭那家酒樓吃些東西。」

徐鳳年皺了皺眉頭，舒展後點頭道：「也好，舒羞，等下妳問下去盧府的路。」

世子殿下一行人下馬入了酒樓，鳳字營則在路旁停馬不動。

酒樓夥計眼觀六路、耳聽八方，趕忙精明利索地跑出酒樓招呼著這幫貴客，將其帶到二樓入座。這裡生意火爆，人滿為患，看到食客分作兩批，臨窗的都在伸長脖子去瞧那鬧市裡的精悍騎兵，離窗戶遠的則豎起耳朵聽靠窗的食客評頭論足。

徐鳳年與老劍神等人才坐下，讓那夥計弄些酒樓拿手的酒菜，就聽到了一些不算小聲的竊竊私語。

天下有兩倉，荒僻的北涼是馬倉，江南道則是天下糧倉，富甲天下。江南道諸多郡府近百年來盛產讀書種子，清談氣與幕僚氣這兩氣極重。在江南道讀書人眼中，無人不可指摘，無事不可評點，京師太學國子監三萬人，最喜歡指點江山的那一批大多出自江南道。

徐鳳年面無表情等著菜肴上桌，舒羞已問清楚了湖亭盧氏的府邸位置，在他身邊彎腰畢恭畢敬彙報詳情。舒羞本就是天然尤物的丰韻女子，屬於讓男子看一眼就想到床笫歡愉的狐媚子，尤其她此時彎腰，胸前風景氣勢洶洶，如同一對倒立春筍，幾乎要破衣而出。

除了舒羞，徐鳳年身邊還坐著抱白貓的魚幼薇，紗巾遮掩面容但身段婀娜的靖安王妃，這等秀色可餐，天下少有，讓二樓食客垂涎三尺，當下便吃了春藥般湧出強烈的表現欲望。整個二樓言談嗓門大了許多，只想著能被這幾位生平罕見的絕美小娘記住，不說一親芳澤，就是被她們看上幾眼也銷魂。

高門華胄林立的江南道本就崇尚清談說玄，士子大夫一個個寬衣博帶，羽扇綸巾穿鶴衣，香薰濃重，騎馬都瞧不上眼，非要駕牛車才符身分，連書童都得挑那些唇紅齒白的慘綠少年，沒幾個熟諳撫琴烹茶的妙齡女婢都不好意思出門與世交好友們打招呼。

二樓盡是高談闊論，好不熱鬧。

「聽說過幾天北涼那腹中空空的世子就要來咱們湖亭郡探望他大姐，這對姐弟，一個不學無術，一個不知廉恥，真是般配。」

「這寡婦若不是作風不正，豈會被誠齋先生的夫人罵作破爛香爐，這個說法，委實妙不可言。那一耳光，摑得好！聽一些當時在報國寺的人說，這放浪寡婦被打了以後還笑了，真不愧是北涼那邊來的女子！」

「這話可要小聲些，我可是聽說寫《女誡》的娘娘想要給侄女撐腰，但是北涼那位去了京城以後，這娘娘就偃旗息鼓了，更有消息說是去了長春宮。哼，這世道實在是讓我輩讀書人心寒啊！」

「那莽夫再一手遮天，能把手伸到江南道這裡來，張首輔還不得把他的爪子給剁了！」

「這倒是，首輔大人確實了不起，是天下讀書人的楷模。」

「誠齋先生有些小糊塗，但不誤大義，讀那篇絕交詩，當浮一大白！」

「此言不差，確實應該浮一大白，來，來，喝喝喝！」

二樓中一人霍然起身，來到討論最起勁的一桌，拔刀將一整張桌子劈成兩半，平靜道：

「想喝是吧，老子今天就讓你們喝尿喝飽！」

偌大一張桌子斷作兩截倒塌，這幫士子見著幾位驚為天人的外地美豔小娘後，還特地打腫臉充胖子地跟酒樓多加了幾道平時不太捨得點的昂貴菜肴，被一刀劈開後，嘩啦啦全都掉地上了，都是白花花的銀子啊！

只不過銀子事小，面對那柄清亮刀鋒事大，一名脖子漲紅的士子興許是想起了刀斧加身不失骨氣的聖人教誨，正準備嚷嚷，就被刀身搧在臉上，這名手無縛雞之力的讀書人立即側飛出去，把隔壁桌都給砸爛了，斯文掃地。

徐鳳年轉身對魏叔陽、魚幼薇一行人說道：「等會兒讓舒羞和袁猛帶你們先去盧府，我要去趟江心郡。你們與我大姐說一聲，我肯定能連夜趕來。」

聽到動靜的袁猛帶十名白馬義從抽刀上樓，徐鳳年拿繡冬刀點了幾桌，說道：「袁猛，招待這幾桌傢伙都喝尿喝到飽，分作兩批，讓他們脫了褲子互相灌，誰有骨氣不願做，你就拿刀敲爛了。骨頭真硬的，亂刀砍死，事後把屍體用馬拖拽，丟到他們家門口去。留五十騎給你，陽春城內如果有甲冑士卒攔路，你自己看著辦。這種小事，能做妥當？」

這鳳字營校尉獰笑道：「這都做不好的話，袁猛自己把腦袋割下來當尿壺。」

徐鳳年獨自下樓，重新上馬，對寧峨眉沉聲說道：「留下五十騎，其餘鳳字營與我前往江心郡。」

世子殿下帶著大戟寧峨眉策馬奔騰離開。鳳字營浩蕩而來，浩蕩而去，視王朝律法與陽春城數百甲士如無物。

二樓，死一般寂靜。那被拍飛的湖亭郡士子的身體偶爾會抽搐幾下，扯動瓷盤，才發出一些毛骨悚然的聲響。校尉袁猛搬了張椅子大馬金刀坐下，讓一名輕騎去傳令樓下四十騎隨時待命應對陽春城兵甲，繼而伸出兩根手指一晃，樓上十名輕騎同時提刀柄朝十個湖亭郡人士的腦袋砸下，袁猛這才從牙縫中迸出三個字：「脫不脫。」

誰能承受這奇恥大辱，雖說一個個嚇得噤若寒蟬，但仍是無人回應。袁猛皺了皺眉，站起身，似乎嫌棄那被世子殿下打趴下的傢伙礙眼，拿北涼刀朝那人胸口就是一戳，抽刀極快，頓時帶出一股泉湧鮮血，幾個士子當下便兩眼一翻，暈厥過去，還有幾個癱軟在椅子上，襠下露出一股腥臭。

老劍神無奈起身，端著酒杯去樓下繼續喝酒，幾名女子自然快步跟上，神情各異。魚幼薇淡漠，裴南葦緊蹙眉頭，舒羞幸災樂禍，而姜泥破天荒沒有如何憐憫，這歸結於她雖怕徐渭熊怕得一塌糊塗，對徐脂虎卻並不反感。

她年幼便被裹挾到北涼王府，徐脂虎未出嫁前，一次在家中遇見惡僕欺負孤苦伶仃的小婢女，曾摟在懷中說了幾句暖心的言語，姜泥一直記在心上，出北涼後聽到一些有關徐脂虎難聽至極的流言蜚語，也頗為憤慨。再則她深知那草包世子不管如何在北涼荒唐，對兩個姐姐的心意毋庸置疑，尤其是王妃早逝，長女徐脂虎難免就要承擔起許多。很多年前，她未出嫁江南，他未出門遊歷，總能看到姐弟兩個一起嬉笑打鬧的情景，她心底何嘗不希望有這麼一個姐姐？

袁猛問出被他一刀捅爛心臟的傢伙住處，就下令將其屍體隨意用繩索捆綁，派遣樓下十名輕騎拖著丟到家門口去。二樓地板上留下一條血路，袁猛虎目環視一圈，沒看到再有錚錚鐵骨的傢伙跳出來，這才笑咪咪地望向三桌十五、六人。

他手上沾血的北涼刀往桌上一抹，緩慢擦去新鮮到不能再新鮮的血跡，問道：「還不動手？要老子親自幫忙的話，一不小心就要把你們的棒槌給割下來了，到時候千萬別瞎號，可聽明白了？脫！他媽的真晦氣，真以為老子樂意見到你們褲襠裡的蚯蚓？」

二樓傳來窸窸窣窣的脫褲聲，與先前鼓足勁大嗓門指點江山的豪邁場景大相徑庭。

袁猛用手抓了一塊肉丟進嘴裡，粗聲粗氣惱火道：「害老子沒能跟寧將軍一起去江心郡快活，真想把你們都給捅死了！」

士子們脫褲子的速度立即加快許多。

袁猛抹了抹嘴，哈哈一笑，面目猙獰道：「等一會兒哪個兔崽子撒不出尿，剛好一刀捅死。」

幾個喝酒不多沒有尿意的士子終於忍不住號啕大哭起來。

袁猛丟了個凌厲眼神，幾名輕騎皆是一刀將其捅出個通透。袁猛白眼道：「說了別號，明天你們一家老小有的是機會去號。你們這些人，趕緊的，尿完喝飽就沒你們卵事了，別耽誤老子跟城裡的兵卒找樂子，最好一口氣來個兩、三百號，才算馬馬虎虎熱手。」

二樓臨窗角落坐有主僕兩人，主子年輕風流，握一把扇面繪有枇杷山鳥圖案的精緻扇子，以這把懷袖雅物輕輕搖動，神態安詳，十分出塵。僕從是一名青衫劍客，站於身後，閉目養神。

主僕即便見到這些動輒拔刀殺人的武夫，也並未有所動作。俊雅公子置若罔聞，似乎打算事不關己高高掛起，只是輕搖摺扇，直到袁猛投來視線，他才嘴角勾起，露出一抹鄙棄神色，雙指輕輕疊起扇面，準備起身離開這汙穢場合。

當他起身時，一直注意主僕動靜的袁猛也跟著起身。公子哥猜出意圖，略微皺眉，

「啪」的一聲，雙指嫻熟一記撒扇，扇面大開，露出上面疏密得當的名家鈐印。他做了這小動作後，那名貼身僕役猛地睜眼，精光四射。

中年青衫劍士正要出手，突然臉色劇變，顧不得禮節，拉住主子的手臂就匆忙往後掠去，從二樓撞碎木牆落在街道上。

年輕公子陰沉問道：「王濛，這是為何？」

劍士如臨大敵道：「樓下有人以筷當劍擲出，劍意直達一品境界。」

被劍士帶著幾次蜻蜓點水飄入小巷中，公子再度瀟灑收扇，拍了拍本就沒有灰塵的衣裳，笑道：「小小陽春城，還有這樣的高手？難怪那佩雙刀的傢伙敢如此放肆。王濛，樓下高人是金剛幾品？」

劍士臉色難看道：「興許要高出金剛境，已經有一些指玄的意味。」

公子哥這才臉色凝重起來，冷哼一聲。走在巷弄中，猶豫了一下，丟掉那柄扇骨由象牙雕成、至少值千兩銀子的珍貴摺扇，道：「弄髒了本公子的扇子，這筆賬，得好好算。有一品高手依仗又如何，就不信你走得出這泱州！」

◆

盧府。

這代盧氏家主盧道林的族弟盧玄朗坐在書房中，面色陰沉。一名女婢站著揉肩，另外一名則跪著敲腿，輕重恰到好處。兩名姿容出彩的女婢竟是一對九分相似的並蒂蓮，姐妹兩人單獨而言便已明豔動人，待在一起更是分外誘人。

盧玄朗是泱州極負盛名的清談名士，盧氏他們這一輩家族嫡系成員共計六人，相比泱州同等族品的幾大世族，倒也不算太枝繁葉茂，不過盧氏可謂英才輩出，先皇巡遊江南時曾親口稱讚「觸目可見盧氏琳琅珠玉」，君王這一言，便奠定盧氏在泱州的領袖地位。

家主盧道林如今已是京城國子監的右祭酒，盧玄朗坐鎮家族根基所在的泱州，當年他在白馬寺舌戰群儒，折服群賢，再與來江南道微服私訪的老首輔展開六經是否皆史的經史之爭。論辯酣戰至夜半三更還不甘休，與盧玄朗對壘的辯手當時還未彰顯名聲，如今再看，簡直就是可怕——除了如今貴為國子監左祭酒的桓溫，其中更有當朝首輔張巨鹿！

盧玄朗當年崢嶸可見一斑，如今年歲大了，雖說再做不來散髮裸裎閉室酣飲的曠達舉止，但仍是江南道上交口稱讚的半聖碩儒。可最讓盧玄朗私下視作此生第一恨的是迎娶了那名寡婦，害死了被家族寄予厚望的兒子不說，還給盧氏蒙上無數的恥辱。近段時間他給當年不顧反對力爭要將那放浪寡婦納入家族的兄長的書信中，頗有憤懣怨言，但兄長卻執迷不悟，就是不肯將那女子趕出盧氏。

泱州四大家族，如今排名依次是江心庾、伯柃袁、湖亭盧和姑幕許，本來以盧氏的家底，實力穩居第二，可正是因為這個從不被他當作兒媳婦的放蕩女子，才讓伯柃袁氏的名聲趕超。

這下可好，那北涼王世子要來泱州了。

盧玄朗惱恨之餘，夾雜著不方便與人訴說的苦水。原先那江心郡後生劉黎廷的妻子，怎會有本事驚動宮中那位寫《女誡》的娘娘，這裡頭有他不為人知的安排，本意是忍痛也要刮骨療傷，將那害群之馬逐出家族，再不能由著她興風作浪，將盧氏的數十代辛苦積攢下的口碑糟蹋殆盡。但是他哪裡能料到宮裡的娘娘尚未施力，就得到驚人消息，娘娘竟然被皇帝陛下驅逐到了長春宮，澈底打入了冷宮！

手捧一本聖人典籍的盧玄朗將書砸在桌上，嚇得姐妹花女婢纖手一抖，情不自禁地加重了力道，更惹來年輕時好養性服石之事的盧玄朗一陣疼痛。這名大儒以前服餌過當，至今不說夏日，便是冬天都要袒身吃冰來散氣，所幸比起其餘三大家族一些服食五石散後癰瘡陷背、脊肉潰爛的清談名家要好上許多，只是對江南道士子來說，這些到底不算什麼。

盧玄朗因服散而吃痛，可以咬牙去忍，但卑賤婢女服侍不當，馬上就各自挨了他一記耳光，她們的滑嫩臉頰頓時浮現出一個手掌印，盧玄朗這才心情略微好轉，示意一名女婢去拿回書籍，攥在手中，冷聲道：「香爐，真是再應景不過的說法！」

房門口傳來冷哼一聲：「早知如此，何必當初！」

兩位婢女臉色雪白，映襯得那手印越發鮮紅。

盧玄朗煩躁地揮揮手，她們趕緊低頭離去，甚至不敢喊出敬稱，只是閉嘴逃離，因為那人素來不喜她們說話，說會汙了她耳朵。

門口站著一位韶華早已不再的老婦，神情陰冷，那張毫無福祿面相可言的臉，看著便讓人覺得陰森。

老婦陰陽怪氣地說道：「來這裡的時候碰到那賤貨了，還跟我有模有樣地請安來著，這樣賢慧的兒媳，盧玄朗，也就你挑得出來！真是好大的福氣！」

盧玄朗冷淡說道：「長兄為父，我有何辦法。」

老婦磔磔冷笑，聲音如同厲鬼，「好一個輕描淡寫的沒辦法，我兒便是被你這等識大體給害死的！」

盧玄朗怒道：「泉兒一樣是我兒子！」

老婦譏笑出聲，「盧玄朗，你可是有好幾個兒子，我卻只有泉兒一子！」

盧玄朗頹然道：「我要看書。」

老婦死死盯著這本該是相濡以沫的男子，臉孔扭曲，轉身丟下一句：「盧玄朗，別忘了我父親是誰。當年你沒攔下那骨頭沒幾兩重的寡婦進門也就罷了，這次要是你還敢讓那姓徐的小雜種入了家門，我跟你沒完！」

盧玄朗等她走後，將一本聖人典籍撕成兩半，氣喘吁吁地靠著椅子。

管家急步而來，神情慌張地敲了敲門，顧不得平常禮儀，只見他嘴唇青白，彎腰附耳說了一個轟動全城的駭人消息。

聽完後盧玄朗臉上陰晴不定，十指緊緊地抓住椅子，這位曾被其父讚許每逢大事有靜氣的江南名士露出一抹驚恐，喃喃道：「這可如何是好？」

◆

盧府沒來由地在大白天關上府門，暱稱二喬的丫鬟趕忙回院子將這個敏感消息說與小姐。這位江南道上風頭最勁的狐狸精寡婦正躺在榻上看一本才子佳人的小說，只是比起《頭場雪》實在不堪入目。

聽到二喬的稟報後心不在焉，她以為弟弟最快也要兩、三天以後才到陽春城，對於盧府的小動作並不在意。她可不傻，江心郡劉黎廷所在的家族才算泱州二流末等世族，如何能入了皇宮大內的法眼。

湖亭盧氏與其餘三大世族聯姻複雜，一榮俱榮稱不上，但一損俱損是真的。沒有盧玄朗默認，如何能搬出宮裡娘娘大駕，甚至說不定幕後策劃的就是盧玄朗這個名義上的公公，只不過她懶得計較罷了。甭管盧親泉到底是怎麼個死法，剋死夫君的黑鍋，總得由她背著。

不管公婆兩人如何刻薄，平日裡作為兒媳婦該有的禮儀，她還是做足了十分，至於因常去名山大寺裡聽玄談名士們辯論，被腹誹詬病，她更不上心，她就喜歡看著那些自詡風流的名士俊彥看到自己入席後跟打了雞血般興奮燥熱，因此在報國寺被姓劉的妻子搧耳光時，她只是笑，天曉得是誰可憐誰。

遠嫁江南，這些年算是把這些門閥士子都看透了。這些人大多眼高於頂，靠著祖蔭不思進取，躺在功勞簿上吃老本。江南道郡府出去的清流官員，以在京城做言官為例，與北地諫官截然不同，喜歡三天兩頭揪著雞毛蒜皮的小事跟皇帝陛下過不去。他們不怕廷杖，不怕戴枷示眾，時不時就要鬧出撞柱的死諫，感覺就像是生怕天子不生氣、不惱火。他們恪守正統，忠於禮法近乎偏執，無怪乎被許多讀書人說成江南道出身的官員最像臣子。

但江南道也確實出了一小撮相當厲害的角色，通曉權變，手段練達，能夠經世濟民，可這幾位手握權柄的文臣武將，無一不是走出江南道鯉魚跳龍門後，就再不願回來，對於清談玄說也不熱衷，但沒人否認正是這幾位重臣，真正撐起了江南道的繁花似錦。

如果要她來說，執掌一半國子監的盧氏家主盧道林算一個，吏部尚書庾廉和龍驤將軍許拱也都能各自算一個，至於盧玄朗等一大批享譽大江南北的所謂名士大儒，差了許多格局眼界，這些老傢伙也就只會盯著族品的上升和下降了。升了，欣喜若狂；降了，如喪考妣。

在他們眼中，春秋國戰中為王朝立下汗馬功勞的武夫，只是粗蠻將種而已，將門一說，貶多過褒，在江南道這邊，尤其不討喜。若她只是普通將門子女，早就被道德君子們戳斷了脊梁骨，好在她是誰，是人屠徐驍的長女！

最心疼敬愛眼前這位主子的丫鬟一臉期待地輕輕問道：「小姐，世子殿下什麼時候到咱們陽春城啊？」

寡婦徐脂虎拿手指刮了一下小丫頭的秀美臉蛋，調侃道：「妳自己掐指算算，這兩天問了幾次了？十次有沒有？」

小丫頭紅著臉道：「奴婢盼望殿下能給小姐出氣呢，劉黎廷與那悍婦實在太可恨了。」

徐脂虎丟掉書，伸了個懶腰，笑道：「最遲也就後天吧，上次我這弟弟寄信來說已經要到雄寶郡了。」

被寡婦用十兩銀子從路邊買來的丫鬟二喬笑出聲，秋水眸子彎成一對月牙兒，乖巧伶俐道：「相比二郡主，殿下還是更喜歡小姐一些呀。」

徐脂虎摟過這丫頭纖柔的身子，下巴抵著她的額頭，開懷笑道：「就妳會說話。」

◆

盧府外，剛從盧玄朗那邊領會意思的二管家聽到刺耳馬蹄聲後給了個眼神，一個在湖亭郡地位能媲美六品官吏的門房趕忙打開側門，只許一人進出。二管家本不姓盧，盧家念在其忠心耿耿，便賜了盧姓，別小覷了這改姓，在衣冠士族看寒門子弟如看狗的年代，已是莫大的榮光。

二管家如今叫作盧東陽，十數代都是侍奉盧氏的大管家隨著家主去了京城，他在湖亭郡盧氏家族就是大權在握，薰染於盧氏樸正家風，最喜於大雪天腳踏木屐，鶴氅大袖，自稱此生最好寒衣、寒飲、寒食、寒臥，湖亭郡便給了一個「四寒先生」的雅致名銜。

他單獨走出側門，看到由四、五十精銳輕騎護駕的一行人，心中微凜，但站姿穩如泰山，指了指懸於一旁的「免」字牌，語調冷漠道：「今日盧府不待客。可交給我名刺，得空了再訪。」

校尉袁猛臉色陰沉，但一時間不好發作，世子殿下不在場，而且這裡頭畢竟還住著殿下最親近的長郡主，不好貿然行事。至於盧氏在江南道上那是如何的地位超然，勢力又是如何盤根交錯，他會管這些烏煙瘴氣的事情？

約莫是看穿了這幫北涼蠻子的處境尷尬，二管家盧東陽憑仗著琳琅盧氏的深厚底蘊，一下子就從初聽到這夥人行事血腥的震懾中清醒過來，再無懼意，心中泛起冷笑，五十輕騎就敢在湖亭郡大膽造次，真是不知死活。酒樓那幾個不幸血濺當場的所謂士子，算什麼士子，在湖亭郡無非是些不入流的貨色，撐死了是役門或者吏門子孫，離入士品差了十萬八千里，殺幾個下等貨色，就真當自己能在湖亭郡橫行霸道了？還不得低頭來求著盧府去打點！這幫將種莽人，怎配進入盧府！

馬車上靖安王妃裴南葦一直掀著簾子玩味旁觀，坐山觀虎鬥，看得津津有味。

數百年屹立不倒的春秋十大豪閥被徐驍、顧劍棠這些將種和幾大藩王推倒以後，離陽王朝隱約形成了三大世族集團，江南道便是其中之一。王朝滅掉八國，除去下旨讓一部分八國世族遷入京城，與當地門閥姻親抱團形成了另外一個外，還有一些世族則在二十年中陸續主動向北遷徙，以洪嘉年間最為頻繁，人數不下三十萬，故而被稱作「洪嘉北奔」。

這些人大多選擇了富饒並且遠離京城的江南道，這無疑壯大了泱州四族的實力，湖亭盧氏在當代家主盧道林的影響下，吸納英才數量僅次於庾氏，盧氏自然有它的倨傲底氣。若是那個敢在陣上當著趙衡的面一槍刺死青州武將的傢伙在，這場暗流湧動就沒什麼看頭了，無疑是帶著這些悍不畏死的白馬義從直接碾壓而過，可既然他去了江心郡，就有意思了。萬一湖亭郡官府有不懼北涼軍的實權武將，板上釘釘會更熱鬧有趣。

裴王妃想到這裡，終於露出久違的笑臉。

同坐一輛馬車的姜泥看得恍惚，心想這姐姐真是好看。

老劍神李淳罡懶洋洋地靠著車門打盹，打定了主意不摻和這種家事。

不知何時，魚幼薇走下了馬車，抱著白貓武媚娘，站在階下，望向那狐假虎威到了鳳字營頭上的二管家，平淡地說道：「開中門。」

盧東陽發出嗤笑聲，指了指那塊牌子。

魚幼薇轉頭對坐於戰馬上的袁猛，平靜說道：「袁校尉，湖亭盧氏以此禮待我們，我們當然要還禮。」

袁猛疑惑不解，一來他對殿下與這花魁出身的漂亮女子是何種關係不太清楚，既然能有資格陪殿下一同出北涼，想必再差也差不到哪裡去，傻子才會將她當作一般名妓看待。二來她的「還禮」一說大有講究，所以他望向這位一直以來給人性子柔弱的花魁，等待下文。

如果她只是說讓鳳字營轉身離去，他定要輕看了她，孰料魚幼薇冷笑道：「將這個不長眼的奴才一刀捅死，先前殿下說殺了人後屍體要丟在家門口，眼前似乎還不需要浪費力氣呢。然後拆了中門，我們只是來見長郡主的，到時候若是長郡主說沒了大門不合適，再由著盧府裝上便是，若是長郡主不點頭，誰敢動手，再殺便是。」

袁猛哈哈大笑，在馬上一抱拳致敬，眼中多了幾絲恭敬，然後轉頭沉聲道：「抽刀還禮！」

魚幼薇抱著憨態可掬的白貓轉身走回馬車，留下那面紅耳赤的二管家氣恨得說不出話來。等他看到北涼輕騎鏘然抽刀，好不容易退去的驚懼再度籠罩全身，尤其是發現那名凶悍校尉策馬躍上臺階，嚇得立即轉身，試圖跑進側門求救，可人終究跑不過馬，何況還是一匹北涼戰馬！

袁猛在二管家盧東陽一腳踏入門檻時一刀劈下，盧東陽倒在血泊中，艱難地向前爬行，這景象看得府內一些奴僕都驚呼尖叫起來。袁猛下馬，給這位四寒先生重重補上一刀，緊接著抓住一條腿，從側門丟到府外。世子殿下臨行前可是叮囑過的，屍體丟在家門口嘛。

袁猛不理睬那幫作鳥獸散的盧府僕役，站在門口陰沉下令道：「把中門拆了！」

裴王妃愕然，再望向那個言行舉止一直輕柔似水的魚幼薇，有些懵了。

◆

江心郡劉府。

劉府算是泱州根正苗紅的家族，可世族中一樣分三六九等，比較那龐然大物般的四大世族，高低判若雲泥。

別號誠齋先生的劉黎廷此時正在好言撫慰妻子，他以擅制美食著稱江南道，這段時日更是顧不得君子遠庖廚的古訓，幾乎日日都要給妻子親自下廚，費盡心思變著花樣去討好。劉黎廷身材修長，在江南道這邊已是鶴立雞群，相貌清雅，加上出身於不俗的世族，這種男子自然很不缺風花雪月。

他前些年第一次在白馬寺參與清談時見到那寡婦，就心動了，寡婦又如何？她可是那人屠的長女，還長得那樣狐媚可口，輕輕一掐，彷彿就能掐出水來。可是她雖然口碑極差，看似誰都能爬上她的床闈春宵一度，花叢老手劉黎廷卻深知這天生尤物性子冷得很呢，這偏偏激起了誠齋先生的勝負心。他大獻殷勤，恨不得鞍前馬後將她當作皇后伺候著，前些日子，她總算鬆口，在報國寺賞牡丹時，半真半假地說若是敢休妻，她就考慮一下。

劉黎廷這時想來，一身冷汗，怎就鬼迷心竅了，竟看不出她的涼薄性子，這寡婦分明是在等著看戲！所以捅了天大婁子後，妻子不知為何與宮裡一位得寵的娘娘扯上了關係，他再顧不得士子風度，當下便寫了一篇絕交詩丟在盧府門外，所幸那寡婦早已是聲名狼藉，誰會站在她那一邊？否則盧府也不會一聲不吭，仍由著自己潑髒水。

哈，劉黎廷一想到這裡，真是暗自慶幸竊喜，因禍得福啊，若非這個該拿去浸豬籠的寡婦，他如何能知道妻子家族在京城皇宮裡都有香火情，這可是直達天庭聞天聽！

劉黎廷給妻子揉著肩膀，小心翼翼地賠著笑問道：「娘子，怎麼最近宮裡頭沒動靜了，那位娘娘怎還不下旨來江南道？」

劉妻擺出愛理不理的姿態，其實她只能如此故弄玄虛。不說是她，起先連娘家那邊都不太清楚如何能讓寫《女誡》的娘娘動怒，父親挑燈夜讀翻遍了族譜，才依稀尋著一點淡薄至極的親戚關係。至於為何雷聲大、雨點小，突然就沒了聲響，她這等家族出身，如何能知曉其中真相？至於身邊的夫君，她何嘗不知那點上不得檯面的腥味，可嫁夫從夫，她只能將所有的氣都撒在那放浪寡婦頭上，而且在她看來，那一巴掌，搧得一點不理虧，這種成天想著勾搭別家男人的無德寡婦，遊街示眾才好！男子三妻四妾無妨，妳一個寡婦莫不是還想要面首三千？她怕夫君繼續在宮裡娘娘這件事情上糾纏，只得冷淡道：「夜深了，睡吧。」

劉黎廷瞥了眼自己娘子的容貌，悄悄在肚子裡哀嘆，與那天生尤物的徐寡婦可真是不能比啊。

月色中，劉府外，五十驍勇輕騎無視夜禁，強勢入城，直奔而來。

為首一位白袍白馬的公子哥並未停馬，驅馬而上，一拉韁繩，馬蹄砸在劉府中門上，一轟而踏！馬踏中門後，策馬長驅而入劉府。

◆

稍具規模的府邸中門都不會常開，尤其是盧氏這等根深蒂固的當世豪閥，不是隨便來訪一位客人就會打開中門的。別說湖亭郡郡守，便是泱州刺史這類封疆大吏都未必有這個資格和榮幸，可以說中門是一個家族的臉面。

盧府藏龍臥虎，算上清客幕僚，養士數百人，雖說才派遣了管家盧東陽打發街上那幫人，但許多人都在暗中打量這裡的一舉一動。可當北涼輕騎卸門時，盧府並未出動死士，只是走出一名頭頂純陽巾、腳踩布履的中年儒士，穿著素潔窮酸，身後跟著一名氣質靈秀的小書童，雙手捧著一柄古劍，黑檀劍鞘，裹以南海鮫皮，與一般名劍的劍氣森然不同，此劍棲鞘時並無絲毫寒意。

寒士裝束的中年人看了眼斃命於大院中的管家，輕輕嘆息。中門已被譁然卸下，校尉袁猛與院中這名儒士兩兩相望。

盧府中年人略微作揖行禮後淡然道：「今日是盧府失了待客之道，盧東陽身為管事，當受責罰，只是不至死罪。還禮還需再還禮。」

袁猛識貨，如臨大敵，握緊手中北涼刀。一身戰陣搏殺薰陶出來的殺伐氣焰，與江湖人士的氣息自是不同。

那位身旁書童不捧書卻捧劍的儒士作揖後，面朝遠處馬車上昏昏欲睡的羊皮裘老頭兒，這次竟是一揖到底，彎腰時說道：「晚輩湖亭郡盧白頡，十一歲獲贈古劍『霸秀』，至今習劍三十六載，請李老前輩賜教。」

老劍神聽到「霸秀」兩字後緩緩睜開眼睛，瞄了一眼，點頭道：「的確是當年羊豫章的佩劍，這老小子受困於自身資質，劍道造詣平平，眼光倒是不差。當年老夫與人對敵，每次見到有這傢伙觀戰都要頭疼。只是羊豫章曾言此生不收弟子，你如何得到這把棠溪劍爐的最後一柄鑄劍？」

在李淳罡面前自報姓名執晚輩禮的盧白頡微笑道：「大概是晚輩幼時乳名棠溪吧，與恩師萍水相逢，便被贈予霸秀劍與半部劍譜。三十六年來，不敢一日懈怠。恩師對老前輩十分推崇，說兩袖青蛇足可獨步劍林五十年。晚輩神往已久，今日斗膽拔劍，一小半是迫於無奈這盧氏子弟的身分，更多是想砥礪自己這三十六年閉門造車的下乘劍道，若是敗了，懇求老前輩不要遷怒於盧府。」

羊皮裘老頭不耐煩道：「說話語氣跟羊豫章簡直是一個模子裡刻出來的，你且出手試試看，若是只得羊豫章的劍術匠氣，不得其劍道匠心，便不值得老夫出手。誰他娘願意跟你們這些百足之蟲死而不僵的門閥世族過不去，吃飽了撐的，茅坑裡竹竿拍蒼蠅，怎麼都要濺上一身屎。老夫當年不信邪，就吃了徐瘸子的大虧……」說到這裡，老頭兒立即閉嘴，自揭其短不是李淳罡的一貫作風。

盧白頡瀟灑一笑，伸出雙指，在劍鞘上輕輕一抹，名劍霸秀出鞘一半。

正在此時，身後傳來一陣熟悉的細碎腳步聲，有女子喊了一聲「小叔」，湖亭盧氏琳琅七玉中最年輕也是性子最閒散的盧白頡一臉哀嘆表情，手指回抹，即將現世的霸秀古劍當下便歸鞘，眾人只瞥見一抹璀璨的湛藍鋒芒。

盧白頡是盧氏上代家主盧宣化的幼子，比起這代家主嫡長子盧道林要足足小了二十歲。盧白頡是庶子出身，天資聰慧，只是淡泊名利，並不熱衷於儒家三不朽。他癡心劍道，至今仍未娶妻，自然便沒有任何子嗣，在盧府罕有露面。

若說盧府內有分量的家族成員，誰與那寡婦真心親近，盧白頡是唯一的。沒有子女的他很大程度上將徐脂虎當作半個女兒，許多禍事苗頭若非他暗中扼殺，盧氏早就雞犬不寧。不說別人，那父親乃是姑幕許氏家主的女子，就做了太多次不乾淨的手腳。只是顧及她的嫂子身分，加上憐憫其白髮人送黑髮人的喪子之痛，否則盧白頡怎會容得盧府出現這等醜事。

發生了中門被卸這樣足以驚動泱州的大事，徐脂虎不管在盧府如何受制，還是第一時間得到了消息，這才確定是弟弟到了陽春城。除了他，誰做得出這種驚世駭俗的行徑？怪罪，徐脂虎哪裡捨得！只不過盧府終歸是自己名義上的家，鬧得太僵不好，尤其是公公盧玄朗為了「面子」兩字可以無所不用其極，哪個名士不愛惜羽毛？她朝盧白頡撒嬌一般笑嘻嘻喊了一聲小叔，換來一個無奈表情，徐脂虎不與這府上少有的好說話的長輩客套，跑出大門。

所有彪悍輕騎都下馬單膝跪地，恭敬道：「北涼鳳字營參見長郡主。」

徐脂虎沒理睬，左看右看，沒看到弟弟那張總是被她夢到的溫柔笑臉，頓時無比失望。

女婢青鳥已經勉強可以下路行走，只是臉色仍舊難看，剛要下跪，就被露出驚恐神情但很快掩飾掉的徐脂虎上前扶住，她咬著嘴唇，放低聲音問道：「鳳年在哪裡？」

青鳥輕聲道：「殿下去了江心郡，說連夜趕回陽春城。」

徐脂虎一跺腳，紅了眼睛呢喃道：「這個傻瓜！」她深呼吸了一下，頗具威嚴道：「都隨我入府。」

與盧道林、盧玄朗同輩的盧白頡不攔著，誰敢攔？盧白頡這種豪閥子弟的顯赫身分擺在那裡，但他的另外一個身分更是震懾人心。武評專門列出一份劍評，泱州湖亭郡盧白頡，赫然在列，評點盧棠溪劍意正大浩然，劍名雖含霸字，卻是當之無愧的王道劍！

盧府庭院深深，是典型的江南園林風格，占地規模輸給其餘三大家族府邸，但此座接待過六位皇帝的「拙心園」卻是名聲最盛。園內湖石、假山出自首席疊石大家之手，一山一峰，生機盎然，一石一縫，交代妥帖，被先皇讚譽「別開生面，獨步江南」。要知道江南園林甲天下，可見拙心園的獨具匠心，匾額楹聯雕刻花木石碑，更是不計其數。

徐脂虎親自帶路，一路上與魚幼薇言簡意賅說些園林構造的精髓。盧白頡與捧劍書童殿後，恰好李淳罡和姜泥以及靖安王妃走在最後，今日並未出劍的盧白頡向老劍神詢問了一些劍道疑惑。老頭兒當年與半個晚輩羊豫章有些善緣，也就沒如何端架子，而盧白頡雖說性格是典型的世族風氣，但終究人如劍意，並不古板拘泥，相談甚歡。盧白頡只是眼角餘光輕淡瞥了一眼裴王妃，就沒有再看。

徐脂虎住在西北角落的寫意園，院子不小，丫鬟卻少得可憐，略顯冷清，包括袁猛在內的鳳字營都安排在隔得不遠的兩棟院子裡，到了院門口，盧白頡再次作揖才離去。

進了院子，徐脂虎讓貼身丫鬟二喬去端些冰鎮梅湯來，坐下後，才問道：「路上到底出了什麼事情？」

青鳥將蘆葦蕩發生的一切如實稟報。

青鳥平靜地娓娓道來，其中驚險，豈是簡單的一句一波三折可以形容！

徐脂虎的臉色隨著跌宕起伏，最後聽到世子殿下安然無恙，才捂住胸口長長鬆了口氣。

徐脂虎眼神古怪地轉頭望向到現在還沒能坐下的裴南葦，這個無法無天的弟弟，真是出息了，連王妃都敢搶！

整個下午至黃昏，寫意園風平浪靜，徐脂虎都在跟幾位女子問些有關徐鳳年的事情，尤其喜歡聽一些糗事，對於盧府情理之中的平地起波瀾，她沒那個好心情去熱臉貼冷屁股。

豐盛晚飯過後，知書達理的書童前來輕輕叩響院門。

見到二喬，書童冷淡地生硬說道：「我家主人要見妳家小姐。」

氣氛本就古怪，這句話說出口後就越發冷場。

二喬冷哼一聲，丟下一句「知道了」，轉身便走。

書童眼神清澈地望著她的背影，偷偷流露出一絲懊惱。

坐在湖畔亭子裡的盧白頡微微一笑，自言自語道：「少年已知愁滋味。」

徐脂虎走出園子，來到亭子坐下，有些愧疚地說道：「這次給小叔添麻煩了。」

並無半點世家子陋習卻有世族子孫古風骨氣的盧劍仙搖頭道：「給小叔添麻煩算不上，只是如此一來，妳以後在盧府就更難做人了。」

徐脂虎無所謂道：「這算什麼。無非就是在我面前笑得更假，在我身後笑得更冷。」

盧白頡嘆息道：「先不說二管事盧東陽，世子殿下指使扈從在鬧市行凶殺人，那些人品行再不濟，也是湖亭郡的讀書人，其中一位還是役門子孫，如果中門不卸，小叔還能去兄長那裡說上幾句，由盧府來出面擺平這爛攤子，大不了就是給那幾個小庶族一些撫恤銀子，以及幾份官衙俸祿。僅是用銀子買命任誰都有怨言，可正兒八經的官職，大抵也能堵住嘴了，這等鬧心違心事，為了妳，小叔不介意出面破例一次。可拆去盧府中門，當著一整條街湖亭家族的面殺死盧東陽，二兄好面子，不落井下石，已算忍耐極限了。盧氏數百年沉浮，受過的屈辱其實不少，只是近百年坎坷漸少，今日受辱至此，恐怕家主都要動怒啊。」

徐脂虎默不作聲。

盧白頡皺眉道：「脂虎，此時此地，就妳我二人，小叔有些話就直說了。妳這做世子殿下的弟弟，行事怎麼如此不顧後果？當真一點不顧及京城那邊的看法嗎？須知妳父王再權勢如日中天，終究還是樹立了張巨鹿、顧劍棠這般可作王朝巨梁的政敵。

再者，他這是要將泱州四族往北涼的敵對面推啊，許淑妃因妳被貶入冷宮，若是皇帝陛下自己的想法倒還算好，若是皇后的意思，妳覺得徐家在帝王心中還能剩下幾分情誼？何況許淑妃是誰妳還不知道嗎，姑幕許氏這些年幾乎可算是傾盡一族人力物力去給她鋪路，遭此滅頂劫難，泱州四族，原本與我盧氏關係緊密的姑幕許氏，以後即便不會分道揚鑣，也註定不能再像以往那般共同進退，與當年泉兒的暴斃如出一轍，黑鍋還得由妳來背啊。」

徐脂虎抬頭笑道：「習慣啦。」

盧白頡苦澀道：「妳啊妳。」

徐脂虎靠著紅漆廊柱，眺望遠方柔聲道：「我那弟弟去江心郡找劉黎廷那晦氣去了。」

盧白頡沉聲道：「難道他還要胡鬧不成，真不怕無法收場？萬一被有心人煽風點火，就不只是沽名釣譽之徒蹦出來了，牽一髮而動全身，甚至整個江南道都要炸鍋，妳這些年還沒看透所謂的江南道名士重名不重命嗎？」

「知道啊，早就看透了。青州重利，泱州重名嘛，江南道士子誰不推崇我公公當年那句『大義所在，雖死重於泰山』。」徐脂虎眯起眼笑了笑，道：「可是我這個弟弟，大概是我爹是北涼王的緣故吧，很多人拚了命都要攥在手裡的東西，他都不怎麼在乎的，可有些連貧苦人家都不那麼在乎的東西，他卻是最在乎了。小叔你與他說這些很有道理的金玉良言，他多半是聽不進去的。」

有棠溪劍仙美譽的盧白頡喟嘆道：「攔住他不入盧府，妳以後的日子會過得輕鬆些，可真去攔，且不說攔不攔得住，妳肯定第一個跟小叔翻臉。」

徐脂虎不顧禮儀地捧腹笑道：「小叔這劍仙做得真可憐。」

盧白頡望著這閨女的笑顏，眼神有些哀傷。當年那心儀女子也是這般笑臉天然的，自己若是再堅決一些，少些自己嘴上的道德和大局，是否就不會有遺憾了？

世間哪來那麼多如果？

盧白頡閉上眼睛。

不遠處，是書童與丫鬟在針尖對麥芒地鬧彆扭，這兩個孩子會不會也是在多年以後才懂得「當時只道是尋常」的不尋常？

盧白頡離去後，徐脂虎便一直坐在涼亭中，枯等到深夜。

當那世子殿下出現在盧府外時，白馬拖著一具早已血肉模糊的冰冷屍體。

顯然是從江心郡一路拖到了湖亭郡。

守在門口的盧白頡即使早有預料，見到這番場景，仍是感到無以復加的震驚。

徐鳳年下馬後，抬頭望向盧白頡，因為大姐徐脂虎，他對這位棠溪劍仙並無惡感，只是看到盧白頡單手貼在劍柄上，以一把霸秀古劍拄地，徐鳳年便面無表情地說道：「棠溪先生是想賣我幾斤仁義道理嗎？」

盧白頡冷哼一聲，轉身離去，心中除了震驚還有疑惑。

這北涼王世子如何來的身負重傷？

徐脂虎一路跑，將丫鬟二喬遠遠丟在了後頭，衝出盧府大門，離了很近，停下腳步，笑咪咪道：「呀，我們姐弟又闖禍啦。」

她並未察覺到徐鳳年背後，是一整片的鮮血淋漓。

騎馬拖屍過城門時，如一尾壁虎貼在孔洞頂壁上守株待兔的刺客一擊得手，幾乎刺碎了他的脊柱。但徐鳳年只是紅著眼睛怔怔地望著她，柔聲說道：「姐，我們回家好不好？」

——雪中悍刀行第一部（二）白馬出涼州 完

高寶書版集團
gobooks.com.tw

DN 244
雪中悍刀行第一部（二）白馬出涼州

作　　者　烽火戲諸侯
責任編輯　高如玫
封面設計　陳芳芳工作室
內頁排版　賴姵均
企　　劃　方慧娟

發 行 人　朱凱蕾
出　　版　英屬維京群島商高寶國際有限公司台灣分公司
　　　　　Global Group Holdings, Ltd.
地　　址　台北市內湖區洲子街88號3樓
網　　址　gobooks.com.tw
電　　話　(02) 27992788
電　　郵　readers@gobooks.com.tw（讀者服務部）
　　　　　pr@gobooks.com.tw（公關諮詢部）
傳　　真　出版部　(02) 27990909　行銷部 (02) 27993088
郵政劃撥　19394552
戶　　名　英屬維京群島商高寶國際有限公司台灣分公司
發　　行　英屬維京群島商高寶國際有限公司台灣分公司
初版日期　2021年 1 月

國家圖書館出版品預行編目(CIP)資料

雪中悍刀行第一部（二）白馬出涼州 / 烽火戲諸侯著. -- 初版. -- 臺北市：高寶國際出版：高寶國際發行, 2021.01
面；　公分. --（戲非戲；DN244）

ISBN 978-986-361-949-9（平裝）

857.7　　109018277